MAX MEIER-JOBST
DIE SACHE MIT PETER

Bibliografische Information der Deutschen Nationalbibliothek:
Die Deutsche Nationalbibliothek verzeichnet diese Publikation in der Deutschen Nationalbibliografie; detaillierte bibliografische Daten sind im Internet über http://dnb.dnb.de abrufbar.

© 2017 Max Meier-Jobst

Umschlagfoto Fotolia/Yalana

Herstellung und Verlag: BoD – Books on Demand, Norderstedt

ISBN: 978-3-743141841

Vorwort

Vor ein paar Monaten bin ich dreißig geworden. Seit Jahren nehme ich mir vor, einige eher unangenehme Dinge spätestens jetzt anzugehen: Ich muss mir einen Hausarzt suchen, um endlich meine Impfungen aus dem Jahr 1989 aufzufrischen. Ich brauche einen Termin bei der Bank wegen meiner (nicht vorhandenen) Altersvorsorge. Ich sollte dringend dieses Haarausfall-Shampoo aus der Werbung ausprobieren, obwohl ich mich dafür trotz der lichten Stellen noch viel zu jung fühle.

Und dann wäre da noch etwas. Etwas, das ich mir zum ersten Mal als Teenager für die Zeit nach meinen achtzehnten Geburtstag vorgenommen und seitdem immer wieder aufgeschoben habe, Jahr für Jahr, in der Hoffnung, es würde sich irgendwann von selbst erledigen. So wie ich es wahrscheinlich auch mit dem Shampoo machen werde, bis das Thema mit vierzig endgültig durch ist.

Worum es geht? Ganz allgemein: Ich würde gern ein Buch über meine Kindheit schreiben. Beziehungsweise über das Ende meiner Kindheit.

Aber mit Erinnerungen ist es nur bedingt wie mit Haaren - weder wachsen sie nach, noch fallen sie aus, sie verlieren nur die Farbe.

Das Thema ist also auch mit dreißig noch lange nicht durch. Im Gegenteil, seit ein paar Jahren habe ich mehr Angst denn je, die Farben in meiner Erinnerung zu verlieren. Mein Freund und ich haben uns so einen Ultra-HD-Riesenflachbildfernseher mit Hintergrundbeleuchtung angeschafft - und trotzdem sehe ich viel zu viel Schwarz-Weiß, wenn ich das Teil anmache. Dagegen würde ich wahnsinnig gerne anschreiben, mit Buntstiften und in Großbuchstaben.

Mir ist klar, wie wenig originell das ist. Noch dazu, wenn es bloß um meine Sicht auf den Regenbogen geht, dieses selbstdarstellerische Spiel mit Betroffenheit und Provokation. Ich weiß, wovon ich schreibe, ich bin Journalist, ein völlig unbedeutender zwar, aber immerhin. Ich kenne mich also ein bisschen aus mit dem Aufschreiben von Geschichten und wie man sie verkauft. Betroffenheit werde ich mit meiner Geschichte wohl kaum hervorrufen. Ich müsste also auf Provokation setzen, vielleicht sogar auf Voyeurismus. Dann wäre es gut möglich, dass ich bald in irgendeiner Talkshow säße und davon berichtete, was mir ach so Interessantes widerfahren ist und wie ich es in meinem Buch ‚verarbeitet' habe.

Schon beim Gedanken daran wird mir übel.

Also werde ich es anders machen. So, wie ich es mal auf der Journalistenschule gelernt habe und wie es eigentlich immer sein sollte: einfach aufschreiben, wie es war. Nicht mehr und nicht weniger. Kein Manifest in Buntstiften und Großbuchstaben. Keine Streitschrift, aber auch keine Schönfärberei. Keine falsche Betroffenheit und erst recht keine kalkulierte Provokation.

Auch wenn ich mir ziemlich sicher bin, dass mein Thema für die meisten Leser so unangenehm wie der Gedanke an Haarausfall ist und mein Handeln in der Vergangenheit ungefähr so unverständlich wie das Kleingedruckte in Altersvorsorgeverträgen - das ist meine Geschichte. Das bin ich. Wie fast jeder Mensch möchte ich gern verstanden und gemocht werden.

Wie ebenfalls fast alle Menschen muss ich aber auch damit leben, nicht von jedem gemocht und verstanden zu werden. Also zerreißt euch ruhig das Maul über mich, verurteilt mich, nennt meine Schilderungen verharmlosend, abstoßend, frivol, unerträglich, gefährlich. Regt euch darüber auf oder holt euch meinetwegen auch heimlich darauf einen runter. Richtet über mich in euren Boulevard-Feuilletons, Hetz-Blogs und TV-Tribunalen.

Nur falls ihr mich in eure Talkshows einladen wollt, tut es mir leid: Ich werde verhindert sein. Wegen eines dringenden, seit mindestens 1999 aufgeschobenen Arzttermins zum Beispiel.

Erster Teil: *Davor*

1.

Seit meinem sechsten Lebensjahr weiß ich, dass ich schwul bin. Auch wenn ich damals noch nicht einmal das Wort, geschweige denn seine Bedeutung kannte. Das lernte ich erst Jahre später, Jürgen Klinsmann sei Dank. Aber dazu kommen wir noch. Das erste Mal geschah es in der Vorschule. Da war auf einmal inmitten all der Frauen und Kinder dieser Auszubildende oder Praktikant, er war nur kurz da, viel zu kurz. Ich weiß nicht einmal mehr, wie er hieß. Er hatte einen Bart. Ich fand ihn berauschend (den Bart und den Mann). Er nahm mich auf den Schoß. Ich wollte nie mehr runter. Wir spielten irgendein Spiel, aber ich konzentrierte mich gar nicht darauf, sondern sah ihn immerzu an. Er hatte sehr dunkle Augen, in denen ich mich spiegelte und ein Lächeln, in das ich mich sofort verliebte. Ich dachte gar nicht darüber nach, ich musste es einfach tun. Ich gab ihm einen Kuss. Auf den Mund. Sein Lächeln verschwand. „Jungs küssen keine Jungs", sagte er und brach mir das Herz, mit nur fünf Jahren.

Ich ließ mich von den mahnenden Worten meines ersten Schwarms nicht einschüchtern, auch wenn ich dadurch schon sehr früh gelernt hatte, dass meine Gefühle nicht der Norm entsprachen. Ich behielt sie zwar für mich, aber ich störte mich nicht an ihnen, im Gegenteil, ich genoss es, ein Geheimnis zu haben, das mich, so glaubte ich, von allen Menschen auf der Welt unterschied, einzigartig machte.

Zugespitzt könnte man sagen, das Schwulsein war für mich im Grundschulalter so ein bisschen wie Zauberkräfte oder Gedanken lesen: Ich konnte etwas, das kein anderer Junge konnte, nämlich mich in Männer verlieben. Und welche Magie ist größer als die der Liebe?

Schon seit frühester Kindheit war ich also ständig verknallt. Es brauchte nicht viel dazu. Ein tiefer Blick aus den Augen eines gutaussehenden Mannes genügte. Sogar, wenn mich dieser nur über das TV-Gerät erreichte. Es gab in den Neunzigerjahren wohl kaum eine erfolgreiche Boygroup, die nicht mindestens ein Bandmitglied aufweisen konnte, in das ich unsterblich verliebt war - für ein paar Wochen zumindest.

Zu verdanken hatte ich das meiner vier Jahre älteren Schwester Lucy, die ein Riesenfan von Take That war. Eine Zeit lang schwärmten wir beide für Mark Owen, doch irgendwann beschloss sie, fast von einem Tag auf den anderen, Popmusik zu hassen, sich einen Haufen schwarzer Klamotten zu kaufen und nur noch Rock und Metal zu hören. Ich fand ihren neuen Stil furchtbar und blieb den Boybands weiterhin treu. Wir provozierten uns gegenseitig, indem jeder von uns in seinem Zimmer, wenn unsere Eltern mal nicht da waren, die eigene Musik immer lauter aufdrehte, bis es irgendwann nicht nur für uns, sondern auch für die Nachbarn unerträglich wurde, was diese durch Hämmern an den dünnen Wänden unseres 60er-Jahre-Reihenhauses zum Ausdruck brachten.

Meine Gefühle galten aber nicht nur Musikern. Ich liebte auch Fußballer. Wie mein Vater war ich, und bin es auch immer noch, Bayern-Fan. Als ich zehn war, kam Jürgen Klinsmann nach München. Er war schon immer mein Lieblingsspieler in der Nationalmannschaft, und nun war er auch noch mein Lieblingsspieler im Verein. Und das nicht nur, weil er ein begnadeter Fußballer war. Ich hatte mich natürlich längst in ihn verguckt.

Mein Vater hingegen mochte ihn nicht. Obwohl er gleich in seiner ersten Saison Tore am laufenden Band schoss und zwar nicht die Meisterschaft, aber immerhin den UEFA-Cup für uns holte (den Cup der Verlierer, wie Beckenbauer und mein Vater sagten). „Der fällt mir zu theatralisch. Und der Ball springt ihm auch noch ständig von den Füßen, unserem Flipper", lästerte er. „Außerdem ist er vom anderen Ufer."

„Was bedeutet das, Papa?"

„Na, dass er schwul ist."

Das Gespräch fand kurz nach dem Abendessen statt, da redeten wir beide oft über Fußball. „Männergespräche", sagte meine

Mutter dann und versuchte, ein weibliches Pendant mit meiner großen Schwester anzufangen, was meistens scheiterte, denn sie hatte zu jener Zeit aus mir unerfindlichen Gründen beschlossen, nur noch das Nötigste mit meinen Eltern zu sprechen und stand nach dem Essen für gewöhnlich sofort auf. Doch an diesem Tag mischte sich die andere Hälfte der Familie in das Gespräch ein.

„Schatz, sag doch so was nicht zu dem Jungen. Da ist er noch ein bisschen zu klein für."

„Hallo? Wir haben 1996, nicht 1966, Mama. Er weiß doch eh schon, was das ist", sagte meine Schwester. Auch wenn wir in den meisten Dingen nicht auf einen Nenner kamen, stand sie mir erfreulicherweise fast immer zur Seite, wenn es darum ging, sich gegen unsere Eltern zu behaupten.

„Klar weiß ich, was das ist", plapperte ich ihr nach, obwohl ich mir alles andere als sicher war. Der Begriff fiel manchmal als Beleidigung auf dem Schulhof, aber zum Glück nicht mir gegenüber, so dass ich nur sehr vage Vorstellungen von der Bedeutung hatte, die ich allesamt keinesfalls mit mir und meinen heimlichen Vorlieben in Verbindung brachte.

„Ach ja, was denn?", hakte mein Vater nach.

„Na ja, also, irgendwie ein Weichei oder so, ne Memme, ne Schwuchtel halt, einer, der keine Eier hat. Aber das ist Klinsmann sicher nicht!"

„Was ist denn das für eine Ausdrucksweise!", echauffierte sich meine Mutter. Mein Vater hingegen lachte.

„Du hast keine Ahnung, Sohnemann. Ein Schwuler ist ein Mann, der Männer liebt."

„Ich bitte dich!"

„Was denn, Schatz?"

Meine Familie diskutierte noch eine Weile darüber, welche Dinge und Wörter Kinder heute schon wussten oder besser nicht wissen sollten, und wie so oft in letzter Zeit bekamen sich meine Eltern wegen solcher vermeintlichen Kleinigkeiten in die Haare, doch ich hörte gar nicht mehr zu. Ich dachte über das nach, was mein Vater gesagt hatte. Und je länger ich darüber nachdachte, umso mehr Schlüsse zog ich daraus.

Erstens: Ich war vielleicht doch nicht das einzige männliche Wesen auf der Welt, das sich zu männlichen Wesen hingezogen fühlte.

Zweitens: Es war richtig gewesen, niemandem davon zu erzählen, denn das, was ich fühlte, war also schwul und schwul war, zumindest für meine Mitschüler und meinen Vater, etwas Schlechtes, eines Mannes zutiefst Unwürdiges.

Und drittens: Wenn mein Vater die Wahrheit sagte, und im Fußball kannte er sich ziemlich gut aus, immerhin las er „nur wegen dem Sportteil" jeden Tag die *Bild*, dann gab es zumindest die rein theoretische Chance, dass der schönste und begabteste Fußballspieler der Welt meine Gefühle für ihn erwiderte!

Komischerweise machte ich mir damals über den dritten Punkt mehr Gedanken als über die beiden ersten Punkte zusammen. Ich wusste jetzt, was schwul war und was schwul bedeutete, aber so viel hatte sich eigentlich gar nicht geändert. Meine Schwärmereien konnte mir keiner nehmen. Die Gedanken sind frei, hatten wir in der Schule gesungen. Und zum Glück war mir (bis auf dieses Mädchen in ‚Mein Vater ist ein Außerirdischer') noch niemand begegnet, der sie lesen konnte.

Außer vielleicht meiner Schwester. Ihr entging wirklich kaum etwas und sie ließ sich auch nicht so leicht hinters Licht führen wie meine Eltern. Wenige Wochen nach jenem denkwürdigen Abendessen, irgendwann im Laufe der glorreichen EM 1996, hatte es mein Idol auf die Titelseite der Bild geschafft – mit freiem Oberkörper, wegen irgendeines vermeintlichen Sauna-Skandals. Natürlich schnitt ich das Foto aus und klebte es an die Pinnwand in meinem Zimmer, zwischen Take That, Backstreet Boys und dem aktuellen Mannschaftsbild des FCB.

„Na, du hättest wohl auch gern solche Muskeln, was?", sagte meine Schwester.

Ich zuckte mit den Achseln und obwohl sie noch gar nichts Verfängliches gesagt hatte, war ich mir ziemlich sicher, dass ich gerade rot anlief.

„Warum hast du eigentlich keine Fotos von Frauen hier? Spice Girls oder so?"

„Ist doch Mädchenkram."

„Halbnackte *Männer* sind Mädchenkram", sagte sie, aber sie sagte es augenzwinkernd, was meiner Gesichtsröte jedoch keinen Abbruch tat.

„Ein Bild von ihm *mit* Trikot wäre mich auch lieber gewesen, aber ich hatte kein besseres", log ich verlegen.

„Ach ja? Wer's glaubt. Und was ist mit dem nackten Arsch von Angus Young in meiner AC/DC-Collage, warum hast du den angeschlabbert, du kleiner Perverser?"

Mein Gesicht wurde so heiß, dass ich fest damit rechnete, es würde gleich platzen und Dampf aus meinen Ohren schießen wie manchmal in den Lustigen Taschenbüchern, die ich so gerne las. Dabei hatte ich nach jener Übersprunghandlung doch extra noch ein Taschentuch verwendet, um die Speichelspuren zu verwischen – offenbar vergeblich.

Obgleich ich mit meinen elf Jahren eigentlich noch längst nicht in der Pubertät sein konnte, war mein sexuelles Interesse zweifellos bereits erwacht, noch dazu gleichgeschlechtlicher Natur. Und meine Schwester wusste es.

„Na ja, du bist doch noch verdammt jung. Ist bestimmt bloß ne Phase. Und wenn nicht, bleibst du trotzdem immer mein Bruder. Du solltest es lieber nur erst einmal für dich behalten. Wir leben in einer ziemlich spießigen Welt."

„Ich hab keine Ahnung, wovon du sprichst."

Natürlich hatte ich das. Die Worte meiner Schwester waren revolutionär, ein großes Geschenk, doch das verstand ich erst viel später. In jenem Moment dachte ich bloß daran, wie peinlich das alles war und dass ich mir keinen derartigen Leichtsinn mehr erlauben durfte.

So groß die Verlockung auch war – Klinsmanns muskulösen Oberkörper ließ ich daher lieber unbeleckt.

2.

Das Reihenhaus meiner Familie lag in einer einfachen, aber gepflegten Siedlung in einem dieser Vorort-Stadtteile, die über wenig

Einkaufsmöglichkeiten und noch weniger Charakter verfügten und deren größte Attraktion die S-Bahn-Haltestelle mit Anbindung ans Zentrum war.

Das Verschlafene und Spießige, gegen das meine Schwester gerade anfing zu rebellieren, störte mich damals überhaupt nicht. Die Gartenzwerge in den Vorgärten, der überall akkurat gemähte Rasen, die Väter, die samstagvormittags ihre Autos unter dem Carport wuschen und die Mütter, die zu jeder Gelegenheit Kuchen backten – das war meine Welt und für mich genauso selbstverständlich wie die Tatsache, dass ich Männer anstelle von Frauen begehrte.

Mein Vater arbeitete als Schichtleiter bei einem Zulieferbetrieb in der Automobilindustrie, meine Mutter war, bis auf gelegentliche Aushilfstätigkeiten in der Bäckerei, in der sie mal gelernt hatte, zu Hause.

Auch wenn ich meine Schwester liebte, gingen wir uns oft auf die Nerven, so dass sie nicht nur wegen des aus Sicht eines Kindes gewaltigen Altersunterschieds von vier Jahren als Spielkameradin ausfiel. Die meiste Zeit verbrachte ich daher mit meinen Freunden.

Das waren hauptsächlich Karl, der Computer und Klößchen. Zu dieser Zeit waren TKKG-Kassetten gerade schwer angesagt, und so kamen der dicke Martin und der Brillenträger Daniel zu ihren Spitznamen. Auch ich hatte einen, aber ohne literarischen Hintergrund: Seit der WM 94 nannten sie mich Klinsi. Ich bildete mir sogar etwas darauf ein, weil ich tatsächlich der beste Fußballspieler von uns dreien und als einziger im Verein war, doch natürlich nannten sie mich bloß so, weil ihnen meine ständige Schwärmerei für meinen Lieblingsspieler nicht entgangen war.

Martin war ein grobschlächtiger, großgewachsener Kerl. Ich bewunderte ihn für seine unbändige Kraft ebenso wie für seinen unerschöpflichen Fundus an Kraftausdrücken. Obwohl ich es nicht uninteressant fand, dass er ein Junge war und aufgrund seiner Leibesfülle trotzdem lange vor den meisten Mädchen so etwas wie Brüste hatte, stand ich nicht auf ihn, so wie ich eigentlich nie auf Gleichaltrige stand.

Im Sommer kickten wir auf dem kleinen Rasen hinter der Siedlung direkt neben dem Schild mit dem durchgestrichenen Ball, bis uns früher oder später immer irgendein grantiger Opa vertrieb. Dann setzten wir uns auf den Spielplatz und holten unsere Gameboys raus. Wenn das Wetter schlecht war, gingen wir meist zu Martin. Er hatte einen eigenen Fernseher auf dem Zimmer – samt der neusten Super Nintendo-Konsole, auf der wir, was sonst, Super Mario gegeneinander spielten.

„Du vollspastisches Honigkuchenpferd hast schon wieder gewonnen! Ich bring dich um!" Klößchen war ein sauschlechter Verlierer und vertrat die Auffassung, dass nur er an seiner eigenen Konsole gewinnen durfte. Er boxte mich unsanft in die Magengegend und es entwickelte sich schnell eine unserer wilden Prügeleien, in denen wir den Kampfkünsten unserer Videospielhelden nacheiferten. Meistens endete es erst, wenn einer weinte, und meistens war dieser eine Karl, der Computer, weil jemand ihm seine Brille von der Nase geschlagen hatte und er nichts mehr sah und noch dazu in Panik geriet, sie könnte kaputtgehen.

Trotz dieser gelegentlichen Verstimmungen bildeten wir während der gesamten Grundschulzeit eine eingeschworene Clique, bis uns das deutsche Schulsystem nach nur vier gemeinsamen Jahren auseinander riss. Martin war der schlechteste Schüler und kam auf die Hauptschule. Karl, der Computer, machte seinem Image als Brillenschlangen-Bücherwurm-Streber alle Ehre und kam aufs Gymnasium. Meine Noten waren mittelmäßig und ich hätte wohl gerade so auch noch aufs Gym gedurft, aber meine Eltern folgten der Empfehlung der Klassenlehrerin und schickten mich auf die Realschule, auf die auch sie einst gegangen waren.

Dort gab es zwei Dinge, die mich in Aufruhr versetzten: Zum einen die unglaubliche Menge gutaussehender älterer Schüler. Und zum anderen ein einzelner gutaussehender Klassenlehrer. Da die Großen sich nicht im Mindesten mit uns abgaben, konzentrierte ich mich auf den Lehrer. Er hieß Herr Gebauer und wenn ich ehrlich bin, dann war er eigentlich gar nicht so wahnsinnig gutaussehend, aber er war jung und ein Mann. Eine pädagogische Fachkraft mit diesen beiden Attributen war mir seit meiner Vorschul-Affäre nicht mehr begegnet. Wie gesagt, es brauchte damals nicht allzu viel, um mein Herz zu erobern.

Er unterrichtete Deutsch und Englisch, war immer gut gelaunt und obwohl wir als schwierige Klasse galten, schien er uns zu mögen. Falls wir ihn nervten, ließ er es sich jedenfalls nicht anmerken. Wenn es jemanden gibt, dem ich es zu verdanken habe, dass ich heute Dativ, Genitiv und Co. einigermaßen beherrsche, was in meinen Beruf nicht ganz unwichtig, aber leider auch nicht selbstverständlich ist, dann Herrn Gebauer (und nicht Herr Gebauer).

Er hatte eine unglaublich unkomplizierte Art, seinen Schülern Grammatik nahe zu bringen. Während er uns das Gefühl gab, er wolle uns mit seinen unkonventionellen Beispielsätzen und Lückentexten etwas über Fußball oder die Loveparade erzählen, schob er uns in Wahrheit gut getarnte Lektionen unter, mit denen er unser Sprachgefühl auf Bundesliganiveau trainierte. Wahrlich ein Mann für alle Fälle.

Herr Gebauer weckte meine Freude am Schreiben. Ich gab mir größte Mühe bei meinen Aufsätzen und erntete dafür tatsächlich immer wieder ankerkennende Worte von ihm. Die Texte, an denen ich jedoch am längsten saß, bekam er nie zu Gesicht: Es waren Liebesbriefe und Gedichte, die ich gleich nach dem Verfassen zwischen alten Kicker-Ausgaben unter meinem Bett verschwinden ließ, während ich mir vorstellte, was er mir neben Deutsch und Englisch noch alles beibringen könnte und wie gern ich ihn mal umarmen oder küssen würde. Doch da ich nicht mehr in der Vorschule war, blieb es bei der Vorstellung.

In der Schule tat ich alles, um sein Liebling zu werden, wenngleich mich das ein paar Sympathiepunkte bei meinen Mitschülern kostete - und letzten Endes auch meine Beziehung zu ihm. Denn nach nur zwei Jahren war aus einem mittelmäßigen, verträumten Grundschüler ein zumindest in Deutsch und Englisch derart aufgeweckter Realschüler geworden, dass Herr Gebauer meinen Eltern dringend riet, mich mit Beginn der Siebten aufs Gymnasium zu schicken, was sie auch taten.

Dort kam ich zum Glück recht schnell über meinen ehemaligen Lehrer hinweg – und wieder mit Daniel alias Karl, dem Computer zusammen. Er hatte jetzt wirklich einen Computer und seine TKKG-Kassetten staubten ebenso wie meine ein, sodass er nicht mehr Karl genannt werden wollte. Ich verzichtete darauf, ihm zu sagen, dass man sich Spitznamen nicht aussuchen konnte und verpasste ihm einfach einen neuen, naheliegenderen, nämlich Danni, während ich ihm gnädigerweise gestatte, mich weiterhin mit Klinsi anzusprechen, was er jedoch nur noch hin und wieder tat. Nicht nur, dass Klinsmanns Zeit beim FCB vorbei war – Danni interessierte sich (außerhalb von Videospielen) auch leider nicht mehr sonderlich für Fußball. Wir wurden trotzdem beste Freunde.

Und dennoch teilten wir nicht alle Geheimnisse. Je älter ich wurde, umso mehr Mühe gab ich mir, meine Schwärmereien geheim zu halten, umso größer wurde die Scham. Wenn Danni zu mir kam, hing ich das neue XXL-Poster von den Backstreet Boys genauso ab wie den in die Jahre gekommenen, von der Sonne verblichenen Zeitungsausschnitt mit Klinsmanns nacktem Oberkörper.

Klößchen aka Martin trafen wir hingegen immer seltener. Er schien neidisch zu sein auf uns, weil wir es aufs Gymnasium geschafft und einander hatten, während er das Kunststück vollbracht hatte, auf der Hauptschule zu wiederholen und jetzt in einer Klasse voller Knirpse war, mit denen er sich nicht verstand.

Irgendwann kam Martin doch mal wieder vorbei, um mit uns das brandneue FIFA 98 zu zocken. Er war grottenschlecht, weil er nur an Konsolenspiele gewöhnt war. Tatsächlich gewannen wir eine Runde nach der anderen gegen ihn und er flippte völlig aus.

„Ihr hurenspielleckenden Fotzköpfe! Ihr könnt mich mal! Ich hau ab, dann könnt ihr euch wieder in Ruhe gegenseitig einen runterholen."

Leider ging er dann wirklich. Nicht nur, dass ich beeindruckt war, wie unser Klößchen sein Schimpfwort-Repertoire an der Hauptschule offenbar noch vertieft hatte. Seine semantisch komplexen Kraftausdruckskomposita hätten selbst Herrn Gebauer gefallen. Noch mehr interessierte mich jedoch, was damit eigentlich genau gemeint war – sich einen runterholen. Ich kannte die entsprechenden Synonyme (wichsen, rubbeln, einen von der Palme wedeln), die auch auf unserer Schule oder beim Fußballtraining im Verein immer mal wieder fielen, doch ich hatte noch keine Ahnung, was sich dahinter verbarg, außer dass es irgendetwas Sexuelles sein musste, was es natürlich spannend, aber gerade im Hinblick auf meine Situation auch heikel machte. Da ich mein Unwissen gegenüber meinen Freunden oder Kameraden nicht eingestehen wollte, tat ich dann stets so, als wüsste ich Bescheid und schwieg.

So auch nach dem gehässig gemeinten Kommentar des abtrünnigen Drittels unserer einstigen Clique. Danni schien die Sache genauso unbekannt oder zumindest peinlich zu sein, denn er äußerte sich ebenfalls nicht und wir spielten schweigend weiter, nachdem Klößchen uns wutentbrannt verlassen hatte.

Heute weiß ich, dass ich trotz meiner Ahnungslosigkeit auch damals schon, im zarten Alter von zwölf Jahren, im wahrsten Sinne des Wortes ein abgebrühter Wichser war. Ich machte es (mir) fast jeden Abend, ohne zu wissen, was ich da tat und wie man es nannte. Den berühmten feuchten Traum brauchte ich dazu gar nicht, ich hatte zu genüge Tagträume, die mich auch vor dem Einschlafen nicht losließen. Ich dachte an die Männer, in die ich gerade verschossen war und ein bisschen mehr noch an ihre muskulösen Körper, ihre mutmaßlich großen Geschlechtsteile. Und plötzlich wurde mein eigentlich noch so elendig winziger Schwanz hart und groß, wie ich es sonst nur kannte, wenn ich morgens aufwachte und ganz dringend musste.

Ich legte mich auf den Bauch und rieb ihn an der Matratze, erst gemächlich und dann immer schneller, bis irgendwann ein angenehmes Kribbeln zunächst meinen ganzen Körper durchfuhr. Beim ersten Mal befürchtete ich, ins Bett gemacht zu haben, doch es war alles trocken geblieben.

Dass es auch noch weitere Techniken neben dieser durch Zufall entdeckten, etwas umständlichen Freihand-Methode gab und dass es nicht immer so trocken bleiben würde, gehörte noch zu den harmlosesten Dingen, die ich kurz darauf lernen sollte – in jenem schicksalhaften Jahr 1998, als das Internet Einzug in unser Reihenhaus hielt und meine ganz persönliche sexuelle Revolution ihren Lauf nahm.

3.

Noch bevor das Internet kam, kamen die zwei Neuen: Joschua, aus der Parallelklasse, und Manuel, aus einem Paralleluniversum. Der Erste zerstörte fast meine Freundschaft zu Danni, der Zweite rettete sie, beide vermutlich unfreiwillig. Und dann war da noch der schöne Sascha, der mit all dem eigentlich überhaupt nichts zu tun hatte und trotzdem alles noch viel komplizierter machte.

1998 war das Jahr, in dem ich dreizehn wurde und in dem so viele Dinge passierten, dass ich gar nicht weiß, wo ich anfangen soll.

Am besten, wir gehen der Reihe nach und beginnen mit dem weitaus weniger spektakulären ersten Halbjahr, in dem ich noch zwölf war. Gegen Ende der siebten Klasse war das Bisschen, was noch an Motivation aus meinem vorherigen Realschulintermezzo unter Herrn Gebauer übrig war, vollkommen erloschen. Meine Noten wurden wieder schlechter. Mir drohte dasselbe unrühmliche Schicksal wie Klößchen: Sitzenbleiben. Vielleicht spekulierte ich insgeheim sogar darauf, zurück an die Realschule zu müssen, zu meinem Lieblingslehrer.

Dass ich mit Mathe und Bio Probleme hatte, war ja nichts Neues, aber ich schwächelte sogar in Deutsch. Frau Kleinschmidt, gefühlte 70 Jahre alt, Spitzname Frau Kleinkariert, wegen ihrer Art und wegen der hässlichen 60er-Jahre-Karoschals, die sie immer trug, verdarb mir jeden Spaß an meinem einstigen Lieblingsfach. Sie bombardierte uns mit kryptischen Gedichten sowie hoher Literatur in antiquiertem Deutsch und echauffierte sich bei jeder Gelegenheit über das unterirdische Niveau heutiger Gymnasiasten.

Nur dank der treuen Dienste meines fleißigen Freundes Danni bekam ich am Ende doch noch die Kurve. Er half mir, indem er mit mir lernte und noch ein bisschen mehr, indem er mich abschreiben ließ, die Hausaufgaben ebenso wie bei den Arbeiten. Auch zu Hause war die Stimmung schlecht. Zum ersten Mal seit Ewigkeiten fuhren wir im Sommer nicht alle gemeinsam nach Mallorca. Das Schlimmste war: Niemand konnte mir plausibel erklären, weshalb die Reise ausfiel. Meine Schwester sagte, ich solle meine Eltern fragen, mein Vater sagte, frag deine Mutter, und meine Mutter lachte nur und sagte, das muss dir schon dein Vater erklären. Als ich wieder zu ihm ging, erklärte er mir gar nichts, sondern raunte bloß irgendetwas von einem langen Vater-Sohn-Wochenende in Tirol, was wir ja stattdessen bald mal machen könnten (und worauf ich bis heute warte).

Ich war zwar beunruhigt, aber komischerweise gar nicht so traurig deswegen. Mallorca war schön, aber konnte erfahrungsgemäß über 14 Tage auch verdammt langweilig sein. Meist war es zu heiß, um irgendetwas anderes zu tun als am Strand zu liegen. Klar gab es da viel zu sehen, aber ich konnte ja auch in Deutschland ins Freibad gehen. Und noch dazu meine Freunde treffen, Fußball und Computer spielen, Fernsehen gucken. Was brauchte es mehr für einen perfekten Sommer?

Eines in jedem Fall nicht: Eine große Schwester mit der Aussicht auf einen noch viel besseren, spannenderen Sommer.

„Ich fahre im August mit Sascha nach Italien", verkündete sie triumphierend. Mit ihm schien es ihr wirklich ernst zu sein, und das machte mich rasend eifersüchtig. Sie hatten gerade ihr Halbjähriges gefeiert. Das war durchaus ungewöhnlich, denn zuvor hatte sie ihre Liebhaber so schnell gewechselt, dass ich mich wunderte, wie sie es geschafft hatte, sich überhaupt die Namen zu merken. Ich hatte den Versuch jedenfalls bald aufgegeben.

Bis Sascha kam. Schon als sie mir, noch bevor sie richtig zusammen waren, voller Stolz das Foto gezeigt hatte, wusste ich, dass ich ihn mit Sicherheit nicht würde vergessen können.

„Ich will auch nach Italien!", sagte ich, blass vor Neid.

„Tja, aber ich nicht mit dir!"

„Ich will ja auch gar nicht mit dir hin", hätte ich fast gesagt, verkniff es mir aber. Obwohl sie es wahrscheinlich eh schon ahnte. Immerhin hatte sie mir so einen komischen Blick zugeworfen, nachdem er sie wenige Tage zuvor mit seiner Angeberkutsche, einem getunten Golf-Cabrio, vom Badesee nach Hause gebracht hatte. Unter seiner Jeansweste hatte er an jenem heißen Frühsommertag rein gar nichts an gehabt und ich nicht anders gekonnt, als ihm auf das Sixpack zu starren.

Sascha sah aus wie Peter André im Video von „Mysterious Girl", genauso muskulös und gebräunt, nur mit helleren Haaren, was ihn für mich noch attraktiver machte (seit Klinsi hatte ich einen Faible für blonde Jungs). Er stand zwar wie meine Schwester eher auf härtere Klänge (sie betonten gerne, dass sie sich bei einem Scorpions-Konzert kennen gelernt hatten), aber im Unterschied zu ihrem üblichen Beuteschema in letzter Zeit war er kein pickeliger Alice-Cooper-Verschnitt mit blassem Gesicht und zu langer Mähne, sondern ein echter Traummann: die mittellangen Haare stets gegelt, auch die Strähnchen, die ihm ins Gesicht fielen, unfassbar sexy Augen – und vor allem ein gestählter Astralkörper, der mich verrückt machte.

Sascha war nicht weniger unerreichbar als all die Boygroupsänger, Fußballidole, Oberstufenschönheiten oder Jungpädagogen, in die ich sonst verguckt war, aber trotzdem schmerzte es mich wie nie zuvor, zeigte mir doch sein Geturtel mit meiner Schwester ganz deutlich, was ich glaubte, niemals im Leben haben zu können.

Dennoch ließ ich nichts unversucht, um in seine Nähe zu gelangen. Ich ging meinen Eltern auf die Nerven, wie gern ich mal mitfahren würde, raus an den See, bis sie ihrer Tochter das Versprechen abrangen, mich zumindest ab und zu mal mitzunehmen.

Im Gegensatz zu meiner Schwester schien sich Sascha nicht an meiner Anwesenheit zu stören, gab sich aber auch kaum mit mir ab. Ich war wie Luft, während die beiden den ganzen Tag eng aneinander lagen und in Abständen von fünf bis zehn Minuten Körperflüssigkeiten austauschten. Ich wollte nicht hinsehen, tat es aber dann doch jedes Mal.

In den seltenen Momenten, in denen meine Schwester uns kurz alleine ließ, schaffte ich es hingegen nicht einmal ansatzweise,

Sascha anzusehen. Er muss gedacht haben, ich sei ein völlig verschüchterter Junge. In diesem Moment traf das sogar zu, was angesichts seiner Schönheit in meinen Augen aber auch kein Wunder war.

Wenn *er* hingegen für einen Moment weg war und meine Schwester und ich allein zurückblieben, ließ sie keine Gelegenheit aus, mich zu piesacken. Sie war noch immer sauer, dass man sie dazu verdonnert hatte, mich mitzunehmen.

„Na, guckst du dir wieder seine Muskeln an? Da kannst du wohl nicht ganz mithalten, du Möchtegern-Klinsmann. Wenn du wenigstens stattdessen was in der Birne hättest. Aber bei dir kann man ja froh sein, dass du nicht vom Gymnasium geflogen bist."

„Wo du es übrigens nie hingeschafft hast."

„Na und? Dafür werde ich das Fachabi machen."

„Das schaffst du doch nie. Bist doch viel zu doof und zu beschäftigt mit deinem Muskel-Sascha."

„Bloß kein' Neid. Der Muskel-Sascha hat übrigens gerade ein Einser-Abi geschrieben. Wenn es einer schafft, mir mit der Schule zu helfen, dann er."

Es überraschte mich nicht, dass er offenbar auch noch eine Intelligenzbestie war. Dieser Mann war einfach perfekt, makellos, fehlerfrei.

Ich fragte mich ernsthaft, womit meine Schwester so jemanden verdient hatte. Sie war eine launische, mittelmäßig intelligente Siebzehnjährige mit einem abstoßenden Friedhofs-Klamottenstil, hatte die gleichen straßenköterblonden Haare und graublauen Augen wie ich, war ebenso wie ich nicht besonders groß geraten, schlank, nahezu dürr, und konnte weder mit ihrem Allerweltsgesicht noch mit ihrer schmalen Oberweite punkten. Vor allem aber zog sie damals die meiste Zeit des Tages eine Fresse, die einfach nur zum Reinschlagen war.

Kurzum: Bis auf die Klamotten waren wir uns ziemlich ähnlich, bloß dass ich am Anfang, sie am Ende der Pubertät stand. Ich war mir im Klaren darüber, dass meine Wut auf sie vor allem meinen Minderwertigkeitsgefühlen und meiner rasenden Eifersucht zuzuschreiben war, aber dennoch konnte ich sie nicht ablegen.

Und so kam es zu der paradoxen Situation, dass der schöne Sascha mir den Sommer gleichermaßen versüßte wie versaute. Die Gedanken an ihn hielten mich abends wach, trieben mich erst zu fulminanten Höhepunkten und danach in die tiefsten Niederungen der Eifersucht und Niedertracht.

Als die beiden in Italien waren, unternahm ich vor lauter Einsamkeit einen letzten Versuch, unsere Grundschulclique zu reaktiveren. Wir verabredeten uns zum Freibadbesuch, doch Klößchen besaß die Dreistigkeit, dort unangemeldet mit einem Mädchen aufzutauchen, das er uns auch noch allen Ernstes als seine Freundin vorstellte! Sie hieß Jessica, war genauso dick wie er und ging in seine Klasse, war also noch ein Baby, aber recht frühreif, was sich vor allem an ihren monströsen Brüsten manifestierte, die unter ihrem Bikini hervorquollen.

„Wow, Klößchen, du hast echt eine Freundin gefunden, die noch größere Titten hat als du, Respekt", sagte ich zu ihm, als sie auf Toilette war.

Danni lachte sich schlapp und Klößchen, der noch nie Klößchen genannt werden wollte, verpasste uns beiden eine. Ich dachte kurz, es könnte so werden wie früher, aber dann kam Jessica wieder und die Rauferei war vorbei, bevor sie überhaupt angefangen hatte.

„Bin gleich wieder da", sagte er. Kurz darauf kam er mit Calippos für alle zurück. Danni und ich waren sprachlos. Gerade wollte er uns noch zusammenschlagen und nun gab er eine Runde aus. Vermutlich wollte er Eindruck vor Jessica schinden. Was so eine Freundin doch alles bewirkte.

„Hast du im Lotto gewonnen?", fragte ihn Danni. Es war nämlich schon das dritte oder vierte Mal, dass er an jenem Tag irgendwas am Kiosk geholt hatte und nun lud er uns auch noch ein, obwohl er von uns Dreien mit Abstand das niedrigste Taschengeld bekam. Seine Mutter war arbeitslos, sein Vater hatte sie, Klößchen und seinen kleinen Bruder, schon vor Jahren sitzen lassen – auf einem Haufen Schulden. Obwohl er uns das nie erzählt hatte, wussten wir es, so wie die ganze Siedlung es wusste.

Danni grinste bloß dämlich, aber Jessica sagte: „Er kennt Thorsten, den Mann vom Kiosk, und bekommt alles billiger", so als wäre der Kiosk-Typ ein Promi und als müsse man deshalb verdammt stolz auf ihren Lover sein.

„Kein Wunder, dass du als Großkunde Mengenrabatt bekommst, du bist ja auch ein *fetter* Umsatzbringer für ihn", sagte ich. Niemand lachte über mein gehässiges Wortspiel und jetzt, wo seine Angebetete wieder da war, schien ich Klößchen derart egal zu sein, dass er keinerlei Anstalten machte, mir eine reinzuhauen. Er sah mich nicht einmal an.

Ich war ganz offensichtlich schon wieder eifersüchtig, obwohl ich Jessica, wie so ziemlich jedes Mädchen, völlig uninteressant fand. Aber allein die Tatsache, dass immer mehr meiner Leute Menschen fanden, mit denen sie höchstwahrscheinlich all die schönen Dinge trieben, von denen ich mutmaßlich mein Leben lang nur träumen würde, machte mich verrückt.

Außerdem war sie wirklich strohdoof und weder zum Computer- noch zum Fußballspielen noch zu sonst irgendetwas, was Spaß machte, zu gebrauchen, wenn man nicht gerade heterosexuell und sehr anspruchslos war.

Zum Glück teilte Danni meine Ansichten diesbezüglich und wir trafen uns fast nur noch zu zweit, ohne das Liebespaar.

Kurz nach meinem dreizehnten Geburtstag gegen Ende der Ferien konfrontierten mich meine Eltern dann mit ihrer Entscheidung, noch vor Schulbeginn einen Nachhilfelehrer zu suchen, der mich auf die Herausforderungen der achten Klasse vorbereiten und vor einem erneuten Absturz bewahren sollte. Sie stritten sich mittlerweile wegen jeder Kleinigkeit, aber zu meinem Leidwesen waren sie sich in dieser Angelegenheit völlig einig.

„Wir rufen Fräulein Gräfinger an, die hat deiner Schwester damals auch geholfen", schlug mein Vater vor.

Fräulein Gräfinger (ja, sie bestand wirklich auf das *Fräulein*) war eine frühpensionierte Mathelehrerin und so etwas wie die Schwester im Geiste von Frau Kleinschmidt, also furchtbar. Damals hatte ich Lucy noch übel verspottet, weil sie sich mit der alten Schreckschraube herumschlagen musste. Das war nun offenbar die Strafe.

Doch ich hatte Glück, Fräulein Gräfinger war nun wirklich in den Ruhestand gegangen und sagte meinen Eltern ab. Die Sache war damit aber noch nicht vom Tisch, meine Mutter wollte einen Aushang im Supermarkt platzieren. „Außerdem höre ich mich auch noch mal in der Bäckerei um, vielleicht kennt ja irgendwer jemanden", sagte sie.

Und da kam mir plötzlich eine Idee. Es würde wahrscheinlich nicht klappen, aber versuchen musste ich es trotzdem. Fast hätte ich es gleich gesagt, aber dann hätte meine Schwester alles versucht, um es zu verhindern, also wartete ich, bis ich ihn wiedersah. Vom Badesee hatten die beiden nach meiner unfreiwilligen Gesellschaft und dem ausgiebigen Italienurlaub wohl erst einmal genug, außerdem war auch das Wetter schlechter geworden (was auch deshalb bedauerlich war, weil er jetzt immer T-Shirts unter seinen Jeanswesten trug). Dennoch kam er oft vorbei, um meine Schwester abzuholen.

Ich nahm meinen ganzen Mut zusammen und sprach ihn an.

„Würdest du mir Nachhilfeunterricht geben?"

Wenn man bedachte, dass ich sonst schon Schwierigkeiten hatte, ihm ohne Stottern Hallo zu sagen, war dieser Satz eine beachtliche Leistung.

„Spinnst du?", fuhr mich meine Schwester wie erwartet an.

„Meine Eltern bezahlen dich auch gut. Ich hab gehört, dass du ein Einser-Abi hast", formulierte ich, erstaunlich flüssig.

„Ja, das stimmt", sagte er und setzte sein Lächeln auf, das mein Herz beinahe zum Stillstand brachte. „Aber mit sowas hab ich keine Erfahrung."

„Ich auch nicht."

„Was redest du denn da für einen Unsinn?", giftete meine Schwester.

„Ich meinte, äh, macht doch nichts", stammelte ich.

„Wir könnten es ja mal versuchen."

„Tu dir das nicht an. Mein Bruder ist völlig verblödet und eine totale Nervensäge."

„Also auf mich macht er eigentlich einen ganz aufgeweckten Eindruck." Wieder war ich dem Herztod einen Schritt näher, so schnell wie es schlug. „Und überleg doch mal, wenn ich ihm Nachhilfe gebe, dann hab ich eine super Ausrede, noch öfter vorbeizukommen, ohne dass deine Alten wieder Probleme machen."

Ich wusste bis zu diesem Augenblick gar nicht, dass unsere Eltern seinetwegen jemals Probleme gemacht hatten. Das war nach den wahren Gründen für den Ausfall unseres Familienurlaubs nun schon die zweite Sache innerhalb eines Sommers, die meine Familie vor mir geheim gehalten hatte. Ob da womöglich ein Zusammenhang bestand? War ein Streit meiner Eltern mit meiner Schwester wegen ihres neuen Freundes vielleicht der Grund, weshalb wir nicht nach Mallorca geflogen waren?

Wie auch immer, in diesem Moment war mir das egal. Die viel wichtigere Erkenntnis war, dass ich aus diesem Konflikt Gewinn schlagen würde. Meine Schwester wäre wahnsinnig gewesen, wenn sie die Möglichkeit, einen Kerl wie ihn häufiger zu treffen, ausgeschlagen hätte.

Ich vergaß dabei ganz, dass ich ja nicht nur meine Schwester, sondern auch noch meine Eltern davon überzeugen musste, dass Sascha der perfekte Nachhilfelehrer für mich war.

4.

Die beiden Neuen in der Achten, Joschua und Manuel, hätten unterschiedlicher nicht sein können. Joschua war nur ein paar Monate älter als ich, aber fast einen Kopf größer, sportlich, durchtrainiert, äußerst beliebt. Dennoch stand ich nicht auf ihn. Er war objektiv keine Schönheit, hatte unfassbar viele Pickel und ein zu markantes Kinn und noch dazu war er ein ziemliches Charakterschwein.

Wir waren in derselben Mannschaft, aber er bekam deutlich mehr Einsätze als ich. Und das, obwohl er nun wirklich kein Musterspieler war. Er wurde laufend beim Rauchen erwischt oder bei weiteren Disziplinlosigkeiten auf und außerhalb des Platzes, die ihm der Trainer aufgrund seiner guten Leistungen und vor allem seiner körperlichen Reife stets verzieh. Joschua war ein echter Brecher, vor dem alle Gegenspieler größten Respekt hatten und der allein mit seiner Physis so manches Spiel für uns drehte.

Auch in der Schule war er gefürchtet. Als einziger unter den Jungs steckte er schon mitten im Stimmbruch und hatte sogar so eine Art Oberlippenbart aus dünnem Flaum, weshalb er manchmal scherzhaft Türkenjoschi genannt wurde, aber nur hinter vorgehaltener Hand. Denn wer sich mit ihm anlegte, riskierte Prügel.

Obwohl wir schon lange Mannschaftskameraden waren, hatten wir in der Schule bislang nichts miteinander zu tun gehabt, da er in die Parallelklasse gegangen war. Doch zum Beginn des neuen Schuljahrs hatten sie ihn aus disziplinarischen Gründen aus seinem bisherigen Klassenverband herausgenommen und in unsere 8b gesteckt. Er brauchte nicht lange, bis er auch dort der klare Anführer war.

Vorher hatte diese Rolle Marc inne, ein bulliger, kräftiger Typ, der zwar nicht in der Mannschaft war, aber ein großer FCB-Fan und mit dem ich deswegen ganz gut klar kam. An der Seite von König Joschua führte sich unser einstiger Klassenprimus nun allerdings wie eine devote Zofe auf, wie Dick und Doof in einer Person.

In den Jahren zuvor waren meine Mitschüler nie auf die Idee gekommen, mich als Schwuchtel zu hänseln, selbst zu der Zeit, als ich noch ganz offen für Klinsmann geschwärmt, meinen Walkman mit der Take-That-Kassette in die Schule mitgebracht oder mich an Herrn Gebauer rangeworfen hatte. Schließlich spielte ich Fußball und Fußball galt so ziemlich als das Gegenteil von schwul.

Doch jetzt auf einmal änderte sich das. Seitdem Joschua da war, wollte Marc nichts mehr mit mir zu tun haben. Ich rutschte in der klasseninternen Rangordnung schlagartig ab, vom gesicherten Mittelfeld in die gefährliche Abstiegszone. Dass ich nur mit Daniel, dem bebrillten Klassenstreber abhing, machte die Sache nicht besser.

Wenn ich mir einen Fehlpass leistete, konnte ich mir sicher sein, dass Joschua mich noch tagelang danach mit einem süffisanten „Du spielst wie eine Schwuchtel" bloßstellte. Auch in der Schule brachte er zunehmend derartige Sprüche, wann immer Danni und ich auftauchten.

Ich versuchte krampfhaft, mich an ihren Pausengesprächen zu beteiligen, die sich mehr und mehr um das Thema Sex und Mädchen drehten, um so ihre Anerkennung zurückzugewinnen, auch wenn das bedeutete, mich verstellen zu müssen.

„Kennt ihr noch Klößchen, den Fetten aus der Grundschule? Der Glückspilz hat jetzt eine Freundin, auch noch eine, die richtig pralle Titten hat!"

„Geil", sagte Marc. Immerhin, er redete doch noch mit mir.

„Tja, da kann deine Freundin wohl nicht mithalten", sagte Joschua.

„Der hat jetzt auch ne Freundin?", fragte Marc, der noch verwunderter schien als ich.

„Ja. Eine mit Brille und Computer."

Marc brauchte auffällig lang, um den idiotischen Gag zu kapieren, doch dann lachte er um so lauter.

„Fickt euch", sagte ich und haute ab.

„Och, jetzt ist er beleidigt. Geh doch zu deinem Danni. Oder heul dich bei Manuela aus", rief Joschua mir nach.

Manuela, das war der Spitzname der Jungs für Manuel, den zweiten Neuen. Die Mädchen hingegen nannten ihn Manu. Ich hatte noch nie einen Jungen wie ihn getroffen. Klar achteten mittlerweile auch wir Jungs, Danni und ein paar weitere hoffnungslose Fälle mal ausgenommen, auf unser Aussehen, trugen Markenklamotten und gelten uns die Haare. Aber das war kein Vergleich zu Manuel: Er trug einen auffälligen Ohrring. Er zupfte sich die Augenbrauen. Und seine Klamotten wirkten, als habe seine Mutter sie zu heiß gewaschen oder als hätte er versehentlich die Sachen von seinem kleinen Bruder angezogen. So kamen mir seine nahezu bauchfreien T-Shirts und die hautengen Röhrenjeans jedenfalls vor.

Sein Gang war tänzelnd, leicht federnd, in etwa so, als würde er versuchen, auf einem Trampolin mit Stöckelschuhen zu laufen. Beim Sprechen gestikulierte er übertrieben mit seinen Armen, während die Hand schlaff und schlackernd herunterging, als habe er sich das Gelenk gebrochen. Seine Stimme war sehr nasal und klang affektiert, das Attribut mädchenhaft wäre eine Beleidigung für die Sprechorgane der allermeisten Vertreterinnen dieses Geschlechts – chronisch erkältet traf es wohl besser.

Er erinnerte mich an eine Figur aus dieser Comedyserie, die freitags auf RTL lief: Manuel schien eine zwanzig Jahre jüngere Kopie des besten Freundes von Schwester Nikola zu sein, den mein Vater und ich schrecklich fanden, meine Mutter hingegen „drollig" (meine Schwester nahm an den familiären Fernsehabenden seit einiger Zeit nicht mehr teil).

Kurzum: Manuel war eine Tunte wie aus dem Bilderbuch. Ich hätte nicht für möglich gehalten, dass es so etwas wirklich gab, geschweige denn in unserer Altersklasse.

Anders als man meinen sollte, hatte ich keinerlei Sympathien oder Verständnis für ihn. Vielleicht, weil ich ahnte, welche Vorlieben uns verbanden und weil ich insgeheim Angst hatte, so zu werden wie er. Oder weil ich nun den endgültigen Beweis dafür gefunden hatte, dass ich mitnichten so einzigartig und speziell war, wie ich es mir als kleiner Junge immer vorgestellt hatte.

Aus mir unerfindlichen Gründen liebten die Mädchen Manuel. Er war ständig umringt von einer Traube aus weiblichen Begleiterinnen, die über seine Scherze lachten, mit ihm über die Jungs tuschelten, sich Zettel zusteckten und in Magazinen blätterten.

Die Jungs hingegen konnten ihn nicht ausstehen und zogen ihn bei jeder Gelegenheit auf. Ich bildete da leider keine Ausnahme. Im Gegenteil, je mehr Joschua auf mir rumhackte, umso mehr beteiligte ich mich an den Hänseleien gegen Manuel, was mir tatsächlich gewisse Anerkennung einbrachte.

Wenn da nicht die Sache mit Danni gewesen wäre. Er weigerte sich, an diesen Männergesprächen teilzunehmen und versuchte erst gar nicht, unser ruinöses Image durch Annäherungen an die Gruppe um Joschua aufzubessern.

„Warum gibst du dich bloß immer noch mit der Schwuchtel ab?", fragte mich Joschua eines Tages nach dem Training.

„Weil er keine Schwuchtel ist." Es war schon absurd, dass ich als schwuler Junge den heterosexuellen Danni vor dem Homo-Vorwurf zu schützen versuchte. Aber immer noch besser als umgekehrt, dachte ich mir, froh darüber, nun wenigstens nicht mehr selbst in der Schusslinie zu stehen.

„Ja, genauso wenig wie Manuela."

„Nein, er ist es wirklich nicht. Glaub mir, ich wüsste es."

„Was macht dich da so sicher?"

Ich konnte die Frage nicht beantworten. Aber die Vorstellung, dass Danni auch schwul sein könnte, war nun wirklich völlig absurd. Drei schwule Jungs in einer Klasse, das war schon statistisch gesehen total unmöglich, so viel war mir klar, obwohl ich zu jener Zeit natürlich keine Ahnung davon hatte, wie hoch oder niedrig der Schwulenanteil in der Gesellschaft war, geschweige denn, wie sich das mathematisch-statistisch auf eine Schulklasse runterbrechen ließ.

Dennoch quetschte ich Danni noch am selben Nachmittag aus. Normalerweise vermied ich es, über Anzügliches mit ihm zu sprechen. Zu groß war die Gefahr, dass ich mich selber dabei verplapperte. Aber im Verstellen wurde ich, Joschua sei Dank, immer besser, so dass ich es schaffte, ihn in ein Gespräch über die Mädchen in unserer Klasse zu verwickeln. Ich fragte jeden Namen einzeln ab.

„Louisa?"

„Nein."

„Hatice?"

„Nein."

„Ähm, wer fehlt denn noch?" Ich dachte nach. Ich hatte ernsthafte Schwierigkeiten, die Namen aller Mädchen unserer Klasse aufzusagen. Aber wahrscheinlich hätte ich das mit den Jungs auch gehabt. Was war ich doch für ein seltsames Kind, das sich weder für seine Klassenkameradinnen noch für seine Klassenkameraden interessierte.

„Ach ja, die kleine Eva. Stehst du vielleicht auf sie?"

„Nein, auch nicht."

„Hab ich sonst noch irgendeine vergessen, außer Manuela natürlich?"

Danni zuckte mit den Achseln. „Glaub nicht." Wir kannten uns nun schon eine halbe Ewigkeit und irgendwas an der Art, wie er das sagte, ließ mich an dem Wahrheitsgehalt seiner Aussage zweifeln. Ich ging vor meinem geistigen Auge noch mal alle Gesichter durch.

„Nein, nicht dein Ernst! Du stehst auf Sandra?"

Wieder schwieg er. Ich deutete das als Ja. Sandra entsprach der Wörterbuchdefinition eines Mauerblümchens, kein Wunder, dass ich sie beinahe vergessen hatte.

„Na gut, sie trägt immerhin auch eine Brille", sagte ich.

Wir mussten beide schmunzeln, denn das war auch schon so ziemlich die einzige Gemeinsamkeit zwischen Danni und ihr. Er war der Klassenbeste, sie hatte sogar noch schlechtere Noten als ich. Es hieß, aufs Gymnasium habe sie es nur geschafft, weil sie immer so artig und still war und so eine saubere Schönschrift hatte. Danni hingegen hatte eine Sauklaue und wurde trotz seiner guten Noten ständig wegen Tuschelns getadelt (fairerweise muss man jedoch sagen, dass meist ich es war, der ihn dazu anstiftete).

„Hübsch ist die ja echt nicht. Ist dir schon mal aufgefallen, dass sie voll oft den Mund so leicht geöffnet hat?"

„Na und?", sagte er. Und dann, so leise, dass man es kaum hörte: „Ich find das eigentlich ganz niedlich."

Wieder lachten wir verlegen. Ich war erleichtert. Bei aller Angst davor, für immer einsam zu bleiben – jeder weitere Schwule in meiner Klasse wäre definitiv einer zu viel gewesen.

Jetzt, wo ich wirklich keinerlei Grund mehr hatte, an Dannis Heterosexualität zu zweifeln, beging ich den schlimmsten Verrat, den man sich vorstellen konnte, wobei ich glaubte, es zu seinem und ein bisschen mehr noch zu meinem Besten zu tun. Ich lancierte unter meinen vermeintlichen Kumpels in der Klasse und hinter seinem Rücken die Information, auf wen er stand. Es dauerte natürlich nicht lang, da hatte die Sache die Runde gemacht und selbst mein ansonsten eher außen vor stehender Sitznachbar herausgefunden, was ich getan hatte.

„Warum erzählst du überall rum, dass ich in Sandra verknallt bin? Ich dachte, du bist mein bester Freund!"

Er wirkte nicht wütend, eher enttäuscht, was eigentlich noch schlimmer war.

„Genau darum mach ich das ja auch. Kapierst du denn gar nichts? Weißt du nicht, wie sie dich nennen?"

„Nein, wie denn?"

„Du weißt es doch ganz genau." Ich brachte das Sch-Wort nicht über die Lippen. Es allein auszusprechen, würde sich schon wie ein halbes Geständnis anfühlen.

„Na, ist mir auch egal", sagte er, und auch das glaubte ich ihm nicht.

„Ich musste es tun, wirklich."

„Ach, lass mich doch in Ruhe."

Er sprach den ganzen Tag kaum noch ein Wort mit mir und wir uns auch nicht wie üblich für nachmittags, so dass ich meine Hausaufgaben zum ersten Mal seit langem ganz allein erledigen musste. Schon bei der ersten scheinbar unlösbaren Matheaufgabe gab ich entnervt auf und griff zum Telefonhörer.

„Was willst du?" Immerhin legte er nicht gleich auf.

„Ich wollte sagen, dass es mir leid tut."

„Okay. Tschüs."

„Nein, warte!"

„Was ist denn noch?"

„Willst du nicht wissen, warum ich es getan habe?"

„Das hast du doch schon gesagt."

Ich wusste, wenn ich unsere Freundschaft retten wollte, brauchte ich eine bessere Erklärung. So etwas wie einen gemeinsamen Gegner. Und ich dachte dabei keinesfalls an Joschua, denn einen wie ihn machte man sich besser nicht zum Feind. Also musste eine Lüge her.

„Manuel hat gesagt, er hätte was mit dir."

„Wie bitte!?"

„Ja. Die Tunte ist ein verdammter Lügner. Er steht wohl auf dich und glaubt, du bist auch, naja, schwul halt, und deshalb denkt er sich so'n Mist aus, diese dreckige Schwuchtel." Ich hatte das tatsächlich gesagt und fühlte mich miserabel, und das nicht einmal wegen der bösen Sch-Worte.

„Ja, und als Joschua das erfahren hat, da meinte er so: Die beiden sind so was von tot, denen machen wir das Leben zur Hölle. Da musste ich doch handeln! Ich hab ihm dann gesagt, dass das nicht stimmen kann, und er wollte wissen wieso, und, na ja, dann hab ich ihm das mit dir und Sandra erzählt."

„Okay, verstehe. Aber zwischen mir und Sandra, da ist nichts." Er war immer noch gekränkt, aber schon nicht mehr ganz so, das hörte man. Prompt fühlte auch ich mich besser, trotz der ungeheuerlichen Lüge.

„Na ja, noch nicht."

„Vergiss es, das Thema ist durch. Jetzt, wo sie es weiß."

Das Mauerblümchen und der Streber hatten leider doch noch etwas gemeinsam: Beide waren verdammt schüchtern und wirkten ziemlich verklemmt. Daher hatte er vermutlich recht. Niemand würde den ersten Schritt tun. Dennoch versuchte ich, ihn aufzumuntern.

„Sag das nicht. Wenn sogar Klößchen eine abbekommen hat, dann schaffen wir zwei Hübschen das doch erst recht!"

Durch den Hörer drang ein Schnaufen an mein Ohr, das ein bisschen wie ein Lacher klang. Endlich!

„Willst du vorbeikommen?", fragte ich ihn.

„Keine Zeit. Muss noch Mathe machen."

„Das trifft sich doch gut, muss ich auch noch machen."

„Du meinst, du musst noch bei mir abschreiben."

Jetzt lachten wir beide. Fünf Minuten später kam er vorbei.

Da Danni nicht der Typ war, der jemanden zur Rede stellte oder auf Revanche aus war, flog meine Lüge nie auf. Mein Plan hatte perfekt funktioniert. Die nun geteilte Abneigung gegenüber Manuel schweißte uns zusammen. Wenn auch in geringerem Maße, so beteiligte sich ab diesem Zeitpunkt auch er, wie alle Jungs der 8b, an den Lästereien über unseren neuen Feind, was unsere

Position wieder stärkte und uns weitestgehend Ruhe vor Joschuas Attacken verschaffte.

Irgendwann hatte ich deswegen nicht mal mehr ein schlechtes Gewissen. Es grenzte vermutlich an Schizophrenie, aber es war ein verdammt gutes Gefühl, nicht mehr Opfer, sondern Täter zu sein, obwohl oder gerade weil ich wusste, dass ich beide Rollen in mir hatte, dass die Stimmung jederzeit wieder kippen konnte.

Bislang war davon jedoch nichts zu spüren, und solange Manuel bereitwillig die Rolle der Klassenschwuchtel spielte, wähnte ich mich in trügerischer Sicherheit.

5.

Wie sooft waren sich meine Eltern nicht einig: Mein Vater war für, meine Mutter gegen Sascha als Nachhilfelehrer.

„Der sucht doch nur einen Grund, hier noch öfter ein- und auszugehen", durchschaute sie sofort seine wahren Absichten.

„Und wenn schon. Sascha ist ein intelligenter Bursche, warum sollten die Kinder davon nicht profitieren?"

„Also ich habe nicht das Gefühl, dass er bislang irgendeinen positiven Einfluss auf unsere Tochter hatte, insbesondere nicht auf ihre schulischen Leistungen."

„Er bringt ihr eben andere Sachen bei."

Ausnahmsweise waren sich meine Schwester und meine Mutter mal einig und straften meinen grinsenden Vater für diese Spitze mit einem bösen Blick.

Die Entscheidung wurde vertagt, meine Mutter holte wie geplant zunächst Erkundigungen ein und rief bei Nachhilfelehrern an, deren Nummern sie aus Inseraten oder Aushängen hatte.

Mein Vater fragte zuallererst nach den Preisen.

„Die beiden Studentinnen, mit denen ich telefoniert habe, wollten 15 Mark die Stunde. Und der einzige richtige Lehrer, den ich ausfindig machen konnte, verlangt 25 Mark – für eine Dreiviertelsunde!"

„Was, spinnen die? Das ist viel zu teuer! Die Gräfinger hat doch bloß zwölf Mark genommen."

„Eigentlich hätte *ich* zwölf Mark für jede Stunde bekommen müssen, die ich es mit der Alten ausgehalten habe", mischte sich meine Schwester ein, doch sie beachteten sie gar nicht. Mein Vater fragte sie stattdessen, wieviel Sascha überhaupt verlangte.

„Er würde es für zwölf machen."

Meine Mutter gab zu bedenken, dass das ja der Preis von Frau Gräfinger gewesen sei, die immerhin ausgebildete Lehrerin mit langjähriger Berufserwahrung war.

„Er sagt, er könnte zur Not auch auf zehn runtergehen", erklärte sie, als hätte sie auf diesen Einwand bloß gewartet. Ich hätte sie knutschen können. Was den Umgang mit meinen Eltern betraf, war sie zehntausend Mal cleverer als ich.

Meine Mutter ließ sich aber nicht so einfach überzeugen und suchte weiter krampfhaft nach Argumenten, warum Sascha trotzdem nicht der Richtige sei, fand aber keine stichhaltigen. Selbst mein Vater merkte, wie absurd die Situation war.

„Du willst also unbedingt eine Heidenkohle ausgeben für irgendeinen Studenten, statt dem Freund deiner Tochter eine Chance zu geben, der ein Drittel weniger nimmt und nachgewiesenermaßen eine Leuchte ist? Bitteschön. Aber nicht mit meinem Geld."

Was darauf folgte, war meiner Schwester und mir bestens bekannt. Er hatte seinen größten Trumpf ausgespielt: Wer zahlt, der mahlt. Da konnte sie noch so gekränkt sein und davon anfangen, dass er mit solch einer Einstellung ihre aufopferungsvolle Arbeit für das Familienwohl verkannte, am Ende setzte er sich damit immer durch. Gegen sie übrigens genauso wie gegen uns. Unser Vater sprach, im Gegensatz zu unserer Mutter, nur selten Verbote aus. Es sei denn, das zu Verbietende war teuer – dann konnte davon ausgegangen werden, dass der Finanzminister von seinem Alleinverdiener-Vetorecht Gebrauch machte. Nun geschah dies ausnahmsweise mal zu unseren Gunsten.

„Na gut, meinetwegen, wir probieren es aus. Aber wenn sich deine Noten nicht verbessern, dann engagieren wir einen richtigen Lehrer, egal, was es kostet." Mein Vater schüttelte den Kopf, aber sie ignorierte ihn und wandte sich an meine Schwester. „Und dir, liebe Lucy, sei gesagt, dass sich an dem, was wir vereinbart haben, dadurch absolut nichts ändert."

„Ja, ja", murmelte sie.

„Wie bitte?"

„Ja, Mama! Ich hab's verstanden!"

Ich hätte sie gern gefragt, was sie vereinbart hatten, war mir aber sicher, dass ich keine (ehrliche) Antwort darauf bekommen würde, schon gar nicht in der großen Runde, also schwieg ich und schwelgte während des restlichen Abendessens in stiller Vorfreude auf meinen neuen Nachhilfelehrer.

An dem Tag, an dem es endlich losging, fühlte ich mich ungefähr so, als würden Weihnachten und eine Mathearbeit auf denselben Tag fallen. Ich war so aufgeregt, dass meine Hände zitterten und ich kurz davor war, wegen angeblich plötzlicher Erkrankung abzusagen. Tatsächlich hatte ich das Gefühl, an Herzrhythmusstörungen zu leiden. Ich versuchte, mir in Erinnerung zu rufen, dass es sich bloß um eine Nachhilfestunde handelte und nicht um ein Date, auch wenn ich die Grenzen zwischen diesen beiden Dingen mangels Erfahrungen in beidem fälschlicherweise für fließend hielt.

Zugegeben, in einer Sache bewahrheiteten sich die Befürchtungen meiner Mutter: Sascha, Einser-Abi hin oder her, war ein miserabler Nachhilfelehrer. Der Stoff mochte ihm vielleicht geläufig sein, nicht aber seine Vermittlung. Vorbereitet war er nie und Improvisation gehörte auch nicht zu seinen Stärken. Sein häufigster Satz während unserer Sitzungen war: „Und was machen wir jetzt?"

Da gab es so Einiges, was ich auf diese Frage gern geantwortet hätte, aber meistens lief es dann doch nur darauf hinaus, dass er mir bei meinen Hausaufgaben half, indem er mir die Antworten verriet, wenn ich nicht darauf kam. Der Lerneffekt war dennoch größer, als wenn ich sie nur bei Danni abschrieb, da ich immerhin versuchte, sie zu lösen. Außerdem wollte ich natürlich nicht, dass er mich für doof hielt und strengte mich, anders als in der Schule, richtig an.

Wie gern hätte ich behaupten können, dass er mir zwar kein guter Lehrer war, aber wir immerhin gute Freunde wurden, aber das wäre gelogen. Er ging nicht einmal besonders freundlich mit mir um. Wenn ich eine Aufgabe richtig gelöst hatte, dann sagte er: „Gut gemacht, Kleiner" und manchmal schlug er mir dazu auf die Schulter oder fuhr mir mit der Hand durch die Haare. Alles Dinge, die mich bei jedem anderen Erwachsenen total genervt hätten, aber von denen ich bei Sascha nie genug bekommen konnte.

Machte ich hingegen etwas falsch oder konnte seinen spartanisch gehaltenen Erklärungen nicht folgen, kam es ebenfalls vor, dass er mich berührte, jedoch eher unsanft. Dann gab er mir einen leichten Klaps auf den Hinterkopf oder, wenn ich mich aus seiner Sicht besonders dumm anstellte, rüttelte er sogar an mir. „Was ist denn daran so schwer zu kapieren, Knirps?"

Ich ignorierte gekonnt die Herablassung, die in jeder seiner Gesten mitschwang und genoss sogar diese tadelnden Berührungen. Die pure Anwesenheit eines derart schönen und begehrenswerten Wesens in meiner unmittelbaren Nähe reichte, um mich zu erregen. Kaum vorstellbar, welche Glücksgefühle da selbst der belangloseste Körperkontakt auslöste.

Daneben ergötzte ich mich an seinem Antlitz, wann immer ich konnte. Wenn er mich Hausaufgaben machen ließ oder ich eigentlich einen Text lesen sollte, sah ich abwechselnd in mein Heft und zu ihm. Meist bemerkte er es gar nicht, da er mit seinem Handy herumspielte oder in einer Zeitschrift las. Er war, neben meinem Vater, der seit kurzem ein Diensthandy besaß, der erste in meinem Bekanntenkreis, der ein Mobiltelefon hatte. Ich gab vor, mich dafür zu interessieren, doch genauso wie mein Vater, ließ er es mich nicht einmal berühren.

„Konzentrier dich auf deine Aufgaben, das ist kein Spielzeug für kleine Jungs", sagte er bloß.

Ich tat so, als würde ich seinen Anweisungen Folge leisten und spähte stattdessen weiter, wie er unaufhörlich auf dem Handy herumtippte. Ich hatte keine Ahnung, was er da tat – von der Möglichkeit, SMS zu versenden, hatte ich noch nie etwas gehört. Aber eigentlich war es mir auch egal. Denn noch viel interessanter als die rechte Hand, mit der er das Gerät hielt und gleichzeitig auf die Tasten hämmerte, war die linke: Manchmal, wenn er sich unbeobachtet wähnte, wanderte sie in seinen Schritt. Seine Jeans saßen zwar leider nicht so eng wie die von Manuel, aber dennoch zeichnete sich das, woran er gedankenverloren durch die Hose hindurch knetete, deutlich ab. Wie bedauerlich, dass es sich bei diesem Gerät aus seiner Sicht vermutlich ebenfalls nicht um ein Spielzeug für kleine Jungs handelte.

Was ich gesehen, und noch mehr das, was ich nicht gesehen, aber erahnt hatte, ließ mich nicht mehr los. Wenn es doch bloß wirklich so wäre, wie ich es mir als kleiner Junge immer vorgestellt hatte und meine Neigung mir Superkräfte verleihen würde. Ich wäre gestorben für einen einzigen Röntgenblick!

Da kam mir eine Idee. Es gab nur ein Zimmer, das sich in unserer Wohnung abschließen ließ: die Toilette. (Nicht einmal im Badezimmer hatte man diese Möglichkeit, was ein zunehmendes Ärgernis war, denn ich hatte kürzlich entdeckt, wie gut es sich anfühlte, an meinem Ding in der Badewanne herumzuspielen - es sah unter Wasser, wenn man den Schaum beiseiteschob, irgendwie viel größer aus.) Mit zitternden Händen entfernte ich fortan vor jeder Nachhilfestunde den kleinen goldenen Schlüssel, der von innen in der Klotür steckte, packte ihn unter den plüschigen Toilettenvorleger und betete, dass es niemandem auffallen würde.

Doch so sehr Sascha sein Glied auch knetete – es musste andere Gründe haben, pinkeln ging er jedenfalls während des Unterrichts nie.

„Mensch, hab ich einen Durst. Ich hol mir mal was zu trinken. Willst du auch was?"

„Nein. Und du kannst später was trinken."

„Ach komm, wir haben so eine leckere Cola, die musst du probieren."

„Äh, ich weiß, wie Cola schmeckt."

„Und wenn ich dir ein Bier hole?"

„Was soll das? Wenn du Zeit schinden willst, dann lies meinetwegen irgendwas oder mal ein Bild, ist mir egal. Glaub mir, für mich ist das hier auch kein Vergnügen. Aber bleib schön, wo du bist und mach keinen Blödsinn, denn sonst haben wir gleich deine Mutter an der Backe. Bei der ist nichts mit Bierchen trinken."

In der Woche darauf war ich besser vorbereitet. Ich hatte unbemerkt eine Halbliterflasche Hefeweizen aus dem Kasten im Keller mitgehen lassen. Wenn er noch recht gut gefüllt war, fiel es nicht auf. Ich hatte das schon ein paar Mal gemacht, aber nie geschafft, sie ganz auszutrinken, weil das Zeug einfach zu eklig schmeckte. Und besoffen war ich davon auch noch nicht geworden, hatte höchstens etwas Kopfweh bekommen.

Um ganz sicher zu gehen, dass er auch Durst haben würde, stellte ich eine Schale mit Salzstangen daneben. War aber gar nicht nötig.

„Eigentlich trinkt man so'n Weißbier ja nicht aus der Flasche, aber was soll's", sagte er.

Er sah sogar beim Saufen gut aus. Die Art, wie er die Flasche hielt, wie er den Schaum mit einer abgehackten Handbewegung vom Mund wischte und auf meinen Teppichboden pfefferte – einfach alles an ihm war durch und durch männlich.

Und plötzlich wurde mir klar, dass ich einen solchen Kerl mit Bier abfüllen und mit etwas Glück vielleicht sogar durchs Schlüsselloch beobachten, aber ihn niemals im Leben würde haben können. Alles, worauf ich hoffen konnte, waren Jungs, die eigentlich gar keine Jungs waren, so wie Manuel(a) oder die Showtucken aus dem TV.

Dieser Gedanke frustrierte mich dermaßen, dass ich mich während der restlichen Stunde weder auf den Stoff noch auf den Lehrer konzentrieren konnte. Erst gegen Ende des sogenannten Unterrichts erhellte sich meine Stimmung wieder. Mein Plan schien doch noch aufzugehen.

„Ich muss mal kurz pissen! Mach die Aufgabe noch zu Ende, ich schau mir das gleich an."

Das Klo war unten, mein Zimmer oben, ich wartete also, bis er die Treppen hinabgestiegen war und schlich ihm dann nach. Meine Schwester hörte Musik auf ihrem Zimmer, mein Vater war noch auf der Arbeit und meine Mutter bügelte im Wohnzimmer und guckte Talkshows dabei, wie jeden Nachmittag. Manchmal dachte ich, sie würde bloß bügeln, um einen Vorwand zu haben, diese Talkshows zu sehen. Tatsächlich wusch und bügelte sie wie bekloppt, jeden Tag mindestens eine Maschine. Sogar meine Unterhosen, Stoffservietten und Waschlappen lagen stets sorgsam dampfgeglättet und bügelgefaltet im Schrank. An den Nachmittagen roch unser ganzes Haus nach Weichspüler.

Sie war also zum Glück so vertieft auf das Bügeln und den Fernseher, dass sie mich trotz der geöffneten Tür nicht über den Flur huschen sah.

Ich blickte durch das Schlüsselloch und sah – nur Saschas Rücken. Trotz des unmissverständlichen Aufklebers, den meine Mutter auf einer der Kacheln neben dem Klo geklebt hatte und der ein durchgestrichenes, im Stehen urinierendes Männchen zeigte, hatte er sich nicht hingesetzt. Wenn er doch wenigstens die Hose heruntergezogen hätte! Aber mir war nicht einmal ein Blick auf sein Hinterteil vergönnt.

Dennoch blieb der Voyeurismus nicht ohne Folgen: Ich gewöhnte mir an, entgegen meiner Kinderstube und unseren familiären Gepflogenheiten, nur noch im Stehen zu pinkeln, so wie Sascha und vermutlich jeder echte Mann es taten.

Als Zugeständnis an die jahrelangen Erziehungsbemühungen meiner Mutter verzichtete ich allerdings weiterhin nicht darauf, mir nach dem Toilettengang die Hände zu waschen. Nicht so Sascha: Beinahe hätte er mich erwischt, weil er, kaum dass alles abgeschüttelt und verstaut war, auch schon wieder zur Tür ging. Zum Glück konnte ich noch schnell genug in die Küche fliehen, wo ich so tat, als hätte ich mir ein Glas Wasser genommen.

Den Biertrick konnte ich erst einmal nicht mehr anwenden, weil die Kiste zunächst zu leer und dann zu voll war, ich also Angst hatte, meinem Vater könnte das plötzliche Fehlen einer Flasche auffallen. Es dauerte drei Wochen, bis Sascha auch ohne von mir angedienten Gerstensaft endlich mal wieder den Wunsch verspürte, sich in unserem Haus zu erleichtern.

Normalerweise ging er nach der Nachhilfe immer gleich auf das Zimmer meine Schwester, doch meine Mutter hatte es ihr heute strengstens verboten, Sascha zu empfangen, angeblich, weil sie stattdessen für eine Arbeit lernen sollte. Entsprechend mies war seine Laune. Er klopfte mir nicht ein einziges Mal anerkennend auf die Schulter, obwohl ich fast alle Aufgaben richtig gelöst hatte und am Ende unserer Stunde konnte er gar nicht schnell genug wegkommen.

Ich dachte, er wäre schon draußen, doch da hörte ich das unverkennbare Quietschen der Toilettentür (seit Monaten bat meine Mutter meinen Vater, das zu beheben, doch angeblich hatte er nie Zeit). Instinktiv sprang ich auf, obwohl es ja genauso gut meine Mutter oder meine Schwester hätten sein können. Doch die beiden waren dort, wo sie um diese Uhrzeit immer waren: Aus dem Zimmer meiner Schwester drang die übliche Metal-Mucke, im Wohnzimmer lief der Fernseher und dampfte das Bügeleisen. Zum Glück hatte ich daran gedacht, den Schlüssel vor Saschas Ankunft erneut abzunehmen, sodass ich freien Blick hatte.

Ich wusste, dass ich höchstwahrscheinlich wieder nur einen Rücken zu Gesicht bekommen würde und dennoch zitterte ich vor Erregung.

Doch diesmal stand er nicht, er saß. Allerdings war der Klodeckel zu und sein Gemächt abermals verdeckt. Zuerst sah ich nur die langen, dunkelblonden Haare davor, die sich langsam nach vorne und wieder nach hinten bewegten. Es dauerte ein paar Sekunden, bis ich begriff, dass diese Haare zum Hinterkopf meiner Schwester gehörten. Sie kniete vor ihrem Freund, während er mit zugekniffenen Augen an die Decke blickte. Hin und wieder fasste er mit einer Hand an ihren Kopf und presste diesen recht unsanft gegen seinen Schritt, wobei er sich ganz leicht auf die Lippe biss.

Es war genauso wie bei ihrem Geknutsche im Sommer am Badesee: Ich wollte eigentlich nicht hinsehen - aber ich konnte auch nicht wegsehen.

6.

Das, was ich gesehen hatte, war zu verstörend, um damit bei Joschua und Co. auf dem Schulhof zu prahlen, aber auch zu geil, um es für mich zu behalten. Also warf ich abermals meinen Vorsatz über den Haufen, mit Danni nicht über so etwas Heikles wie Sex zu reden, und beichtete ihm, was ich – angeblich rein zufällig aufgrund verdächtiger Geräusche – durch das Schlüsselloch beobachtet hatte.

„Krass." Das war erst einmal alles, was meinem besten Freund dazu einfiel. „Echt krass."

„Krass schlimm oder krass geil?", versuchte ich, ihn zu jener Positionierung zu zwingen, die mir selbst so schwer fiel.

„Also für dich wahrscheinlich krass schlimm, weil's deine Schwester war."

„Und für dich krass geil?"

„Na ja, ich hab sowas schön öfter gesehen."

Danni hatte keine große Schwester, er war Einzelkind, und seine Eltern wirklich steinalt, also um die fünfzig oder so. Das war nun wirklich ekelhaft. Trotzdem war ich natürlich neugierig und fragte nach, wo genau er so etwas gesehen haben wollte.

„Im Internet."

Sein Rechner war neuerdings mit dem Netz verbunden. Er hatte es seinen Eltern und sogar mir so verkauft, als sei der größte Vorteil daran, dass man online wunderbar für Referate recherchieren könne, weswegen mich das Thema bislang sehr wenig interessiert hatte. Doch jetzt wurde ich hellhörig. Das hätte ich ihm nun wirklich nicht zugetraut!

Ich verlangte auf der Stelle Beweise für seine kühnen Behauptungen. Er stellte sicher, dass seine Eltern außer Reichweite waren, klickte auf eine Weltkugel und sein PC begann, komisch knisternde Piepgeräusche zu machen, bis ich keine Minute später zum zweiten Mal innerhalb von wenigen Tagen einen Blowjob sah – zwar diesmal als Standbild, aber dafür, ohne dass Haare oder sonst etwas den Anblick trübten.

„Krass, oder?", sagte Danni. Offenbar bestand der sexuelle Wortschatz meines ansonsten so sachkundigen Freundes nur aus einem einzigen Adjektiv.

„Wieso krass?", fragte ich, auch nicht viel wortgewandter und im vergeblichen Bemühen, so zu tun, als würde ich nicht wie ein

Bekloppter auf das Riesenteil des Mannes starren, das gerade einmal zur Hälfte im Mund der Frau verschwunden war.

„Na, wie sie ihm einen bläst."

Daniels Wangen waren hochrot, während er nun doch noch Worte für das gefunden hatte, was wir da sahen. Worte, von denen ich niemals geahnt hätte, sie aus seinem Mund zu hören. Es hätte mich nicht gewundert, wenn sich jetzt auch noch seine Brillengläser beschlagen hätten. Ich musste meine Meinung über ihn korrigieren: Er war vielleicht schüchtern, aber ganz offenbar doch nicht so verklemmt wie ich gedacht hatte.

„Ja, krass", sagte ich. Aber ich meinte nicht die Frau, ich fand ihre Anwesenheit auf dem Bild eher störend, sondern ich meinte das Glied des Mannes. Mal von meinem eigenen und denen meiner Mitspieler abgesehen, die aufgrund ihrer überschaubaren Ausmaße und ihrer Unvollkommenheit eher uninteressant für mich waren, hatte ich erst sehr wenige männliche Geschlechtsteile gesehen. Das meines Vaters natürlich, aber schon der Gedanke daran löste Scham und Übelkeit aus, so dass ich die seltenen Anblicke stets erfolgreich verdrängen konnte. Da wären höchstens noch die von mir mit großem Interesse studierten Zeichnungen aus dem Brockhaus im Bücherregal sowie dem Biologiebuch, die in ihrer Schlaffheit aber in keinem Vergleich zu der virilen Bestückung des auf dem Foto aktiven Darstellers standen.

Selbst die Nacktfotos von Jugendlichen aus der Bravo meiner Schwester hatte man bislang erfolgreich vor mir zurückhalten können, allerhöchstens erbarmte sie sich, mir die Boygroup-Poster zu überlassen. Von männlicher Nacktheit, ganz zu schweigen von harter Pornografie, war ich demnach bis zu diesem denkwürdigen Augenblick weitestgehend verschont geblieben. Manchmal schleppten Joschua oder Marc zwar Ausschnitte aus Herrenmagazinen an, die sie auf dem Schulhof zwischen den Jungs wie Trophäen herumreichten, aber sie bildeten ausschließlich Brüste und/oder Vaginas ab und befriedigten vielleicht eine gewisse Neugier, aber anders als das, was Daniel mir da gerade zeigte, keinesfalls mein wahres Verlangen.

Ich musste an meinen ersten Kontakt mit einem echten Porno denken und wie harmlos er im Vergleich war. Ausgerechnet im Schlafzimmer meiner Eltern hatte sich das abgespielt. Ich war elf, als ich mich tagsüber kurz vor Weihnachten dorthin schlich, um mich nach Geschenken umzusehen. Stattdessen fand ich im hintersten Winkel des Schranks eine Packung Kondome und daneben zwei eingestaubte Videokassetten, die die verheißungsvollen Titel ‚Sexplosion in Ibiza' und ‚Heiße Titten, scharfe Schwänze' trugen (wobei auf beiden Covern sowohl das Eine als auch das Andere durch kleine Sternchen verdeckt war). Natürlich war ich unfassbar neugierig, aber auch viel zu geschockt, um sie mir näher anzusehen, geschweige denn sie heimlich abzuspielen. Als ich das nächste Mal danach sah, waren sie verschwunden. Ich war enttäuscht, aber irgendwie auch erleichtert.

Ich wusste zu diesem Zeitpunkt längst, dass Kinderkriegen nichts mit Klapperstörchen oder Bienen zu tun hatte, sondern mit Sex, einem Wort, das mich zwar schon lange vor Beginn der Pubertät magisch anzog, jedoch für mich das genaue Gegenteil des Begriffs Eltern darstellte. Sie waren für mich immer so etwas wie asexuelle Wesen – nicht Mann und Frau, sondern Mama und Papa. Die Erkenntnis, dass auch meine Eltern ein Sexualleben hatten, war also äußerst verstörend.

Zum Glück, zumindest aus meiner Sicht, waren die einzigen elterlichen Intimitäten, von denen ich nach jenem Zufallsfund noch Zeuge werden sollte, ihre nächtlichen Streitereien, die zwar gedämpft, aber dennoch unüberhörbar aus dem Schlafzimmer in unsere Kinderzimmer drangen.

An all das musste ich komischerweise plötzlich denken, als ich zum ersten Mal einen erigierten Männerpenis sah, und das führte dazu, dass sich trotz meines großen Interesses daran bei meinem eigenen rein gar nichts regte. Nichts hätte mir ferner gelegen, als mich in diesem Moment selbst zu berühren und ich war heilfroh, dass auch Danni keinerlei Anstalten in diese Richtung machte.

Es blieb dennoch bei weitem nicht das letzte Mal, dass wir uns derartige Bilder ansahen. Allerdings standen die drastischen Aufnahmen im *krassen* Widerspruch zu unserem unschuldigen Verhalten bei ihrer Betrachtung. Mit Ausnahme des gelegentlich eingestreuten *k*-Wortes sowie dem scheinbar beiläufigen Austausch von Fachtermini für die dargestellten Praktiken kommentierten wir die Fotos so wenig wie möglich und verbargen auch unsere mit der Zeit unvermeidbar eintretenden Erektionen mehr oder weniger erfolgreich voreinander.

Man hätte meinen können, unser Interesse wäre rein explorativ, ja beinahe wissenschaftlich. Zwei kleine Jungs, die lernen möchten, wie diese Sache mit dem Sex denn nun genau aussieht und die das irgendwie interessant, aber auch befremdlich, eben *krass* fanden. So gaben wir uns auch nach dem x-ten Mal noch.

Doch zumindest was meinen Teil anging, stimmte das nur bedingt. Denn nach wenigen Wochen fast gewohnheitsmäßigem Konsum der Bilder waren diese nicht mehr bloß interessant. Natürlich erregten mich die Fotos, sie ließen mich nicht mehr los, veränderten alles. Im Bett holte ich sie Abend für Abend vor mein geistiges Auge. Diffuse, vergleichsweise harmlose Träumereien waren ganz konkreten Vorstellungen gewichen. Ich dachte nicht mehr einfach an schöne Männer, ich dachte daran, wie es wäre, einen Schwanz zu lutschen, Eier zu lecken oder den Geschmack von Sperma zu kennen (ich selber brachte diesbezüglich noch immer nichts hervor).

Außerdem wusste ich dank der Bilder jetzt genau, wie ich mich zu befriedigen hatte: Ich hielt meinen Schwanz mit den Fingern fest umklammert, so wie es die Männer taten, wenn diese komischen Frauen mit den dicken Lippen und den noch dickeren Brüsten unterwürfig und mit ausgestreckter Zunge vor ihnen knieten.

Manchmal machte ich den Fehler, zu sehr an die Frauen zu denken, und dann fielen mir wieder die Kopfbewegungen meiner Schwester im Badezimmer ein oder die Kassetten meiner Eltern. Mein Penis wurde daraufhin in kürzester Zeit so klein, dass meine Finger nichts mehr hatten, an das sie sich krallen konnten.

Nicht nur in solchen Momenten siegte mein schlechtes Gewissen gegen die Erregung. Auch nachdem ich es getan hatte, fragte ich mich oft, ob es für das Jugendverbot von Pornografie nicht vielleicht doch einen triftigen Grund gab, der über reine Erwachsenenschikane hinausging. Waren diese Bilder böse? War ich böse, weil ich sie mir ansah? Und warum kamen mir solche Gedanken immer nur, wenn ich mir die Frauen auf den Bildern vor Augen führte?

Ich wusste nicht, was schlimmer war: Meine Nachdenklichkeit bei den Frauen oder meine Geilheit bei den Männern. Im Unterschied zu früher, bei meinen naiven Rubbeleien, war der nun fachmännisch herbeigeführte Orgasmus nicht mehr der ersehnte, ja überraschende Höhepunkt meiner Erregung, sondern das böse Ende, das ich mit immer neuen, teils schmerzhaften Tricks hinauszuzögern versuchte. Anders gesagt: Ich scheuerte mir das Ding wund aus Angst vor der Scham nach dem Kommen.

Ein naheliegendes Mittel gegen diese Gewissenbisse wäre gewesen, sich die Fotos einfach nicht mehr anzusehen, aber die Versuchung war zu groß. Sobald wir einigermaßen sturmfreie Bude hatten, also seine Eltern außerhäusig oder zumindest beschäftigt waren, gingen wir online. Wie Briefmarkensammler auf einem Philatelistenflohmarkt durchstöberten wir das Netz mit einer gar nicht mal mehr gespielten Selbstverständlichkeit nach immer *krasseren* Bildern, die wir auf Disketten speicherten, die Danni in einem alten Schuhkarton hortete.

Eines Nachmittags schien Danni der Gedanke an eine spätere Verwertung der gesammelten Werke nicht mehr auszureichen. „Ich muss mal kurz aufs Klo", sagte er, verschämt grinsend.

Anders als bei meinem Nachhilfelehrer, verspürte ich nicht die geringste Lust, ihm zu folgen, um irgendwelche Schlüssellocheinblicke zu erhaschen. Es gab da etwas viel Verlockenderes. Mit zitternden Händen gab ich das Wort ‚Männer' in den Suchschlitz einer der Pornoseiten unseres Vertrauens ein. Und tatsächlich: Endlich bauten sich vor meinen Augen Bilder ohne störendes, ein schlechtes Gewissen hervorrufendes Beiwerk auf, ja sogar solche, die gleich zwei Prachtexemplare auf nur einem Foto zeigten.

Gerade noch rechtzeitig schloss ich die Seite, bevor Danni wieder zurückkam.

„Sorry, musste sein. War echt prall."

„Bitte verschon mich mit den Details", sagte ich, dabei hätte mich brennend interessiert, was er mit ‚prall' meinte. Kam bei ihm etwa schon etwas?

„Hast du es dir auch gemacht?"

„Nein, natürlich nicht!", erwiderte ich, etwas zu empört, um noch glaubhaft zu wirken. Dabei hatte ich mir zumindest in dieser Hinsicht wirklich nichts vorzuwerfen.

„Wäre doch nicht schlimm. Schwul ist es ja nur, wenn man es zusammen macht."

Ich hütete mich, darauf einzugehen und versuchte, das Thema zu wechseln. Doch dann bekam Danni raus, was ich tatsächlich während seiner Abwesenheit gemacht hatte.

„Du hast nach Bildern von *Männern* gesucht?!?"

„Hä? Quatsch. Das habe ich nicht eingegeben."

„Natürlich, hier, schau mal, er speichert alle Suchbegriffe. Ich lösche den Verlauf erst, wenn wir wieder offline gehen."

Ich merkte, wie Panik mich überkam. Ich fühlte mich wie ein Mörder, der seiner Tat überführt wurde. Fieberhaft suchte ich nach einem Alibi für das Unaussprechliche – und sagte einfach den ersten Blödsinn, der mir einfiel.

„Äh, ja, okay, also gut, ich habe danach gesucht. Ich wollte es dir eigentlich noch nicht verraten, es sollte eine Überraschung sein."

„Was bitte für eine Überraschung?"

Dannis Augen sahen hinter seinen Brillengläsern ohnehin schon recht groß aus, doch jetzt wirkten sie, als würden sie ihm gleich aus dem Gesicht springen.

„Also, das ist ein Plan von Joschua. Er hat da angeblich ziemlich Erfolg mit, hat er mir verraten. Er speichert sich Bilder von solchen nackten Mucki-Typen ab und schickt sie dann richtig geilen Mädchen im Chat, die ihm im Gegenzug echte Nacktbilder von sich schicken."

Tatsächlich hatte Joschua, der bereits über einen PC mit Internet-Anschluss verfügte, schon damit angegeben, dass er eine Menge heißer Girls im Netz aufgerissen hätte. Vom Austausch von Nacktfotos, geschweige denn von Pornografie, sprach er jedoch nie. Entweder, Danni und ich waren tatsächlich abgebrühter als der größte Klassenmacho – oder selbst dieser kannte so etwas wie Scham und konsumierte entsprechendes Material ebenfalls eher heimlich.

„Echt, das macht er wirklich?"

„Ja. Aber kein Wort darüber, von mir hast du das nicht."

„Ist klar. Und du willst das auch machen?"

Das wollte ich selbstverständlich nicht, aber nun gab es kein Zurück mehr. Und so wurden wir von Sammlern zu Jägern. Mal gaben wir uns als neunzehnjähriger Weiberheld aus (ich schlug den Nicknamen SexySascha vor), mal als zwei lesbische Freundinnen, die in einschlägigen Kanälen auf der Suche nach zeigefreudigen, gleichgesinnten Gespielinnen waren. Den Gedanken, dass unsere Konversations- und Tauschpartner sowie deren prächtige Fotos und detailgetreue Handlungsschilderungen überwiegend genauso Fake waren wie wir, dass sich dahinter ebenfalls kleine Jungs oder gar alte Säcke verbargen, verdrängten wir erfolgreich. Hatten wir zuvor beim Bildersammeln so getan, als wären wir neugierige Wissenschaftler, schlüpften wir nun in die Rolle von Schauspielern, von Hochstaplern oder Undercover-Ermittlern mit verdeckter Identität und fühlten uns dabei ungemein gerissen.

Nie zuvor hatte ich etwas so Erwachsenes auf eine gleichzeitig dermaßen kindische Art getan wie das Führen dieser hirnverbrannten, perversen Lügenchats.

Und dennoch war ich auch davon fasziniert, vor allem von der Vielfalt der anzutreffenden Vorlieben. Es gab Kanäle für jede nur erdenkliche Spielart der Sexualität. Nur leider machten wir, wie sollte es auch anders sein, einen großen Bogen um all jenes, was auch nur ansatzweise homoerotisch klang.

Mir wurde schnell klar, dass um die Unweiten dieser Scheinwelt, und war sie auch noch so verlogen, kein Weg herumführen würde, wollte ich meine immer konkreter werdenden Fantasien jemals auch nur ansatzweise ausleben.

Weihnachten näherte sich mit großen Schritten und ich hatte nur einen Wunsch: einen eigenen Computer, den ersten in unserem Haushalt. Mit Internetanschluss. Und auf meinem Zimmer.

„Aber Mama, Danni hat doch auch einen!"

„Tja, wenn du mal die Noten von Daniel hast, dann können wir vielleicht darüber reden."

„Wenn ich einen PC hätte, dann würde ich auch bessere Noten schreiben! Danni nutzt ihn ja fast nur für die Schule!", log ich, ohne mit der Wimper zu zucken, doch es war aussichtslos. Meine Mutter hielt Computer und Internet für Teufelswerk, vermutlich wegen der in ihren Lieblingstalkshows immer häufiger auftretenden Gäste, die sich mit den Folgen irgendwelcher Chatflirts herumschlugen, zum Beispiel sexuell übertragbaren Krankheiten. Und für meinen Vater war das bloß wieder ein viel zu teures Spielzeug, mit dem ich ihn um sein sauer Erarbeitetes bringen wollte.

Doch dann, ganz kurz vor dem Fest, änderte sich auf einmal alles – und ich sollte meinen Willen doch noch bekommen. Auch wenn ich dafür einen hohen Preis zu zahlen hatte.

7.

Weihnachtsstress war ein Wort, mit dem ich nichts anfangen konnte. Ein typisches Erwachsenending. Mit Weihnachten verbanden wir Kinder so gut wie nie negative Emotionen, sondern vor allem Vorfreude.

Ich ging davon aus, dass es zumindest bei meiner Mutter ganz ähnlich sein musste. Mit den Vorbereitungen begann sie schon vor dem ersten Advent, und zwar an einem Sonntagvormittag im November, an dem wir einen Herbstspaziergang durch die Wälder im Umland unternahmen und die Materialien für das traditionelle Adventsgesteck sammelten, das meine Mutter dann in liebevoller Handarbeit selbst herstellte.

Selbstverständlich kaufte eine solche Frau ihren Kindern auch nicht einfach irgendeinen Adventskalender aus dem Supermarkt. Stattdessen hatte sie uns schon vor Jahren 24 Mal grüne Socken (für mich) und 24 Mal rote (für meine Schwester) gestrickt und mit Zahlen aus Filz benäht, die jeden Dezember aufs Neue bis zum Rand mit Süßigkeiten gefüllt wurden.

Wenig später begann sie dann mit dem Backen der Plätzchen, dem Basteln neuer oder dem Reparieren alter Dekoration, der Auswahl des Baumes und so weiter. Dazu kamen die Bemühungen um die Erfüllung unserer sämtlichen, wie immer äußerst unverschämten Geschenkwünsche. Und dann war da natürlich auch noch die Planung der diversen, opulent ausfallenden Feiertagsfestmahle.

Alle paar Jahre war letzteres ein ganz besonders aufwändiger Staatsakt, nämlich immer dann, wenn wir mit der Ausrichtung der familiären Festlichkeiten an der Reihe waren. 1998 war es wieder so weit: Oma Elisabeth und Opa Heinz, Onkel Wolfgang und Tante Sybille sowie meine Zwillings-Cousinen Larissa und Katharina hatten sich für den ersten Weihnachtstag angekündigt, also die gesamte Kernfamilie mütterlicherseits (meine Großeltern väterlicherseits lebten weiter weg, wir besuchten einander höchstens mal in den Sommerferien).

Schon Anfang Dezember – für ein Kind ist es zu diesem Zeitpunkt noch eine quälend lange, halbe Ewigkeit hin bis zur Bescherung – redete meine Mutter von dem Feiertags-Familienbesuch. Und zwar in einem Ton, als ginge es darum, eine militärische Operation zu planen, bei der selbst kleinste Fehler über Leben und Tod entscheiden können.

„Ihr müsst mir versprechen, dass ihr euch dieses Jahr ganz besonders gut mit euren Cousinen verstehen werdet."

„Machen wir doch immer", log ich. Die Zwillinge waren in meinen Augen furchtbare Ziegen und gehörten zu den wenigen Dingen, die ich an Weihnachten *nicht* mochte.

Meine Schwester tat so, als ginge sie das Ganze nichts an und schlang ihr Abendessen noch schneller runter als ohnehin schon üblich, womöglich, um dieser Diskussion rasch entkommen zu können.

„Na ja, als wir letztes Jahr bei meinem Bruder gefeiert haben, hast du sie keines Blickes gewürdigt."

„Immerhin haben wir uns kaum gestritten."

„Das reicht aber diesmal nicht. Wir sind heuer die Gastgeber, da musst du dich also schon ein bisschen mehr um sie kümmern."

„Wieso *ich*? Das kann doch Lucy machen. Sind schließlich Mädchen."

„Das sind Babys", paffte meine Schwester mit halbvollem Mund.

„Deine Cousinen sind genauso alt wie dein Bruder", entgegnete ihr meine Mutter.

„Sag ich doch, Babys. Er kann ja mit ihnen spielen."

„Ich spiele nicht mit Mädchen."

„Sagt ein Junge, der den ganzen Tag beschissene Mädchenmusik hört."

„Diese *beschissene Mädchenmusik* hast du zufälligerweise bis vor kurzem auch noch geliebt, bevor du dich auf einmal in einen Zombie verwandelt hast!"

„Hört auf damit!", mischte sich mein Vater ein. „Besser, ihr tut das, was eure Mutter euch sagt. Und vertragt euch!"

„Ach ja, wir sollen uns also vertragen?" Meine Schwester sah ihn kampfeslustig an. „Meinst du so wie du und Mama?"

Mein Vater schlug mit der Faust auf den Tisch, so laut, dass das Besteck auf den Tellern wackelte. Wir zuckten alle zusammen. So etwas tat er eigentlich nie, nicht einmal, wenn wir ihn nach einer Nachtschicht eine halbe Stunde lang mit irgendwelchen teuren Wünschen behelligten, die er uns nicht erfüllen wollte.

Meine Mutter warf meiner Schwester einen bitterbösen Blick zu, den sie sofort imitierte und in Sachen Boshaftigkeit sogar noch übertraf, um dann wortlos vom Tisch aufzustehen. Schweigend aß der Rest der Familie auf.

Irgendetwas Schweres lag in der Luft, und es war nicht der Geruch des langsam kalt gewordenen Bratens, sondern eher der eines aufkommenden Gewitters, das mit dem Donner der väterlichen Faust und dem Rückzug der schwesterlichen Schlechtwetterfront gerade so noch einmal über uns hinweggezogen war, ohne sich richtig zu entladen. Ich war noch zu sehr Kind, um zu erahnen, was das genau für ein Unwetter war, aber nicht mehr Kind genug, um es nicht doch zu spüren.

Meine Schwester jedenfalls sparte zwar an klaren Worten, nicht aber an Blicken, die Blitzen glichen, und zeigte in den Tagen und

Wochen danach überdeutlich, wie wenig ihr an der Vorweihnachtszeit und den Feiertagen lag. Erstmals drückte sie sich erfolgreich um jegliche Mitarbeit an den üblichen Vorbereitungsritualen. Mein Vater schob in jenem Dezember wegen irgendwelcher Erkältungswellen auf der Arbeit ständig Überstunden und Extraschichten und war noch seltener zu Hause als ohnehin schon.

Ich hingegen half wie jedes Jahr beim Basteln oder Backen und obwohl ich für beides nicht besonders viel Geduld oder gar Geschick hatte, tat ich es gern, denn es schien meine Mutter glücklich zu machen und das wiederum machte auch mich glücklich. Dazu kam, dass es eigentlich ganz angenehm war, mal keine maulende sowie ständig alles besser wissende und könnende Schwester an unserer Seite zu haben. Ich hatte meine Mutter ganz für mich. Selten waren wir uns so nah wie in diesen geschäftigen Vorweihnachtstagen.

Dennoch: Die dunklen Wolken über unserer Familie hatten sich mitnichten verzogen.

„Du bist der Einzige in diesem Haus, der sich noch auf Weihnachten freut. Wenn du nicht wärst, wüsste ich gar nicht mehr, wofür ich mir diesen ganzen Stress hier antun sollte", beichtete mir meine Mutter schließlich am Abend des vierten Advent, nachdem ich ihr geholfen hatte, sämtlichen Baumschmuck aus dem Keller zu holen und auszupacken.

Sie mochte es gut gemeint haben, aber ihre Worte trafen mich dennoch wie ein Schlag ins Gesicht. Obwohl niemand von uns besonders religiös war (meine Mutter noch am ehesten, sie schleppte uns an Heiligabend immerhin alljährlich in die Mitternachtsmette), war ich stets davon ausgegangen, das Feiern von Weihnachten und das ganze Brimborium, welches man im Zuge dessen veranstalte, sei so etwas wie gottgegeben. Oder diene zumindest einem höheren Zweck, der alle Menschen gleichermaßen mit Liebe und Freude (und gutem Essen und Unmengen an Geschenken) erfüllte. Und nun stellte sich auf einmal heraus, dass Weihnachten für Erwachsene, sogar für solche Traditionalisten wie meine Mutter, in Wahrheit bloß eine mühselige Inszenierung der Glückseligkeit war, die zur Bespaßung und Belohnung braver Kinder diente. Es war fast so erschütternd wie damals, als kleiner Junge, als ich herausfand, dass es in Wahrheit überhaupt kein Christkind gab.

Diese Enttäuschung war jedoch nichts im Vergleich zu dem Drama, das mich am Tag darauf erwartete und das mein bisheriges Leben völlig aus den Fugen geraten ließ. Was geschah, traf mich komplett unvorbereitet. Und das, obwohl mir die seltsame Stimmung in unserer Familie weder entgangen noch gleichgültig gewesen war. Denn auch ich konnte mich, entgegen der Unterstellung meiner Mutter, nicht mehr uneingeschränkt auf das Fest freuen. Das lag zum einen daran, dass ich nicht damit rechnete, meinen sehnlichsten Wunsch (einen eigenen PC) erfüllt zu bekommen. Und zum anderen daran, dass mein Gefühl mir sagte, das immer wieder vertagte Gewitter könnte sich ausgerechnet an Heiligabend mit einem großen Knall entladen, in einem noch nie dagewesenen Familienzoff ohne Chance auf Versöhnung.

Doch es kam alles ganz anders.

Es war ein Mittwoch, an der Wäscheleine im Flur hingen nur noch je eine rote und eine grüne gefüllte Socke und ich hatte gerade meinen letzten Schultag hinter mir. Im Gegensatz zu dem, was ich von früher aus der Real- und Grundschule gewohnt war, hatte die Mehrzahl unserer beflissenen Gymnasiallehrer es nicht einmal für einen Tag gut sein lassen können und wir tatsächlich so etwas wie ernsthaften Unterricht gehabt. Einige waren sogar so unverfroren gewesen, uns über die Ferien Hausaufgaben mitzugeben.

Entsprechend erschöpft war ich. Meine Mutter erwartete mich wie üblich in der Küche, das Essen stand auf dem Tisch. Erst dachte ich, sie hätte gerade Zwiebeln geschnitten, doch da nirgendwo welche herumstanden und es bloß Brotzeit gab, mussten ihre Tränen einen anderen Grund haben.

„Mama, warum weinst du?"
„Nichts, mein Sohn. Jetzt iss erst mal was."
„Ich will es aber jetzt wissen."

„Es ist nichts Schlimmes, Schatz. Die Mama ist nur ein bisschen traurig. Das geht gleich vorbei. Wenn du gegessen hast, unterhalten wir uns in Ruhe." Das war wieder so ein typisches Mamaverhalten. Die Welt ging offenbar gerade unter, doch ihre mütterlichen Instinkte zwangen sie trotzdem (oder gerade deswegen), ihrem Kind erst einmal eine Fütterung zu verabreichen. Als ob ich darauf jetzt noch Appetit gehabt hätte.

„Was ist denn passiert?" Ich wurde langsam panisch. In meinem Kopf ratterte es, ich ging mögliche Katastrophen durch. Ich erinnerte mich daran, wie meine Mutter geweint hatte, als ihre Großmutter, meine Uroma Erna, vor vielen Jahren gestorben war. Es hatte doch nicht etwa Opa Heinz, den Vater meiner Mutter, erwischt? Ganz unmöglich war das nicht. Er nahm immer so viele Tabletten und am Herzen operiert wurde er auch schon mal.

Dass der Grund für ihre Tränen in unserem kleinen Reihenhaus, in unserer scheinbar heilen Welt lag, darauf wäre ich trotz eigentlich überdeutlicher Unwetterwarnungen, trotz der dramatischen Schwankungen unseres familiären Mikroklimas, niemals gekommen.

„Jetzt sag schon, was ist los, Mama?"

„Dein Vater... Es... Wir werden Weihnachten doch wieder zu Onkel Wolfgang und Tante Sybille fahren."

„Aber das ist doch gut, dann hast du nicht die ganze Arbeit." Und ich muss für die doofen Cousinen nicht den Gastgeber spielen, hätte ich beinahe noch gesagt.

Ich war weiterhin aufrichtig ahnungslos und so was von auf dem Holzweg, bis sie endlich rausrückte mit der Sprache, zumindest halbwegs.

„Dein Vater wird nicht mitkommen."

„Warum? Muss er etwa Weihnachten arbeiten?"

Ich konnte oder wollte es noch immer nicht kapieren.

Es kamen als Antwort nur noch mehr Tränen, bis aus den kleinen Tropfen ein richtiges Rinnsal wurde, das ihre Wangen herunterlief. So hatte ich meine Mutter nun wirklich noch nie gesehen, nicht einmal, als Uroma Erna (an die ich mich übrigens, anders als an die Tränen meiner Mutter, kaum noch erinnern konnte) gestorben war. Ich vermochte es nicht, sie anzusehen.

In der Welt, in der ich bis zu diesem Tag gelebt hatte, waren es Kinder, die weinten, und Mütter, die sie trösteten - und nicht umgekehrt.

Und doch spürte ich, dass ich nicht einfach wegsehen konnte, dass ich Gefahr lief, jederzeit auch zu weinen, also riss ich mich zusammen, stand auf und umarmte sie.

„Du und Papa, ihr werdet euch trennen, oder?"

Ich fühlte mich wie die Kinder in diesen miserablen Vorabendserien, die meine Mutter im Anschluss an ihre Talkshows gerne sah und die ich ab und zu, wenn mir langweilig war (was leider öfters vorkam), mitguckte. Hatte ich das gerade wirklich gesagt? Ich konnte es nicht glauben. Es klang so furchtbar falsch und absurd.

„Es tut mir leid, mein Sohn. Es tut mir leid."

Sie schluchzte und hielt mich noch fester, doch ich befreite mich aus ihrem Armen.

„*Was* tut dir leid?"

„Ich weiß es wirklich nicht, ich...", der Rest des Satzes ging in Schluchzern unter.

Ich konnte das einfach nicht. Ich fühlte mich wie ein Schauspieler. Ich konnte sie nicht trösten. Ich merkte, dass auch meine Augen feucht wurden, aber es war keine Trauer, es waren Wut und Unverständnis.

„Warum redet hier keiner mit mir? Was ist hier eigentlich los?"

Wieder keine Antwort, nur noch lauteres Schluchzen. Jetzt war es meine Mutter, die meinem Blick nicht mehr standhielt und wegsah. Ich spürte das dringende Verlangen, irgendetwas kaputt zu machen, und konnte es nur unterdrücken, indem ich einfach davonrannte, hoch in mein Zimmer. Ich schlug die Tür hinter mir zu, so laut ich konnte. Zur Sicherheit schob ich noch den Schrank davor, falls jemand auf die bescheuerte Idee kam, jetzt mit mir reden zu wollen, wo offenbar eh alles zu spät war.

Ich dachte, ich würde nun auch heulen, doch es kamen einfach keine Tränen. Ich versuchte richtig verbissen, zu weinen, wollte gern in wohlig-rotzigem Selbstmitleid versinken und Trost im salzigen Geschmack meiner Tränen suchen, doch es ging einfach nicht. Dabei war ich sonst eigentlich ziemlich nah am Wasser gebaut: Es kam schon mal vor, dass ich heimlich auf dem Schulklo heulte, wenn Joschua mich vor der Klasse hatte blöd dastehen lassen oder ich eine richtig schlechte Note geschrieben hatte. Und wenn ich unter Liebeskummer litt, zum Beispiel nach den Nachhilfestunden mit Sascha, rotzte ich gern eine Weile lang in mein Kissen oder meinen Teddybären. Aber jetzt, wo es wirklich mal einen vernünftigen Grund zum Weinen gab, konnte ich es einfach nicht.

Um nicht verrückt zu werden, musste ich mich irgendwie ablenken, dringend auf andere Gedanken kommen. Ich spielte eine Runde Gameboy, doch war so schlecht, dass es keinen Spaß machte. Wenn ich doch bloß einen Computer oder wenigstens einen Fernseher auf dem Zimmer gehabt hätte. In Ermangelung von Alternativen begann ich, an mir herumzuspielen und holte mir gewohnheitsmäßig und mechanisch einen runter, doch nachdem ich fertig war, fühlte ich mich noch miserabler. Das schlechte Gewissen war größer als nach dem heftigsten Pornokonsum.

Ich war erleichtert und gleichzeitig enttäuscht, dass bislang noch niemand versucht hatte, zu mir zu kommen. Ich wollte zwar keinen von den Verrätern in meiner Familie sehen, aber insgeheim wünschte ich mir natürlich doch, meine Eltern würden an die Tür klopfen und sagen: Alles wieder gut. Wir vertragen uns wieder, so wie immer. War halt bloß ein bisschen heftiger diesmal. Happy End wie im TV.

Aber nichts dergleichen geschah. Es war schließlich meine Schwester, die als erste bei mir klopfte. Sie war wahrscheinlich gerade erst von der Schule gekommen (meist hatte sie deutlich länger Unterricht als ich, oder sie kam später, weil sie noch mit Freundinnen abhing).

„Hau doch ab, du wusstest es doch auch! Warum hast du mir nichts gesagt?"

„Was gesagt?"

„Dass Mama und Papa sich scheiden lassen."

Ein langes Schweigen folgte. „Das wusste ich auch noch nicht, ich schwör's."

„Du lügst doch. Irgendwas *musst* du gewusst haben!"

„Lass mich rein, dann erklär ich's dir."

„Vergiss es. Hau einfach ab. Ich komm hier nicht mehr raus."

Sie probierte es noch ein paar Mal, doch ich blieb standhaft, was eigentlich kindisch war, denn sie konnte wahrscheinlich genauso wenig dafür wie ich, und dennoch kam ich mir ziemlich hart und erwachsen vor. Irgendwann gab sie auf.

Wenig später probierte es mein mittlerweile ebenfalls nach Hause gekommener Vater (wie lange das wohl noch sein Zuhause sein würde?). Meine Mutter war offenbar noch immer in einem derart desolaten Zustand, dass sie es nicht einmal fertigbrachte oder für nötig befand, nach mir zu sehen. Ich musste zugeben, dass mir das fast mehr Angst machte als die Sache mit der Trennung an sich.

Ich blieb meiner Linie treu und schickte auch meinen Vater weg, doch er war hartnäckiger als meine Schwester.

„Ich muss wirklich mit dir reden. Du verdienst eine Erklärung und ich habe keine Lust, sie durch die Tür zu schreien, also mach bitte auf."

„Nein!"

„Nun sei doch nicht so ein Dickschädel. Irgendwann musst du doch wieder da rauskommen. Du hast noch überhaupt nichts gegessen. Ich hab einen Teller mit Broten hier von deiner Mutter. Und noch was von den Schokoplätzchen, die du selbst gebacken hast und die du so gerne magst. Also mach bitte auf."

„Nein!"

„Außerdem hab ich eine Überraschung für dich. Eine gute, zur Abwechslung. Ein Geschenk."

Ich schämte mich ein bisschen dafür, aber neben der Sache mit den Keksen und der Tatsache, dass mein Vater mir gegenüber schon lange nicht mehr so einen freundlichen Ton an den Tag gelegt hatte wie an diesem Tag, trug die letzte Information nicht ganz unwesentlich dazu bei, dass ich aufgab, den Schrank beiseiteschob und ihn samt Tablett hineinließ.

Ich überlegte kurz, mich sofort auf die Kekse zu stürzen, denn ich hatte ganz vergessen, wie hungrig ich seit mindestens der vierten Stunde war, ließ es dann aber doch und stellte stattdessen meine wichtigste Frage.

„Ihr lasst euch also wirklich scheiden?"

„Mein Sohn, es tut mir furchtbar leid, deine Mutter und ich..."

„Ja oder nein?", unterbrach ich ihn. Ich wollte keine weiteren Sätze hören, die mit ‚Mein Sohn' anfingen und nichts als Mitleidsbekundungen waren, ich wollte endlich Klartext!

„Also, es... Leider... Doch... Ja."

„Warum hat mir das keiner gesagt?"

„Deine Mutter hat es mir heute selbst erst mitgeteilt, dass sie die Scheidung will. Eigentlich wollten wir damit noch warten bis nach Weihnachten."

Spätestens in diesem Moment war Weihnachten für mich so was von gestorben. Was für ein furchtbares, verlogenes Scheißfest!

„Und warum? Warum lasst ihr euch scheiden?"

„Weißt du, das ist nicht ganz einfach zu erklären. Wenn erwachsene Menschen viele Jahre zusammen sind, dann kann es passieren..."

Wieder unterbrach ich ihn. „Liegt es an mir?"

Das war erneut so ein Satz, wie ich ihn vermutlich in irgendeiner Seifenoper aufgeschnappt hatte. Es gab zwar Scheidungskinder in meinem Umfeld, etwa Klößchen, aber über solche Themen sprach man nicht, zumindest nicht offen. Und überhaupt, solche Dinge passierten doch immer nur den anderen. Mein gesamtes Wissen über derartige Dramen stammte folglich aus TV-Serien.

Ich wusste schon, als ich die Frage aussprach, wie bescheuert sie war. Natürlich waren ich und meine Schwester oft Anlass für die Streitereien meiner Eltern, aber ich war nicht so naiv oder egozentrisch, um wirklich zu glauben, dass sie sich deshalb trennten. Vermutlich hatte ich das bloß gefragt, um ein Dementi zu hören, einen Liebesbeweis zu bekommen und ihm ein schlechtes Gewissen zu machen.

„Nein, natürlich nicht! Wir beide lieben dich und deine Schwester über alles. Daran wird sich nichts ändern. Glaub mir, ich werde euch ganz oft besuchen, jedes Wochenende. Du wirst mehr Zeit mit deinem Alten verbringen als je zuvor, das verspreche ich dir, vielleicht sogar mehr als dir lieb ist!" Er lachte etwas gequält und tätschelte meine Schulter auf eine widerlich pseudokumpelhafte Art, auch das tat er sonst nie. „Ich werde im neuen Jahr wieder weniger arbeiten und mehr Zeit für euch haben."

„Aber du wirst ausziehen?"

„Ja, das wird sich wohl nicht vermeiden lassen. Doch immerhin gibt es dann endlich keinen Streit mehr."

„Wann?"

„Also, eigentlich, wenn ich deine Mutter richtig verstanden habe, dann... Dann ist es wohl das Beste, wenn ich heute noch ein paar Sachen zusammenpacke und erst einmal bei Detlef penne." Detlef war ein Kollege und bester Freund meines Vaters. Irgendwie war ich beruhigt, dass er zu ihm ziehen wollte und nicht zu einer anderen Frau, so beruhigt, dass ich völlig vergaß, nachzufragen, ob es nicht vielleicht trotzdem eine Neue gab.

Stattdessen stellte ich sie doch noch, diese furchtbar sinnlose Baby-Frage: „Warum könnt ihr euch denn nicht einfach wieder vertragen?"

„Glaub mir, das haben wir sehr oft schon probiert."

„Und warum klappt es nicht? Das kann doch nicht so schwer sein!"

„Doch, das ist es. Ich wollte es dir ja gerade erklären. Wenn man sehr lange zusammen ist, kann es sein, dass die Liebe irgendwann nachlässt oder auch einfach aufhört. Also, das ist natürlich was ganz anderes als die Liebe zum eigenen Kind, die das ganze Leben lang anhält. Ich meine vor allem die Liebe zwischen Mann und Frau, auch die körperliche Liebe. Denn, weißt du, gerade die körperliche Liebe ist etwas sehr Wichtiges für einen Menschen, jeder braucht..."

Er hörte auf zu reden, weil ich meine Handflächen gegen die Ohren presste und die Augen zukniff wie ein Dreijähriger. Das wollte ich einfach nicht hören!

„Wenn du groß bist, wirst du es irgendwann verstehen, mein Kleiner."

Ich hasste es, wenn er mich so nannte, aber so wie ich mich gerade verhielt – wer wollte es ihm verübeln.

Nahtlos setzte ich mein regressives Verhalten fort und statt die seltene Gelegenheit eines ernsten, aufrichtigen Gespräches mit meinem Vater zu nutzen, fragte ich ihn, wo denn nun das Geschenk sei, das er mir versprochen hatte.

„Na, eigentlich solltest du das ja erst zu Weihnachten bekommen, aber... Schau doch mal ins Schlafzimmer."

Früher wäre so etwas undenkbar gewesen in unserer Familie – Geschenke vor Heiligabend, das war eine Todsünde. Es gab Klassenkameraden, die bekamen von ihren Eltern nur noch Geld oder sie gingen die Geschenke schon Wochen vor dem Fest selbst einkaufen, aber bei uns war das ein Tabu. Bis zum letzten Tag machten meine Eltern normalerweise ein riesiges Geheimnis daraus, welche unserer Wünsche uns erfüllt wurden und welche nicht (meistens wurden zum Glück fast alle erfüllt).

Doch in diesem Jahr war nichts mehr wie früher. Es gab kein ‚normalerweise' mehr.

Ich weiß, an dem Tag, an dem du erfährst, dass deine Eltern sich trennen und dein Vater auszieht, solltest du als halbwegs normaler Mensch so etwas nicht empfinden, aber ganz offenbar war ich in jeder Hinsicht irgendwie unnormal. Denn obwohl ich mir alle Mühe gab, es mir nicht anmerken zu lassen, freute ich mich trotzdem wie Bolle - über meinen ersten eigenen PC.

8.

Wie zu erwarten war, entwickelte sich Heiligabend zu einer absoluten Farce. Mein Vater kam für zwei Stunden vorbei, mit Tonnen von Süßigkeiten für mich und teurem Parfüm für meine Schwester. Er raspelte ununterbrochen Süßholz darüber, wie gern er uns hatte und wie wenig sich doch eigentlich ändern würde, während meine Mutter sich entweder in die Küche oder zumindest in dem

Winkel des Wohnzimmers verzog, der am weitesten von ihm entfernt war.

Meine Schwester gab sich gelangweilter und wortkarger denn je. Ich hingegen bemühte mich, so etwas wie Weihnachtsstimmung vorzutäuschen, in der Hoffnung, meine noch immer nahezu ununterbrochen gegen die Tränen ankämpfende Mutter aufzuheitern – vergeblich. Ich tat sogar so, als würde ich mich über die Socken, die Bücher, das neue Federmäppchen und die weiteren, unwichtigen Neben-Geschenke freuen, die meine Mutter – noch im Namen meiner beiden Eltern – besorgt hatte, doch auch ich war heilfroh, als der Spuk beendet war und wir auf unsere Zimmer gehen konnten.

Als wäre meine Mutter durch die Trennung vom Glauben abgefallen, fiel der traditionelle Kirchgang übrigens an diesem Weihnachtsfest erstmalig aus. Niemand schien deswegen enttäuscht zu sein, noch nicht einmal sie selbst. Vielleicht aber merkten wir es ihr aber auch bloß nicht an, weil sie ohnehin schon ein einziger Trauerkloß war.

Ich fraß sämtliche Süßigkeiten in mich hinein und spielte nebenbei ein Flipper-Spiel an meinem neuen PC. Danni hatte es mir vorbeigebracht, zum Glück, denn Solitär, Minesweeper und alles was sonst noch vorinstalliert war, wurden ziemlich schnell langweilig. Außerdem hatte er mir noch ein paar seiner berüchtigten Disketten geschenkt, diskret beschriftet mit ‚Hausaufgaben'. Leider enthielten sie fast ausschließlich Bilder, auf denen die Frauen im Vordergrund standen.

Abhilfe versprach ich mir ausgerechnet von meinem Vater. Er hatte zugesagt, nach den Feiertagen vorbeizukommen und ein Kabel von der Telefonbüchse im Erdgeschoss bis hoch in mein Zimmer zu legen. Eine AOL-CD (ja, mein PC hatte, im Unterschied zu dem von Danni, sogar ein CD-ROM-Laufwerk - mein Vater hatte an nichts gespart, außer vielleicht an Spielen) und ein Modem wollte er sich von Detlef besorgen, der ein bisschen Ahnung von Computern hatte.

Doch bereits ohne die Verheißungen des Internets schaffte ich es, die halbe Nacht vor dem Rechner zu verbringen. Entsprechend müde und unmotiviert war ich auch am Morgen des ersten Weihnachtstags, als uns meine Mutter schon früh weckte und wir uns zum ersten Mal seit Menschengedenken ohne meinen Vater auf den Weg zu unseren Verwandten machten.

Onkel Wolfgang und Tante Sybille samt den Zwillingen wohnten auf dem Land, etwa zwei Autostunden von uns entfernt, im selben Ort, in dem auch meine Großeltern lebten. Obwohl sie keine Bauern waren, roch es überall in ihrem Dorf nach Gülle, selbst zu dieser Jahreszeit, und ich bekam auch dann den Geruch nicht aus der Nase, als das Mittagessen serviert wurde. Wie passend zu diesem Scheißweihnachten, dachte ich mir.

Meine Cousinen hatte ich vor etwa einem Dreivierteljahr zuletzt gesehen und war erstaunt darüber, wie sehr sie sich verändert hatten. Irgendwie ging das bei Mädchen immer so verdammt schnell mit dem Großwerden, während wir Jungs leider gefühlt für eine halbe Ewigkeit in unseren Kinderkörpern gefangen blieben. Sie waren nicht eineiig, und dennoch hatten sie beide fast exakt gleichgroße, erdbeerförmige Brüste bekommen. Dazu kam ein veränderter Look, vielleicht nicht ganz so dramatisch wie bei meiner Schwester, aber doch unverkennbar: Sie trugen Miniröcke, Strumpfhosen und bauchfreie Tops mit Spaghetti-Trägern. Eigentlich ein ganz normaler 90er-Girlie-Look, doch wenn man bedachte, dass wir uns hier in der tiefsten Provinz befanden und die beiden das letzte Weihnachtsfest noch in trachtenartiger, von Oma handgemachter Strickmode gefeiert hatten, war das schon eine beträchtliche Entwicklung.

Als das Mittagessen vorbei war, hieß es, wir Kinder sollten uns ein bisschen beschäftigen und ich sah mich gezwungen, die Zwillinge auf ihr Zimmer zu begleiten. Meine Schwester musste nicht mit, aber mein Neid darüber hielt sich in Grenzen, denn sie wurde dazu verdonnert, Tante Sybille beim Abwasch zu helfen.

Am Esstisch hatten die beiden Mädchen noch auf brav gemacht und stolz nach Aufforderung durch Onkel Wolfgang davon berichtet, welche Auftritte sie mit dem Schulorchester absolviert und was für Weihnachtsgeschenke sie ihren Eltern gebastelt hatten. Doch als ich alleine mit ihnen war, zeigten sie ihr wahres Gesicht.

„Warum sind wir eigentlich nicht bei euch, so wie's geplant war?", fragte Larissa.

„Keine Ahnung."

„Warum ist euer Vater nicht mitgekommen?", fragte Katharina unbeirrt weiter.

„Muss arbeiten", log ich. Ich hatte keine Lust, ihnen irgendetwas zu erklären, was ich selber nicht verstand.

„Weiß er es wirklich nicht oder tut er nur so?", wandte sich Larissa an ihre Zwillingsschwester, die mit den Achseln zuckte. Beide grinsten überheblich.

„Deine Eltern werden sich scheiden lassen, falls du's noch nicht mitbekommen hast", sagte Katharina schließlich in meine Richtung, als wäre das ihr persönliches Verdienst und größter Triumph zugleich.

„Natürlich weiß ich das. Na und?"

„Ist dir das etwa egal?", sagte Larissa.

„Dann gibt's wenigstens keinen Streit mehr. Die haben sich eh Tag und Nacht nur noch gezofft." Das war vielleicht, zumindest soweit ich es beurteilen konnte, etwas übertrieben, aber irgendwie musste ich das Unerklärliche ja erklären.

Abrupt wechselten die Cousinen das Thema, worüber ich eigentlich hätte froh sein müssen, wenn das neue Thema nicht noch unangenehmer gewesen wäre als das alte.

„Du hast uns beim Essen auf den Busen geschaut."

„Stimmt gar nicht."

„Doch, wir haben's genau gesehen, nicht wahr, Kathi?"

„Ja, Schwesterherz. Unser Cousin ist ein Spanner."

„Und bestimmt auch ein Grabscher. Willst du mal anfassen?"

Larissa nahm meine Hand und Sekunden später fand sie sich auf ihrer Brust wieder. Ich beeilte mich, sie wegzuziehen.

„Na, was ist, hast du Schiss?", fragte Larissa.

„Das ist eklig."

„Also doch. Er ist schwul, hab ich's doch schon immer gewusst", sagte Katharina. Sie liebten es, sich beim Sprechen abzuwechseln und fast wie aus einem Mund zu reden. Es war, als würde man sich mit ein und derselben Person unterhalten, nur in der Gestalt von gleich zwei frühpubertierenden Mädchen. Ein Albtraum.

„Ich bin nicht schwul!"

„Ach ja, und warum hast du dann letztes Jahr an Weihnachten Mädchenkleider angezogen und dich von uns schminken lassen?"

„Weil ihr mich dazu gezwungen habt!" Das war natürlich übertrieben, ich wäre zwar ohne ihre Initiative nie auf so eine Idee gekommen, aber hatte es ehrlich gesagt auch nicht ganz uninteressant gefunden - hauptsächlich wegen der albernen Vorstellung, Jungs könnten mich in einer solchen Verkleidung irgendwie attraktiv finden. Zum Glück gab es keinerlei Beweise und als sie es damals meiner Schwester erzählt hatten, konnte ich alles energisch abstreiten. Aber offenbar hatten die Zwillinge aus dieser Aktion die falschen (oder, wenn man so wollte, die richtigen) Schlüsse gezogen.

„Na, wenn du wirklich nicht schwul bist, dann fass sie doch noch mal an." Diesmal nahm Katharina meine rechte Hand und legte sie auf ihre Brust, während Larissa die linke nahm und zu ihrem Oberkörper führte. Ich wagte es nicht, sie erneut wegzureißen.

„Bekommst du keinen Ständer?"

„Das geht euch gar nichts an. Außerdem steh ich nicht auf euch. Ihr seid schließlich meine Cousinen!"

Endlich ließen sie meine Hände los, genau im gleichen Moment, als hätten sie sich mittels Gedankenübertragung abgesprochen.

„Auf wen stehst du dann?"

„Auf niemanden."

„Pah! Du lügst. Genau wie dein Vater."

„Hä?"

„Dein Vater hat deine Mutter die ganze Zeit angelogen."

„Quatsch."

„Doch. Er hat sie mit seiner Geliebten betrogen. Wusstest du das etwa auch nicht?"

„Bestimmt fasst er ihr auch gerade an die Brüste." Larissa berührte sich selbst an ihrem Busen, leckte sich übertrieben lasziv die Lippen und machte obszöne Geräusche. Beide Mädchen brachen in ein hämisches Gelächter aus, so als wäre diese Vorstellung irgendwie komisch, dabei war es einfach bloß widerlich.

„Ihr spinnt doch! Das stimmt nicht!"

„Und ob das stimmt. Wir haben alles mit angehört, wie deine Mutter es unserer am Telefon erzählt hat."

Ich hielt es nicht für ausgeschlossen, dass die Schwestern sich das alles nur ausdachten, um mich zu provozieren, und dennoch war das, was sie sagten, so ungeheuerlich, dass es mir keine Ruhe ließ.

Die einzige, die mir möglicherweise sagen würde, ob das, was die beiden erzählten, stimmte, war meine Schwester. Ich murmelte etwas von „Toilette", lief aber stattdessen direkt in die Küche. Der Abwasch war beendet, Tante Sybille räumte das Geschirr in die Schränke.

„Wo ist Lucy?", fragte ich.

„Im Wohnzimmer vielleicht?"

Ich sah nach, doch dort war sie nicht. Meine Großeltern und Onkel Wolfgang unterhielten sich angeregt über irgendwelche Belanglosigkeiten wie das Wetter oder den Verkehr oder die Kunden meines Onkels (er führte einen Baustoffhandel), während meine Mutter nicht einmal so tat, als würde sie der Unterhaltung folgen, sondern gedankenverloren aus dem Fenster sah. Mich schien sie nicht zu bemerken. Unmöglich konnte ich sie fragen, ob es stimmte, was meine Cousinen behaupteten.

„Wo ist Lucy?", fragte ich in die Runde.

„Ich glaube, sie ist kurz raus, wollte frische Luft schnappen", antwortete Onkel Wolfgang.

Das sah meiner Schwester überhaupt nicht ähnlich, zumal die Landluft entgegen anderslautender Klischees hier kein bisschen frisch war.

Dann blickte meine Mutter mich doch noch kurz an, versuchte, ein Lächeln anzudeuten, scheiterte jedoch auf halbem Wege, so dass es eher so aussah, als würde sie unter seltsamen Zuckungen der Mundwinkel leiden. Ich beeilte mich, nach draußen zu kommen.

Der Garten unserer Verwandten war groß. Alles war sehr akkurat, selbst im Winter sah er gepflegt und hübsch aus, mit ordentlich abgedeckten Beeten und sauber geschnittenen Hecken. Hinter dem Gewächshaus fand ich Lucy. Sie rauchte eine Zigarette.

„Wenn Mama das erfährt..."

„Verpetz mich und du bist tot."

„Sag mir endlich die Wahrheit, dann erzähle ich ihr nichts", sagte ich, hocherfreut über die Vorlage, die sie mir bot.

„Welche Wahrheit?"

„Hat Papa eine Geliebte?"

„Ja, hat er." Sie zog lässig an ihrer Fluppe, so als würde sie das überhaupt nicht tangieren.

„Ich hasse ihn", sagte ich, was zwar nicht stimmte, aber ich wollte meine Schwester dazu zwingen, sich endlich mal irgendwie zu positionieren, und sauer war ich auf meinen Vater wirklich.

„Wie kann er das Mama nur antun?", fragte ich mich laut, auch wenn ich eigentlich eher meinte: Wie konnte er *mir* das nur antun?

„Mama ist auch nicht ganz unschuldig daran."

„Warum das denn?"

„Weil sie eine spießige, verklemmte Alte ist, die sich mehr für Keksrezepte und Weihnachtsdekoration als für ihren eigenen Mann interessiert."

Ich war es gewohnt, dass meine Schwester kein Blatt vor den Mund nahm – aber derartige Worte, das war eine neue Qualität. Scheinbar unbeeindruckt, insgeheim womöglich sogar angestiftet von meinem geschockten Gesichtsausdruck fuhr sie fort.

„Sie hat ihn nicht mehr rangelassen. Die beiden haben seit Jahren nicht mehr miteinander geschlafen! Unsere frigide Mama scheint's nicht vermisst zu haben, aber klar, dass Papa sich irgendwann woanders umschaut."

Am liebsten hätte ich mir wie schon beim Gespräch mit meinem Vater die Ohren zugehalten. Das wollte doch nun wirklich niemand wissen!

„So sind Männer nun mal. Im Zweifel gewinnt der Schwanz gegen den Verstand. Wirst du noch früh genug am eigenen Leib erfahren. Wenn du's nicht sogar schon längst weißt."

Damit musste ich erst einmal klar kommen. Meine Schwester sang, um es mit einem im Jahr zuvor sehr erfolgreichen Lied der Ärzte zu sagen, das hohe Lied auf Männer, die allesamt Schweine waren – und verteidigte dennoch meinen Vater, das Oberschwein, der unsere Familie für irgendein Flittchen aufgegeben hatte.

„Aber es sind doch nicht alle so!"

Ich hatte mir zwar viele Gedanken gemacht über andere Männer, aber meine eigene Männlichkeit war eigentlich nie ein Problem für mich gewesen - zumindest nichts, wofür ich mich hätte schämen müssen. Bis zu diesem Moment, in dem ich erfahren musste, dass ich der Sohn eines schwanzgesteuerten Lustmolchs war und damit in bester Tradition meines Geschlechts wahrscheinlich auch einer sein würde. Vielleicht wäre ich wirklich ein besserer Mensch, wenn ich für immer in den Klamotten stecken würde, die mir die Zwillinge im letzten Jahr aufgezwängt hatten.

Aber es gab kein Entrinnen: Ich war ein Mann (oder würde bald einer sein) und sogar *noch* perverser als normale Männer, weil ich den Wunsch verspürte, es mit meinesgleichen zu treiben.

„Doch, in dieser Beziehung sind alle Männer gleich. Und ihr könnt nicht mal was dafür, das sind eure Hormone oder die Gene oder was auch immer. Ich weiß, wovon ich rede". Vermutlich spielte sie damit auf die ihre für ihr Alter beeindruckende Beziehungskarriere an. Es gab also keinen Grund, ihr nicht zu glauben.

Was mich zu einer Frage brachte, die mich deutlich mehr interessierte als das (nicht mehr vorhandene) Sexualleben meiner Eltern, auch wenn die Angelegenheit nicht weniger heikel war.

„Und Sascha, ist der etwa auch so?"
„Wie meinst du das?"
„Na ja, ob er auch nur mit dem Schwanz..." Irgendwie fühlte es sich schon verräterisch verboten an, dieses Wort in einem Sascha-Satz zu sagen, also formulierte ich meine Frage um: „Ob Sascha auch nur an das Eine denkt?"

„Mal davon abgesehen, dass dich das rein gar nichts angeht - das mit Sascha ist was ganz anderes."

„Also sind doch nicht alle Männer Schweine."

„Doch, vermutlich schon." Sie hielt inne und schmunzelte. „Manche, sehr wenige leider, sind dazu aber auch noch einfach saugeil. Und dann werden auch Frauen manchmal zu Schweinen." Ich konnte ein Schmunzeln ebenfalls nicht unterdrücken und der auf eine unterschwellige Art wissende, tolerierende Blick meiner Schwester war grandios, aufschlussreicher als alles, was sie zuvor gesagt hatte. Doch dann sah ich wieder das Bild ihres Hinterkopfes vor meinem geistigen Auge und wie er sich in Saschas Schritt auf und ab bewegte und auf einmal erschien mir unsere Unterhaltung viel zu intim, zu peinlich, so dass ich sie beendete. Außerdem hatte ich tierische Angst, jetzt wirklich einen Ständer zu bekommen, den womöglich sogar meine Schwester bemerken würde, obwohl es da bei mir eigentlich noch nicht viel zu sehen gab.

„Ganz schön kalt hier draußen. Ich geh dann mal wieder rein." Ich hatte mich schon umgedreht, da rief sie noch einmal meinen Namen.

„Ich verpetz dich schon nicht."

„Das weiß ich. Und das meinte ich auch gar nicht."

„Was dann?"

Meine Schwester zündete sich schon die nächste Zigarette an. Offenbar mutierte sie gerade von der Gelegenheits-Coolness-Raucherin zum Nikotinjunkie.

„Es wird besser werden."

Ich wusste nicht genau, was sie damit meinte, wohl aber, *wie* sie es meinte: und zwar gut (mit mir). Ich nickte zum stummen Dank und ging wieder ins Haus.

Es sollte noch viele Wochen dauern, bis wir wieder ein ähnlich persönliches Gespräch führen würden. Und abermals würde der Anlass dafür leider kein erfreulicher sein, doch davon ahnte ich an jenem denkwürdigen Weihnachtsfest noch nichts.

9.

Rückblickend konnte man Weihnachten und den Jahreswechsel 1998/99 leicht verkürzt wie folgt beschreiben: Vater verloren, Computer gewonnen. Ein beschissener Kuhhandel, na klar, aber immer noch besser, als wenn ich gar nichts als Entschädigung bekommen hätte.

Wenn man es ein wenig tiefgründiger formulieren wollte, könnte man auch behaupten, dass sowohl mein Vater als auch ich etwas gewonnen hatten – nämlich Freiheit. Eine Freiheit, die bei uns beiden verdammt viel mit Sex zu tun hatte, was mir Angst machte, weil ich doch eigentlich beschlossen hatte, ihn zu verfluchen. Und ihm doch so ähnlich war.

Natürlich hielt er nur einen Bruchteil seiner Versprechen. Nach wenigen Wochen schon wurden die Besuche immer seltener und kürzer. Und wenn er dann mal da war, wusste keiner so recht, was er sagen sollte. Wir sprachen über Fußball, wenn das Wetter es zuließ, kickten wir auch eine Runde auf dem winzigen Grasstreifen im Garten, aber das war's dann auch schon. Ein weiteres gemeinsames Hobby hatten wir einfach nicht mehr.

Jeden Versuch seinerseits, ein tiefgründiges Vater-Sohn-Gespräch mit mir zu führen, blockte ich erfolgreich ab. Ich wollte keine Rechtfertigungen hören und schon gar nichts über die Neue wissen. Zum Glück schien er das zu verstehen und kam erst gar nicht auf die Idee, sie mir vorzustellen oder auch nur von ihr zu erzählen.

Was er hingegen nicht ganz unterlassen konnte, war das Erteilen von väterlichen Ratschlägen, etwa was Hausaufgaben und Verweildauer am PC anbelangte. Ich gab ihm mehr oder weniger implizit zu verstehen, dass er mir nichts mehr zu sagen hatte, dass er als moralische Instanz, Vorbild und Erziehungsberechtigter ausfiel und dass er „schwach wie Flasche leer" war, um es mit den zu jener Zeit noch immer sehr populären Worten unseres Ex-Trainers zu sagen. Ganz gleich wie oft er betonte, er sei noch immer mein Vater und daran werde sich auch nie etwas ändern.

Zu meinem Erstaunen beließ er es meist bei diesem tautologischen Satz und insistierte nicht, so dass ich mir in seiner Gegenwart immer öfter Dinge erlauben konnte, die bei meiner Mutter undenkbar waren: ein freches Mundwerk, maßloser Süßigkeitenverzehr oder offen zur Schau gestellte Bequemlichkeit etwa. Statt mich darüber zu freuen, dass er mich weitestgehend in Ruhe ließ, war ich aber paradoxerweise auch noch enttäuscht von seiner erzieherischen Kapitulation.

Überhaupt, es war alles sowas von widersprüchlich: Wenn er nicht da war, vermisste ich ihn, und wenn er da war, dann wünschte ich mir, er würde schnell wieder gehen.

Wenn er wenigstens Ahnung von Computern gehabt hätte. Doch obwohl er gerne raushängen ließ, dass er ein Handy besaß und für ein Hochtechnologieunternehmen arbeitete, war er mir beim Einrichten meiner Internetverbindung keine Hilfe.

Stattdessen bot Danni an, mir bei der Installation zur Hand zu gehen, schließlich traf sein ehemaliger Spitzname mehr denn je zu – er hatte sich zu einem echten PC-Genie entwickelt. Ich schlug sein Angebot aus, auch wenn er etwas beleidigt reagierte, aber ich wollte das Internet jetzt endlich ohne ihn erkunden und durfte keinesfalls riskieren, dass er herausfand, was ich vorhatte. Und ich schaffte es tatsächlich auch ohne fremde Hilfe, obwohl dieser ganze technische Netzwerk-Kram furchtbar kompliziert und neu für mich war. Und teuer noch dazu, aber die horrende Telefonrechnung beglich mein Vater wie sämtliche weiteren, seine Familie betreffenden Zahlungen stets anstandslos und ohne Diskussionen - wieder so etwas, das es früher nicht gegeben hätte.

Sowohl meine Mutter als auch meine Schwester standen hingegen der Vernetzung meines Kinderzimmers kritisch gegenüber – und beide hatten, ehrlich gesagt, gute Gründe dafür. Neben der Sache mit den Kosten hatte meine Mutter durchaus eine Ahnung von den berühmt-berüchtigten dunklen Seiten des Netzes, die in den Talkshows ihres Vertrauens lang und breit besprochen wurden. Doch offenbar konnte ich ihr glaubhaft vorspielen, noch so sehr Kind zu sein, dass mich all diese Dinge überhaupt nicht interessierten. Sie fragte zwar ein paarmal nach, was ich da eigentlich die ganze Zeit so Spannendes machen würde, gab sich dann aber mit meiner Erklärung zufrieden, ich würde meist bloß für die

Schule recherchieren und höchstens mal auf Fußballforen, Backstreet Boys-Fanseiten oder harmlose Kinderchats klicken.

Meine Schwester interessierte sich zwar glücklicherweise nicht näher für mein Surfverhalten, störte sich dafür aber an einem ganz pragmatischen Aspekt: Da wir kein ISDN hatten, konnte bei uns im Haus, während ich online war, niemand telefonieren und wir konnten auch nicht telefonisch erreicht werden. Jetzt, wo es keinen über die Telefonrechnung motzenden Vater mehr in unserer Familie gab, hatte Lucy jedoch im Grunde genommen den ganzen Nachmittag lang nichts Besseres tun als mit ihren Freundinnen und mit Sascha zu quasseln und so stritten wir uns beinahe täglich, wer wann und wie lange die Leitung belegen durfte.

Um diese Diskussionen zu vermeiden, gewöhnte ich mir an, vor allem nachts online zu gehen, heimlich, wenn der Rest meiner Familie schlief. Das hatte auch noch den Vorteil, dass ich nicht fürchten musste, plötzlich meine Schwester oder meine Mutter in meinem (immer noch nicht abschließbaren) Zimmer stehen zu haben.

Ich schlich mich auf den Flur, um das Telefon auszustöpseln und stattdessen das Kabel meines Modems einzustecken, immer in der Hoffnung, niemand würde ausgerechnet in diesem Moment aufs Klo gehen müssen und mich auf frischer Tat ertappen. Doch es ging stets gut. Meine Mutter nahm neuerdings vor dem Zubettgehen ein paar Schlaftabletten und sah tatsächlich mittlerweile morgens wieder etwas weniger verheult und unausgeschlafen aus als in den ersten Wochen nach der Trennung. Und meine Schwester hatte schon immer einen gesunden Schlaf. Sie ging zwar in der Regel deutlich später ins Bett als ich, schaffte dafür aber das Kunststück, in den Ferien oder am Wochenende regelmäßig nicht vor dem Mittagessen aufzuwachen.

Mir hingegen gelang das nur selten und durch meine neuen Internetgewohnheiten war ich selbst an Tagen, an denen ich eigentlich hätte ausschlafen können, todmüde. Meine Augenringe und mein ständiges Gähnen entgingen auch meiner Mutter nicht. Eine Zeitlang bestand sie darauf, dass ich früher ins Bett gehen müsse, doch dann gestand ich ihr in einer oscarreifen Szene inklusive angetäuschtem Schluchzer, ich würde nur deshalb so schlecht schlafen, weil mir Papa so sehr fehle, woraufhin ich zwar kurzfristig ein schlechtes Gewissen bekam, langfristig aber sehr profitierte, denn sie sprach das Thema Schlaf fortan nicht mehr an. Zum Glück kam sie aber auch nicht auf die Idee, mir etwas von ihren Pillen andrehen zu wollen, die mit Sicherheit ein echter Lustkiller gewesen wären. Denn in der ersten Zeit tat ich nichts weiter als das, was Danni und ich schon seit Monaten immer wieder machten - ich sah mir Pornos an. Die Vorteile eines eigenen PCs lagen hierbei besonders deutlich auf (bzw. in) der Hand: Ich musste nicht mehr warten, bis ich das Gesehene verarbeiten konnte. Und ich brauchte mich nicht mehr alibimäßig mit den Frauen abzugeben.

Erstaunlicherweise sorgten ausgerechnet die Schwulenpornos dafür, mein Bild von Homosexuellen zu erweitern. Die Männer, die es auf den Fotos mit Männern taten, sahen nämlich überhaupt nicht so aus wie die Schwulen, die ich kannte oder zu kennen glaubte, also zum Beispiel Manuel alias Manuela aus meiner Klasse, die TV-Tunten auf RTL & Co., sowie jene offensichtlich schwulen Frisöre, Floristen oder Flugbegleiter, die auch mir mittlerweile schon des Öfteren begegnet und aufgefallen waren.

Ganz im Gegenteil. Die Darsteller waren überwiegend echte Kerle, trugen Lederklamotten, hatten Bärte, Muskeln oder sogar dicke Bäuche. Sie gingen ihren Trieben genauso animalisch nach wie ihre heterosexuellen Kollegen. Das war zwar ohne Zweifel primitiv, verlangte mir jedoch große Bewunderung ab und beruhigte mich ungemein.

Neben dem Bilderkonsum machte ich mich auch mit der Vielzahl an schwulen Chatkanälen im IRC vertraut, einem System, das ich ebenfalls bereits von Danni kannte. Es dauerte eine Weile, bis ich die ganzen Abkürzungen richtig deuten konnte, denn zu der normalen Chatsprache kamen noch jede Menge szenespezifischer Kürzel. Doch schon bald mutierte ich zum echten Experten. Ich lernte etwa, was ein DWT war (das, woraufhin meine Cousinen offenbar abfuhren: ein Damenwäscheträger), und dass die Buchstabenkombination NS anders als im Geschichtsunterricht hier rein gar nichts mit Nazis zu tun hatte.

Fehlte nur noch eine glaubhafte Darstellung meiner eigenen Vorlieben und Eigenschaften, der sogenannten Stats. Angesichts meiner Jungfräulichkeit wollte und konnte ich mich nicht jetzt schon auf eine der gängigen Rollen festlegen, sondern entschied mich je nach Laune für die Fachtermini Ap oder aP, also eher aktiv, auch passiv bzw. eher passiv, auch aktiv. Gekonnt streute ich dazu auch noch Zahlen in meine Chats ein, etwa die 69 oder ein solides 18x5 (meine Penismaße - irgendwann mal, vielleicht).

Die Gespräche liefen eigentlich immer nach demselben Muster ab. Erst die gegenseitige Abfrage der nicht nur bei der Penisgröße, sondern natürlich auch beim Alter üppig nach oben korrigierten Stats, bei ausreichend Übereinstimmung Pic-Trade (zeitaufwändiges Hin- und Herschicken von geilen Bildern, die als eigene ausgegeben werden, obwohl erkennbar irgendwo aus dem Netz geklaut) und schließlich, bis zum Höhepunkt, C6, bestehend aus dem Austausch von versauten Sprüchen auf Klowandniveau sowie getipptem Gestöhne.

Es war oberflächlich, es war eindimensional - und trotzdem verdrängten diese sexuellen Pseudokontakte mehr und mehr meine klassischen Schwärmereien. Klar fand ich Sascha noch immer heiß, Nick Carter von den Backstreet Boys noch immer süß und erinnerte mich gern an Herrn Gebauer oder Klinsis goldene Zeiten – aber die ganzen süßen Jungs aus dem echten Leben konnten gegen den Überfluss an Testosteron aus dem Netz einfach nicht mehr mithalten.

Bis ich Yannis kennen lernte. Meinen ersten Internet-Schwarm.

Zunächst erfuhr ich nur seinen Nicknamen, horny_sk8terboy (ich hieß immer noch SexySascha). Wir spielten das übliche Spielchen und nachdem wir fertig waren, wollte ich das Chatfenster schon schließen, immerhin war es bereits nach Mitternacht, doch da stellte er mir noch eine Frage:

„Wer bist du wirklich??"

Es kam öfters vor, dass Leute Angaben zu Alter und dergleichen anzweifelten, aber noch nie hatte mir jemand die Frage gestellt, *wer* ich wirklich war.

„Wie meinst du das???"

„Ach nix, vergiss es. Gute N8, cu."

„Ich weiß selbst noch nicht so genau, wer ich bin."

Ja, ich schrieb das wirklich, wobei mir die philosophische Dimension erst im Nachhinein klar wurde. Eigentlich war dieser Satz bloß das Erstbeste, was mir auf seine seltsame Frage in den Sinn gekommen war. Ich erwartete ohnehin keine ernsthafte Antwort – in einem Sex-Chat um halb Eins in der Nacht.

Doch aus dem Sex-Chat wurde ein sehr persönliches Gespräch, das sich bis in die frühen Morgenstunden hinzog. Es stellte sich heraus, dass auch Yannis sein Alter nach oben geschönt hatte – er war nicht 19, wie zunächst angegeben, sondern 15, woraufhin ich mich ihm anschloss und meine Angaben von 18 auf ebenfalls 15 herabsetzte. Gefühlt traf das ja auch zu und dreizehneinhalb klang einfach viel zu sehr nach Baby.

Skater war er aber wirklich. Er hatte sogar ein mutmaßlich echtes Foto von sich auf dem Board, das er mir schickte. Obwohl er nicht meinem üblichen Beuteschema entsprach (zu jung, dunkler statt blonder Typ), verknallte ich mich auf der Stelle in ihn.

Er fragte auch mich nach einem Foto, aber da ich bloß einen Drucker, jedoch keinen Scanner zu meinem PC bekommen hatte, musste ich passen. Ich merkte, dass er enttäuscht war und beeilte mich, ihm zu versprechen, demnächst bei einem Freund (Danni) eines einzuscannen und ihm zuzuschicken. Wir tauschten die Hotmail-Adressen und ICQ-Nummern aus. Auf keinen Fall wollte ich ihn aus den Augen verlieren.

Objektiv betrachtet war unser Kennenlern-Chat, vom postorgastisch-philosophischen Einstieg mal abgesehen, relativ belanglos: Wir klärten die aufgeworfene Identitätsfrage keineswegs final, dafür tauschten wir uns umso ausführlicher über unsere Hobbys, die Schule und unsere Jungsvorlieben sowie unsere (so gut wie nicht vorhandenen) Erfahrungen auf diesem Gebiet aus. Doch für mich war allein die Tatsache, erstmalig mit einem Jungen gleicher

Orientierung offen darüber zu sprechen und sogar flirten zu können, schon eine Sensation erster Rangordnung.

Dazu kam, dass er wirklich verdammt süß aussah auf diesem Foto, mit seinen halblangen, lockigen Haaren, die ihm ins leicht picklige, dennoch wunderschöne Gesicht hingen und diesen coolen Skaterhosen sowie dem Tanktop im Stil eines Basketball-Trikots, das einen guten Blick auf seine durchaus ansehnliche Oberarmmuskulatur zuließ.

Ich sah mir das Bild auch nachdem wir offline gegangen waren noch eine Weile lang sehnsüchtig an und ging erst ins Bett, als es schon fast wieder hell wurde. Mit Schmetterlingen im Bauch schlief ich ein.

Und mit einem Kloß im Magen stand ich wieder auf, als wenige Zeit später der Wecker klingelte. Nicht nur, dass der Tag gelaufen sein würde, so müde wie ich war. Auch mein neuer, nächtlicher Schwarm erschien mir auf einmal wieder als das, was er vermutlich war und auch bleiben würde: virtuell und unerreichbar.

Ich schob meine FC-Bayern-Bettdecke zur Seite und schleppte mich gähnend ins Badezimmer. Zum Glück hatte ich es für mich allein, da meine Schwester heute erst zur zweiten Stunde in die Schule musste. Während ich mir die Zähne putzte, betrachtete ich mich im Spiegel. Mein straßenköterblondes, von meiner Mutter im zeitlosen Topfstil geschnittenes Haar stand in alle Richtungen ab und würde auch nach dem Kämmen nicht viel besser aussehen. Meine Haut war glatt wie ein Babypopo, ohne den geringsten Flaumansatz. Das galt übrigens für meinen ganzen Körper: Haare hatte ich wirklich nur auf dem Kopf. Und dazu nicht einmal Pickel. Nicht, dass ich mir eine hartnäckige Akne wie die von Joschua gewünscht hätte, aber ein oder zwei Pubertätspusteln als Zeichen voranschreitender Reife wären schon nicht verkehrt gewesen.

Obwohl der Spiegel recht tief hing, war ich noch so klein, dass ich gerade einmal bis zum Ausschnitt meines mit Rennautos bedruckten Pyjamas blicken konnte, der mir plötzlich derart unpassend erschien, dass ich ihn mir am liebsten auf der Stelle vom Leib gerissen hätte.

Ich hob meinen rechten Arm und winkelte ihn an, in der Hoffnung, wenigstens einen Muskelzuwachs konstatieren zu können, der ansatzweise mit dem von Yannis mithalten konnte, doch da war so gut wie nichts. Trotz zweimal pro Woche Fußballtraining. Und trotz täglichen Onanierens. Vor kurzem hatte Joschua nämlich in der Pause vor den Jungs damit geprahlt, wie toll er beide Bizeps gleichmäßig trainieren würde, indem er es sich abwechselnd mit rechts und links machte. Aber bei mir dauerte es mit links ewig und ich gab es bald wieder auf, schließlich hatte ich ja nicht einmal auf der rechten Seite mehr Muskeln davon bekommen.

Kurzum: Ich konnte mich noch so erwachsen fühlen und noch so erwachsene Dinge tun, ich blieb doch bloß ein dreizehneinhalbjähriger Wurm. Wenn ich bei einem waschechten Teenager wie Yannis auch nur die geringste Chance haben wollte, dann durfte ich mein Versprechen, ihm ein Foto von mir zuzuschicken, auf keinen Fall einlösen.

Noch am selben Nachmittag ging ich online. Zum Glück war er auch da. Wir führten wieder ein wunderbares Gespräch. Er wollte wissen, ob ich schon bei irgendwem geoutet war. Natürlich konnte ich schlecht zugeben, dass ich zwar wusste, was Anilingus und Cruising war, aber mit dem Begriff Coming Out nicht besonders viel anzufangen wusste, also suchte ich parallel zu unserem Chat bei Altavista und gelangte ziemlich schnell auf eine Seite namens DBNA, was für ‚Du bist nicht allein' stand und auf der es so ziemlich alles nachzulesen gab, was schwule Jugendliche mutmaßlich interessierte, also auch jede Menge Tipps zum Coming Out.

Schon nach der Lektüre der ersten Sätze konnte ich seine Frage entschieden verneinen. Ich war doch nicht wahnsinnig. Coming Out, das stand für mich ab sofort als Synonym für Suizid. Egal ob ich nun damit allein oder angeblich in bester Gesellschaft war.

„Und du, bist du etwa geoutet?"

Er erzählte mir von einer besten Freundin, die als einziger Mensch aus seinem Umfeld Bescheid wusste. Ich gestand ihm, nicht einmal eine beste Freundin zu haben, sondern nur einen besten Freund - Danni.

„Stehst du auf ihn?"

„Nein, überhaupt nicht!!!"

„Aber du vertraust ihm?"

„Ja, schon."

„Dann kannst du's ihm doch vielleicht erzählen. Tut echt gut, wenn es jemand weiß. Also jemand aus dem echten Leben."

„Nein, das geht wirklich nicht."

„Warum nicht?"

„Weil ich dann als elendiger Lügner überführt wäre, der seinem besten Freund monatelang was vorgemacht hat."

„???"

Ich berichtete Yannis von unseren Internetabenteuern und den Hetero-Chats, woraufhin auch er ein pikantes Geständnis ablegte.

„Das ist noch gar nichts gegen das, was ich monatelang mit meiner besten Freundin abgezogen habe." Er erzählte, bevor sie beste Freunde geworden seien, wären sie mal ein Paar gewesen! Sie habe sich unsterblich in ihn verliebt und er sich darauf eingelassen, obwohl er da auch schon gewusst habe, dass er sich nichts aus Mädchen mache.

„Und irgendwann hab ich ihr dann die Wahrheit gesagt. Ich konnte es einfach nicht mehr. Ich war mir sicher, sie würde nix mehr mit mir zu tun haben wollen, aber sie hat mir echt verziehen!"

„Krass. Aber wie konntest du überhaupt mit ihr zusammen sein, wenn du gar nicht auf sie stehst??"

„Na ja, viel ist da nicht gelaufen. Das ist voll lang her, wir waren da 13. In dem Alter hält man doch eh bloß Händchen ;-)"

So schnell war ich wieder zurück auf dem Boden der Tatsachen. Eben bildete ich mir noch ein, alles sei möglich, und nun wurde ich wieder schmerzhaft daran erinnert, dass Händchenhalten für jemanden meines Alters das Höchste der Gefühle war. Mal ganz davon abgesehen, dass ich selbst dafür wohl auf absehbare Zeit niemanden finden würde.

Und dann, als wäre das nicht schon schlimm genug, fragte er auch noch erneut nach dem Foto.

Was sollte ich tun. Dieser gutaussehende, sympathische und obendrein auch noch schwule Junge zwang mich gerade dazu, weiterhin ein Lügner zu sein. Ich musste Danni unter fadenscheinigen Vorwänden dazu bringen, ein Foto von mir zu scannen. Und, was noch viel schwieriger war, ich musste eines finden, auf dem ich wie fünfzehn aussah, obwohl man mich ja schon jetzt meist für jünger als meine dreizehn Jahre hielt.

Das einzige halbwegs aktuelle war ausgerechnet ein Mannschaftsfoto, das bei einem Hallenturnier vor wenigen Wochen entstanden war (wir hatten bloß den undankbaren 4. Platz geholt) und auf dem man mich kaum erkannte, weil der alle überragende Joschua direkt vor mir hockte und mein Gesicht zur Hälfte verdeckte. Zum Glück sah man aber dennoch nicht, wie groß (bzw. klein) wir waren, da keiner von uns stand, nicht einmal der Trainer. Die hintere Reihe kniete auf einer Bank und die vordere saß vor unseren Füßen. Je länger ich mich auf dem Bild betrachtete, umso fünfzehnjähriger kam ich mir vor. Perfekt.

„Hast du echt kein besseres?", fragte Danni, als ich es ihm zum Scannen gab.

„Nein, alle total alt." Sonst machten wir eigentlich immer zu Weihnachten Familienbilder, aber im letzten Jahr war das aus naheliegenden Gründen ausgefallen.

„Meine Eltern haben eine Polaroid, wenn ich sie frage, können wir vielleicht ein neues machen und gleich scannen."

„Vergiss es. Das muss reichen. Ich bin nicht fotogen."

„Na, ob du sie damit beeindrucken wirst?"

„Sie steht auf Fußballer."

„Wie heißt sie eigentlich?"

„Äh, Yanissa."

„Komischer Name, hab ich noch nie gehört."

„Sie ist Halbgriechin", sagte ich, ohne mit der Wimper zu zucken.

„Sieht sie gut aus?"

„Hammermäßig. Wie eine Göttin. Schwarze Haare, toller Oberkörper." Ich wurde nicht einmal rot. Alles was ich sagte, entsprach ja schließlich der Wahrheit, bis auf die Kleinigkeit mit dem Geschlecht natürlich.

„Schickst du mir ihr Foto?"

„Okay, meinetwegen." Ich war auch darauf vorbereitet und hatte bereits ein einigermaßen glaubwürdiges Mädchenporträt irgendwo aus dem Netz heruntergeladen.

Danni schien sehr angetan von dem Foto, das ich ihm geschickt hatte. Yannis hingegen von meinem weniger.

„Wie alt ist denn das Bild? Ihr seht ja winzig aus!"

„Ein Jahr oder so, sorry, hatte echt nichts Aktuelleres", tippte ich mit leicht zitternder Hand. Das war's. Er fand mich hässlich, *winzig* eben, und würde den Kontakt abbrechen.

„Welcher davon bist du nun?"

„Zweiter von links."

„Hab ich mir fast gedacht. Bist der Einzige auf dem Bild, der voll süß ist ;-)"

„Echt?!?!"

„Ja, echt! Auch wenn du noch mehr Pickel hast als ich…"

Pickel? Mein Gesicht wirkte zwar etwas unscharf und schattig, aber so schlecht, dass man mich für pickelig hätte halten können, war die Qualität des Fotos nun auch wieder nicht. Ich sah es mir noch einmal an - und dann bemerkte ich es. Er hielt mich für Joschua! Vielleicht hätte ich noch sagen sollen, Zweiter von links, *hintere* Reihe! Aber jetzt war es definitiv zu spät. Eine weitere Lüge, die unsere Beziehung belastete. Jetzt hatte ich mich nicht nur älter gemacht, sondern war auch noch in den Körper eines anderen geschlüpft – ausgerechnet in den von Klassenprimus, Mannschaftsstar und vor allem Vollidiot Joschua.

Doch irgendwie gelang es mir, die Tatsache zu verdrängen, dass er mich (zumindest äußerlich) für diesen furchtbaren Jungen hielt und wir setzten unsere Chats fort, als ob nichts gewesen wäre. Fast jeden Nachmittag und dazu oft auch noch nachts trafen wir uns. Wir erzählten uns alles, lästerten über Lehrer, über

Mitschüler, selbst über Schwule (er konnte allzu tuntige Jungs auch nicht ausstehen!).

Ich berichtete Yannis sogar von meinem Vater und was er unserer Familie angetan hatte, wobei es mir trotz 10-Finger-Suchsystems und zahlreicher orthografisch-grammatikalischer Fallstricke im Chat so gut wie nie zuvor gelang, meine Gefühle diesbezüglich auszudrücken. Ich war bei weitem offener als zum Beispiel gegenüber Danni, dem ich nur das Nötigste von der Trennung meiner Eltern erzählt hatte. Nie zuvor hatte ich einen Menschen dermaßen belogen und war zugleich so ehrlich zu ihm wie zu meiner ersten großen Internet-Liebe.

Natürlich musste ich oft daran denken, wie es wohl wäre, wenn wir uns nicht nur über das Netz näher kommen würden. Ich stellte mir vor, sein Haar zu berühren oder seine Lippen zu spüren, aber das waren nichts als absurde Fantasien, die niemals Realität werden würden – nicht zuletzt deshalb, weil Yannis und ich in unterschiedlichen Bundesländern lebten, hunderte Kilometer voneinander entfernt.

Bis er eines Tages ankündigte, am nächsten Wochenende in unserer Stadt zu sein, wegen eines Skater-Wettbewerbs, und mich einlud, ihn dort zu treffen.

„Du MUSST kommen, Süßer, bitte, enttäusch mich nicht!! Ich hab noch nie jemanden so liebes wie dich im Netz kennen gelernt. Ich will dich unbedingt in echt treffen."

Klar gab es grippale Infekte, gebrochene Knöchel oder Mütter, die Hausarrest erteilten. Aber egal welche Ausrede ich mir einfallen lassen würde – wenn ich nicht käme, wäre er so enttäuscht, dass vermutlich Schluss wäre. Und wenn ich käme, erst recht.

Ich wollte auf der Stelle sterben. Mein erster echter Liebeskummer – und ich hatte auch noch selbst schuld daran.

10.

Drei Tage lang ging ich nicht ins Internet. Ich rührte den PC noch nicht einmal an. Statt jedoch in dieser Zeit der Enthaltsamkeit mal wieder ordentlich durchzuschlafen, weinte ich nachts bittere Tränen in meine Bayern-Bettwäsche. Ob Yannis genauso traurig war? Oder einfach nur wütend, wie er auf jemanden wie mich hatte hereinfallen können?

Ich hatte es einfach nicht fertiggebracht, ihm die Wahrheit zu sagen. Stattdessen hatte ich noch am Tag vor unserem geplanten Treffen Sätze geschrieben wie „Ich freue mich schon sooooo auf morgen, das wird der schönste Tag meines Lebens!!"

Was hatte ich mir nur dabei gedacht? Dass ich am Wochenende aufwachen, anderthalb Jahre älter sein würde und die Pickel-Visage von Joschua hätte? Oder dass meine Lüge keine Rolle spielen würde, weil Yannis nicht in mein Foto, sondern in mich verknallt war und mir alles verzeihen würde, so wie seine Ex-Freundin ihm verziehen hatte?

Ich würde es nie herausfinden, denn weder sagte ich ab noch ging ich hin.

Am vierten Tag hatte ich zwar immer noch Liebeskummer, aber gleichzeitig so heftige Entzugserscheinungen, dass ich mich wieder an den Rechner setzte (Selbstbefriedigung ohne Pornos verdiente für mich mittlerweile diese Bezeichnung nicht mehr, es war in etwa so unbefriedigend wie Fernsehen ohne Ton).

Als ich fertig war, deinstallierte ich ICQ und legte mir eine neue Hotmail-Adresse an, ohne jemals wieder in mein altes Postfach zu schauen. Den Rest der Nacht lenkte ich mich mit PC-Spielen ab, bis mir der Kopf vor Müdigkeit fast auf die Tastatur gefallen wäre.

Neulich hatte ich nebenbei ein bisschen was mitbekommen von einer der Talkshows, die meine Mutter immer guckte. Es war ums Schlussmachen via SMS gegangen (ich wusste mittlerweile, was das war, die ersten in meiner Klasse hatten jetzt ein Handy, unter anderem Joschua). Da hatten sich alle ganz furchtbar darüber aufgeregt, wie schlimm und unpersönlich so etwas doch wäre. Und ich brachte es noch nicht einmal fertig, Yannis eine kurze Nachricht zu schicken geschweige denn mich zu entschuldigen!

Ich fühlte mich wie ein richtiges Schwein. Ich hatte mich einfach verpisst, ganz wie mein Vater, dachte ich mir und weinte ein bisschen nicht nur um Yannis, sondern auch um mich selbst und darüber, wie tief ich doch gesunken war.

Wenigstens blieb mir noch Sascha, der weiterhin jede Woche kam und mir Nachhilfe gab - oder zumindest so tat. Jetzt wo ich keinen Internet-Schwarm mehr hatte, fand ich ihn plötzlich wieder umso attraktiver, auch wenn er unverändert desinteressiert an mir war.

Immer wenn sich die Gelegenheit bot, versuchte ich mein Glück mithilfe des schon zur Routine gewordenen Toiletten-Tricks, auch wenn ich etwas Angst davor hatte, ihn wieder mit meiner Schwester beim Oralverkehr (wie leicht mir solche Worte jetzt von den Lippen gingen!) zu erwischen. Doch das passierte genauso wenig wie, dass er sich einmal hinsetzte oder gar mit heruntergelassenen Hosen in Richtung Schlüsselloch umdrehte. Sein bestes Stück würde ich also vermutlich niemals anders als mit Jeans bzw. schlimmstenfalls vom Kopf meiner Schwester bedeckt zu Gesicht bekommen.

Dafür geschah in einer dieser Spannermomente etwas anderes Unvorhergesehenes: Ich hörte plötzlich hinter mir zwei kurz aufeinander folgende Pieptöne, die mir nur zu bekannt vorkamen. Ich drehte mich um und sah Saschas Jacke an unserer Garderobe hängen. Er hatte sein Handy, das er sonst stets in der Hosentasche aufbewahrte und mit dem er auch während unserer Stunden eifrig kommunizierte, heute offenbar in der Jacke vergessen. Ich wusste, ich hätte mich schnellstmöglich in die Küche schleichen sollen, um mein Alibi-Wasser zu trinken, denn bestimmt hatte Sascha das Geräusch auch gehört und beeilte sich jetzt noch mehr mit dem Pinkeln (die Hände wusch er sich ja ohnehin nicht). Aber die Neugier siegte über die Vernunft und ich wagte einen Griff in die Tasche.

Das Display kündigte eine neue SMS an. Endlich bekam ich auch mal so ein Ding zu Gesicht. Ich öffnete die Nachricht und las sie.

Es dauerte eine Weile, bis ich begriff, was die Nachricht zu bedeuten hatte und als ich es dann verstanden hatte, dass es hier nicht etwa ums Schlussmachen ging, eher im Gegenteil, war ich dermaßen schockiert, dass ich ganz vergaß, das Handy schnellstmöglich wieder zurückzulegen.

„Ey, gib das sofort her! Was fällt dir ein?!"

Ich steckte das Gerät wieder in die Jackentasche, doch es war zu spät.

„Ich... Es hat gepiept."

„Na und? Das gibt dir noch lange nicht das Recht, an meine Sachen zu gehen. Was machst du überhaupt hier, schnüffelst du mir etwa nach?"

Ich musste zum Gegenangriff übergehen. Eigentlich wollte ich zuerst mit Lucy darüber sprechen, aber er ließ mir keine Wahl.

„Erklär du mir lieber, wer Katrin ist!"

Ohne ein Wort zu sagen, packte er mich am Arm, vergewisserte sich, dass wir allein auf dem Flur waren und schob mich dann recht unsanft die Treppen hinauf, zurück in mein Zimmer. Er machte die Tür zu und stellte den Papierkorb davor, so wie ich es immer tat, wenn ich mir ausnahmsweise mal tagsüber eine Porno-Sitzung gönnte.

„So, jetzt hör mal zu, du kleiner Scheißer. Egal was du da gelesen hast, du sagst deiner Schwester kein Wort davon, kapiert?"

Ich hätte nicht gedacht, dass ich in der Lage war, auf einen so hübschen Menschen so wütend zu sein.

„Du bist genauso ein widerlicher, perverser Dreckskerl wie mein Vater!", schrie ich.

„Ach ja! Das sagt der Richtige." Was redete er da für einen Unsinn? Und warum grinste er jetzt auch noch?

„Ich werde ihr alles erzählen, verlass dich drauf. Sie wird dich zur Hölle schicken!" Eigentlich war das gar nicht meine Absicht, tief in mir drin wollte ich nur, dass sie glücklich war, aber ich wollte auch, dass Sascha endlich sein hübsches Lächeln verging.

„Na, dann werde ich wohl auch ein bisschen was erzählen müssen."

Er griff unter mein Bett, schob die Kisten mit dem Lego beiseite, mit dem ich nicht mehr spielte und holte einen mit Herzen bemalten, eingestaubten Schuhkarton hervor. Ich stürzte mich auf ihn, doch er wehrte mich mit nur einer Hand ab, während er mit der anderen triumphierend die Kiste hochhielt. Ich verteufelte ihn und mich selbst für meine Dummheit. Warum hatte ich dieses alte Ding nicht längst entsorgt oder zumindest etwas besser versteckt?

„Spar dir deine Kräfte, ich weiß doch eh schon, was da für schwule Stilblüten drin schlummern. ‚Herr Gebauer, ich bin Ihnen verfallen wie der Dativ dem Genetiv'", sagte er und äffte dabei meine noch helle Stimme piepsend nach.

„Du Mistkerl! Du hast in meinen Sachen rumgeschnüffelt!" Vermutlich hatte er es getan, während ich heimlich für ihn Bier besorgt hatte.

„Tja, da wären wir schon zwei."

Ich versuchte, mich zu beruhigen und einen klaren Gedanken zu fassen, was nicht ganz leicht war, schließlich fand hier gerade so etwas wie ein Zwangsouting statt (was die Jungs von DBNA wohl dazu sagen würden?)

„Okay, ich erzähle Lucy nichts, aber du ihr auch nicht! Dann sind wir quitt", schlug ich vor.

Wieder lachte er dämlich. „Zu spät. Deine Schwester und ich haben uns schon gemeinsam köstlich amüsiert über deine zuckersüßen Liebesbriefe an deinen Lehrer, du kleine Schwuchtel."

Ich konnte es nicht fassen! Am liebsten hätte ich ihn auf der Stelle umgebracht und meine Schwester gleich mit. Ich begann, wie wild auf ihn einzuboxen. Vielleicht wollte ich so meine infrage gestellte Männlichkeit beweisen, was natürlich ein aussichtsloser Versuch war, denn Sascha war tausendmal stärker als ich und brachte mich mühelos unter Kontrolle.

„Reg dich ab, Kleiner! Unerklärlicherweise scheint deine Schwester nämlich was für dich übrig zu haben. Sie hat mir jedenfalls strengstens verboten, dir oder deinen Eltern oder wem auch immer auch nur ein Wort von meinem kleinen Fund hier und deinen Schwuchteleien zu verraten. Also können wir doch 'nen Deal machen. Du hältst die Schnauze, was die Sache mit Katrin anbelangt und dafür erfährt deine arme Mutti nicht, dass der einzige noch in der Familie verbliebene *Mann*", er sprach das Wort betont wie in Anführungszeichen aus, „ans andere Ufer geschwommen ist."

Mir blieb nichts weiter übrig, als mich darauf einzulassen. Es war schon peinlich genug, dass meine Schwester Bescheid wusste. Eine eingeweihte Mutter würde ich nicht verkraften. Mal ganz davon abgesehen, dass sie wirklich genug Sorgen hatte zurzeit und ein schwuler Sohn so ziemlich das Letzte war, was sie jetzt gebrauchen konnte.

Sie hatte vor kurzem wieder angefangen, regelmäßig zu arbeiten, an der Kasse in einem Drogeriemarkt, da in der Bäckerei, bei der sie gelernt hatte und manchmal aushalf, keine Stellen mehr frei waren. Ich musste plötzlich solche Dinge tun wie einen Haustürschlüssel zur Schule mitnehmen, mir selbst Brote schmieren, das Mittagessen warmmachen sowie alleine verzehren und sogar manchmal das Wohnzimmer saugen oder die Wäsche aufhängen. Eine berufstätige Mutter war für mich etwas völlig Ungewohntes, ja nahezu Unnatürliches.

Aber es gab natürlich auch Vorteile. Ich kannte das ja schon von Danni, dessen Eltern beide ganztätig arbeiteten und der noch dazu Einzelkind war: Die Abwesenheit von Erziehungsberechtigten ermöglichte einem gewisse Freiheiten. Als Teilzeitkraft übernahm meine Mutter auch noch überwiegend die bei der Stammbelegschaft unbeliebten Spätdienste, so dass ich nachmittags häufig tatsächlich sturmfreie Bude hatte, weil meine Schwester sich zu ihrem Betrügerfreund Sascha verkrümelte. Er bewohnte mittlerweile ein Zimmer im Studentenheim und hatte dementsprechend rund um die Uhr sturmfrei.

Trotzdem konnte ich nicht mehr so exzessiv wie zu Beginn des Jahres surfen. Meine Mutter musste die Telefonrechnung jetzt nämlich selbst bezahlen. Sie erklärte mir, dass mein Vater, nun wo sie die Scheidung vorangetrieben hatte, zum Anwalt gegangen war, der ihn darüber aufgeklärt habe, dass er viel zu viel zahle (nämlich alles) und seitdem überwies er nur noch den Anteil, den er auch nach einem Urteil aller Voraussicht nach als Unterhalt würde zahlen müssen.

Mit mir sprach er darüber nicht und ich hütete mich auch davor, mich in dieses heikle Thema einzumischen. Er ließ zwar hier und da mal fallen, dass seine finanzielle Situation etwas angespannt sei, seitdem er eine eigene Wohnung habe, überhäufte meine Schwester und mich aber dennoch weiterhin mit Geschenken, während er meiner Mutter zeitgleich die Alimente kürzte. Vielleicht hoffte er, sich auf diese Art zumindest unserer Zuneigung zu versichern, aber ich war mittlerweile abgebrüht genug, seine Geschenke anzunehmen und ihn trotzdem mit kaum mehr verhohlener Verachtung zu strafen.

Ganz ähnlich verfuhr ich auch bei Sascha, nur dass von ihm keinerlei Geschenke zu erwarten waren. Im Gegenteil, er kostete unsere Familie bares Geld, ohne eine erkennbare Gegenleistung zu erbringen. Eigentlich hätte ich meiner Mutter längst sagen sollen, dass er als Nachhilfelehrer nichts taugte. Meine Noten waren in den fraglichen Fächern – Mathe, Bio - mittelmäßig bis unterdurchschnittlich geblieben, was natürlich nicht nur, aber auch an ihm lag. Doch das konnte ich nicht, denn wenn sie ihn feuerte, würde er mit Sicherheit plaudern, also ließ ich zu, dass sie ihm Woche für Woche von ihrem hart erarbeiteten Geld seinen Lohn fürs (so gut wie) Nichtstun zahlte.

Ich guckte ihm zwar noch immer so oft ich konnte in den Schritt und, jetzt wo es zumindest drinnen langsam wieder T-Shirt-Wetter wurde, auch auf den Oberkörper, aber Verknalltsein konnte man es nicht mehr nennen. Selbst Hassliebe wäre vermutlich nicht der richtige Begriff. Sascha war für mich so etwas wie der Schöne und das Biest in einer Person. Abgrundtief böse, aber deswegen nicht weniger sexy.

Jedem Gespräch mit meiner Schwester ging ich mittlerweile genauso gut aus dem Weg wie den Unterhaltungen mit meinem Vater an den Papa-Wochenenden. Immer wenn ich sie sah, musste ich daran denken, dass sie es wusste, und auch wenn das ja eigentlich gar keine so große Überraschung war und sie bis jetzt ziemlich in Ordnung reagiert hatte, war die Scham einfach zu groß. Man muss dazu sagen, dass sie aber auch keinen gesonderten Wert auf Konversation mit mir legte und nicht eine Minute länger als nötig mit ihrer Familie verbrachte, um sich bei jeder Gelegenheit entweder telefonisch oder persönlich mit Sascha abzugeben. Klar, sie wusste vielleicht nicht, dass er (mindestens) eine

Andere hatte, aber dass er ein Arschloch war, das konnte einem doch eigentlich nicht entgehen – Sexgott hin oder her. Wenn sie so oberflächlich war, dann hatte sie selber schuld, versuchte ich mir einzureden. Und doch hatte ich nicht nur meiner Mutter, sondern auch ihr gegenüber ein schlechtes Gewissen, dass ich ihr aus purem Egoismus die Wahrheit über ihn verschwieg.

Bis sie es dann eines Tages selbst herausgefunden haben musste. Meine Mutter war auf Arbeit. Es war zu unserer Nachhilfezeit, doch Sascha nahm es mit der Pünktlichkeit mal wieder nicht so genau und war noch im Zimmer meiner Schwester. Sie schrien so laut, dass ich trotz Lucys wie immer auf höchster Stufe laufender Stereoanlage verstand, was los war.

Ich verließ mein Zimmer und trat auf den Flur, um das Spektakel aus der Nähe mitzubekommen.

„Hau ab, du Lügner, ich will dich nie wieder sehen! Geh doch zu ihr!", hörte ich meine Schwester schreien, dann stolperte auch schon Sascha aus ihrem Zimmer. Sie knallte ihm die Tür direkt vor der Nase zu. Ich war mir sicher, ein Typ wie er würde sich nicht so abspeisen lassen und sich wieder Zutritt verschaffen, doch er stand nur gesenkten Hauptes vor ihrer Pforte und klopfte zaghaft wie ein kleines Mädchen. „Bitte, Lucy, Süße, bitte, da läuft nichts, glaub mir, lass mich rein, lass uns reden, ich kann dir alles erklären!"

Doch meine Schwester blieb hart, drehte die Musik noch lauter (ich wusste bis dahin gar nicht, dass das ging und sorgte mich ernsthaft um ihr Gehör) und der sonst so starke Macho-Sascha begann zu heulen wie die E-Gitarren auf Lucys CD.

Es war ein erschütterndes Schauspiel, das erst endete, als er mich entdeckte. „Was glotzt du, Kleiner? Geh in dein Zimmer, ich komm gleich", sagte er, im Bemühen, so dominant wie immer zu klingen, was ihm jedoch nur bedingt gelang.

Dennoch war ich so perplex über diesen neuen Sascha und die dramatischen Wendungen, dass ich gehorchte. Hatte er etwa ernsthaft vor, mir nach dieser Szene noch Nachhilfe zu erteilen? Tatsächlich kam er nach kurzer Zeit in mein Zimmer, in der Hand eine Flasche Eierlikör. Es war die fast noch volle Flasche, aus der sich meine Mutter manchmal abends ein Schlückchen gönnte. „Auch nicht ungesünder als Schlaftabletten", pflegte sie dann zu sagen.

„Nicht mal mehr was Anständiges zu trinken gibt es in diesem Weiberhaushalt! So, hol deine Sachen raus. Wo sind deine Hausaufgaben?"

Die Hand, mit der er die Flasche hielt, zitterte. Hatte er schon etwas intus? Oder war er einfach nur durch den Wind?

„Äh, wollen wir das heute wirklich machen?", fragte ich zaghaft.

„Natürlich! Warum denn nicht?"

„Na ja, ich meine..." Ich zeigte auf die Wand, hinter der meine Schwester sich gerade mit Hardcore-Metal das Gehör ruinierte.

„Lucy? Die wird sich schon wieder beruhigen. So ist das mit den Frauen. Wenn sie sieht, dass ich nicht abhaue, dass ich es ernst meine, dann..." Er beendete den Satz nicht, als würde er dem, was er da sagte, selber nur wenig Glauben schenken. Sattdessen nahm er einen tiefen Schluck aus der Eierlikörflasche.

Ich holte meine Mappe raus und tat so, als würde ich Hausaufgaben machen, wobei ich natürlich völlig unfähig war, mich darauf zu konzentrieren und nur irgendeinen Müll schrieb, der mir mit Sicherheit wieder eine Fünf einbringen würde. Im Gegensatz zu sonst, wagte ich es nicht, auch nur einen einzigen verstohlenen Blick auf meinen noch immer verdammt gutaussehenden Nachhilfelehrer zu werfen.

„Was ist? Hast du gar keine Fragen? Frag mich irgendwas! Oder tauge ich etwa nicht mal mehr als Nachhilfelehrer?"

Ich drehte mich zu ihm um und sah, dass die Eierlikörflasche, von der meine Mutter normalerweise wochenlang etwas hatte, leer war. Ich bekam es mit der Angst zu tun und überlegte mir irgendeine Frage, nur um ihn nicht zu verärgern.

Zu meinem Erstaunen konnte er sie trotz seines Zustandes sogar beantworten. Ich schrieb die richtige Lösung in mein Heft.

„Wie ist das eigentlich, wenn man schwul ist?", fragte er nach ein paar weiteren Minuten quälender Stille plötzlich und völlig unvermittelt. Ich überlegte krampfhaft, wie ich auf diese Provokation reagieren sollte. Oder war es tatsächlich eine ernstgemeinte Frage?

Zum Glück erübrigte sich das mit der Antwort, denn er gab sie sich selbst. „Vielleicht sollte ich auch schwul werden. Ich bin diese Scheißweiber so was von Leid. Machen dir nichts als Ärger."

Seine Stimme hatte sich verändert, war nicht mehr ganz so aggressiv, eher wieder wehleidig wie seine Klagelaute vor Lucys Tür, aber auch etwas undeutlich, nuschelnd. Der Alkohol entfaltete langsam aber sicher seine Wirkung.

Er rutschte mit seinem Stuhl ganz nah an mich heran und sah mir direkt ins Gesicht. Ich roch seinen Eierliköratem und fühlte mich selber wie alkoholisiert. Kopfweh hatte ich schon die ganze Zeit von der selbst in meinem Zimmer viel zu lauten Musik, doch jetzt begann wirklich, sich alles in meinem Oberstübchen zu drehen. Noch nie war er mir so nah, selbst wenn er sich mal dazu herabließ, mir durch die Haare zu fahren, nachdem ich eine Aufgabe richtig erledigt hatte.

„Was ist los mit dir, Kleiner? Du hast mir heute noch gar nicht auf die Eier geglotzt."

Ich hielt den Atem an, nicht nur, um seinen nicht zu riechen, sondern weil ich auch hoffte, dadurch das mir in den Kopf steigende Blut irgendwie stoppen zu können und nicht ganz so rot im Gesicht zu werden, wie ich es wahrscheinlich dennoch wurde. Er hatte es also bemerkt! Ich musste echt besser aufpassen in Zukunft, das hätte ich eigentlich spätestens wissen müssen, seitdem mich meine Cousinen an Weihnachten ebenfalls des Spannens überführt hatten.

„Na gut, lassen wir das Gelaber. Lutsch mir einfach einen, du kleine Schwuchtel!"

Ehe ich mich versah, hatte er seinen Hosenstall geöffnet und holte seinen schlaffen, aber dennoch eindrucksvollen Schwanz hervor.

Ich war kurz davor, in Ohnmacht zu fallen.

11.

Nachdem nicht nur meine Mutter, sondern auch meine Schwester ihren Typen abserviert hatte, wurde die Stimmung im Haus seltsamerweise besser.

Das hieß zwar noch lange nicht, dass die beiden sich in den Armen gelegen hätten und gemeinsam über die furchtbaren Männer hergezogen wären — aber immerhin waren die Blicke meiner Schwester nicht mehr ganz so frostig, die Kommentare meiner Mutter nicht mehr ganz so bissig.

Und dann wäre da ja auch noch das jähe Ende meiner Netzliebe Yannis, was man natürlich nicht vergleichen konnte, aber doch hatte ich noch immer daran zu knabbern. Eine Erfahrung, die mir half, mich in die Frauen unserer Familie hineinzuversetzen. Es gab jetzt eine bestimmte Art von Schmerz, den des Verlustes, der uns vereinte, auch wenn wir leider nicht miteinander darüber sprachen.

Dafür spürte ich umso deutlicher, dass meine Schwester auch ohne große Worte für mich da war, wenn es darauf ankam. Es war Ostern, Karfreitag, und bevor wir am Sonntag raus aufs Land fahren würden, statteten uns Onkel Wolfgang und Tante Sybille sowie die Zwillinge einen Besuch ab. Das war eigentlich nicht üblich, aber vermutlich wollte sich meine Mutter für das ausgefallene Weihnachtsessen in unserem Haus vergangenes Jahr revanchieren. Sie nahm sich jedenfalls am Gründonnerstag bereits frei und stand gefühlt ununterbrochen bis zur Ankunft der Gäste am Mittag des nächsten Tages in der Küche.

Nach dem äußerst raffinierten Drei-Gänge-Menü (von dem ich eigentlich nur den Nachtisch so richtig gern mochte, aber das sagte ich ihr natürlich nicht, sondern fiel pflichtbewusst in die allgemeinen Lobeshymnen mit ein) kam es wie befürchtet wieder zu der typischen Familienfest-Situation: Ich sollte mich mit meinen schrecklichen Cousinen beschäftigen. Ich betete, meine Schwester würde diesmal mitkommen, damit ich ihnen nicht ganz alleine ausgeliefert war, aber sie wusste sich auch diesmal wieder zu drücken.

„Kinder, wie wäre es, wenn ihr noch ein paar Eier anmalt für Sonntag? Ich hab schon welche ausgeblasen, Farbe liegt auch in der Küche", schlug meine Mutter vor.

„Oh, das ist eine tolle Idee", säuselte Larissa.

Ich hasste alles, was mit Basteln, Malen und Kunst zu tun hatte, doch da ich meiner Mutter nicht den ihr so wichtigen Auftritt als perfekte Gastgeberin verderben wollte, blieb mir keine Wahl; ich musste mit.

Wir setzten uns an den Küchentisch, außer Sicht- und Hörweite der Erwachsenen und es kam wie es kommen musste: Sie piesackten mich wieder. Es hieß immer, nichts sei schlimmer als hormongesteuerte Jungs in der Pubertät, aber wer das behauptete, hatte offenbar noch keine Bekanntschaft mit Larissa und Katharina gemacht.

Zunächst begann es ganz harmlos: Sie malten Herzchen und Blümchen auf ihre Eier und ich versuchte mich an einem FC-Bayern-Logo, da konnte man wenigstens nicht so viel falsch machen.

„Oh, darf ich mal sehen?", sagte Katharina. Ich war so dumm und gab es ihr auch noch freiwillig. Sie schnappte sich einen Pinsel.

„Hey, was machst du da? Lass das!", rief ich, aber da hatte sie es schon getan – ein braunes Hakenkreuz prangerte über meinen mühsam, fast gleichmäßig aufgepinselten blau-weißen Rauten. Und als wäre das nicht schon schlimm genug, skizzierte Larissa auf die hintere Seite auch noch die Umrisse eines erigierten männlichen Geschlechtsteils!

Wutentbrannt nahm ich zwei von ihren Blümcheneiern und da ich keine Idee für eine noch schrecklichere Verstümmelung hatte als das, was sie meinem Vereins-Ei angetan hatten, zerstörte ich sie.

„Na, das wird aber Ärger geben von deiner Mama. Erst malst du so einen Schweinkram und dann machst du auch noch unsere Eier kaputt!"

Ich war so wütend, ich hätte am liebsten sämtliche Eier in Stücke zerlegt, doch zum Glück konnte ich mich bremsen, denn genau das wollten sie ja.

„Bitte, geht ruhig petzen. Meine Mutter weiß, dass ich niemals ein Bayern-Logo schänden würde."

Das schien sogar diesen Wahnsinnigen einzuleuchten, hielt sie aber leider nicht davon ab, bereits den nächsten hundsgemeinen Plan in die Tat umzusetzen, den sie wie immer offenbar bloß mittels Gedankenübertragung und ein paar verstohlener Blicke abgesprochen hatten. Die beiden standen von ihren Stühlen auf und drängten sich, beide von jeweils einer Seite, zu mir auf die Küchenbank, so dass ich von ihnen eingekesselt war.

„Dann wollen wir mal *richtige* Eier bemalen."

Mit vereinten Kräften zerrten sie an meiner Hose. Ich hielt sie so gut ich konnte fest, doch ich spürte, wie sie Millimeter um Millimeter immer weiter herunterrutschte.

„Hört auf, lasst sofort los! Ich sag alles euren Eltern!"

Es war jämmerlich, aber ich wusste mir nicht anders zu helfen. Natürlich hätte ich sie schlagen können, aber dann wären sie heulend nach draußen gerannt und niemand hätte mehr interessiert, was sie zuvor getan hatten – ich wäre der Böse gewesen, der Mädchen schlug oder, schlimmer noch, sich vor ihnen auszog. Ich kannte diesen Ablauf noch zu gut aus früheren Streitereien mit den beiden, doch das, was sie gerade mit mir abzogen, war kein Kinderspiel mehr.

„Nun stell dich doch nicht so an, geht auch ganz schnell. Du hast doch bestimmt noch keine Federn in deinem Hühnerstall, dann kitzelt's auch nicht!", sagte Larissa.

Obwohl ich unverändert Widerstand leistete, kam bereits der Saum meiner Unterhose zum Vorschein und wer weiß, was noch passiert wäre, wenn nicht in diesem Moment meine Schwester in der Tür gestanden hätte. Selten hatte ich mich so über ihren Anblick gefreut wie in diesem Moment.

Sie ließen sofort von mir ab, als sie Lucy sahen. Dennoch warf sie den beiden einen ihrer fiesesten Blicke zu, den sie vermutlich von den Typen in ihren Lieblingsbands gelernt hatte. Was aber nicht unbedingt bedeutete, dass sie die ganze peinliche Szene mitbekommen haben musste. Denn eines der wenigen Dinge, die Lucy und mich einte, war, dass wir die Zwillinge nicht ausstehen konnten.

„Hallo Lucy, was ist denn los?", fragte Larissa. „Willst du auch ein paar Eier bemalen?"

„Mit Eiern kennst du dich doch bestimmt schon ganz gut aus", fügte Katharina kichernd hinzu.

Ein böser Fehler.

Wortlos ging meine Schwester zum Kühlschrank, nahm sich zwei frische Eier und schleuderte sie ohne zu zögern nahezu gleichzeitig in Richtung der Mädels ab. Obwohl die Zwillinge noch versuchten, sich wegzuducken, landeten sie bei beiden direkt im Gesicht, während ich, der in ihrer Mitte saß, bis auf ein paar Spritzer verschont blieb. Was für ein Wurf!

Unsere Cousinen liefen schreiend und eigelbtriefend nach draußen und mir stand die Kinnlade vor Bewunderung offen.

„Wow. Wie hast du das gemacht?"

Ich war aufrichtig begeistert, nicht nur von der Aktion an sich, sondern auch von der Treffsicherheit meiner Schwester. Das hätte auch schief gehen und den falschen bzw. unsere Tapete treffen können.

„Drei Jahre Handball-AG waren offenbar doch nicht ganz umsonst."

„Das war grandios. Danke."

„Das war vor allem schon längst mal überfällig. Ich mochte sie ja noch nie besonders, aber seitdem sie zu Möchtegern-Vamps mutiert sind, kann man diese Mädchen wirklich nicht mehr ertragen. Außerdem: Wenn jemand meinen kleinen Bruder ärgert, dann bekommt er es mit zu tun, das weißt du doch."

Ich hätte sie am liebsten geküsst. Noch lieber aber wollte ich ihr etwas sagen, ohne genau zu wissen, was eigentlich. Jeden Augenblick würden meine Mutter oder Onkel Wolfgang und Tante Sybille hereingestürmt kommen, um uns zur Rede zu stellen und ich wünschte, ich könnte diesen seltenen Moment der Komplizenschaft, ja, der tiefen Verbundenheit zwischen uns irgendwie in die Länge ziehen.

„Vermisst du Sascha sehr?", war schließlich das Einzige, das mir einfiel.

„Ganz ehrlich: Überhaupt nicht. Er war ein Idiot und ich ärgere mich bloß, dass ich so lange auf ihn reingefallen bin. Und bevor du fragst, Papa fehlt mir genauso wenig."

„Mir eigentlich auch nicht, zumindest nicht mehr", gestand ich. „Aber hast du kein schlechtes Gewissen deswegen?"

„Wieso sollte ich? Und du brauchst übrigens auch keins zu haben. Es ist weder deine noch meine Schuld, dass er so ist, wie er ist und dass er getan hat, was er getan hat. Wenn er ein besserer Vater gewesen wäre, dann würden wir ihn auch mehr vermissen. Er hat sich eh nie besonders für uns interessiert, warum sollten wir uns dann noch für ihn interessieren?"

Noch ehe ich etwas entgegnen konnte, kamen nun doch wie erwartet unsere Mutter und Tante Sybille in die Küche und verlangten eine Erklärung. Es stellte sich heraus, dass unsere böswilligen Cousinen behauptet hatten, ich hätte Lucy überhaupt erst zu ihrer Tat angestiftet. Vermutlich wollten sie uns gegeneinander aufhetzen, aber wir hüteten uns, ihnen diesen Gefallen zu tun und nach kurzen, vergeblichen Rechtfertigungsversuchen ließen wir die Standpauke einfach über uns ergehen.

Das war wieder einmal einer dieser seltenen Momente, in denen ich unglaublich froh war, eine Schwester wie sie zu haben. Nichts und Niemand konnte uns in diesem Moment auseinanderbringen: kein abwesender Vater, kein abtrünniger Nachhilfelehrer und schon gar keine 13-jährigen Horror-Zwillinge.

12.

Die Liste der Dinge, die ich bereute, begann sich trotz meiner noch jungen Jahre langsam aber beharrlich zu füllen.

So verteufelte ich mich nicht nur spätestens am Morgen danach für jede schlaflose Nacht, in der ich vor dem PC versackt war. Sondern wünschte mir auch noch in den einsamen Nächten nach wie vor, meine Lügen gegenüber Yannis ungeschehen machen zu können. Und, ja, ich bereute auch die Sache mit Sascha, bevor er für immer aus unserem Leben verschwand.

Obwohl ich all diese Dinge noch immer nicht verkraftet hatte und eigentlich aus ihnen lernen wollte, tat ich schon bald wieder etwas, das ich bereits nach kurzer Zeit bereuen sollte.

Dabei hatte ich doch so gute Vorsätze. Ich drosselte meinen Pornokonsum, hielt mich kaum noch in Sexchats auf. Nun, wo ich fast alle Spielarten des virtuellen Kopulierens kannte, war der Kick ohnehin nicht mehr so groß wie am Anfang.

Dafür wuchs das Bedürfnis, mich wieder zu verlieben. Ich beschäftigte mich mit den Kontaktanzeigen auf einschlägigen Schwulenseiten. Die meisten Inserenten waren nur auf der Suche nach Sex-Dates oder wirklich uralt (also über zwanzig). Wenn mal ein Teenager ein Gesuch postete, dann standen da meist ganz genaue Altersvorgaben, die Interessenten haben mussten und die ich um Jahre unterschritt.

Also versuchte ich mein Glück mit einer eigenen Annonce. Ich beschrieb mich schlicht als ‚netten, unerfahrenen Boy' und gab mein Alter mit 14 Jahren an, was meiner Ansicht nach diesmal nicht gelogen, sondern bloß gerundet war (immerhin fehlten wirklich nur noch wenige Monate bis zu meinem Geburtstag im Sommer). Kontaktieren sollten mich ‚süße, gern etwas ältere Jungs (maximal 18)' mit denen ich zu ‚chatten oder mehr' beabsichtigte. Ich überlegte, ob ich mich auch noch zu meinem Aussehen, Vorlieben oder Hobbys auslassen sollte, sparte mir dann aber die Mühe. Es würde mir ohnehin bestimmt niemand schreiben.

Trotzdem war ich aufgeregt und schaute weniger als eine Stunde, nachdem der Text veröffentlicht wurde, wieder in mein Mailpostfach. Ich traute meinen Augen kaum: Da warteten bereits fünf Nachrichten auf mich!

Was mich nicht minder als die Zahl der Zuschriften erstaunte, war, dass es selbst jetzt, wo ich (fast) ehrlich gewesen war, nicht wenige gab, die mein Alter anzweifelten – und zwar diesmal als zu niedrig statt zu hoch! Welchen Grund sollte ich denn bitteschön gehabt haben, mich jünger zu machen als ich war? Das ergab in meinen Augen einfach keinen Sinn.

Ein gewisser Jürgen, angeblich 16, verlangte beispielsweise gleich zu Beginn unseres Chats ein Foto als Altersnachweis, woraufhin ich ihm unser Mannschaftsbild schickte (ich hatte es mit dem PC-Malprogramm Paint bearbeitet: Um mein Gesicht, das zweite von links in der *hinteren* Reihe, prangte jetzt ein roter, mit der Maus gekritzelter Kreis, der erneuten Missverständnissen vorbeugen sollte).

Im Gegenzug versprach er mir ein Bild von sich, sogar mit freiem Oberkörper, doch die Aufnahme, die er mir zuschickte, wirkte wie aus einem Katalog für Kinderwäsche ausgeschnitten (und war es vermutlich auch). Der Junge darauf war bestenfalls zwölf!

Es war ja nicht so, dass ich völlig naiv und blauäugig gewesen wäre, natürlich wusste ich aus eigener, leidvoller Erfahrung, wie viel im Netz gelogen wurde. Und nur, weil ich zur Abwechslung mal (beinahe) die Wahrheit geschrieben hatte, musste mein Gegenüber das natürlich nicht zwingend auch getan haben. Außerdem war mir die Existenz von Pädophilen und dergleichen Perversen, die es auf Kinder abgesehen hatten, grundsätzlich durchaus bekannt – zumindest aus Warnungen meiner Mutter bzw. schaurigen Schilderungen in der BILD-Zeitung und in TV-Krimis.

Jürgen war nun ganz offensichtlich mein erster echter Pädo. Ich löschte ihn sofort. Doch mein Misstrauen blieb. Stündlich kamen neue Nachrichten hinzu. Unmöglich konnte es auf der Welt so viele schwule Teenager geben, die einen 14-jährigen Jungen daten wollten!

Einige gaben in der Tat ganz offen zu, älter zu sein und hatten meine angegebene Altersgrenze von 18 elegant überlesen, nach dem Motto: Einen Versuch ist es wert. Wenn sie nett waren und mich nicht gleich bedrängten, C6 mit ihnen zu haben oder sie zu treffen, dann schickte ich ihnen sogar mein Foto (was war schon dabei? Man konnte ja nicht einmal den Namen unseres Teams erkennen) und ließ mir Komplimente für mein Aussehen machen, wie sie mir Yannis und der Rest der Menschheit bislang verwehrt hatten.

Ich ging zwar nicht auf ihre mal mehr, mal weniger direkt vorgetragenen sexuellen wie affektiven Absichten und Angebote ein („Ich will mit dir kuscheln!", „Mit mir kannst du alles ausprobieren!", „Lass dich von mir mit dem Mund verwöhnen!", usw.) und nach eine Weile, wenn sie begannen, sich zu wiederholen, blockierte ich auch sie. Aber es war nicht zu leugnen, dass mir die Aufmerksamkeit irgendwie schmeichelte - Perverse hin oder her.

Was ich hingegen überhaupt nicht ausstehen konnte, war, wenn sie so wie dieser Jürgen versuchten, mich reinzulegen und für dumm zu verkaufen. Bedauerlicherweise waren sie nicht immer so leicht zu überführen, doch ich war nach der vierten oder fünften Enttäuschung irgendwann dermaßen misstrauisch, dass ich nahezu jeden blockierte, der nicht nach kurzem Geplänkel zugab, in Wahrheit erwachsen zu sein – egal wie glaubhaft die vermeintlichen Beweisfotos erschienen.

Mir war bewusst, dass ich auf diese Art möglicherweise die Nadel im Heuhaufen übersah, nach der ich verzweifelt suchte. Vielleicht war auch das der Grund, warum ich nicht müde wurde, den scheinbar unendlichen Strom an Zuschriften durchzuarbeiten und auf jede einzelne zu antworten.

So auch auf die eines gewissen Alex. Er behauptete, 18 zu sein, was untypisch war. Die meisten gaben sich ein noch jüngeres Alter, nicht so weit von meinem entfernt. Konnte man schon Pädo sein, wenn man bis vor ein paar Monaten selbst noch ein Kind gewesen war? Und spielte das überhaupt eine Rolle, solange ich ihn und er mich attraktiv fand?

Ich fügte ihn im ICQ hinzu und bat recht schnell um ein Foto zwecks Klärung dieser und weiterer Fragen.

„Bekommst du, wenn du mir eins geschickt hast."

„Nee, sorry, hab schlechte Erfahrungen gemacht, nur noch umgekehrt", schrieb ich und kam mir wahnsinnig abgebrüht vor.

„Tja, ich auch ;-)"

Das war wieder untypisch. Die Männer hatten ihre vermeintlichen Porträts immer zuerst rausgerückt – niemand wollte schließlich riskieren, dass ihr rares Objekt der Begierde den Chat abbrach. Ich war kurz davor, genau das zu tun, aber dann musste ich daran denken, dass Alex womöglich die Nadel war und ich drauf und dran, sie zurück in den Heuhaufen zu werfen.

„Was für schlechte Erfahrungen?", hakte ich nach.

„Mit alten Säcken, die sich als junge Boys ausgeben."

„Kenn ich. Aber *du* hast doch mir geschrieben, warum sollte ich mich dann jünger machen?" Ich verstand das immer noch nicht so richtig.

„Na, Role Play halt, Daddy-Son-Zeugs und so. Gibt viele BL, die darauf abfahren."

„BL?" Was Role Play und Daddy-Son-Zeugs waren, konnte ich mir ja gerade noch so zusammenreimen, aber diese Abkürzung kannte ich wirklich noch nicht.

„Boylover, also Pädos, falls du weißt, was das ist."

„Klar weiß ich das. Und, bist du nun so einer oder nicht?"

„Nein!!"

„Warum hast du mir dann geschrieben?"

„Weil ich deine Anzeige sympathisch fand und mir das Alter egal ist."

Das klang verdammt nach Nadel! Mein erstes nicht durch pädosexuelle Triebe vergiftetes Kompliment seit Yannis! Aber andererseits: Ich hatte doch eigentlich gar nichts besonders Aussagekräftiges in die Annonce geschrieben. Also blieb ich lieber skeptisch und beharrte auf einem Foto.

„Was nützt dir ein Foto? Es könnte genauso gut gefaket sein."

„Das erkennt man doch."

„Nicht immer. Bin wahrscheinlich schon etwas länger als du im Netz und leider auch so manchem BL auf den Leim gegangen am Anfang."

Das klang wiederum sehr vertrauenswürdig. Und es wurde noch besser: „Mein Rat: Frag deine Chatpartner, ob sie 'ne Cam haben."

„Das haben doch die wenigsten. Also ich hab keine. Du?"

„Ja. :-)"

Wenig später hatte ich das Foto eines jungen Mannes zugeschickt bekommen, in miserabler Qualität zwar, aber die Botschaft, die er in Form eines handbeschrifteten Zettels in die Kamera hielt, war klar und deutlich zu lesen: Dort stand mein Name, darunter ein großer Smiley. Seine Haare waren leider von seiner Chicago Bulls-Baseballkappe verdeckt, sein Gesicht wirkte aber durchaus noch jungenhaft, etwas rundlich zwar, auch wenn er ansonsten schlank zu sein schien. Er trug einen dieser angesagten, etwas zu großen Sweater von Dickies. Ob er nun gutaussehend war, ob ich ihn hübsch fand, das konnte ich aufgrund der niedrigen Auflösung schwer beurteilen. Doch meine Ansprüche hielten sich mittlerweile in Grenzen. Immerhin hatte er mich nicht angelogen, denn ein alter Sack war er ganz offensichtlich wirklich nicht.

Ich schickte ihm mein Foto. Er behauptete, mich süß zu finden, aber das hatte ich ihm auch gesagt. Nach all den Komplimenten der Pädos war ich fast froh, dass er mein Aussehen nicht überschwänglich lobte. Wir chatteten noch den ganzen Nachmittag, sehr zum Leidwesen meiner Schwester, die bereits mehrfach an meine Tür geklopft hatte. Wie ich sie kannte, würde sie bald einfach das Kabel ziehen, um endlich wieder telefonieren zu können, also verabschiedete ich mich von Alex und wir verabredeten uns für den nächsten Tag.

Als er zur vereinbarten Zeit nicht gleich online war, befürchtete ich bereits, er habe das Interesse verloren, doch zum Glück kam er doch noch. Wir redeten über dies und das, hauptsächlich über unsere Erfahrungen, wobei er natürlich wesentlich mehr als ich zu erzählen hatte. Es gab kaum etwas, das er noch nicht erlebt hatte. Er kannte jede sexuelle Spielart und hatte einen ähnlich hohen Jungsverschleiß wie meine Schwester aufzuweisen (die jedoch geläutert schien, zumindest gab sie sich seit der Trennung von Sascha als überzeugter Single).

Mich interessierten natürlich besonders seine Anfänge und wie es ihm gelungen war, seine Jungfräulichkeit zu verlieren. Die Geschichte war irgendwie ziemlich unromantisch, ja sogar etwas eklig, aber ich fand sie trotzdem geil: Zufällig habe er mit fünfzehn eine

Parkhaustoilette entdeckt, auf der sich Männer zum schwulen Sex trafen. Durch ein geradeso ausreichend großes Loch in der Wand habe er sich von einem mutmaßlich deutlich älteren Kerl, der ihm jedoch nie zu Gesicht gekommen sei, oral befriedigen lassen.

Er berichtete noch von diversen ähnlich gelagerten Abenteuern, bis er schließlich zu einer Episode gelangte, die mich besonders interessierte: „Meinen ersten richtigen Freund hatte ich dann mit 16."

„So lang will ich eigentlich nicht mehr warten :-(", schrieb ich. Das wären noch über zwei Jahre!

„Musst du ja vielleicht auch nicht ;-). Er war nämlich damals genauso alt wie du jetzt, 14."

„Jünger als du? Das wär ja nichts für mich."

„Wie gesagt, mir ist das egal. Wo die Liebe hinfällt…"

„Wie habt ihr euch kennen gelernt?"

Die Geschichte klang etwas windig, es ging darin um eine Theater-AG, an der beide teilnahmen und um ein an gewisser Stelle gerissenes Kostüm des anderen Jungen bei der Generalprobe. „Er hat gesehen, dass ich es gesehen habe und dass ich hingeschaut habe und dann hat er gelächelt, von da an war eigentlich alles klar. Ich hab dann meinen ganzen Mut zusammengenommen und ihn bei der Premierenfeier angesprochen. Am nächsten Tag sind wir nach der Schule ins Kino, erst Händchenhalten, dann Eis essen und dann Küssen auf einer Parkbank unter den Augen von Tauben und ein paar schnell vorbeihuschenden Omas."

„Wow, echt schön!" Das klang jetzt in der Tat sehr romantisch. Auch wenn ich vermutlich niemals den Mut gehabt hätte, in aller Öffentlichkeit einen Jungen zu küssen, schmolz ich dahin bei der Vorstellung, jener Vierzehnjährige auf der Parkbank gewesen zu sein, wobei ich mich dabei erwischte, dass in meinen Sekundentagträumen Alex so aussah wie eine Kreuzung aus Yannis und Sascha.

„Leider zog er nach ein paar Monaten weg, das war's dann natürlich. Trotzdem werde ich ihn nie vergessen. Und das alles nur wegen ein paar Blicken in der Theater-AG und der Frage, ob er mit mir mal ins Kino will, viel mehr Worte brauchten wir damals nicht."

„Tja, ich hab auch schon erfahren, welche Folgen Blicke haben können", sagte ich bedeutungsschwanger, doch dann merkte ich, dass ich eigentlich noch nicht bereit war, die Geschichte mit Sascha zu erzählen, ohne dass es wieder auf eine ausgeschmückte Schmuddel-Märchenstunde herauslief, von der ich mich ja eigentlich verabschiedet hatte. Also erzählte ich ihm lieber von den Erlebnissen mit meinen Cousinen. Er lachte sich halbtot („LOL, ROTFL") und mittlerweile konnte ich zum Glück auch darüber schmunzeln.

Alex stellte mir viele Fragen zu allen möglichen Dingen. Ich war froh und überrascht, dass er sich nach der Schilderung seiner so viel aufregenderen Erfahrungen nun auch für mein vergleichsweise langweiliges Leben interessierte.

Früher oder später landeten wir beim Fußball. Und obwohl ich gleich merkte, dass es ihm in Sachen Bundesliga an Durchblick mangelte, wollte er doch alles über meine bescheidene Spielerkarriere wissen.

Ich schrieb ihm, dass ich seit der Pampers-Liga im Nachwuchs des Fußballvereins unseres Stadtteils spielte. Als er mich nach meiner Position fragte, überlegte ich kurz, ob es ihn wohl sehr beeindrucken würde, wenn ich mich diesmal zwar nicht optisch, dafür aber fußballerisch für unseren Top-Stürmer Joschua ausgab, doch ich entschied mich dagegen und blieb meiner neuen, ehrlichen Linie treu.

Ich gestand also, dass ich zwar vor allem im offensiven Mittelfeldspiel spielte, aber nur selten einen Treffer vorlegte und so gut wie nie selbst knipste, denn im Gegensatz zu meinem Idol Klinsmann würde aus mir nie ein Torjäger werden. Besonders zweikampfstark war ich allerdings leider auch nicht, was ich durch Laufbereitschaft zu kompensieren versuchte. Manchmal hatte ich geniale Momente und schlug einen entscheidenden Pass, aber meistens war ich eher Mitläufer und hatte mich mit meiner Rolle als Ergänzungsspieler abgefunden.

Er erzählte daraufhin von ganz ähnlichen Dingen, Tor-Flauten und Bank-Erfahrungen, die ihn jedoch offenbar so sehr frustriert hatten, dass er schon mit zwölf wieder mit dem Fußballspielen aufgehört habe.

Recht bald kamen wir auf das Thema Kabine zu sprechen. Beide hatten wir uns, bereits bevor wir in die Pubertät gekommen waren, mit gewissen Merkmalen der Jungs in der Umkleide beschäftigt. Auch wenn ich, anders als Alex, an Gleichaltrigen oder gar Jüngeren noch nie viel Interesse gehabt hatte, gab ich zu, dass ich noch immer ab und zu verstohlene, neidvolle Blicke auf die Geschlechtsteile jener warf, die körperlich weiter und besser bestückt waren als ich.

„Hat sich da nie mal was ergeben?"

„Wie meinst du das?"

„Na ja, Gruppenwichsen, Schwanzvergleiche oder so 'ne Scherze?"

Ich verneinte vehement, doch dann fiel mir die Geschichte von Kai ein, einem wahnsinnig frechen Jungen, der für einige Zeit in unserer Mannschaft spielte, als ich elf oder zwölf war. Manchmal hatte er ihn beim Duschen in die Hand genommen, sich einem seiner Kameraden genähert und so getan, als würde er ihn anpinkeln (vielleicht pinkelte er sogar wirklich, aber da ich zum Glück nicht zum Kreis seiner Opfer gehörte, würde ich das nie erfahren). Alle bis auf den im wahrsten Sinne des Wortes Angepissten hatten sich dann immer schlappgelacht. Irgendwann wurde es dem Trainer mit ihm wegen dieser und diverser andrerer Fehltritte zu bunt und er flog aus dem Team.

„Heute wäre sowas undenkbar", sagte ich. Allein das Berühren des Glieds, und sei es bloß zu Reinigungszwecken, galt bei den Jungs mittlerweile als schwul und widerlich. „Wer sich mehr als einmal unten hinfasst, der spielt daran", pflegte Joschua zu sagen. Unvorstellbar, was geschehen würde, wenn jemand auch nur eine Fünftelerektion unter der Gemeinschaftsdusche bekäme.

Alex schien das Thema zu gefallen, denn er erzählte mir noch ein paar seiner Umkleidefantasien. Eigentlich war Fußball, von meiner Schwärmerei für gewisse Spieler mal ausgenommen, nie ein besonders erotisches Thema für mich gewesen, schon gar nicht im Zusammenhang mit der Umkleide, und ich wünschte mir die Art von ernsthaften, sich nicht nur um Sex drehenden Gesprächen zurück, die ich mit Yannis geführt hatte. Aber ich bekam natürlich dennoch ein wenig mehr als nur eine Fünftelerektion.

Weiter gingen wir an jenem Tag nicht, denn ich musste mich fertigmachen.

„Tut mir leid, Training", sagte ich.

„Na dann, viel Spaß ;-)"

Ich wusste natürlich, wie er es meinte und hoffte inständig, Alex' versaute Kabinenschilderungen würden mich nicht plötzlich unter der Dusche einholen, denn das wäre mein sicherer Tod. Aber wenn ich aufgeregt war, und das war ich in Anwesenheit einer Horde nackter Jungs eigentlich immer, dann passierte bei mir da unten sowieso nichts (weswegen ich vermutlich nie einen anderen Sexualpartner als meine Hand haben würde).

„Chatten wir morgen wieder?", fragte er.

„Gern."

„Super. Das hat wirklich Spaß gemacht mit dir heute. Aber eine Frage hätte ich noch: Woher soll ich wissen, dass du nicht doch der Trainer bist?"

„Hä??" Ich brauchte ein wenig, bis ich kapierte und war dann plötzlich sehr verletzt. „Ich war noch nie zu jemandem so ehrlich wie zu dir und du vertraust mir nicht. Echt schade."

„Vertraust du mir denn??"

„Ich denke schon."

„Dann gib mir doch deine Telefonnummer. Ich möchte nur mal kurz deine Stimme hören."

Dinge, die ich auf ewig bereuen werde, die Dritte (mindestens): Ich tat es. Ich, der abgeklärte Profi-Surfer und Pädo-Enttarner, gab einem trotz allem immer noch wildfremden Erwachsenen meine Telefonnummer. Und wenn er mich in diesem Moment gefragt hätte, dann hätte er auch meinen vollen Namen, meine Anschrift und die Bankverbindung meiner Mutter bekommen, sofern ich sie denn gewusst hätte.

Nicht einmal, weil ich ihn so sehr mochte, sondern weil ich verletzt war und ihm beweisen wollte, dass er mir mit seinem Misstrauen Unrecht getan hatte.

13.

Das Telefon klingelte Sekunden nach dem Offlinegehen. Immerhin war ich allein zu Hause, so dass keine Gefahr bestand, jemand außer mir würde herangehen. Mir war noch nicht klar, dass ich dennoch einen schweren Fehler begangen hatte, schlimmer als das dümmste Foul im Fußball. Ausgerechnet Alex machte mich darauf aufmerksam.

„Hallo Süßer", sagte er.

„Hi."

„Wow, du hast mir deine echte Nummer gegeben. Mach das nie wieder. Gibt eine Menge Perverse da draußen, die sowas eiskalt ausnutzen würden." Ich mochte seine Stimme nicht, sie hatte etwas Belehrendes, Altklug-Angeberisches. Wenn man ehrlich war, konnte man diesen Ton bereits aus seinem Chat herauslesen, doch da war es mir noch nicht aufgefallen. Und was noch viel schlimmer war: Er klang nicht wie ein Achtzehnjähriger. Aber auch nicht wirklich männlich.

All das ging mir während der ersten Sekunden unseres Telefonats durch den Kopf, so dass ich nicht viel mehr als ein gequältes „Hmm" rausbrachte.

„Dir ist wohl gerade nicht so nach Plaudern?"

„Ich muss weg, in 'ner Viertelstunde geht das Training los", brachte ich immerhin mal einen ganzen Satz hervor.

„Na das schaffst du doch locker. Ist doch um die Ecke."

Der Schreck fuhr mich durch den ganzen Körper. Ich hatte ihm noch nicht einmal erzählt, bei welchem Verein ich spielte, geschweige denn, wo ich wohnte!

„Woher weißt du das?"

„Telefonbuch-CD: Erst Rückwärtssuche mit deiner Nummer – Treffer." Er nannte den Namen meines Vaters, auf den der Anschluss noch immer lief, und unsere vollständige Adresse. Mir drehte sich der Magen um. „Na, und dann Suche nach Sportvereinen in deinem Stadtteil – ein Treffer, Abgleich der Adressen im Online-Stadtplan, fertig."

Das ging mir alles viel zu schnell, um es zu verstehen. Ich wusste nur: Das war falsch. Kalter Schweiß lief mir die Stirn hinunter wie vor meiner Einwechslung in einem schweren Auswärtsspiel.

„Hör mal, ich will dir nichts Böses, das weißt du doch. Ich will dir damit nur zeigen, dass du aufpassen musst."

„Aber, du hast mich doch darum gebeten und jetzt…"

„Ja", unterbrach er mich, „das war ein Test. Ich hatte nie Zweifel daran, dass du echt bist. Ein Boy wie du, so unverbraucht und unbedarft, das ist etwas ganz Besonderes, das einem nur sehr selten begegnet da draußen unter all den armen, notgeilen Schweinen im Netz. Das hab ich sofort gespürt."

„Ich muss jetzt wirklich los." Meine Hand zitterte dermaßen, dass ich befürchtete, mir würde jeden Moment der Hörer aus der Hand fallen.

„Wann kann ich wieder anrufen?"

Wohlgemerkt, er fragte nicht *ob*, sondern *wann*.

„Nie", dachte ich, doch ich sagte: „Weiß nicht."

„Na gut, ich probier's morgen Nachmittag mal wieder."

„Nein!", rief ich, fast panisch.

„Keine Angst, wenn deine Eltern rangehen, sag ich einfach ‚Verwählt' und das war's." Absurderweise beruhigte es mich ein wenig, dass er dachte, ich hätte Eltern und nicht bloß eine Mutter, denn er wusste zwar alles über meine Jungsvorlieben und Schwärmereien, aber über meine Familie hatten wir, mit Ausnahme der anzüglichen Cousinen, zum Glück noch nicht gesprochen.

„Also dann, viel Spaß beim Training. Immer schön auf die Bälle achten, nä? Hohoho." Sein Lachen klang wie Husten, widerlich.

Gut erzogen wie ich war, sagte ich sogar noch Auf Wiederhören, bevor ich endlich auflegte. Ich wusste, ich hatte versagt. Hätte ich doch bloß mehr darauf bestanden, dass er mich nicht anrief.

Beim Training traf ich keine Bälle und wurde von allen nur aufgezogen, nachts fuhr ich mehrfach ruckartig aus dem Schlaf, weil ich geträumt hatte, das Telefon würde klingeln und am nächsten Tag wünschte ich mir zum ersten Mal seit Menschengedenken, die Schule würde niemals enden, doch das Unvermeidbare rückte immer näher. Es wurde Nachmittag und ich hatte keinen Zweifel daran, dass Alex seine Ankündigung in die Tat umsetzen würde. Zum Glück hatte wenigstens meine Mutter erneut Spätschicht und bei meiner Schwester lief mal wieder so laut Musik, dass sie das Telefon vielleicht gar nicht hörte.

Wie ein um das Aas kreisender Geier lungerte ich vor dem Apparat im Flur, als meine Schwester dann doch mal für einen Moment ihr Zimmer in Richtung WC verließ. „Was schleichst du denn hier rum?"

„Äh, nichts, Danni wollte gleich anrufen."

„Warum rufst *du* ihn nicht einfach an?"

„Ja, äh, nein, also, er hat gesagt, ich soll auf seinen Anruf warten."

„Sonst ist aber alles in Ordnung, so mit dir und deinem Danni und überhaupt?"

Wie war *das* denn jetzt gemeint? Dachte sie etwa…? Ehe ich etwas erwidern konnte, war sie schon wieder hinter den Schallmauern ihres Zimmers verschwunden und ich wartete weiter ungeduldig.

Auf der einen Seite lauerte ich geradezu auf das Klingeln, damit ich es endlich hinter mich bringen konnte, und auf der anderen Seite hoffte ich, das Telefon würde für immer stumm bleiben.

Doch diesen Gefallen tat er mir nicht. Auch, wenn keinerlei Gefahr bestand, dass meine Schwester den Hörer zuerst ergreifen würde, nahm ich sofort ab.

„Na, das ging aber flugs. Da hat wohl jemand auf meinen Anruf gewartet", sagte er, als glaube er wirklich, ich hätte mich auf das Gespräch mit ihm gefreut. Ich fasste all meinen Mut zusammen. „Hör mal, Alex, also, wenn es dir nichts ausmacht, wär's mir echt lieber, wenn wir vielleicht wieder chatten statt telefonieren könnten?"

Zwar war mir auch darauf die Lust vergangen, aber alles war besser als ein Leben in ständiger Angst vor dem Telefonklingeln!

„Klar, im Prinzip kein Problem. Aber wenn du wirklich einen Freund finden willst, dann darfst du dich nicht immer hinter dem Computer verstecken. Ich versteh', dass du aufgeregt bist. Mach dir deswegen keine Sorgen, das ist ganz normal beim ersten Mal." Er lachte wieder auf diese krächzende Art. Vielleicht war ihm auch die Doppeldeutigkeit mit dem ersten Mal aufgefallen. Vielleicht war sie sogar beabsichtigt.

„Hmm", sagte ich bloß, in der Hoffnung, durch möglichst kurze Antworten das Gespräch ebenfalls kurz halten zu können, doch anscheinend deutete er es als Aufforderung, weitere Fragen zu stellen.

„Erzähl mir doch ein bisschen was. Wie war's gestern beim Training? Wieder ein paar hübsche Jungsschwänze gesehen?" Das Gespräch bewegte sich jetzt in eine Richtung, die sich zwar nicht groß von dem unterschied, worüber wir gestern gechattet hatten, doch anders als getippt hörten sich diese Worte gesprochen, zumindest aus seinem Mund, nicht aufregend, sondern unpassend, distanzlos und einfach nur ekelerregend an. Doch das Schlimmste war, dass ich selber Schuld an allem hatte, was hier gerade passierte und mich unendlich dafür schämte.

„Äh, nein."

„Schade, schade. Da wäre ich ja schon gern mal Mäuschen gewesen, gestern, bei dir in der Kabine, wenn ihr da so alle..."

Die Musik hatte abrupt ausgesetzt und vor Schreck legte ich sofort auf. Tatsächlich stand meine Schwester Sekunden später neben mir. Sie musste also mitbekommen haben, wie ich panisch das Gespräch beendet hatte.

„Also langsam wird's komisch", sagte sie.

„Was machst du hier? Wieso hast du die Musik ausgemacht? Belauschst du mich?"

„Nun nimm dich mal nicht so wichtig. Mir ist nur eingefallen, dass ich ganz gern selber mal telefonieren würde, also wenn du so freundlich wärst!"

Sie griff an mir vorbei zum Telefon und ich beeilte mich, einen Schritt zur Seite zu machen, doch in diesem Moment klingelte es erneut. Leider war sie wenige Millisekunden vor mir am Hörer.

„Ja?"
…
„Hallo, wer sind Sie überhaupt? Und wie kommen Sie dazu, mich *Süßer* zu nennen?" Gedankenspiele, in denen ich ihr den Hörer aus der Hand riss, schossen mir genauso schnell durch den Kopf wie ich sie wieder verwarf. Es war zwecklos, ich war enttarnt, überführt, geliefert, verloren.

„Nein, das bin ich nicht, das *hört* man doch wohl, ich bin seine große Schwester!"

Ich verfluchte mich dafür, noch nicht einmal ansatzweise im Stimmbruch zu sein.

„Okay, verstehe, Moment." Sie drehte sich in meine Richtung. Unweigerlich begann ich, wie wild mit dem Kopf zu schütteln.

„Tja, sieht wohl leider so aus, als wollte *er* Sie aber gerade nicht sprechen."
…
„Nein, das werden Sie mit Sicherheit *nicht* tun! Falls er Lust hat, Sie zu sprechen, wird er sich schon bei Ihnen melden, verstanden?"

Jetzt war ich vom Kopfschütteln zum Nicken übergegangen, was meine Schwester bestärkte, fortzufahren.

„Und wenn Sie hier noch ein einziges Mal auch nur für zwei Sekunden klingeln lassen, dann gebe ich die Angelegenheit an die Polizei weiter wegen telefonischer Belästigung von Minderjährigen, kapiert?"

Ohne eine Antwort abzuwarten, pfefferte sie den Hörer zurück auf den Apparat.

„Kleiner, mir ist eigentlich ja egal, was du da am Laufen hast, aber vergiss diesen Typen, der war scheiße. Dann schon lieber Danni."

Ohne es zu wollen, musste ich lachen, leicht hysterisch, da die ganze Situation noch immer ziemlich surreal war.

„Fang du nicht auch noch damit an. Da ist nichts mit Danni."

„Aber mit diesem Typen doch wohl hoffentlich erst recht nicht?"

Ich konnte gar nicht so schnell nachdenken, wie ich wieder begann, energisch mit dem Kopf zu schütteln.

„Na Gott sei Dank. Gib bloß unsere Nummer nicht mehr so schnell raus. Wenn Mama dagewesen wäre, hätte ich dir den Arsch vermutlich nicht so leicht retten können."

Ich ging nicht darauf ein, da ich mir durchaus bewusst war, wie leichtsinnig ich gehandelt hatte und mich schämte.

„Meinst du, er ruft wieder an?"

„Das glaube ich kaum. Du hast doch gehört, was ich gesagt habe. Das war übrigens mein voller Ernst, ich zeig den Typen an. Der klang wie mindestens zwanzig. Das ist doch garantiert ein Perverser!"

„Spinnst du? Dann würde Mama es erfahren!"

„Wird sie schon nicht. Der traut sich eh nicht mehr."

Ich hatte trotzdem noch Tage danach noch Angst vor dem Telefonklingeln. Und wenn meine Mutter zu Hause war, hielt ich mich so lang wie möglich im Internet auf, damit die Leitung besetzt war, ging nur auf Toilette, wenn meine Schwester telefonierte und blieb ansonsten immer in Reichweite des Apparats.

Am vierten Tag nach unseren letzten Gespräch redete ich mir ein, die Gefahr sei vorüber, doch dann klingelte es plötzlich und irgendetwas ließ mich erahnen, dass es diesmal Alex war. Vielleicht lag es daran, dass die Uhrzeit in etwa übereinstimmte mit der unserer vorherigen Gespräche, oder an der Tatsache, dass meine Schwester mit ihren Freundinnen unterwegs war, folglich der Anruf wahrscheinlich nicht für sie war.

Meine Mutter hatte Frühschicht gehabt, war also zu Hause. Es kam daher auf jede Sekunde an. Als ich auf den Flur gestürmt kam, war von ihr jedoch noch keine Spur zu sehen. Ich nahm ab, so schnell ich konnte.

„Ja?"

„Hi, wie geht's?"

Ich erkannte die Stimme natürlich sofort, brauchte aber ein paar Sekunden länger als normal, um zu reagieren. In meinem Körper war einfach noch zu viel Adrenalin.

„Ach so, du bist es", sagte ich schließlich.

„Enttäuscht?", fragte Danni.
„Nein! Im Gegenteil!"
„Wieso, mit wem hast du denn gerechnet? Frau Kleinschmidt? Manuela? Mit der Neuen von deinem Vater?"
„Sehr komisch. Erzähl ich dir später. Was gibt's?"
„Nix, nur so."

Es war eigentlich gar nicht Dannis Art, einfach so anzurufen. Entgegen der Gepflogenheiten meiner Schwester, telefonierten wir nie besonders lang. Meist dauerten unsere Gespräche weniger als 30 Sekunden.

„Na dann", sagte ich, ein wenig verlegen von der scheinbaren Anlasslosigkeit seines Anrufes. „Ich werd dann mal wieder."

„Du wartest wirklich auf 'nen Anruf, oder?"

Da meine Mutter mutmaßlich irgendwo im Nebenraum in Hörweite war, sah ich mich in diesem Moment selbst zu einer einigermaßen plausiblen Notlüge außerstande.

„Ist jetzt schlecht. Lass uns morgen noch mal darüber sprechen."

„Wieso nicht heute? Komm doch mal wieder vorbei. Meine Eltern sind noch auf Arbeit. Oder chattest du wieder den ganzen Nachmittag mit Mädchen?"

Seine Frage war berechtigt. In der Tat hatte ich unsere Freundschaft ein bisschen vernachlässigt, seitdem ich selbst in den zweifelhaften Segen eines PCs mit Internetanschluss gekommen war. In der Schule waren wir nach wie vor unzertrennlich, doch danach war es für mich aus naheliegenden Gründen mittlerweile spannender, allein ins Netz zu gehen.

Aber der Grund, warum ich mich seit vier Tagen noch nicht einmal mehr zum Hausaufgabenabschreiben mit ihm traf, war natürlich ein anderer, noch unangenehmerer.

„Quatsch. Ich bin gleich da", überwand ich mich.

Zum Glück wollte auch meine Mutter noch mal los, einkaufen, so dass wir beinahe zeitgleich das Haus verließen. Außerdem begann ich langsam daran zu glauben, dass es möglicherweise stimmte, was meine Schwester gesagt hatte: Er war eingeschüchtert und traute sich nicht mehr, anzurufen.

Überflüssig zu erwähnen, dass ich auch diesmal zu feige war, irgendwelche Klärungsversuche online vorzunehmen. Zum zweiten Mal innerhalb von wenigen Monaten hatte ich mir eine neue Mailadresse zugelegt. Wenn doch bloß Telefonnummern genauso einfach zu ändern gewesen wären!

„Also, jetzt erzähl schon, was ist das für ein Anruf?"

Nun kam ich aus der Angelegenheit natürlich nicht mehr raus. Aber es kam mir auch ganz gelegen, mit jemand anderem als mit meiner Schwester darüber zu reden – jemandem, dem gegenüber ich mich nicht derart schämen musste und dem ich eine etwas vorteilhaftere Version der Geschichte erzählen konnte.

„Sie war im Chat supersüß. Die Bilder sahen so echt aus. Und trotzdem total scharf. Da musste ich die Nummer einfach rausrücken. Hab ja schon so Manches erlebt im Netz, aber hätte nie gedacht, dass Alexan*dra* in Wahrheit Alexan*der* ist! Ein Perverser!"

Ich fantasierte, um die Sache anschaulicher zu machen, von vermeintlichem Gestöhne in der Leitung und berichtete, wie ich ihn angeblich eiskalt abserviert und mit der Polizei gedroht hätte.

„Echt krass", gebrauchte Danni mal wieder seine Lieblingswendung auf sexuellem Terrain. „Aber das war auch wirklich leichtsinnig von dir, deine Nummer rauszugeben."

„Wie soll ich deiner Meinung nach denn sonst jemals an ein Date kommen, wenn ich den Mädels nicht mal meine Telefonnummer geben kann?"

Das schien ihm einzuleuchten. Doch sein Spitzname wäre nicht jahrelang Karl, der Computer, gewesen, wenn er nicht auch auf dieses Problem eine Lösung gewusst hätte.

„Du brauchst ein Handy!"

„Das erlaubt mir meine Mutter nie. Meine Schwester bettelt seit Monaten um eins und kriegt es nicht."

„Sie muss es ja gar nicht wissen. Vielleicht hat deine Schwester längst eins und verrät es euch bloß nicht."

„Glaub ich kaum, das ist doch viel zu teuer."

„Ach, mittlerweile nicht mehr, man kriegt die Dinger doch nachgeworfen. Das neue One Touch von Alcatel mit Prepaid-Karte gibt's diese Woche für 89 Mark beim Promarkt."

Dass er sich hervorragend mit Computern auskannte, wusste ich, aber dass er sich auch für Mobiltelefone interessierte, war mir neu.

„Vergiss es. An mein Postsparbuch komme ich nicht ohne meine Eltern ran und in bar habe ich höchstens noch 50 Mark."

„Wir könnten zusammenlegen. 50 Mark würde ich auch aufbringen können. Dann teilen wir uns das Handy, eine Woche du, eine Woche ich oder so."

So verrückt die Idee auch war, es klang verlockend. Dennoch war ich skeptisch. Soviel wie ich mitbekam, war Danni immer noch der schüchterne Typ, der zwar heimlich und unter falscher Identität im Netz die Sau rausließ, aber nie im Leben ein Mädchen ansprechen würde. Am Telefon vermutlich genauso wenig wie von Angesicht zu Angesicht.

„Wofür brauchst du eigentlich ein Handy?", fragte ich.

„Na für das Gleich wie du vielleicht?", antwortete er, leicht gekränkt, vermutlich meine Zweifel erkennend. „Und außerdem sind die Dinger einfach verdammt cool, wie kleine Computer", schob er noch hinterher, als ahnte er selbst, dass seine erste Antwort wenig glaubhaft gewesen war.

Ich nickte, das genügte mir als Antwort. „Dann hole ich jetzt mein Geld und wir fahren zum Promarkt." Irgendwie ahnte ich, dass diese Idee zu der Sorte gehörte, die man entweder sofort umsetzte oder nie, denn wenn man zu lang darüber nachdachte, würde man sie womöglich vernünftigerweise wieder verwerfen.

„Geht leider nicht. Selbst bei Prepaid brauchst du einen Erwachsenen, der mitbekommt. Mit Perso."

„Dann hat sich die Sache ja erledigt und wir sprechen in vier bis fünf Jahren noch mal drüber", sagte ich, wusste aber schon aufgrund des linkischen Gesichtsausdrucks meines Freundes, dass dem nicht so war. Er hatte ganz offensichtlich noch einen Trumpf in der Hinterhand.

„Oder wir bestellen das Handy im Internet. Auf den Namen meiner Mutter."

„Das geht?"

„Ja, klar, man kann fast alles im Internet bestellen. Oder, noch besser, ersteigern, da lässt sich richtig was sparen."

„Ich meine, aber es läuft dann doch auf den Namen deiner Mutter?"

„Der Paketbote kommt immer so zwischen zwei und drei. Da sind sie beide noch auf der Arbeit. Ich kenne ihn, ich nehme ständig irgendwelche Bücher in Empfang, die meine Eltern neuerdings nur noch online bestellen."

„Und mit der Bezahlung?"

„Per Nachnahme."

Ich wollte nicht zugeben, dass ich keine Ahnung hatte, was es bedeuten sollte, mit seinem Nachnamen zu bezahlen, aber offenbar sah Danni es mir an. „Also cash, bar auf die Kralle, direkt an den Boten. Das funktioniert wirklich. Ich hab das schon ein paar Mal bei Spielen gemacht, die sie mir nicht kaufen wollten."

Danni hatte tatsächlich ständig neue Videospiele. Kein Wunder, sein Taschengeld war dreimal so hoch wie meins. Das Glück eines verhätschelten, Einser schreibenden Einzelkindes aus einer heilen Doppelverdiener-Familie.

Auch wenn der Plan nicht sonderlich ausgereift war, stimmte ich zu – euphorisiert genauso wie er von dem Gedanken, bald unter die megacoolen Handybesitzer zu gehen.

Wir sahen uns bei Alando nach günstigen Handys um und gaben ein Gebot auf einen topmodernen Nokia Communicator ab, doch binnen Sekunden wurden wir überboten und der Preis schnellte weit über das hinaus, was wir uns leisten konnten.

Das Spiel wiederholte sich auch bei weniger hochwertigen Modellen noch ein paar Mal, bis wir schließlich doch noch Glück hatten - mit einem ziemlich gut aussehendem Ericsson GA628, kaum benutzt, das wir für unglaubliche 64 Mark 30 ersteigerten, inklusive einer Callya-Karte, auf der laut Verkäufer sogar noch ein Restguthaben von fast acht Mark war. Als die Meldung kam, dass wir die Auktion gewonnen hatten, jubelte ich beinahe so laut wie nach einem meiner seltenen Tore. Es hätte nicht viel gefehlt und ich hätte Danni umarmt, doch ich hielt mich zurück, weil so etwas außerhalb des Fußballplatzes natürlich furchtbar schwul gewesen wäre.

„Das passt perfekt", rief Danni, der zwar nicht ganz so geschrien hatte, aber dessen Wangen ebenfalls vor Aufregung und Freude glühten. „Das Teil hat austauschbare Tastaturcover! Wir können uns jeder eine eigene Farbe aussuchen, dann fällt noch nicht mal jemandem auf, dass wir dasselbe Handy haben!"

Ich verschwendete keinen Gedanken daran, dass ein geteiltes und noch dazu illegales Handy keinerlei Nutzen für mich haben würde. Weder ließ sich damit in der Schule angeben (weil ich sonst Gefahr lief, dass meine Mutter auf Umwegen davon erfuhr), noch würde ich damit irgendwelche Jungs klarmachen können (der Wechsel von Festnetz auf mobil war nichts Anderes als eine Verlagerung des Risikos eines Zwangsoutings von der Familie auf den besten Freund, was nicht weniger undenkbar war).

Doch naiv wie wir waren, glaubten wir tatsächlich, wir hätten die Idee des Jahrhunderts gehabt.

14.

Das Schuljahr neigte sich dem Ende zu. Es heißt ja oft, Kinder würden gar nicht merken, wie sie wachsen. Das mochte vielleicht für mich selbst zutreffen. Aber nicht für die um mich herum. Ich sah sie nicht nur wachsen, ich sah sie an mir vorbeiziehen. Und damit meine ich nicht nur die Körpergröße.

Die 8. Klasse war mir vorgekommen wie ein Wettrennen, bei dem nur diejenigen ins Ziel kamen, die es am schnellsten schafften, sich endgültig von allem, was irgendwie kindlich war, zu verabschieden. Natürlich starteten einige mit einem gewissen Vorsprung und andere hinkten von Beginn an meilenweit hinterher, doch die Abstände waren im Laufe der Zeit nicht kleiner, sondern um ein Vielfaches größer, ja schier unüberwindbar geworden.

Dass ich zu denen gehörte, die den Anschluss verloren hatten, merkte ich spätestens in der Zeit vor dem 14. Geburtstag meiner Klassenkameradin Louisa.

Bis vor Kurzem war es noch ganz einfach: Zu den Geburtstagen der Mädchen kamen die Mädchen, zu denen der Jungs die Jungs. Doch irgendwann hatte dieses ungeschriebene Gesetz seine Gültigkeit verloren. Auch hier ging die Schere klar auseinander: Während Danni seinen 13. Geburtstag im vergangenen Herbst nur noch mit mir und seinen Eltern gefeiert hatte, luden die coolen Kids die halbe Schule auf ihre ausufernden Partys ein.

Was das betraf, hatte ich einen Vorteil. Mein Geburtstag war erst im August. Während meiner Grundschulzeit war ich deswegen oft traurig gewesen, weil mir weder die besonderen Geburtstagsprivilegien in der Schule zutage wurden noch meine Feiern so gut besucht waren wie die der anderen, da viele Kinder sich zu dieser Zeit schließlich irgendwo am Strand befanden. Doch spätestens jetzt, wo Geburtstage und die dazugehörige Gästeliste ein Politikum waren, konnte ich heilfroh deswegen sein. Niemand würde mitbekommen, dass ich Geburtstag hatte. Ich würde wie immer mit Danni feiern und aus Gründen der Tradition würden vielleicht auch Martin alias Klößchen und mein Vater kommen, auch wenn das Verhältnis zu beiden ziemlich abgekühlt war.

Aber bis dahin war es noch eine lange Zeit. Nun galt es erst einmal, das restliche Schuljahr unbeschadet zu überstehen - was gar nicht so leicht war, wenn man zu den „verflixten Fünf" gehörte. Ich glaube, es war Marc, der uns so getauft hatte. Sandra, Danni, Hatice, Philipp und ich. Die Ausgestoßenen. Die Einzigen, die nicht auf Louisas Liste standen.

Louisa – die Haare lang, die Röcke kurz, die Blusen tief ausgeschnitten, die Schminke dick aufgetragen - galt als das schönste Mädchen der Klasse. Zumindest glaubte das so ziemlich jeder, einschließlich ihr selbst. Genau deshalb und weil ich nun mal für ihre so offen zur Schau gestellten Reize nicht empfänglich war, fand ich sie schrecklich.

Am Anfang hieß es, aus der Klasse wären nur ihre engsten Freundinnen und die beliebtesten Jungen (Joschua, Marc) eingeladen. Doch dann machte sie sich einen Spaß daraus, ihre bislang außenvorstehenden Klassenkameraden in demütigen Pausenhofrunden antreten zu lassen, die eine Mischung aus Papstaudienz und Tribunal waren.

Ich sollte zusammen mit Danni vorsprechen. Silvia kam auf uns zu, eine von Louias Vertrauten, bei den Jungs auch ziemlich begehrt, aber bei Weitem nicht so sehr wie Louisa, da sie zwar große Brüste hatte, aber auch außerhalb der Oberweite etwas rundlich und überhaupt nicht so modelmäßig war wie ihre Freundin.

„Louisa möchte euch sprechen, kommt ihr mit?"

Wenn in der Pause niemand von uns Fußball spielte, was leider immer öfter vorkam, standen Danni und ich meist in der Nähe der Tür. Wir beeilten uns, beim Klingeln wieder rein zu kommen, so wie wir uns Zeit ließen mit dem Rausgehen zu Beginn der Pause. Am liebsten hätte ich den Klassenraum an solchen fußballfreien Tagen gar nicht mehr verlassen, aber das war leider nicht erlaubt.

Silvia führte uns in die Ecke hinter der durch eingeritzte Namen, Herzen und Flüche verunstalteten Eiche.

„Hey, ihr habt es vielleicht noch nicht gehört, aber ich gebe nächste Woche eine Party."

Hielt Louisa uns für so hinterwäldlerisch, dass sie glaubte, wir könnten davon wirklich noch nichts mitbekommen haben? Seit einer Woche machte sie ein riesiges Theater darum. Ständig sah man sie umringt von ihren Freundinnen an der ominösen Gästeliste arbeiten. Sie hatte es irgendwie geschafft, ihre Eltern für den Abend ihres Geburtstags loszuwerden, folglich bestanden Hoffnungen auf eine völlig enthemmte Feier. „Alkohol, Zigaretten und Sex auf dem Klo mit zwei Mädchen auf einmal", wie Joschua den Jungs gegenüber mit glasig-verträumten Augen prophezeite.

„Ja, hab davon gehört", sagte ich, so beiläufig wie möglich.

„Nun, ich hab leider nicht mehr allzu viele freie Plätze, es kommen ja auch noch eine Menge Freunde von mir aus der Oberstufe und von außerhalb der Schule. Wir haben zwar das ganze Haus, aber ich will auch nicht, dass es *zu* groß wird, ich meine, mehr als 30, 40 Leute sollten es erfahrungsgemäß für eine gute Party echt nicht sein. Aber euch beide finde ich eigentlich ganz schnuckelig." Silvia gab ein glucksendes Lachen von sich und auch die beiden Mädchen, die noch um Louisa herumstanden, grinsten – womit bewiesen wäre, dass sie uns für alles Mögliche hielten, nur bestimmt nicht für *schnuckelig*.

„Also, wie dem auch sei, ich muss mich entscheiden, da es noch ein paar weitere Kandidaten gibt, die ich womöglich ganz gern dabei hätte. Deshalb würde ich euch bitten, wenn das okay für euch ist, mir einfach mal einen Grund zu nennen, warum ich *euch* einladen sollte."

Louisa war wirklich ihrer Zeit voraus. Noch bevor Pop- und Superstars das Land eroberten, veranstaltete sie auf dem Schulhof ihre ganz persönliche Castingshow.

Vier Augenpaare, die sich abwechselnd auf Danni und ein bisschen mehr auf mich als Wortführer richteten - und weit und breit keine Idee für einen guten Spruch, mit dem ich auf diese Posse angemessen hätte reagieren können. Ausgerechnet der in solchen Dingen noch unsicherere Danni ergriff als erstes das Wort.

„Ich glaub, ich hab am Samstag schon was vor."

„Oh, verstehe." Louisa verzog ihr vermeintlich hübsches Gesicht zu einer Fratze, die wohl so etwas wie eine Persiflage auf Enttäuschung darstellen sollte. „Und was ist mit dir? Hast du Samstag auch schon was vor? Habt ihr vielleicht *zusammen* schon was Hübsches vor?"

Wieder kicherten die beiden Mädels, während Louisa mich mit großen Augen ansah, als hinge ihr weiteres Schicksal von dem ab, was ich ihr antworten würde.

Und falls irgendjemand dachte, Dannis Antwort sei nicht besonders glücklich gewesen, dann möge sich derjenige mal meine auf der Zunge zergehen lassen - die ich selbstredend bereute, noch bevor ich sie richtig zu Ende ausgesprochen hatte:

„Ich würde echt gern kommen, aber ich befürchte, meine Mutter erlaubt's mir nicht." Dabei entsprach das leider sogar der Wahrheit, also zumindest das mit meiner Mutter. Was ich meiner Schwester zu verdanken hatte. Als sie in meinem Alter war, begann sie, auf Partys zu gehen, hielt sich aber nie an vorgeschriebene Zeiten und brachte es einmal sogar fertig, meinen Eltern nach ihrer Rückkehr mitten in der Nacht direkt vor die Füße zu kotzen. Seitdem reichte ihr Misstrauen, was nächtliche Außerhaus-Aktivitäten ihrer Kinder anging, so weit, dass sogar ich, selbst wenn ich nur drüben bei Danni war, bis allerspätestens zehn Uhr wieder zu Hause sein musste. Übernachtungswünsche waren Tage vorher anzumelden und wurden von ihr stets noch einmal in einem Telefonat mit den Gasteltern überprüft.

„Na gut, ihr beiden, dann hat sich die Sache wohl erledigt. Viel Spaß am Samstag bei eurer kleinen Privatparty. Wir werden euch vermissen!"

Oh, wie sehr ich sie doch hasste. Diesen näselnden, pseudodamenhaften Ton, ihre affektierten Gesten, ihre übertriebene Kleidung. Und wie gern ich ihr gesagt hätte, dass mir ihre beschissene Party völlig egal war, dass ich ihre Einladung sogar ausgeschlagen hätte, aber wir schritten bloß schweigend und gesenkten Hauptes davon wie zwei dumme Schuljungen, die wir ja auch waren.

Die Schmach wurde immer größer mit jedem weiteren Namen auf der Liste. Das einzig Tröstliche, woran wir uns klammern konnten, war die Tatsache, dass es neben Danni und mir noch einen Jungen gab, der ebenfalls ausgeladen blieb. Nicht, weil wir uns mit ihm solidarisiert hätten, sondern weil uns so wenigstens noch ein Mensch blieb, auf den wir herabschauen und dem wir uns überlegen fühlen konnten. Was natürlich gemein, aber irgendwie auch beruhigend war.

Es handelte sich nicht etwa um Manuel, der nach wie vor, im gleichen Maße wie die Jungs ihn verarschten, von den Mädchen verhätschelt wurde und deshalb selbstverständlich auf der Gästeliste stand. Nein, das Feigenblatt unserer Niederlage hieß Philipp, genannt Phil-Phil. Seine Zahnspange, seine Superman- und Mickey-Mouse-T-Shirts und vor allem sein übler Sprachfehler machten ihn zum geborenen Opfer (als wir uns zu Anfang des Schuljahres reihum der neuen Kunstlehrerin vorstellen sollten, hatte er derart heftig gestottert, dass er nicht einmal seinen eigenen Namen fertig aussprechen konnte, sondern bloß immerzu die erste Silbe wiederholte, seitdem hatte er seinen Spitznamen).

Außerdem redeten wir uns ein, dass wir ja eigentlich so gut wie eingeladen waren und schlicht und einfach abgesagt hatten, weil wir Louisa nicht leiden konnten, was ja zum Teil sogar stimmte, obwohl Danni leider auch zur großen Mehrheit derer gehörte, die Louisa sexy fanden – zumindest behauptete er, wir hätten vor ihr vermutlich nur deshalb so unglücklich agiert, weil wir von ihrer Schönheit eingeschüchtert gewesen wären.

Weswegen Hatice nicht auf der Liste stand, wussten wir hingegen nicht genau. Sie hatte durchaus Anschluss in der Klasse, mehr als wir. Ihr Problem war vielleicht, dass sie eines von vielleicht drei Kopftuchmädchen war - an unserer ansonsten ziemlich christlich-blonden Schule. Oder dass sie sich dazu auch noch mit Danni den Rang des Klassenbesten teilte und entsprechend unbeliebt bei Louisas fürs Lernen zu cooler Clique war. Aber vielleicht hatte man sie dennoch eingeladen und sie abgesagt, da wir uns beim besten Willen nicht vorstellen konnten, dass ihre Eltern ihr erlaubten, auf irgendwelche Partys zu gehen.

Und dann war da noch das Mauerblümchen Sandra, Dannis Schwarm. Vermutlich hatte Louisa einfach nur *vergessen*, Sandra einzuladen und sie selbst sich nicht getraut, nachzufragen. Sie wurde ständig übersehen, sogar von Lehrern. Irgendwann hatte sie nicht nur aufgehört zu wachsen, sondern auch zu sprechen. Es gab üble Gerüchte und Geschichten über einen Stiefvater, der sie schlug oder Schlimmeres. Dabei sah sie nicht einmal besonders unglücklich aus. Einfach nur so verdammt unscheinbar, schüchtern und schweigsam.

Offenbar keimte in Danni ein wenig Hoffnung auf, weil es nun etwas gab, das ihn und Sandra verband. Er sprach jedenfalls ständig davon, dass es doch kein Zufall sein könne, dass sie auch zu den „verflixten Fünf" gehörte.

„Vielleicht sollten wir fünf am Samstag eine Party feiern. Meine Eltern hätten bestimmt nichts dagegen", sagte er.

„Oh Gott, das wäre ja eine furchtbare Runde. Ein Stotterer, eine Stumme und eine Klugscheißerin mit Kopftuch. Klingt wie der Anfang von 'nem schlechten Witz."

Danni beteuerte, dass er es ernst meinte, doch ich glaubte ihm kein Wort. Immerhin hätte er dazu erst einmal alle einladen müssen – einschließlich Sandra. Trotz mehrfacher Gelegenheiten und obwohl sie seit meiner Plauderstunde wissen musste, dass er auf sie stand (man zog beide hin und wieder noch damit auf), hatte er sich nie getraut, sie auch nur anzugucken.

Doch ich hatte ihn mal wieder unterschätzt. Er tat es wirklich. Und das, obwohl ich durchaus bemüht war, ihn davon abzubringen. Schließlich war allein der Versuch, eine solche Gegenveranstaltung auf die Beine zu stellen, ein gefundenes Fressen für Joschua und Co., uns beide für alle Zeiten in einen Topf mit den Klassen-Losern zu werfen. Mir graute vor dem nächsten Training und seinen Sprüchen.

Aber Danni ließ sich nicht beirren. Er begann mit Hatice, die er direkt vor der Pause ansprach. Sie kannten sich von einem ‚Jugend forscht'-Projekt, daher war sie eines der wenigen Mädchen, mit denen er manchmal ein paar Worte wechselte.

„Hey, hab gehört, du kommst auch nicht zu Louisas Party."

„Ja, warum?"

Ich sah, wie Danni zögerte und warf ihm einen Blick zu, der so viel sagen sollte wie: Noch kannst du einen Rückzieher machen! Doch dann bemerkte ich, was ihn unsicher werden ließ. Es war Hatices Sitznachbarin Halina. Sie hatte alles mitbekommen und schien neugierig zu sein, was Danni wollte. Wir waren die Letzten im Klassenraum bis auf den Lehrer und würden sicherlich jedem Moment von ihm ermahnt werden, in den Hof zu gehen.

„Ich wollte dich was fragen."

„Dann frag doch."

„Vielleicht gehen wir besser raus."

Falls es Dannis unausgesprochener Wunsch gewesen sein sollte, Hatice unter vier Augen zu sprechen, erfüllte er sich nicht, denn weder ich noch Halina wichen den beiden von der Seite.

„Also, äh, es ist so, wir, oder ich, besser gesagt, veranstalte am Samstag auch eine kleine Party."

„Oh, du hast auch Geburtstag?"

„Nein, also erst im Herbst, aber ich dachte, es ist vielleicht ganz lustig, wenn wir ‚verflixten Fünf' einfach unser eigenes Ding durchziehen."

An den entgeisterten Blicken der beiden Mädchen merkte ich, dass diese Wendung, die wir uns in den letzten Tagen sooft hatten anhören müssen, offenbar nur bei den Jungs geläufig war.

„Wovon redest du?"

Danni erklärte den Begriff. Hatice sah ihn kopfschüttelnd an.

„Es ist nicht so, dass ich nicht eingeladen gewesen wäre. Ich hab abgesagt, weil meine Eltern mir nicht erlauben, auf Partys zu gehen."

Im Unterschied zu Hatice schien Halina die ganze Sache irgendwie zu amüsieren. Die beiden saßen nebeneinander, hätten aber unterschiedlicher nicht sein können: Halina gab die ausgeflippte Raverin mit Kurzhaarfrisur, während Hatice durch und durch Spießerin war. Das Einzige, was sie verband, war, dass ihre Namen ähnlich klangen und dass sie zu den wenigen in der Klasse gehörten, die ausländische Wurzeln hatten.

„Und was macht ihr dann, auf der Party? Fotos von Louisa verbrennen? Einen Amoklauf planen, wie diese beiden Kerle aus den Staaten?", mischte sich Halina in das Gespräch ein.

„Na ja, keine Ahnung, Musik hören, was trinken, was essen", sagte Danni, der die dämliche Angewohnheit hatte, ernst gemeinte Antworten auf rhetorische Fragen zu geben.

„Was denn für Musik?", fragte Halina. Interessierte sie das wirklich oder bereitete sie nur eine weitere Pointe auf unsere Kosten vor?

„Wenn du kommst, gern auch Techno", gelang Danni ausnahmsweise mal ein guter Konter.

„Hihi. Na gut, wenn mir bei Louisa zu viel Boygroup-Mist läuft, dann komm ich vorbei."

Ich war mir ziemlich sicher, dass sie nicht im Traum daran dachte, aber Danni wollte ihr trotzdem unsere Adresse und sogar unsere bislang eigentlich streng geheime Handynummer aufschreiben, doch sie winkte ab und die beiden ließen uns stehen.

Ich war mir sicher, dass die Sache sich nach diesem misslungenen Auftakt nun erledigt hatte, doch Danni war offenbar tatsächlich gewillt, Sandra anzusprechen. Er lief zielstrebig in Richtung der Stufen vor der Turnhalle, auf denen die Mädchen unserer Klasse die Pause verbrachten. Seine Angebetete saß ein ganzes Stück abseits, so dass es eigentlich kein größeres Problem sein dürfte, mit ihr ins Gespräch zu kommen, ohne dass gleich alle etwas davon mitbekamen.

„Warte hier, ich will allein gehen", sagte er auf halbem Weg. Ich erkannte an der Tonlage nicht nur, wie aufgeregt er war, sondern auch, dass es ihm wirklich wichtig zu sein schien, also ließ ich ihn ziehen.

In dieser Pause machten die Jungs aus unserer Klasse bedauerlicherweise mal wieder keine Anstalten zu kicken. Stattdessen saßen sie einfach bloß auf dem Sportplatz in einer Art Halbkreis um Anführer Joschua herum. Ich wollte sogar hingehen, doch sah ich schon, wie jemand auf mich zeigte und vermutlich so etwas sagte wie: „Guck mal, jetzt hat ihn auch noch sein letzter Freund verlassen".

Zum Glück kam Danni bald wieder zurück.

„Na, wie ist es gelaufen?"

„Sie kommt vielleicht." Er versuchte, keine Miene zu verziehen, doch seine Augen strahlten.

„Vielleicht? Das hat sie gesagt?"

„Sie hat gesagt, sie überlegt es sich."

Das klang nun wirklich nicht danach, als wäre ihr Kommen besonders wahrscheinlich, aber ich schwieg, da ich Danni seine irrationale Freude lassen wollte.

„So, jetzt fehlt nur noch einer."

„Das ist doch nicht dein Ernst. Ich kann mir echt nicht vorstellen, einen Samstagabend mit diesem Vogel zu verbringen."

„Warum denn nicht? Wir könnten mit Phil-Phil Tabu spielen. Weißt du noch, wie Marc und Joschua abgegangen sind, weil Herr Meier sie gezwungen hat, ihn ins Team aufzunehmen und er die

Begriffe *prinzipiell* erst rausgebracht hat, *nachdem* die Sanduhr abgelaufen war? Das war doch zum Schreien."

„Ich musste auch schmunzeln. „Ja, das war typisch Phil-Phil."

„Redet ihr über mich?"

Er sagte das erstaunlicherweise weder stotternd noch vorwurfsvoll. Wir hatten ihn nicht kommen hören, auf einmal stand er hinter uns. Das war, neben dem Stottern in entscheidenden Momenten, seine Spezialität. Er wanderte in den Pausen immer allein über das Schulgelände, stets in der Hoffnung, jemand würde sich erbarmen, ihn nicht Spasti zu nennen, sondern ein paar freundliche Worte mit ihm zu wechseln, ihn für einen Moment aus der Schusslinie zu nehmen. Wir hatten ihn schon scherzhaft den Pausenzombie genannt, weil jeder, dem er begegnete, ihn entweder ärgerte oder mindestens zusah, ihn so schnell wie möglich wieder loszuwerden, als sei sein Stottern oder vielmehr seine gesamte Uncoolness eine hochansteckende Krankheit.

Zum wiederholten Mal in dieser Pause versuchte ich Danni mit Blicken davon abzuhalten, einen Fehler zu begehen – zum dritten Mal erfolglos. Nach den peinlichen Ansprachen von Hatice und Halina versuchte er es nun tatsächlich auch mit Philipp.

„Oh ja, ich komme gern!", sagte er, was wenig überraschend war, denn er hatte schon öfter unsere Nähe gesucht. Bislang hatten wir es zum Glück aber nicht für nötig befunden, uns mit ihm abzugeben.

„Ach ja, es wäre nett, wenn du das für dich behieltest, das mit der Party", sagte Danni immerhin. Phil-Phil war durchaus zuzutrauen, dass er voller Überschwang jedem, der ihm über den Weg gelaufen kam, von seiner Einladung erzählte.

„Aber selbst wenn er den Mund hält und niemand davon erfährt - graut dir denn nicht davor, dass wir am Ende nur mit ihm dasitzen?", fragte ich, nachdem wir ihm unmissverständlich zu verstehen gegeben hatten, dass das Gespräch beendet war und er sich wieder davonschlich.

„Er muss kommen. Ich habe Sandra gesagt, es hätten noch mehr zugesagt."

„Warum *das* denn?"

„Na, weil, sonst klingt es ja wie ein Date."

Endlich dämmerte mir, warum Danni diesen ganzen Irrsinn veranstaltete. Hatice, Phil-Phil und selbst ich – wir alle, die restlichen Drei der verflixten Fünf, waren bloß Statisten.

Das gab er natürlich nicht zu. Sogar seinen Eltern erzählte er etwas von einer Party mit „vier bis fünf" Gästen. Seine Mutter öffnete mir, als ich am frühen Samstagabend, gleich nach der Sportschau, zu ihm rüber ging.

„Daniel, dein erster Gast ist da!", rief sie und wirkte fast so freudig erregt, als sei sie selbst die Gastgeberin. Ich wollte aus Gewohnheit nach oben gehen, doch sie zeigte auf die Kellertür. „Er ist da unten."

Während bei uns im Keller alles vollstand mit altem Werkzeug meines Vaters und halbvollen Umzugskisten, die er sehr zum Ärger meiner Mutter wohl niemals mehr abholen würde (und die sie entgegen ihrer anderslautenden Drohungen aber auch einfach nicht wegschmiss), gab es in Dannis ansonsten identisch geschnittenem Reihenhaus einen fast leeren, sogenannten Hobbyraum, in dem wir früher oft mit seiner Modelleisenbahn gespielt hatten.

Das Zimmer sah noch immer kahl und trostlos aus, obwohl ein paar Girlanden wie beim Fasching von der Decke hingen und Klappstühle sowie Kissen als Sitzgelegenheiten auf dem Boden verstreut lagen. Der Tapeziertisch war mit einer hässlichen Plastik-Tischdecke im Blümchendekor überzogen, auf der Schüsseln mit Knabberkram, Schaumküsse, eine XXL-Packung Colorado und Cola-Fanta-Flaschen standen.

„Wow, cool, sie hat ihn dir ausgeliehen."

„Na ja, sie war nicht da, ich hab ihn mir einfach genommen. Wahrscheinlich bringt sie mich um dafür, aber hey, diese Party ist es mir wert."

Ich stellte den Ghettoblaster meiner Schwester auf einen der drei oder vier und damit vermutlich viel zu zahlreich vorhandenen Stühle. Danni legte eine aktuelle Bravo Hits-CD ein. Der erste Song, Emilias zuckersüßes „Big Big World", lief gerade einmal zwei Takte, da klopfte es an der Tür.

„Herein!"

Dannis Enttäuschung war nicht zu übersehen, als es bloß seine Mutter war. „Telefon für dich!" Wir hatten es hier unten überhaupt nicht klingeln gehört, anders als bei den dünnen Wänden unser Reihenhaussiedlung üblich, schien der Keller schalltechnisch ganz gut isoliert zu sein.

„Das war Phil-Phil", sagte Danni, als er keine Minute später wiederkam. „Er hat abgesagt. Seine Eltern erlauben es ihm nicht. Hat fast geflennt am Telefon!"

„Was für eine Loserfamilie", sagte ich, obwohl meine Mutter ja ganz ähnlich tickte und ich ihr aus gutem Grund nichts von einer Party erzählt hatte (auch wenn diese Veranstaltung eine solche Bezeichnung wohl kaum verdiente). Aber davon musste Danni ja nichts wissen. Genauso wenig wie ich ihm sagte, dass ich erleichtert war über Philips Absage. So trist der Abend zu zweit auch werden würde – immer noch besser als die Gründung eines Trios der Uncoolen.

Langsam schien auch Danni zu dämmern, dass die Wahrscheinlichkeit des Eintreffens weiterer Gäste gegen Null ging. Wir fielen schweigend über die Chips und die Süßigkeiten her und waren schon im hinteren Teil der ersten CD angelangt, bei den Vengaboys („Boom, boom, boom, I want you in my room"), als es auf einmal wieder klopfte.

Erneut war es Dannis Mutter, doch diesmal sah ihr Gesicht nicht nach der Ankündigung eines Absagetelefonats aus, ganz im Gegenteil.

„Schatz, ich glaube, du solltest mal an die Tür kommen!"

15.

Danni raste zuerst los und ich ihm hinterher, die Treppen hinauf so schnell wie früher, als wir an regnerischen Tagen im Haus Fangen gespielt hatten. Meine Euphorie hielt sich im Vergleich zu der meines Freundes zwar in Grenzen, aber neugierig war ich trotzdem. Mein erster Gedanke war, dass Phil-Phil sich einen Scherz erlaubt oder seine Eltern doch noch irgendwie überzeugt hatte. Doch damit lag ich gründlich daneben.

„Was macht *ihr* denn hier?", sprach Danni das aus, was auch mein erster Gedanke war.

„Das ist ja 'ne tolle Begrüßung. Ich dachte, hier steigt eine Party und wir sind eingeladen?", sagte Halina. Sie trug eine Hose und ein Shirt im Military-Look, ihre neongelbe Jacke hatte Dannis Mutter bereits an einem Garderobenhaken aufgehängt.

„Äh, ja, klar. Cool, dass ihr gekommen seid! Ich hab damit nur irgendwie echt gar nicht gerechnet."

Etwas unbeholfen gab er beiden die Hand, was äußerst steif wirkte, denn entweder begrüßten die Jungs bei uns die Mädchen gar nicht richtig oder sie umarmten sie. Endlich sagte auch der zweite Gast etwas, ganz leise.

„Hi."

So schüchtern sie auch auftrat, etwas an Sandra war besonders an diesem denkwürdigen Abend. Es dauerte eine Weile, bis ich dahinterkam, was es war. Ihre Klamotten waren nämlich wie immer, Jeans und zartrosa Top von H&M. Aber anders als in der Schule war sie geschminkt!

Halina hingegen überraschenderweise nicht. Womöglich dachte sie, für uns müsse man sich im Gegensatz zu unseren cooleren Mitschülern nicht sonderlich aufbrezeln. Oder sie war zu der Auffassung gelangt, dass übermäßiger Lippenstift und Rouge nicht zu einem Outfit in Tarnfarben passten.

Zum Glück wurde Danni irgendwann klar, dass er nicht die ganze Zeit im Flur stehen und seine beiden neuen Gäste ungläubig anstarren konnte, so dass er sie in den Keller bat.

„Sagt Bescheid, wenn ihr noch irgendwas braucht", rief uns seine Mutter hinterher und man konnte ihr stolzes, zufriedenes Mutterlächeln förmlich hören. Gute Noten war sie ja gewohnt, aber dass ihr Sohn Freunde (sogar Freundinnen) hatte und eine Party schmiss, das hätte nicht nur sie wohl niemals für möglich gehalten.

„Nett habt ihr's hier", sagte Halina und ich wusste nicht, ob sie es ernst meinte oder spöttisch, was auf das Kompliment genauso zutraf wie auf ihr Kommen.

„Danke", sagte Danni. „Was möchtet ihr trinken?"

„Hast du 'n Bier?", fragte Halina.

„Nö, leider nicht."

„Schade. Dann Cola."

„Für mich auch Cola, bitte", sagte Sandra ihren ersten Satz des Abends, doch während ich darüber nachdachte, fiel mir auf, dass ich auch noch nicht besonders viel zur Unterhaltung beigetragen hatte.

„Wieso bist du nicht auf Louisas Party?", wandte ich mich an Halina.

„Keine Ahnung, vielleicht, weil Louisa eine dumme Schlampe ist?"

Wir mussten *alle* lachen, sogar Sandra. Das Eis war gebrochen. Endlich kam die Wahrheit ans Licht, die sich in der Schule niemand auszusprechen traute. Keiner von uns konnte die eingebildete Klassenprinzessin ausstehen. Das erste Gesprächsthema war gefunden. Wir tauschten uns über unsere schrecklichsten Louisa-Momente aus.

„Ohne Scheiß, sie wollte, dass wir ihr einen Grund nennen, warum sie *uns* einladen sollte", erzählte Danni. Er war noch immer nervös und gleichzeitig furchtbar bemüht, locker rüberzukommen, doch anders als in ähnlichen Situationen in der Schule gelang es ihm tatsächlich einigermaßen, auch wenn er etwas zu schnell und zu viel redete und seine Arme übertrieben dazu bewegte. „Na und dann haben wir gesagt, *sie* sollte *uns* mal lieber einen vernünftigen Grund nennen, warum wir so bekloppt sein sollten, ihre Einladung anzunehmen! Was glaubt ihr, wie sie da aus der Wäsche geguckt hat, da ist ihr dann nichts mehr eingefallen", sagte Danni. Erneut allgemeines Gelächter. Ich warf ihm unauffällig einen anerkennenden Blick für diese grandiose Geschichte zu.

„Also mich hat sie zwar gleich eingeladen, aber sie meinte so zu mir: ‚Und denk daran, falls du überlegst, was du anziehen sollst, du gehst auf eine Geburtstagsparty, nicht auf die Loveparade.' Spätestens da war mir klar, dass sie sich gehackt legen kann und ich nicht hingehen werde", sagte Halina.

Sandra hatte zwar keine Louisa-Anekdoten beizusteuern, aber nickte eifrig zu allem, was wir sagten und lachte, wenn wir auch lachten, so dass man davon ausgehen konnte, dass sie sich in unserer Runde wohlfühlte.

Irgendwann war das Thema Louisa dann leider beendet und eine unangenehme Stille breitete sich aus, die Danni zu überbrücken versuchte, indem er Getränke nachschenkte und Süßigkeiten umherreichte, während Halina sich am Ghettoblaster meiner Schwester zu schaffen machte und so lang die Tracks wechselte, bis ein Titel von Scooter kam, der sie einigermaßen zufrieden zu stellen schien.

„Was ist eigentlich mit Philipp, wollte der nicht auch kommen?", brach ausgerechnet Sandra das Schweigen.

„Er hat abgesagt. Unter Tränen", antwortete Danni, sichtbar erleichtert über die Vorlage. „Seine Eltern haben ihm nicht erlaubt, zu kommen. Sie scheinen ihn echt nicht besonders zu lieben. Ich meine, schlimm genug, dass sie ihn mit seinem Mickey-Mouse-T-Shirt aus dem Haus gehen lassen – und dann verderben sie ihm auch noch die einzige Party, auf die ihn jemals irgendwer eingeladen hat."

Die Mädels lachten, aber eher bemüht. Man merkte, dass Phil-Phil ihnen irgendwie leid tat und, schlimmer noch, dass vielleicht auch wir ihnen leid taten und dies womöglich der wahre Grund ihrer Anwesenheit war.

„Tja, Sandra wäre auch fast nicht gekommen", sagte Halina. „Ich musste sie erst überreden."

„Sandra und du, ihr trefft euch außerhalb der Schule?", fragte ich. Sandra traf man ja eigentlich nicht einmal *in* der Schule, da sie immer abwesend schien. Bis eben war ich deshalb wie selbstverständlich davon ausgegangen, dass die beiden unabhängig voneinander den Entschluss gefasst hätten, Dannis Einladung zu folgen und nur zufällig zeitgleich angekommen waren.

„Ja. Wir sind praktisch Nachbarinnen. Machen oft die Hausaufgaben zusammen."

„Genau wie bei Danni und mir", sagte ich.

„Mit dem Unterschied, dass wir die Hausaufgaben nicht zusammen machen, sondern ich sie mache und du sie von mir abschreibst." Damit hatte er den Mädels erneut ein Lachen entlockt, das diesmal sogar ehrlich wirkte. Ich konnte noch immer kaum fassen, wie wortgewandt und schlagfertig er heute Abend war. Wenn er doch bloß in der Schule genauso auftreten könnte, dachte ich mir, dann wäre unsere Lage vielleicht nicht ganz so prekär.

Halina holte eine Packung L&M lights aus einer der zahlreichen Taschen ihre Hose. „Mach mal das Fenster da oben auf".

Es dauerte einen Moment, bis Danni kapierte, was sie vorhatte. Sie steckte sich tatsächlich eine Zigarette an! Was genau genommen eigentlich gar nicht so verwunderlich war. Ich hatte sie schon einmal beim Rauchen gesehen. Der Typ, der sie nach der Schule oft mit dem Auto abholte – großer Bruder, Freund? - hatte ihr kürzlich zur Begrüßung einen Zug von seiner Zigarette gegeben.

Überhaupt, bei uns rauchten mittlerweile so ziemlich alle Coolen. Was mich schlagartig daran erinnerte, wie unwirklich das alles war, dass ein solches Mädchen mit uns feierte und sich wie selbstverständlich eine Fluppe anzündete, an einem Ort, an dem wir bis vor kurzem noch mit der Spielzeugeisenbahn gespielt hatten.

Ich hatte inzwischen das Versteck entdeckt, in dem meine Schwester ihre Marlboros aufbewahrte (seitdem rausgekommen war, dass Sascha mein Zimmer durchsucht hatte und sie davon wusste, war ich völlig skrupellos geworden, was das Durchwühlen ihrer Sachen während ihrer Abwesenheit anbelangte) und mich sogar getraut, eine Zigarette zu stehlen. Aber mal ganz davon abgesehen, dass ich nur husten musste und es widerlich schmeckte, wäre ich wohl nie in der Lage gewesen, so cool wie Halina zu rauchen. Sie paffte nicht, sondern stieß den Rauch nach einer Weile beim Reden wieder aus. Sie hielt die Zigarette auch nicht unsicher oder affektiert zwischen Zeige- und Mittelfinger, so wie ich es getan hatte, sondern lässig, ja beinahe männlich zwischen Daumen und Zeigefinger, mit denen sie eine Art O bildete.

Danni bekam sichtlich Panik wegen der trotz geöffneter Kellerluke unweigerlich einsetzenden Rauchentwicklung, denn auch wenn seine Mutter offenbar kein Problem mit Partys hatte, würde sie mit Tabak vermutlich doch eines haben. Und ohnehin war er, was Rauchen anging, ein totaler Hosenscheißer. Vor lauter Angst, dass man es trotz des möglichen Einsatzes von Kaugummi und

Zahnpasta noch riechen könnte, hatte ich meine erste und bislang einzige Zigarette allein rauchen müssen. Er war sogar aus dem Raum gegangen, angeblich, damit seine Klamotten nicht danach stanken.

Halina war mein Starren auf ihren Glimmstängel nicht entgangen. „Willst du eine?", fragte sie.

„Nein, danke", sagte ich und bereute es sofort. „Hab aufgehört, eigentlich. Aber du kannst mich mal ziehen lassen", schoss ich hinterher, selbst überrascht von dem, was ich da gerade gesagt hatte. Und tatsächlich reichte sie mir ihre Zigarette und ich nahm einen tiefen Zug. Krampfhaft unterdrückte ich den Hustenreiz.

Zwei kurz hintereinander erklingende Pieptöne, so laut, dass man sie trotz des Ghettoblasters gut hören konnte, ließen uns aufschrecken. Danni, der diese Woche an der Reihe war, holte unser Handy heraus, was gleich doppelt überraschend war, weil wir es ja erstens eigentlich geheim halten mussten und zweitens offenbar eine SMS eingetroffen war (meines Wissen war das eine Premiere).

„Wow, du hast jetzt auch ein Handy?", sagte Sandra.

„Ja", sagte Danni, so hocherfreut über die seltene und noch dazu anerkennende Wortmeldung seiner Traumfrau, dass er ganz vergaß, richtigzustellen, dass es nicht sein, sondern unser Telefon war. Auch ich schwieg, da ich nicht sicher war, ob diese skurrile Geschichte besonders gut ankommen würde. Sauer war ich dennoch. Halina hatte ihre Zigaretten, Danni „sein" Handy – und ich rein gar nichts zu bieten, mit dem ich die Runde auch nur ansatzweise beeindrucken konnte.

Doch es kam noch dicker. Offenbar hatte Danni hinter meinem Rücken noch jemanden eingeladen! „Ein alter Freund von mir hat sich spontan angekündigt", sagte er geheimnisvoll. Auf Nachfragen meinerseits, um wen es sich dabei handelte, ging er nicht ein.

Eigentlich hätte ich es mir denken können, doch ich war völlig baff, als wenig später seine Mutter abermals an der Tür klopfte und uns Martin hineinschickte.

„Soll ich deine Jacke nicht lieber mitnehmen und oben aufhängen?", fragte sie ihn, doch er schüttelte den Kopf. „Danke, geht schon." Es war zwar nicht sonderlich warm für die Jahreszeit, aber dennoch sah der dicke Mantel, den er trug, unpassend aus und ließ ihn noch molliger erscheinen.

„Mädels, darf ich vorstellen, das ist Klößchen!", sagte Danni feierlich, als hätte er eine Art Stargast aus dem Hut gezaubert.

„Ich heiße Martin! Nenn mich noch einmal so, du bücherwichsende Brillenschlange, und ich geh sofort wieder." Er schien wirklich sauer zu sein und ich fragte mich, was ihn überhaupt dazu bewogen hatte, zu kommen. Unser letztes Treffen lag Monate zurück. Er hatte einen gewaltigen Sprung gemacht, was mir vor allem auffiel, während er sprach. Seine Stimme war nicht mehr krächzig, sondern tief und männlich wie die des Synchronsprechers von Bruce Willis.

„Ich merke schon, du bist immer noch ganz der Alte. Reg dich ab, alles gut! Zieh deine Jacke aus und setz dich!", sagte Danni, der hingegen an diesem Abend so gar nicht mehr der Alte war. Die Rolle des Partygastgebers hatte ihn unfassbar lässig werden lassen und ich war zum ersten Mal außerhalb von Schularbeiten neidisch auf ihn.

Martin blickte sich um und nachdem er sich vergewissert hatte, dass Dannis Mutter den Keller verlassen hatte, öffnete er endlich seinen zeltplanenartigen Mantel. Wir alle machten riesige Augen, als wir sahen, was sich darunter verbarg: Eine Armada kleiner Fläschchen in bunten Farben, so viele, dass sie ihm beinahe auf dem Boden gefallen wären.

„Hab `n bisschen was mitgebracht", sagte er. Saure, Kurze, Feiglinge, Klopfer – er hatte das halbe Sortiment eines Spirituosenfachgeschäftes unter seiner Jacke!

Halina und er waren erwartungsgemäß die ersten, die sich eines der Fläschchen reinpfiffen. Doch auch Sandra verzog zu meinem Erstaunen kaum eine Miene beim Leeren eines Pflaumenschnapses, während mir sämtliche Gesichtszüge entglitten und ich alle Mühe hatte, das brennende Zeugs nicht gleich wieder im hohen Bogen auszuspucken.

Zu meiner Beruhigung merkte ich schnell, dass Danni vermutlich genauso unerfahren war wie ich. Er nippte noch immer an einem Feigling, während Halina sich schon den zweiten Drink genehmigte, so selbstverständlich, als würde sie das jeden Tag machen.

Die Zunge durch den Alkohol offenbar noch mehr als ohnehin schon gelockert, nahm sie die ausgetrunkene Miniaturflasche und legte sie auf den Boden vor uns.

„So, ihr Süßen, und jetzt will ich euch mal wirklich kennen lernen. Wir machen `ne Runde Flaschendrehen."

Wieder so etwas, das ich nur vom Hörensagen kannte. Joschua erzählte im Training ständig, welches Mädchen er jetzt wieder beim Flaschendrehen geküsst hatte. Ich wusste noch nicht einmal, was, bis auf das Küssen, überhaupt genau in diesem Spiel passierte.

Aber nicht nur ich schien Unsicherheiten bezüglich der Regeln zu haben. Noch bevor es überhaupt losging, diskutierten Halina und Martin über die korrekte Spielweise.

„Nie im Leben werde ich einen Jungen küssen", sagte er.

„Dann musst du dich von einem Kleidungsstück trennen", sagte sie.

„Und warum spielen wir es nicht so, wie ich es kenne? Wenn ein Junge dran ist und die Flasche bei einem anderen Jungen landet, dann küsst er das Mädchen rechts davon. Oder umgekehrt natürlich."

„Vergiss ist. Das ist langweilig."

Der Konflikt wurde nicht ausdiskutiert, denn Halina fing einfach an mit dem Drehen der Flasche und ich hütete mich genauso wie Danni oder Sandra, meinen Senf dazuzugeben.

Wie der Zufall es wollte (vielleicht hatte sie es auch so arrangiert, falls das überhaupt möglich war?) zeigte der Flaschenhals beim ersten Durchgang auf Sandra. Sie drehte erneut – und nun glaubte ich wirklich mehr an eine geschickte Technik als an Zufall, denn wie durch Zauberhand kam die Flasche vor Danni zum Stoppen.

Und dann ging auf einmal alles ganz schnell. Sandra erhob sich von dem Kissen, auf dem sie saß und presste Danni ein angehauchtes Küsschen auf seine hochrote Wange.

„Mensch, Sandra, auf den Mund! Das hatten wir doch abgesprochen!"

Jetzt war auch Sandra knallrot im Gesicht.

„Wie, abgesprochen? Was läuft denn hier?", rief Martin und boxte Danni kameradschaftlich in die Magengegend. „Da steht wohl jemand auf dich!"

Dahin war sie – Dannis Schlagfertigkeit. Jetzt war er nur noch nervös, brachte kein Wort mehr heraus. Und auch meine Anspannung stieg, als Martin kurz darauf das Drehen übernahm. „Jetzt aber ohne was zu türken, Leute", sagte er.

Ich atmete auf, als der Kelch an mir vorüberging und bei ihm selbst landete und verdrängte den Gedanken, dass es mich beinahe zwangsweise früher oder später auch treffen würde. Bevor wieder jemand anderes auf die Idee kommen konnte, das Drehen für ihn zu übernehmen, tat er es selbst – und verzog das Gesicht, als die Flasche eindeutig abermals vor dem Gastgeber zum Stehen kam.

„Hast du nicht gerade gesagt, du wolltest nicht türken?", sagte Halina.

„Sehr witzig. Auf keinen Fall werde ich *den da* küssen", sagte er und bemühte sich, noch mehr so auszusehen, als habe er in eine äußerst unreife Zitrone gebissen.

„Na gut, dann musst du jetzt was ausziehen."

Er machte sich daran, die Schürsenkel zu öffnen, doch Halina unterbrach ihn sofort. „Nein, Schuhe und Socken gelten nicht. Das Oberteil!"

Er schüttelte vehement mit dem Kopf. Unter seinem Schmugglermantel, den er natürlich längst abgelegt hatte, trug Martin bloß ein ziemlich weites Fila-Langarmshirt. „Vergiss es. Auf keinen Fall. Dann schon lieber die Hose."

Halina machte einen johlenden Laut der Überraschung aus und selbst Sandra kicherte, als er sich mehr oder weniger freiwillig von seinen Stretch-Jeans trennte. Mir war hingegen sofort klar, warum er es tat. Es war ein Ablenkungsmanöver. Das XXXL-Shirt kaschierte nämlich so gut es ging seinen dicken Bauch und vor allem seine Brüste. Zum ersten Mal hatte ich fast so etwas wie Mitleid mit Martin. Denn vermutlich war auch ich, der ihn früher im Schwimmbad mit seiner beachtlichen Oberweite aufgezogen hatte, nicht ganz unschuldig daran, dass er deswegen offenbar Komplexe entwickelt hatte.

Martin war zwar überhaupt nicht mein Typ, aber ich konnte nicht vermeiden, einen Blick zwischen seine Beine zu werfen. Seine dunkelgrünen Boxershorts fielen jedoch so groß aus, dass sich rein gar nichts darin abzeichnete.

Während die Gruppe noch darüber scherzte, ob er sich als nächstes dann konsequenterweise die Unterhose ausziehen würde, konnte ich nicht vermeiden, doch noch einmal hinzusehen. Obwohl er sich offensichtlich bemühte, eine möglichst unverfängliche Sitzhaltung einzunehmen, in der nicht einmal die Frage beantwortet werden konnte, ob er Links- oder Rechtsträger war, hatte ich auf einmal doch einen ganz unverhofften Einblick. Ich saß ihm schräg gegenüber und war mir relativ sicher, dass aufgrund dieses Winkels nur ich sehen konnte, was ich da gerade sah, weshalb ich mich kaum beeilte, den Blick wieder abzuwenden: An der Seite der nun wirklich überhaupt nicht hautengen Unterhose klaffte eine so große Lücke, die eine überraschende Einsicht freigab. Es war nur ein Teil davon zu erkennen, doch das Ausmaß ließ sich auch so erahnen. Trotz meines maßlosen Pornokonsums war das eindeutig der größte Hodensack, den ich jemals zu Gesicht bekommen hatte!

Ob sich daraus Rückschlüsse auf die Größe seines Glieds ziehen ließen? Stimmten am Ende die bösen Sprüche über das Verhältnis zwischen dicken Bäuchen und kleinen Schwänzen gar nicht? Während ich über diese Frage grübelte, hatte irgendwer schon wieder an der Flasche gedreht. Halina war an der Reihe.

Scheinbar beiläufig veränderte Martin seine Position ein wenig, so dass es nichts mehr zu sehen gab und ich meinen Blick abrupt von seinem Gemächt abwendete. Ich weiß, ich hätte Halina oder die Decke oder sonst etwas angucken sollen und nicht ihn, doch ich blickte in sein Gesicht. Er sah mich auch an und machte eine Geste, die ich zwar nur zu gut kannte, die jedoch dieser Situation so wenig erwartete, dass ich ein wenig brauchte, um es zu kapieren. Er schlug mit seiner Zungenspitze zweimal kurz hintereinander von innen gegen die Wangenwand, das international anerkannte Symbol für Oralverkehr. Das war zwar eine seit kurzem ziemlich beliebte Beleidigung zwischen Jungs auf dem Schulhof, die einem jederzeit anlasslos zuteilwerden konnte, aber in diesem Moment natürlich kein Zufall. Er musste es bemerkt haben. Und statt ebenso angewidert zu gucken wie vorhin, als es um einen Kuss mit Danni ging, sendete er mir ein solches Signal. Wahrscheinlich wollte er mich damit nur aufziehen. Und dennoch drängte sich mir der Gedanke auf, es könnte sich um ein Zeichen gehandelt haben, das von geheimem Verlangen meines ansonsten so dezidiert heterosexuellen Hauptschulfreundes kündete. Eine Vorstellung, die mich nicht zuletzt in Verbindung mit dem zuvor gesehenen durchaus erregte.

Ich war dermaßen in diesen Gedanken versunken, dass ich gar nicht bemerkte, wie Halina erneut gedreht hatte und die Flasche zum Stehen gekommen war. Ich wusste noch immer nicht, wie sie das machte oder ob es doch vielleicht alles nur Zufall war. In jedem Fall zeigte die Öffnung auf mich.

„So, nun aber wirklich, auf den Mund! Und mit Zunge!"

In einer anderen, früheren Zeit hätte ich mich nach so einem Spruch auf Martin gestürzt und wir hätten uns leidenschaftlich gekloppt, aber mir war klar, dass das nicht ging. Es gab kein Entrinnen mehr.

Halina ließ sich mehr Zeit als Sandra, die den Eindruck erweckt hatte, die Sache möglichst schnell hinter sich bringen zu wollen. Erst dachte ich, sie hätte genauso wie ich Skrupel, denn ich konnte mir wirklich nicht vorstellen, dass irgendjemand scharf darauf war, *mich* zu küssen. Doch dann hatte ich das Gefühl, sie genoss es, die Sache hinauszuzögern und mich leiden zu sehen. Ganz langsam kam sie auf mich zu. Ich bewegte mich überhaupt nicht, weder in ihre noch in die entgegengesetzte Richtung und war gewillt, es einfach über mich ergehen zu lassen.

Als ihr Gesicht nach einer gefühlten Ewigkeit endlich auf der Höhe von meinem war, musste ich feststellen, dass sie es in der Tat nicht bei einem harmlosen Bussi belassen würde. Ihr Mund näherte sich im Schneckentempo dem meinen. Ich kämpfte mit aller Macht gegen den immer stärker werdenden Impuls, zurückzuweichen. Meine Augen schlossen sich wie von selbst.

Meine Lippen waren auf einmal seltsam feucht und erst, nachdem die Runde begonnen hatte, zu johlen und zu applaudieren, realisierte ich, dass es nicht mein Speichel sein konnte. Sie war mit der Zunge darübergefahren. Ich hatte meinen Mund kein Stück aufgemacht – und doch war das wohl so etwas wie der erste Zungenkuss meines Lebens. Niemals würde ich den Geschmack von Tabak, Schnaps und Pfefferminzkaugummi auf meinen Lippen vergessen.

Ich dachte für einen kurzen Moment sogar darüber nach, ob es vielleicht doch eine Möglichkeit für mich gab, ein normales Leben zu führen, also mit einem Mädchen zusammen zu sein, wenn *sie* dieses Mädchen wäre, also eines, das sich nicht so benahm, nicht so schmeckte und bis auf die unverkennbaren Rundungen unter ihrem T-Shirt auch nicht so aussah.

„Ein Wort zu Mike und du bist tot", sagte sie in Richtung von Sandra, und spätestens da wusste ich, wie absurd mein Gedanke war.

Dennoch machte es die Sache noch spannender, zu wissen, dass ich gerade ein Mädchen geküsst hatte, das mit einem Jungen zusammen war, der schon Auto fuhr. Ich dachte noch oft an diesen ersten Kuss und stellte mir genüsslich vor, wie es wohl gewesen wäre, wenn Halina nicht nur ausgesehen hätte wie ein Junge, sondern einer gewesen wäre.

Doch an diesem Abend hatte ich zunächst einmal eine Menge Häkchen hinter die virtuelle Liste der Dinge mit der Überschrift „Erste Male" gemacht: erstes Besäufnis, erster Kuss und - wer hätte das gedacht, ausgerechnet Martins eindeutig-zweideutiger Geste sei Dank - erster Flirt mit einem gleichaltrigen Jungen.

16.

Man erzählte sich später auf dem Schulhof, die letzten Gäste auf Louisas legendärer Geburtstagsfeier seien gegangen, als die Sonne schon wieder am Himmel stand und sie hätte nach der Rückkehr ihrer Eltern wegen des Zustands sowohl der Tochter als auch des Hauses eine Watschen auf ihr vermeintlich hübsches Gesicht und Taschengeldentzug für den ganzen Sommer bekommen.

Bei unserer Party gingen die Gäste deutlich früher. Ärger gab es trotzdem. Kurz nach meinem Kuss mit Halina, als diese sich schon die nächste Zigarette angezündet und wir alle unser zweites oder drittes Fläschen in der Hand hatten sowie angeregt diskutierten, wer denn nun drehen dürfte („Halina bestimmt nicht mehr! Die betrügt!"), ging die Tür auf.

Vielleicht hatten wir das Klopfen schlicht überhört, vielleicht hatte sie auch nicht geklopft, weil sie die Hände voll hatte oder irgendwelche mütterlichen Instinkte ihr sagten, dass es besser wäre, nicht zu klopfen. Jedenfalls stand Dannis Mutter plötzlich in unserem Partykeller mit einem Blech noch dampfender, herrlich duftender Cookies, das ihr vor Schreck fast aus der Hand gefallen wäre. Alle Versuche von Danni, noch irgendetwas zu kaschieren, kamen natürlich zu spät.

Als erstes warf sie die noch immer seelenruhig rauchende Halina raus („In diesem Haus wird nicht geraucht!"), woraufhin Sandra sofort wortlos aufstand und mitging. Dann schnappte sie sich Klößchen („Ich werde mit deiner Mutter telefonieren!", „Machen Sie ruhig, das ist ihr eh egal, die raucht und säuft doch selbst den ganzen Tag!") und als ich versuchte, mich elegant aus der Nummer zu schleichen und Martin nach oben zu folgen, packte sie mich regelrecht am Kragen („Dich bringe ich persönlich nach Hause, das bin ich deiner Mutter schuldig.")

Eine Watschen bekam ich zwar nicht, mein ohnehin knappes Taschengeld blieb unberührt, dafür erteilte sie mir ein zweiwöchiges Internet- und lebenslanges Partyverbot. Beides betraf mich weniger als man meinen sollte. Seit den Anrufen von Alex war ich erst einmal geheilt, was den Versuch anbelangte, Netzbekanntschaften zu schließen. Und meine Pornosucht konnte ich zur Not auch mit ein paar auf Diskette festgehaltenen Bildern befriedigen.

Viel schlimmer war der ermüdende Streit mit meiner Mutter am Abend der abrupt zu Ende gegangenen Party. Nicht nur, dass mir speiübel war und ich derartige Kopfschmerzen hatte, dass ich befürchtete, mir würde jeden Moment der Schädel platzen. Dazu musste ich mir auch noch gefühlte Stunden ihre Vorhaltungen, ihre Ängste, ihre Tränen und ihre Enttäuschung anhören.

Kurzum: Sie übertrieb maßlos. Bald schon ging sie dazu über, nicht mehr nur mir, sondern auch meinem Vater („Wenn er mich nicht mit der Erziehung allein gelassen hätte, wäre das nicht passiert!") und schließlich auch sich selbst Vorwürfe zu machen („Meine Kinder betrinken sich, sind faul, schreiben schlechte Noten, was kommt als Nächstes? Drogen, Sex? Ich habe versagt als Mutter!").

Es halfen keine Beschwichtigungen und auch keine Beteuerungen, keine Demut und auch keine Reue, sie schien wirklich davon überzeugt zu sein, dass alles mit mir (und meiner Schwester und unserer Familie und im Grunde genommen mit der ganzen Welt) den Bach runter ging. Es interessierte sie gar nicht, dass ich schon jetzt bereute, den Schnaps getrunken zu haben, weil es mir hundselend ging und er widerlich geschmeckt hatte. Es spielte auch keine Rolle für sie, dass ich auf absehbare Zeit überhaupt keine Gelegenheit zum Trinken haben würde, nicht bloß wegen ihres Partyverbots, sondern weil mich ohnehin so schnell keiner mehr einladen würde und ich selbst, im Unterschied zu Jungs wie Martin, keine dunklen Quellen kannte, über die Minderjährige Alkoholika beziehen konnten.

Obwohl ich sie sogar zum Trost und zur Beschwichtigung umfasste und mich unzählige Male entschuldigte, spürte ich eine große Distanz zu meiner Mutter. Einen ähnlichen Abstand hatte ich mittlerweile zu meinem Vater aufgebaut, aber bei ihm war es ein Prozess von Monaten gewesen, mit so kleinen Schritten, dass es mir manchmal kaum aufgefallen war, wie wir uns voneinander entfernt hatten.

Doch an diesem Abend machte ich ganz bewusst einen großen Schritt weg von meiner Mutter. Ich spürte, dass ihre Sicht der Dinge nicht mehr meine war. Und schwor mir, dass sie niemals, aber auch wirklich niemals erfahren durfte, was wirklich in mir vorging und wie ich fühlte. Nicht nur aus Rücksichtnahme, weil ich sie nicht mit der Bürde, einen schwulen Sohn zu haben, belasten wollte. Sondern weil ich mir einfach nicht mehr vorstellen konnte, dass meine Mutter es jemals verstehen würde, wenn sie schon so etwas Banales wie ein Teenager-Besäufnis einfach nicht verstand.

Als wäre das nicht alles schon furchtbar genug, kam noch dazu, dass ich auch unter Dannis Bestraufung zu leiden hatte. Seine Eltern brummten ihm Hausarrest bis zum Ferienbeginn in einer Woche inklusive Besuchsverbot auf, so dass ich die langweiligen, internetfreien Nachmittage ganz allein verbringen musste. Doch noch schlimmer war: Sie strichen ihm den Ausflug!

„Warum *das* denn?"

„Du weißt doch noch, die Sache mit dem Wein, als wir im Winter mit der Klasse in den Bergen waren?"

Klar konnte ich mich daran erinnern. Ein Klassenkamerad, dessen Vater einen Getränkemarkt betrieb, hatte Rotwein mit auf die Klassenfahrt geschmuggelt und Joschua diesen heimlich in die Hagebuttentee-Thermokanne des Schullandheims geschüttet, wir also buchstäblich einem im Tee gehabt. „Aber was hat das mit uns zu tun?"

„Na ja, damals haben doch alle Eltern diesen Brief bekommen und nach der Sache jetzt denken sie, ich wäre praktisch Alkoholiker und auf einer solchen Schulveranstaltung unverantwortbaren Trinkgelagen ausgesetzt."

Es war zwar irgendwie beruhigend, dass seine Eltern genauso überreagierten wie meine Mutter, aber die Vorstellung, ohne Danni eine Klassenfahrt, wenn auch nur eine eintägige, antreten zu müssen, war schrecklich. Ich würde der Meute schutzlos ausgeliefert sein.

Es kam dann sogar noch schlimmer als in meinen schlimmsten Befürchtungen, denn auch Phil-Phil war nicht dabei. Seine Mutter hatte ihn wegen irgendwelcher gesundheitlichen Probleme nicht mitfahren lassen. Er hatte ständig etwas, allergische Schocks zum Beispiel, da er so gut wie gegen alles allergisch war, aber jedem war klar, dass die Gründe zumindest diesmal vorgeschoben sein mussten, nach dem, was auf der letzten Klassenfahrt neben der Sache mit dem Tee noch passiert war: Das vermeintlich harmlose „Lawinenspiel", zu das ihn die Jungs unter Federführung der üblichen Verdächtigen „überredet" hatten, war mit einem Notfalleinsatz der Bergwacht zu Ende gegangen, auch das hatte in jenem Elternbrief gestanden. Ein Wunder, dass man unserer Klasse überhaupt noch irgendwelche Ausflüge gestatte.

Erleichtert stellte ich fest, dass wenigstens Manu dabei war, sodass ich immerhin unter den Jungs nicht der Unbeliebteste war. Er saß ganz vorne, bei den Mädchen, während die Jungs die hinteren Plätze eingenommen hatten.

Als wir auf halbem Weg an einer Raststätte anhielten, holte unsere Klassenlehrerin, die furchtbare Frau Kleinschmidt, eine große Tüte hervor. „Manuel, bist du so nett und verteilst mal diese Flaschen?" Der Getränkemarkt-Papa hatte sie uns spendiert, womöglich als Wiedergutmachung für den Schaden, den sein etwas härterer Stoff beim letzten Mal, zumindest in den Augen der Erwachsenen, angerichtet hatte.

Manuel tat, wie ihm geheißen war und ging tänzelnden Schrittes durch die Reihen des Busses. „Gut machst du das, Manuela", sagte Joschua, als er hinten ankam. „Gibst eine prima Saftschubse ab." Und nachdem er sich davon überzeugt hatte, dass der Rest der Jungs hin- und Frau Kleinschmidt gerade wegsah, schlug er dem schon wieder davonhuschenden Jungen zum Abschied auch noch mit der flachen Hand auf sein in wie immer zu engen Jeans steckendem Hinterteil, so kräftig, dass es klatschte.

Wir alle lachten, mich eingeschlossen, und einige riefen Manu das Sch-Wort hinterher sowie ein paar noch üblere Beleidigungen. Dabei war es doch eigentlich Joschua, der sich durch die unsittliche Berührung *wie eine Schwuchtel* verhalten hatte. Doch die Heterosexualität unseres Klassenhäuptlings war offenbar derartig unumstritten, dass er sich selbst so etwas erlauben konnte, ohne dafür verspottet zu werden.

Als wir unser Ziel erreicht hatten, einen der größten Seen des Landes, schlug meine Erleichterung über Manus Anwesenheit jedoch schon bald in Entsetzen um. Wir sollten ein Tretbootrennen fahren, aufgeteilt in Jungs- und Mädchen-Teams à je zwei Personen. Es ging genau auf, denn wir waren zwölf Mädchen und zehn Jungs. Eigentlich musste ich mir bei solchen sportlichen Aktivitäten nie Gedanken machen, immerhin war ich Fußballer und wurde trotz sinkender Beliebtheit noch vor den Dicken und den Doofen in die Teams gewählt. Doch heute ging es augenscheinlich nicht nach Leistung, sondern ganz klar nach Sympathien. Joschua war mit Marc in einem Team, Jens mit seinem Kumpel Tim, und so weiter. Nicht schwer, zu erraten, wer übrig blieb: Manuel. Und ich. Damit auch der letzte Vollidiot kapierte, dass wir beide, ob wir wollten oder nicht, im selben Boot saßen.

Es dauerte keine dreißig Sekunden, bis Joschua genau diesen Spruch brachte – der erste Lacher auf meine Kosten.

Ein junger Mann vom Bootsverleih mit langen Haaren und Surfer-T-Shirt erklärte die Regeln, was ziemlich schnell ging, denn es gab kaum welche.

„Haben sie denn keine Schwimmwesten für die Kinder?", fragte Frau Kleinschmidt allen Ernstes.

„Keine Sorge, Frau Lehrerin. Wir fahren nur am Ufer lang, das Wasser ist nicht mal einen Meter tief. Außerdem geh ich mal davon aus, dass die Kids in dem Alter alle schwimmen können."

Da war ich mir nicht so sicher, zumindest was Manuel betraf. Jedes Mal, wenn uns jemand aus den anderen Booten nassspritze, was trotz Frau Kleinschmidts ermahnender Rufe vom Ufer aus ständig vorkam, schrie er, als würde er gleich ertrinken.

Das war jedoch noch gar nichts gegen die Attacken, die wir erleiden mussten, nachdem wir uns ein Stück vom Anleger und damit von Frau Kleinschmidts Aufsicht entfernt hatten. Wir waren drauf und dran, Joschua und Marc zu überholen. Zunächst lagen sie relativ weit vorn, doch nachdem ein Boot nach dem anderen sie überholt hatte, sogar Mädchenteams, und dem korpulenten Marc offenbar die Puste ausgegangen war, hatten sie ihre Siegeshoffnungen begraben und waren jetzt ganz dazu übergegangen, uns ebenfalls jede Chance zu nehmen, indem sie beinahe in uns hineinfuhren und uns immer mehr von der Konkurrenz abdrängten.

„Nehmt das, ihr Leichtmatrosen!"

Wir waren mittlerweile so nah am Ufer, dass wir drohten, stecken zu bleiben. Und nun trieben wir dank des heftigen Stoßes auch noch direkt in einen halb im Wasser hängenden Baum. Ich trat nach Kräften in die Pedale, doch wir rührten uns nicht mehr.

„Was soll das, ihr Vollidioten! Euretwegen hängen wir jetzt am Ufer fest."

„Am *anderen* Ufer, um genau zu sein", sagte Marc.

Sie spritzten uns noch einmal kräftig mit dem an dieser Stelle ekelhaft schlickartigen Wasser voll und während wir immer noch vergeblich versuchten, wieder loszukommen, machten sie sich langsam davon, denn irgendwo aus der Ferne war die Stimme des Bootsverleih-Typen zu hören, der im Gegensatz zu Frau Kleinschmidt im eigenen Boot das Rennen mitgefahren war.

„So, viel Spaß noch auf eurem Love Boat, ihr Süßen! Aber treibt's nicht zu doll, nicht, dass ihr noch kentert!", rief Joschua beim Wegfahren.

Ich tat so, als hätte ich nichts gehört und wandte mich an Manuel, der mit angewiderter Mine etwas, das aussah wie Algen, aus seinen Haaren entfernte.

„Könntest du mir vielleicht mal helfen statt dich um deine Frisur zu kümmern?", giftete ich ihn an.

„Brauchst mir gar nicht blöd zu kommen. Ist nicht meine Schuld, dass wir hier sitzen. Sind schließlich *deine* Freunde."

Freundschaft war nicht gerade eine treffende Bezeichnung für das, was mich mit Joschua und Co. verband, aber irgendwie beruhigte es mich dennoch, dass es auf Manuel trotz allem so wirkte, als wäre da zwischen mir und den beliebtesten Jungen der Klasse eine gewisse Verbundenheit.

Widerwillig stieg er aus dem Boot.

„Ihh! Das ist kalt, kalt, kalt!"

Es war ein warmer Frühsommertag und wir standen hier gerade mal bis zu den Knöcheln im Wasser, aber er tat dennoch so, als wäre er gerade kopfüber in die Antarktis gesprungen.

„Nun komm schon, jammer nicht, sondern zieh!"

„Ich mach doch schon so stark ich kann!"

In der Tat rüttelten und zogen wir mit aller Kraft, doch das Tretboot bewegte sich nicht von der Stelle.

„Tja, dann müssen wir wohl warten, bis Frau Kleinschmidt auffällt, dass wir fehlen und sie den Hippie schickt, um uns loszumachen", sagte Manuel.

Nichts lag mir ferner als das. Mit jeder Minute, die ich allein hier mit ihm verbrachte, versank mein Sozialleben tiefer im Uferschlick. Ich versuchte, nun allein und zunehmend verzweifelt, unser Boot wieder flott zu kriegen – ohne Erfolg.

„Vergiss es. Ich geh los und hole Hilfe", kündigte ich an. Doch das war leichter gesagt als getan. Ich war barfuß, trug nur eine Badehose und ein T-Shirt. Und an dieser Stelle war der Zugang zum Festland völlig überwachsen von ziemlich stachelig aussehenden Sträuchern. Den Schmerz der Schrammen an den Beinen verdrängte ich noch erfolgreich, doch als mir ein Ast mein neues Puma-Shirt eingerissen hatte, kehrte ich um.

Manuel glotzte mir mit seinem typisch-amüsierten Grinsen zuerst auf mein demoliertes Shirt und senkte dann den Blick. „Du siehst ja aus!", sagte er, und dann streckte er ohne weitere Vorwarnung seine Hand in Richtung meiner Badehose aus.

„Fass mich bloß nicht an, du Schwuchtel!" Panisch wich ich zurück. Doch dann sah ich es: An meinem Hosenbund haftete ein großes Blatt, von dem er mich offenbar bloß befreien wollte.

„Warum nennst du mich so? Wir sollten eigentlich zusammenhalten", sagte er. Das Grinsen war verschwunden.

„Hör zu, ich hab mir das nicht ausgesucht, mit dir in einem Boot zu sitzen."

„Ich mir auch nicht. Und du kannst jetzt übrigens aufhören, so zu tun, als wärst du angewidert von mir. Oder siehst du hier irgendwo deine bescheuerten Freunde?"

„Das sind nicht meine Freunde."

„Warum kriechst du denen dann immer in den Arsch?"

Ich war völlig irritiert von dem Verlauf, den dieses Gespräch nahm. Da ich mir nahezu sicher war, dass trotz unserer Abgeschiedenheit jedes Wort davon über Manuels zahlreiche beste und allerbeste Freundinnen seinen Weg in die Klassenöffentlichkeit finden würde, traute ich mich nicht, meine angestammte Rolle zu verlassen. Was mich erneut zu einem saublöden Spruch auf Joschua-Niveau veranlasste.

„Wenn einer hier bei irgendwem im Arsch steckt, dann ja wohl eher du."

Normalerweise pflegte Manuel auf solche Beleidigungen mit einem verächtlichen Schnaufen zu reagieren oder sagte etwas wie „sehr komisch" begleitet von einem schrillen Lachen, doch jetzt blieb er ernst und verzog keine Miene, was mir ein noch schlechteres Gewissen bereitete.

„Glaubst du wirklich, ich merke es nicht?", fragte er.

„Du merkst *was* nicht?"

„Das weißt du doch ganz genau."

„Ich hab wirklich keine Ahnung, wovon du sprichst."

Ich kämpfte gegen ein von innen kommendes Zittern an, das nichts zu tun hatte mit meinen nassen Beinen. Manuel zuckte bloß mit den Schultern. „Mir egal. Ich bin mir jedenfalls ziemlich sicher. Und falls du es wirklich noch nicht weißt, wirst du es schon noch erfahren. Man kann's weder verbergen noch für immer verdrängen."

Ehe ich Gelegenheit hatte, etwas zu erwidern oder auch nur über das Gesagte nachzudenken, hörten wir, wie sich ein Boot näherte und der langhaarige Surfer-Typ mich davor bewahrte, dieses heikle Gespräch fortsetzen zu müssen.

Die Schmach ob unseres Malheurs und des daraus resultierenden letzten Platzes, die blöden Sprüche während des anschließenden Strand-Picknicks und der gesamten Rückfahrt – all das traf mich weniger als die Erkenntnis, dass Manuel Bescheid wusste.

Was machte ihn bloß so sicher? Was hatte mich verraten? Gab ich mir nicht wirklich alle Mühe der Welt, es zu verbergen?

Zu Hause vor dem Spiegel überprüfte ich meinen Gang, meine Gesichtsausdrücke, mein Lachen und meine Bewegungen. Nichts davon war so überzeichnet, so feminin und federnd wie bei Manuel und doch - je länger ich mich betrachtete, umso schwuler fand ich mich. Ich versuchte, böse zu gucken, tiefer zu sprechen und breitbeinig zu gehen, so, als hätte ich extrem dicke Hoden, doch es sah einfach nur lächerlich aus. Ich konnte tun was ich wollte, ich wurde das Gefühl nicht los, dass da ein Schild mit der Aufschrift „schwul" auf meiner Stirn klebte – für mich unsichtbar, für den Rest der Welt leider nicht. Da wünschte ich mir zum ersten Mal nicht nur, dass keiner mein Schwulsein bemerkte. Ich wünschte mir, es wirklich nicht zu sein.

Dabei ahnte ich längst, dass es unmöglich war. Niemand konnte einfach so ein anderer Mensch werden. Und was fast noch schlimmer war: Niemand würde einen Menschen wie mich jemals lieben können. Einen Menschen, der sich nicht einmal mehr selbst liebte, sondern sich verleugnete.

Zweiter Teil: *Dabei*

17.
Ich habe ein sehr gutes Gedächtnis. Wenn ich Pressekonferenzen besuche, brauche ich mir so gut wie nie Notizen zu machen. Selbst bei Interviews könnte ich eigentlich auf das Aufnahmegerät verzichten – die wichtigsten Sätze meines Gesprächspartners prägen sich mir für sehr lange Zeit ein, wenn nicht sogar für immer.

Umso seltsamer ist es, dass ich nicht mehr weiß, wann genau ich Peter eigentlich kennen lernte. Vermutlich liegt es daran, dass er genauso schleichend in mein Leben kam wie meine Kindheit zu Ende ging – ein fließender Übergang. Sein Auftauchen erschien mir damals fast schon wie eine logische Konsequenz all meiner bisherigen Erfahrungen, meiner intimsten Wünsche und Fantasien.

In jedem Fall muss es irgendwann im Frühling oder Sommer 1999 gewesen sein, noch ein ganzes Stück vor meinem 14. Geburtstag. Es kommt vermutlich auch darauf an, wie man Kennenlernen definiert. Lernte ich ihn kennen, als sich unsere Blicke zum ersten Mal trafen? Als wir anfingen, einander anzulächeln? Als ich seinen Namen erfuhr? Als ich ihn das erste Mal umarmte, liebkoste, küsste?

Oder lernte ich ihn eigentlich überhaupt erst richtig kennen, als er begann, sich vor mir auszuziehen?

Es gab so viele erste Male mit Peter, dass es mir unmöglich ist, das allererste zu erinnern. Mir ist, als hätte er schon immer auf dieser Terrasse gestanden und auf mich gewartet, keine drei Meter von mir entfernt, zufälligerweise immer dann, wenn ich durch den Fußgängerweg die Abkürzung zum Sportplatz oder zurück nach Hause nahm, hinten an den Gärten der Reihenhäuser vorbei.

Peter rauchte damals noch, aber da er ein sehr ordentlicher, ja fast reinlicher Mensch war, ging er dazu stets nach draußen und vergaß nie, hinterher ein Pfefferminzbonbon zu lutschen.

Sein Rasen war genauso akkurat gestutzt wie sein Gesicht rasiert, egal zu welcher Jahres- oder Tageszeit. Er trug immer weiße oder zumindest helle Hemden, die nach Reinigung rochen und so gut gebügelt waren, dass meine Mutter die reinste Freude daran gehabt hätte.

Überhaupt, er wäre der perfekte Schwiegersohn gewesen. Manchmal dachte ich tatsächlich daran, wie glücklich alle gewesen wären, wie gut alles hätte ausgehen können, wenn Peter ein wenig jünger und ich ein wenig älter gewesen wäre. Und eine Frau.

Doch es war so wie es war, Peter ein Mann, ich ein Junge und sechzehn lange Lebensjahre, die uns trennten.

Was machte es da schon für einen Unterschied, dass er sich für sein Alter ganz gut gehalten hatte, mit seinem gepflegten, mittelbraunen Haar und diesem kantigen Gesicht, männlich, aber die dunklen Augen voller Jugend, melancholisch und schwermütig wie die eines von erster Liebe und wilden Trieben gleichermaßen berauschten und überforderten Teenagers.

Diese Augen, sie verrieten ihn. Er konnte alles kontrollieren: sein Hemd, seinen Garten, seine Frisur, seinen Atem – nicht aber seinen Blick, wie er mich ansah, wenn ich, nur mit Trikot und Fußballshorts bekleidet, verschwitzt vom Training nach Hause kam.

Ich suchte nach dem riesigen Fleck auf meinen Sportsachen, ich fragte mich, ob etwas mit meinen Haaren nicht in Ordnung war und ich überlegte sogar, ob wir uns irgendwoher kannten, bis mir langsam dämmerte, dass es einen anderen Grund geben musste, warum er jedes Mal so verstohlen wie eindeutig zu mir hinübersah, wenn ich an seinem Garten vorbeiging.

Natürlich hatte ich meine Internet-Plaudereien mit pädophilen Männern nicht vergessen, aber das war etwas völlig Neues. Dieser Mann war real. Er war sogar einigermaßen gutaussehend. Und er versuchte nicht, mich mit falschen Altersangaben, geklauten Fotos und schmierigen Versprechen hinters Licht zu führen, mir meine Telefonnummer oder gar Nacktbilder zu entlocken. Er buhlte nicht um meine Aufmerksamkeit, im Gegenteil, er versuchte sogar, sein Interesse zu kaschieren. Denn als ich anfing, mich zu trauen, seinen Blick zu erwidern, dauerte es stets nur Millisekunden, bis er sich abwandte, so, als hätten wir uns bloß rein zufällig angesehen.

Dieses Verhalten, seine Schüchternheit, gab mir von Anfang an das Gefühl, Macht zu besitzen und unsere Beziehung unter Kontrolle zu haben.

So kam es, dass ich derjenige war, der ihm das erste Lächeln schenkte. Ich hoffte, er würde zurücklächeln, glaubte aber, er würde wegsehen, doch er tat nichts von beidem. Er lächelte höchstens ein wenig mit den Augen, mehr verlegen als verwegen, und doch fand ich es unglaublich spannend.

Es ist wirklich nicht so, dass er mein Traumtyp gewesen wäre. Natürlich war er viel zu alt. Und doch wollte ich wissen, wie weit ich gehen konnte. Ob es tatsächlich einen Menschen gab, der jemanden wie mich attraktiv finden könnte.

Auf meinem Rückweg am selben Tag lächelte er dann zurück, mit den Lippen *und* mit den Augen. Wir hatten die nächste Stufe erreicht.

Es war ein Flirt. Nun gab es keine Zweifel mehr. Er flirtete mit mir und ich mit ihm. Es fühlte sich verbotener an als all die verbotenen Dinge, die ich im Netz getan hatte, aber auch viel besser. Denn er meinte wirklich mich, nicht bloß irgendein virtuelles Profil von mir.

Regelmäßig lächelte ich nun zurück. Zweimal in der Woche Training, Hin- und Rückweg. Schlechte Pässe, dumme Sprüche, PC-Verbot, die Aussicht auf bevorstehende Vater-Wochenenden und die auch bei einem Spätzünder wie mir langsam aber sicher aufkommende Pubertät – all das ließ mich meistens schlecht gelaunt sein. Und doch war dieses Lächeln ehrlich, aufmunternd, lebensbejahend. Nicht ohne Hintergedanken, aber doch so furchtbar unschuldig im Vergleich zu alledem, was noch kommen sollte.

Es ging so weit, dass ich mir, wenn der Trainer uns früher nach Hause gehen ließ, noch die Zeit auf dem leeren Trainingsgelände vertrieb, mir eine Cola am Automaten holte und mich auf die mit Moos überwachsene Zuschauerbank setzte, nur damit ich zur gewohnten Zeit an seiner Terrasse vorbeikam und sicher gehen konnte, dass er dort stand, eine Zigarette in der Hand und ein immer noch schüchternes, geheimnisvolles Lächeln für mich auf den Lippen.

Der logische nächste Schritt wäre das Grüßen gewesen, doch dazu kam es nicht, das übersprangen wir. Keine Ahnung, warum er nicht damit anfing. Bei mir war der Grund weniger Schüchternheit als die Angst, dass die ganze Magie unseres Rituals dahin wäre, wenn wir uns profan ein freundliches Grüß Gott im Vorbeigehen sagen würden, so wie flüchtige Bekannte oder Nachbarn es taten.

Die Sommerpause stand unmittelbar bevor. Pflichtspiele gab es ohnehin keine mehr, die Trainings waren immer spärlicher besucht, weil etliche meiner Mitspieler schon in den Urlaub gefahren waren.

Es gab nicht viel, das mir zu jener Zeit etwas bedeutete. Mein Vater war weg, meine Schwester zwar noch da, aber nicht greifbar, meine Mutter verstand mich nicht und meinem einzigen noch verbliebenen Freund konnte ich mich ebenfalls nicht anvertrauen.

Dieser Mann hingegen wusste schon Bescheid über mich, ohne dass wir auch nur ein einziges Wort miteinander gewechselt hatten. Anders als bei Manu störte es mich nicht. Erstens, weil er keine Tunte war und zweitens, weil er wohl kaum jemanden in meiner Klasse oder in der Mannschaft kannte, den er auf die Idee hätte bringen können, dass ich eine war.

Im Gegenteil, dieses wissende Lächeln war etwas ganz Wunderbares, ein Geheimnis, so wie früher, als ich für Sänger, Fußballer und Lehrer geschwärmt hatte und niemand es erfahren durfte. Ich war zwar nicht in ihn verknallt, wohl aber in sein Lächeln. Die Anerkennung, die daraus sprach, ließ mich schnell abhängig werden und wenn man jung ist, dann können einem schon wenige Tage oder Wochen wie eine lange Zeit vorkommen. Die unmittelbar bevorstehende Sommerpause fühlte sich dementsprechend wie eine halbe Ewigkeit an. Ich befürchtete, dass ich ihn nie wiedersehen würde, denn wer wusste schon, ob er im Spätsommer oder gar Herbst und Winter noch auf der Terrasse stehen und auf mich warten würde.

An meinem letzten Trainingstag hatte ich daher das dringende Gefühl, endlich etwas sagen zu müssen, aber ich wusste nicht was, also sagte ich bloß: „Heut' ist mein letzter Tag."

Diesmal war ich es, der schnell wieder wegsah, so wie er bei unseren ersten Begegnungen. Ich wollte schon weitergehen, doch da sagte auch er etwas.

„Magst du ein Eis?"

Damit hatte ich nicht gerechnet. Hätte er mir in diesem Augenblick seine Liebe gestanden, ich wäre wohl weniger perplex gewesen als nach dieser im Grunde genommen doch recht harmlosen Frage.

„Äh, ich muss leider nach Hause, sonst bekomm ich Ärger mit meiner Mutter", brachte ich nach einer gefühlten Ewigkeit hervor.

„Dann vielleicht ein anderes Mal."

Man hörte ihm an, dass es ihn Überwindung gekostet hatte, mich auf das Eis einzuladen und dass er enttäuscht war von meiner Antwort. Und trotzdem hatte seine tiefe, aber auch zarte, ruhige Stimme etwas sehr verbindliches, Vertrauen einflößendes.

„Äh, ja. Tschüs."

„Bis bald!"

Wieder ein Lächeln von ihm, doch ich brachte es diesmal nicht fertig, es zu erwidern. Ich ging weiter und sah ich mich auch nicht noch einmal um. Ich hatte mich furchtbar blamiert, schlimmer noch als vor Louisa, als ich ihre Einladung mit ähnlich infantiler Begründung ausschlug. Ich war fest davon überzeugt, dass ich diesen Mann nie wieder sehen würde und dass es auch besser so war, weil nur ein einziger Satz aus meinem Mund mit Sicherheit gereicht haben musste, um ihn davon zu überzeugen, dass ich doch nicht begehrenswert, sondern bloß ein völlig unreifer, unsicherer kleiner Junge war.

Dass es genau das war, was ihm an mir gefiel, dieser Gedanke war mir immer noch fremd.

18.
Die großen Ferien 1999 drohten, zu den langweiligsten meines Lebens zu werden. Mein bester Freund Danni würde schon bald zu einem Ferien-Camp für ‚Jugend forscht'-Streberkinder irgendwo an der Ostseeküste aufbrechen. Er beteuerte zwar, es sei die Idee seiner Eltern gewesen und er würde viel lieber zu Hause bleiben und mit mir abhängen, weil ohnehin kaum Mädchen und schon gar keine hübschen mitfahren würden, aber ich wusste genau, dass er sich darauf freute.

Meine Schwester war zusammen mit ihrer besten Freundin auf eine lange Reise gegangen. Sie hatten auf ein Interrail-Ticket gespart und fuhren quer durch Europa. Ich war furchtbar neidisch. Zwar hatte sie diesmal keinen gutaussehenden Kerl dabei, würde aber auf ihren Reisen vermutlich genug davon kennen lernen.

Meine Mutter übernahm ziemlich viele Urlaubsvertretungen im Drogeriemarkt und war kaum zu Hause, aber da mir der Internetzugang noch immer stark rationiert wurde und nach dem anfänglichen Overkill seinen größten Reiz ohnehin verloren hatte, wusste ich mit meiner Freiheit erstaunlich wenig anzufangen.

Das größte Ferien-Fiasko drohte allerdings an der Vater-Front. Von der Frau, die der Grund für die Scheidung meiner Eltern gewesen war, hatte er sich kurz nach seinem Auszug schon wieder getrennt. Ich wusste nicht einmal mehr ihren Namen und war ziemlich stolz darauf, es durchgehalten zu haben, sie niemals zu Gesicht zu bekommen. Nun aber hatte er wieder jemanden gefunden. Seit etwa einem Monat war er mit einer gewissen Saskia zusammen. Ständig lag er mir damit in den Ohren, wie toll sie doch war und wie gern sie mich kennen lernen würde. Meine übliche Ignoranz- und Schweigetaktik schien wirkungslos, er war dermaßen verstrahlt vor Liebe, dass er auf einem Treffen beharrte.

Ich weiß nicht warum, aber mir graute davor, diese Saskia kennen zu lernen. Dabei konnte ich mich nicht einmal mehr auf noble Gefühle wie Loyalität gegenüber meiner Mutter berufen, denn mein Mitleid mit ihr war aufgebraucht, ersetzt worden vom grenzenlosen Mitleid mit mir selbst und all meiner unverstandenen Einsamkeit.

Immer wieder zögerte ich das erste Treffen hinaus, sagte spontan ab wegen erfundener Magenverstimmungen oder vermeintlicher Lernpflichten (tatsächlich hatte ich mich noch mal ein wenig ins Zeug gelegt und das Schuljahr mit nur einer Fünf, in Mathe, abgeschlossen, die ich jedoch mit einer Eins in Sport und immerhin einer Zwei in Deutsch hatte ausgleichen können).

Aber dann kamen die Ferien und er mit diesem Haus in den Bergen, das er für die ersten anderthalb Augustwochen, auch noch genau über meinen Geburtstag, gemietet hatte.

„Die Seen da oben sind 'ne Wucht. Wir könnten endlich mal wieder angeln gehen."

„Und was ist mit ihr?"

„Saskia angelt auch!"

Ich bezweifelte, dass seine neue Flamme irgendetwas anderes angeln konnte als geschiedene Familienväter. Und selbst wenn, Angeln fand ich inzwischen todlangweilig und selbst früher hatte ich es eigentlich nur meinem Vater zuliebe getan.

Um die Reise noch zu verhindern, griff ich auf die bewährte Taktik des Gegeneinander-Ausspielens beider Elternteile zurück – ohne Erfolg.

„Aber Mama, ich würde doch viel lieber meinen Geburtstag mit dir feiern."

„Das ist lieb von dir, aber es ist nun mal alles schon so geregelt, dein Vater nimmt dich in der Woche. Wir feiern nach, wenn du wieder da bist. Ich hätte da sowieso keine Zeit, du weißt doch, ich geh auf Vollzeit und vertrete sogar die Filialleiterin."

Eigentlich hätte ich mich freuen sollen, dass sich meine Mutter aus dem Hausfrauendasein befreit und von der Aushilfe zur Führungskraft auf Zeit hochgearbeitet hatte, doch das hielt mich nicht davon ab, ihr eine Szene zu machen. Die ganz billige Nummer vom ach so vernachlässigten Scheidungskind. Doch ich war vielleicht noch klein, aber nicht mehr liebenswert genug, um ihr deshalb ein schlechtes Gewissen zu bereiten. Sie kaufte mir das Theater nicht ab. Es half alles nichts: Ich würde diese Reise mit meinem Vater und seiner Neuen antreten müssen.

Zwei Tage bevor es los gehen sollte, bekam die Geschichte doch noch eine ganz unerwartete Wendung, die mich neue Hoffnung schöpfen ließ. Mein Vater rief an. Er klang so, wie er nach Bayern-Siegen oft klang, also als ob er schon drei oder vier Bier getrunken hätte, nur dass es kein Spiel gegeben hatte und er überhaupt nicht in Feierlaune war.

„Scheiße, Junge, ich muss dir was sagen."

„Was?"

„Wir fahren allein. Saskia… Sie kommt nicht mit."

„Ist doch prima." Ich gab mir keine Mühe, meine Freude zu verbergen. „Unfair ist bloß, dass *sie* absagen darf und ich nicht."

„Das ist verdammt noch mal nicht nett von dir!"

Notgedrungen versuchte ich, mich zusammenzureißen. „Warum kommt sie nicht mit?", fragte ich, so neutral und interessiert klingelnd wie möglich.

„Sie hat keine Zeit", sagte er, aber es hörte sich nicht so an, als wäre das die Wahrheit.

„Okay. Tja, das tut mir echt leid für dich." Es sollte nett gemeint sein, klang aber wohl ziemlich schnippisch.

Als er mich am Abreisetag mit seinem Wagen abholte, sah ich ihn zum ersten Mal seit Ewigkeiten unrasiert. Er machte einen müden und kaputten Eindruck, versuchte jedoch, mit lockerem Geplauder darüber hinwegzutäuschen. Je öfter er mir versicherte, was für eine großartige Zeit wir gemeinsam haben würden, um so weniger glaubte ich daran.

Er hatte irgendetwas vergessen, also fuhren wir noch mal zu ihm. Mein Vater bewohnte ein winziges Ein-Zimmer-Apartment in einem Hochhaus nahe der Autobahn. Es war dort nie besonders ordentlich, aber so chaotisch wie an jenem Tag hatte ich es noch nie gesehen: Auf dem Boden lagen leere Bierflaschen und durchfettete Pizzakartons, auf den Stuhllehnen dreckige Kleidung. Es roch nach Schlaf, Schweiß, kaltem Rauch und Alkohol.

„'Tschuldigung, hab nicht damit gerechnet, dass wir noch hierher kommen", sagte er.

„Ich werd dich dran erinnern, falls du je wieder auf die Idee kommen solltest, mir zu sagen, ich soll gefälligst mein Zimmer aufräumen."

Mein Vater durchwühlte seinen Schrank, der nicht weniger unordentlich war als der Rest der Bude.

„Sie ist bei Saskia."

„Was?"

„Meine Regenjacke. Ich hab sie bei ihr gelassen."

Ich sah ihn entsetzt an, da ich zu wissen glaubte, worauf dieses Gespräch hinauslief. Falls das ein Trick war, mich ihr endlich doch noch vorzustellen, dann machte er seine Sache ziemlich gut. Er tat nämlich wirklich so, als sei diese Jacke ein Riesendrama und machte ein Gesicht, als ginge es um Leben und Tod.

„Dann fahr doch zu ihr und hol sie. Aber ich bleib hier. Hast du vielleicht auch noch 'ne volle Bierflasche?"

„Das geht nicht." Er ging nicht einmal auf meine unverschämte, im Joschua-Stil vorgetragene Frage ein, so konsterniert schien er wegen der blöden Jacke. „Ich kann jetzt nicht zu ihr."

Also doch kein Kennenlern-Trick.

„Na und? Du hast doch da noch ein paar andere Jacken. Oder nimm einfach einen Schirm mit."

Wieder schien er mir gar nicht zugehört zu haben. Er blickte auf den Boden, ließ den Klamottenstapel, den er noch in der Hand hatte, achtlos fallen.

„Saskia hat mich verlassen."

„Schön, dann weißt du ja jetzt auch mal, wie sich das anfühlt", sagte ich und kam mir ziemlich cool und erwachsen vor. Den Spruch hätte meine Mutter nicht besser bringen können.

Noch überraschender als meine Schlagfertigkeit war bloß die Reaktion meines Vaters: Er begann zu weinen! Jetzt war ich es, der wegsah. Wie schon bei meiner Mutter, konnte ich es nicht ertragen, wenn diejenigen, die eigentlich mich trösten sollten, sich selbst derart untröstlich zeigten. Außerdem war ich wütend, dass mein Vater, den ich in all den Monaten nach der Scheidung nicht einmal hatte weinen sehen, ausgerechnet jetzt flennte – nicht etwa um uns, sondern um seine Neue.

„Ich werde nie wieder jemanden finden wie deine Mutter."
Okay, vielleicht heulte er also doch auch ein wenig um sie. „Es tut mir so leid, was ich euch angetan habe. Ihr seid doch meine Familie, alles was ich habe."

Ein Teil in mir begann, Mitleid mit ihm zu bekommen, doch ein anderer kämpfte noch immer dagegen an und gewann, zumindest vorerst.

„Das hätte dir mal ein bisschen früher einfallen sollen und nicht erst jetzt."

„Ich weiß, jetzt ist alles zu spät." Er schloss die Schranktür, lehnte sich dagegen und rutsche langsam hinab, bis er auf dem Boden saß.

„Besser spät als nie", sagte ich, beziehungsweise der versöhnlich gestimmte Teil in mir. Ich war zwar nicht mehr so naiv wie noch vor etwas mehr als einem halben Jahr, als ich noch den Glauben daran hatte, wie durch ein Wunder könne alles wieder gut werden und meine Eltern aufs Neue zusammenkommen. Aber vielleicht konnte ich auf diese Art wenigstens ein kleineres Übel abwenden: den bevorstehenden, sterbenslangweiligen Angelurlaub.

Ich wagte es, ihn wieder anzusehen und stellte erleichtert fest, dass er aufgehört hatte zu weinen. „Mal eine andere Frage: Du siehst ehrlich gesagt auch nicht so aus, als hättest du jetzt noch besonders große Lust auf Urlaub in den Bergen. Warum blasen wir das Ganze nicht einfach ab und du kommst mit zu uns nach Hause und sagst Mama mal, was du mir gerade gesagt hast?"

„Ich hab Lust auf den Urlaub mit dir. Große Lust sogar", sagte er, ohne den zweiten Teil meiner Frage zu beantworten.

„Aber ich nicht."

„Liegt es an mir?"

„Weiß nicht, nein. Eher am Angeln."

„Wir müssen nicht angeln. Wir können machen, was immer du willst, da oben in den Bergen ist…"

„Ich hab einfach keine Lust auf Berge", unterbrach ich ihn.

„Worauf hast du dann Lust? Was wünschst du dir?"

Das war eine Frage, die mir so schon ewig niemand mehr gestellt hatte und entsprechend lang musste ich nachdenken, bis mir eine passable Antwort einfiel. Das, was mir beim Wort ‚Lust' zuallererst durch den Kopf schoss - einen Jungen finden, der mich liebte oder zumindest mit mir Liebe machte - konnte ich natürlich nicht sagen. Was wünschte ich mir noch? Ich hatte Lust, ein Abenteuer zu erleben, Gleichgesinnte zu treffen, Freundschaften zu schließen, nicht mehr einsam zu sein, verstanden zu werden. Ich träumte davon, so beliebt zu sein wie Joschua, so intelligent wie Danni und so ein guter Fußballer wie Klinsmann (in seinen besten Jahren). Ich hätte gern ein Handy für mich allein und alle Videospiele die es gibt, dazu nie wieder Verbote oder Belehrungen. Ich wollte frei und erwachsen und begehrenswert sein wie Sascha. Oder wie der Mann auf der Terrasse, an dessen Blicke ich sooft denken musste.

Aber stattdessen sagte ich bloß den denkbar kindischsten Satz: „Ich will, dass alles wieder so ist wie früher."

„Das ist unmöglich."

„Ich weiß." Ich setzte mich neben meinen Vater auf den Boden. Er legte den Arm um mich und ich wehrte mich nicht.

„Okay, ich bring dich nach Hause. Und ich rede mit deiner Mutter. Auch wenn das wahrscheinlich nichts bringen wird."

Er sah mich an, aber gleichzeitig durch mich hindurch. Seine Tränen waren getrocknet und doch stand ihm die Traurigkeit ins Gesicht geschrieben.

„Papa, wir können schon fahren, wenn du so große Lust darauf hast."

„Nein, ist schon okay. Ich will dich zu nichts zwingen."

Ein normaler Junge, ein guter Sohn, hätte jetzt vehement mit dem Kopf geschüttelt, sich für sein unreifes Verhalten entschuldigt, den Arm ebenfalls um seinen alten Herrn gelegt und wäre mit ihm in einen wunderbaren Männerurlaub aufgebrochen.

Ich jedoch sagte: „Gut, dann lass uns nach Hause fahren."

Dort gab es dann einen Riesenkrach zwischen meinen Eltern, weil meine Mutter fest mit meiner Abwesenheit geplant hatte und meinem Vater totales Versagen vorwarf. Es war also fast so wie früher, aber es war der Teil von Früher, den sich nun wirklich keiner zurückwünschen konnte.

Ich schämte mich, vergoss ein paar stille Tränen und schlich mich dennoch klammheimlich aus dem Haus, durch die Siedlung, auf den Fußgängerweg hinter den Gärten in Richtung Fußballplatz, bis vor die Terrasse, auf der ich hoffte, irgendetwas von dem zu finden, was ich mir wirklich wünschte und wovon niemals jemand erfahren durfte.

19.

Die Vorhänge waren zugezogen. Vermutlich war er nicht zu Hause. Dennoch blieb ich wie angewurzelt vor seinem Gartenzaun stehen, in der Hoffnung, irgendwann würde sich die Terrassentür öffnen und er mit einer Zigarette ins Freie treten. Wer weiß, wie lange ich dort noch gewartet hätte, wenn nicht plötzlich eine alte Frau mit ihrem mich sofort übel ankläffenden Hund vorbeigekommen wäre und mich aus dem Augenwinkel so argwöhnisch wie grußlos gemustert hätte.

Gerade einmal einen halben Tag und eine Nacht hielt ich durch, bis ich wieder hinging. Diesmal gleich am frühen Morgen. Die Vorhänge waren aber auch jetzt geschlossen. Trotzdem rechnete ich fest damit, dass er jedem Moment vor mir stehen würde. Nun hatte ich keinen Grund, eine Einladung auszuschlagen, denn zu Hause wartete niemand auf mich. Doch vermutlich war er um diese Zeit, genauso wie meine Mutter und die meisten Erwachsenen, auf der Arbeit.

Nachdem ich abermals nach Hause zurückgekehrt war, ohne ihn zu Gesicht bekommen zu haben, nahm ich mir vor, es nicht mehr zu versuchen. Ich wusste, dass es vernünftiger wäre, ihn zu vergessen. Doch eine Mischung aus Langeweile und Neugier, aus Einsamkeit und Hoffnung, trieb mich am Tag darauf erneut vor sein Reihenhaus. Diesmal am frühen Abend. Meine Mutter hatte Spätschicht, meine Schwester hielt sich, ihrer letzten Postkarte nach, gerade irgendwo zwischen Belgien und Frankreich auf.

Die Vorhänge waren zur Seite geschoben, er schien also zu Hause zu sein, doch statt mich darüber zu freuen, war ich erschrocken. Vor einer vermeintlich leeren Wohnung mit verschlossenen Fenstern und Türen zu stehen und auf irgendein geheimes Zeichen zu hoffen war noch einmal eine andere Hausnummer, als wenn man wirklich damit rechnen musste, gesehen und jederzeit angesprochen zu werden.

Ich blieb dennoch stehen und blickte mit pochendem Herzen auf die verglaste Terrassentür. Erst erkannte ich gar nichts, doch dann meinte ich, trotz der Spiegelung einen Schatten zu sehen, der sich bewegte. Fast reflexartig wandte ich mich ab und ging weiter, so als wäre ich rein zufällig hier, bloß auf der Durchreise. Dabei war mein Starren eindeutig gewesen, er hatte mich mit Sicherheit erkannt. Was war ich doch bloß für ein Feigling.

Auf den Gedanken, dass er womöglich ein mindestens genauso großer war, weil er mich gesehen und dennoch hinter der Tür geblieben war, kam ich nicht.

Abermals hatte ich das Gefühl, mich blamiert zu haben und ihm schon deswegen nicht mehr unter die Augen treten zu können. Ich versuchte, mich abzulenken, sah fern und spielte am Computer, bis mir die Augen wehtaten. Diesmal war ich wirklich fest entschlossen, nicht mehr hinzugehen. Ich nahm mir sogar vor, extra einen Umweg zum Fußballplatz zu wählen, sobald die Saison wieder beginnen würde.

Doch schon bald ging mir das Fernsehprogramm, insbesondere vormittags, furchtbar auf die Nerven und auch meine immer gleichen Videospiele boten mir keine Abwechslung mehr. Ich schaffte es, meiner Mutter zehn Mark abzuschwatzen und nahm den Bus zum Promarkt ins Gewerbegebiet, wo ich mich bei den preiswerten, in einer Papp-Pyramide aufgestapelten PC-Games umsah.

Für das, was ich an Geld zur Verfügung hatte, bekam man wahrlich keine besonders guten Spiele. Joschua prahlte ständig damit, wie einfach es wäre, hier zu klauen, aber erstens wusste ich nicht, ob das stimmte oder er seine tollen Spiele nicht doch alle geschenkt bekommen hatte und zweitens war ich für solche Dinge einfach ein viel zu großer Angsthase. Also kaufte ich mir eine recht schrottig aussehende Spielesammlung auf CD-Rom für 9,99 Mark und machte mich auf den Heimweg. Wenn es gut lief, würde ich mir damit wieder ein paar Tage die Langeweile dieser bisher furchtbar öden Sommerferien vertreiben können.

Eine Haltestelle nach mir, am S-Bahnhof, stieg er ein. Wir erkannten einander sofort. Der Bus war jetzt gut gefüllt, es war Feierabendzeit und die Leute strömten aus der Bahn hinein in die Busse. Er stand am Eingang in der Mitte und ich saß ganz hinten an der Seite, der Gang zwischen uns war durch mehrere stehende Fahrgäste versperrt. Wir hatten also Blickkontakt, aber unterhalten konnten wir uns auf diese Distanz nicht, was mich entspannter und mutiger werden ließ. Er lächelte zuerst, dann tat ich es auch und hielt seinem Blick erstaunlich lang stand. Beinahe gleichzeitig sahen wir beide weg, nur um uns einen kurzen Moment später wieder anzublicken und abermals anzulächeln, ja, fast anzulachen, so als wäre irgendetwas furchtbar Komisches passiert. Ich spürte, wie sich die kleinen, blonden Härchen an meinen Armen aufstellten.

Seine Haltestelle kam vor meiner, das wusste ich eigentlich, und doch traf es mich unvorbereitet, als er plötzlich ausstieg. Er sah noch einmal zu mir und zwinkerte mir ein letztes Mal zum Abschied zu. Der Bus stand noch immer, da ein alter Mann mit Stock gefühlte Stunden brauchte, um auszusteigen. Und da packte mich plötzlich ein verrückter Impuls. Ich sprang auf, drängte mich unhöflicherweise an dem Opa vorbei und stieg ebenfalls aus.

Sobald ich draußen war, bereute ich es, denn ich war mir sicher, er würde sich jeden Moment umdrehen und mich bemerken und dann wären da keine Menschen mehr, hinter denen ich mich hätte verstecken können. Gleich würde es nur noch ihn und mich geben und ich hatte keine Ahnung, was ich sagen und wie ich reagieren sollte.

Doch er drehte sich nicht um, nicht ein einziges Mal auf seinem gesamten restlichen Heimweg. Ich folgte ihm mit einigem Abstand. Auf der Schwelle seines Reihenhauses, vor der gerade ins Schloss gefallenen, milchverglasten Eingangstür, blieben nicht nur meine Beine, sondern auch mein Herz stehen. Meine Finger hatten sich selbstständig gemacht und lagen auf dem Klingelknopf. Mein Bauch gab den Befehl, diesen Knopf zu drücken, doch mein Kopf verweigerte die Ausführung. Oder war es genau umgekehrt? Ich war so durcheinander, dass ich nicht mehr klar denken konnte. Ich hoffte, dass er mich gesehen hätte und die Tür einfach so aufgehen würde, doch nichts geschah. Und auf einmal, als würde mir bewusst, was ich da gerade tat, nahm ich die Finger von der Klingel, die Füße von der Schwelle – und die Beine in die Hand.

Ich lief, ja ich rannte geradezu nach Hause, als wäre das Videospiel in der kleinen Tüte in meiner Hand wirklich gestohlen.

Zum x-ten Mal nahm ich mir vor, ihn zu vergessen. Doch schon am nächsten Tag wurde ich wieder schwach. Die Hälfte der Spiele auf der Billig-Sammlung waren fehlerhaft, ständig stürzte mein Rechner ab. Hoffentlich erfüllte mir meine Mutter mir meinen Geburtstagswunsch nach ein paar anständigen Spielen oder schenkte mir wenigstens das Geld dafür.

Es war kurz vor drei, als ich den PC entnervt herunterfuhr. Ich wollte mich auf den Weg zum Fernseher im Wohnzimmer machen und mich mit ein paar Talkshows ablenken, da kam mir eine Idee. Es war Freitag, und wenn nicht gerade Sommerpause gewesen wäre, dann hätte ich ziemlich genau in diesem Moment zum Training aufbrechen müssen.

Es kam mir vor wie das perfekte Alibi, meine Zweifel und Ängste zu überwinden und ihn trotzdem wiederzusehen. Obwohl der Fußballplatz gähnend leer und abgeschlossen sein würde, zog ich mein Trikot an und packte meine Tasche zusammen.

Kaum war ich aus dem Haus, wurde mir klar, wie lächerlich das war. Natürlich wusste er, dass wir seit zwei Wochen kein Training mehr hatten und würde wohl kaum mehr zur gewohnten Zeit auf mich warten. Und selbst wenn ich ihn sehen sollte, würde ich mich in diesem Aufzug nur blamieren. Ich drehte wieder um, schloss die Tür auf und schmiss meine eben noch fast euphorisch zusammengepackte Sporttasche frustriert auf den Boden.

Doch dann sah ich meinen alten, nur mäßig gut aufgepumpten Fußball im Korb unter der Garderobe liegen. Ich dachte an die Lücken im Zaun des Vereinsgeländes und obwohl es kaum etwas Langweiligeres gab als Fußballspielen ohne Mitspieler, nahm ich den Ball und verließ das Haus abermals. Jetzt hatte ich wirklich so etwas wie ein Ziel und redete mir ein, dass man es für Zufall halten könnte, dass mich mein Weg ausgerechnet an seiner Terrasse vorbeiführte.

Komischerweise war ich überhaupt nicht überrascht, als ich ihn dort stehen sah, eine Zigarette in der Hand, die obersten zwei Knöpfe seines wie immer makellos weißen Hemds geöffnet, denn es war ein heißer Tag. Schon von Weitem lächelten wir einander an als wäre es das Normalste der Welt. Wieder hatte ich eine Gänsehaut.

Diesmal war er es, der mich zuerst ansprach, was die Sache irgendwie einfacher machte als bei unserem vorherigen, ersten Gespräch, das kaum diese Bezeichnung verdient hatte.

„Na, wieder Training?"

„Nö. Nur `n bisschen üben."

„Welche Position spielst du?"

„Meistens außen im Mittelfeld."

„Ich war mal Torhüter."

„War ich auch mal, ganz früher. Hat überhaupt nicht geklappt."

„Ich war auch nicht der größte Keeper. Obwohl ich mich damals für die Wiedergeburt von Sepp Maier hielt."

Wieder lächelten wir beide, aber nicht mehr konspirativ, sondern fast befreit. Ich war verblüfft, wie normal es sich anfühlte, sich mit ihm zu unterhalten. So als hätten wir nie etwas anderes getan, als wären wir bereits gute Freunde. Ich hatte überhaupt keine Angst mehr. Neugier und Faszination waren jedoch ungebrochen.

„Hast du einen Lieblingsspieler?", fragte er mich.

„Jürgen Klinsmann", antwortete ich ohne zu zögern, obwohl das eine Antwort war, mit der man mittlerweile, zumindest auf dem Schulhof, eher Kopfschütteln erntete.

„Den finde ich auch super", sagte er und ich freute mich, als wäre heute schon mein Geburtstag und ich hätte gerade Fifa 99 geschenkt bekommen.

Einen Moment lang wusste niemand, was er sagen sollte. Man spürte, dass er sich nach seiner gescheiterten Eis-Einladung vom letzten Mal zurückhielt, und so überraschte es mich nicht, was als nächstes kam.

„Na gut, ich will dich nicht aufhalten. Deine Jungs warten sicher schon auf dich."

„Es wartet keiner auf mich. Sommerpause. Der Platz ist geschlossen", sagte ich, und als mir auffiel, dass das vielleicht ein bisschen zu ehrlich gewesen war und man gewisse Schlüsse daraus hätte ziehen können, schob ich noch schnell hinterher: „Aber man kommt auch so rein, wenn man die richtige Stelle kennt."

„Du trainierst ganz allein?", fragte er und sein Gesichtsausdruck verriet mir, dass er das für genauso dämlich hielt wie es ja tatsächlich auch war.

„Ja. Meine Freunde sind alle verreist."

„Und du, fährst du auch noch weg diese Ferien?"

„Nö, leider nicht."

„Da wären wir schon zwei."

Wieder ein beiderseitiges, komplizenhaftes Lächeln.

Ich hatte nicht vor, ihn zu fragen, und ich tat es doch, zumindest indirekt.

„Können Sie es noch?"

„Was?"

„Im Tor stehen."

Keine fünf Minuten später waren wir auf dem Fußballplatz, er zwischen den Pfosten und ich auf dem Elfmeterpunkt. Er hielt kaum mal einen Ball, nur wenn ich wirklich unterirdisch schlecht schoss, was leider hin und wieder vorkam, aber man sah, dass er gewisse Anlagen hatte und sich zumindest so verhielt wie ein Torwart.

Ich wusste, wie absurd der Vergleich war, aber ich musste daran denken, wie schlecht mein Vater kickte, obwohl er doch so viel Ahnung von Fußball hatte und wie lange wir überhaupt nicht mehr gespielt hatten.

Der Platz war bis auf uns menschenleer und doch dachte ich daran, wie es wäre, wenn jetzt jemand kommen würde. Könnte man uns für Vater und Sohn halten? Dafür war er eigentlich noch zu jung.

Und doch dauerte es nicht lang, bis er völlig aus der Puste war. Vermutlich lag es am Rauchen. Nach einem besonders athletischen Sprung und einem sehr platzierten Ball ins rechte, obere Eck sagte er, dass er eine Pause brauche, setzte sich auf den Boden und zündete sich eine Zigarette an.

„Ich weiß, ich sollte damit aufhören", sagte er, als könne er meine Gedanken lesen. „Fang bloß erst gar nicht damit an, gerade, wenn du als Sportler was erreichen willst."

Ich versuchte, ein paar Kunststückchen am Ball vorzuführen, um ihn zu beeindrucken, doch es gelang mir nicht, also setzte ich mich auch.

„Na, wie wäre es mit einer Cola?", sagte er und zeigte auf den Automaten vor dem Vereinshaus.

„Ich glaub, der ist leer."

„Schade."

Ich wartete darauf, dass er mich stattdessen auf eine Cola bei sich zu Hause einlud oder auf ein Eis oder was auch immer, aber da kam einfach nichts. Wieder hatte ich das Gefühl, versagt zu haben und das dringende Bedürfnis, ihn irgendwie beeindrucken zu müssen, um mir seiner Aufmerksamkeit weiterhin sicher zu sein.

„Aber 'ne Zigarette könnte ich vertragen."

„Du rauchst?"

„Ab und zu."

„Glaub mir, das ist Mist, lass es lieber." Man sah ihm an, dass er wusste, wie wenig Überzeugungskraft seine Worte hatten und welch schlechtes Vorbild er war.

„Wenigstens mal einen Zug", sagte ich.

Und tatsächlich. Er reichte mir seine Zigarette. Man sah, dass ihm nicht ganz wohl dabei war, aber er tat es ohne weitere Widerworte.

Ich nahm einen tiefen Zug und anders als bei meinem letzten Versuch in Dannys Partykeller verspürte ich nicht einmal mehr das Verlangen, zu husten. So widerlich der beißende Geschmack des Rauches in meinem Mund auch war, so sehr genoss ich diesen Moment. Denn mir war schlagartig bewusst geworden, welch seltsam erwachsene Macht mir mein junges Alter in diesem Moment verlieh: Dieser Mann konnte mir keinen noch so unvernünftigen Wunsch abschlagen. Denn dieser Mann begehrte mich.

20.

Nach der Rauchpause spielten wir noch eine Weile, doch als auch ich zu erschöpft und zu durstig war, um weiterzumachen, hörten wir auf.

„Wenn du Lust hast, können wir morgen wieder eine Runde kicken", sagte er, als wir an seinem Hauseingang ankamen.

„Mal schaun", sagte ich und wartete weiter darauf, dass er mich endlich hineinbat. Doch er stand nur da und sah mich an, als ob ich derjenige wäre, der noch etwas hätte sagen sollen. Diesmal hielt ich seinem Blick nicht lange stand und sah weg.

„Also, dann vielleicht bis morgen!", sagte er schließlich.

Geknickt machte ich mich auf dem Heimweg. Warum hatte er mir nicht einmal mehr etwas zu trinken angeboten? War ich gerade noch davon überzeugt gewesen, dass er mich vergötterte, so befürchtete ich nun, er sei meiner bereits wieder überdrüssig, weil ich vielleicht ein ganz passabler Elfmeterschütze, aber ansonsten sterbenslangweilig, babyklein und potthässlich war.

Ich versuchte, diesen Gedanken zu verdrängen und überlegte mir noch eine Erklärung, die aber kaum angenehmer war: Vielleicht konnte er mich nicht in sein Haus lassen, weil sich dort schreckliche Dinge abspielten. Womöglich hielt er sich ein Harem aus kleinen Jungen, die wie Sklaven angekettet waren, und wahrscheinlich überlegte er noch, ob ich ein geeigneter Kandidat für sein geheimes Knabenverlies war oder ob er mir meine Freiheit lassen sollte.

Mit etwas Abstand erschienen mir diese Erklärungen am nächsten Tag allesamt absurd und so kam es, dass ich zur selben Zeit wie am Vortag wieder an seinem Gartenzaun stand.

Während wir bei unserer letzten Begegnung kaum beziehungsweise fast nur über Fußball gesprochen hatten, entwickelte sich diesmal ein etwas persönlicheres Gespräch, das damit begann, dass ich endlich seinen Namen erfuhr.

„Hör mal auf mit dem Siezen, bitte. Ich komme mir sonst uralt vor. Ich heiße Peter. Und du?"

Ich nannte ihm meinen Vornamen und er beeilte sich, festzustellen, dass das ein schöner Name wäre, viel schöner als seiner. Dann fragte er mich nach meinem Alter.

„Rate mal", sagte ich. Irgendwie hatte ich Angst, gleich mit der Wahrheit rauszurücken. Wenn die Sache mit dem Knabenharem doch nicht stimmte, war ich ihm womöglich zu jung, und falls er wirklich ein Perverser war, zu alt. Dieses Spielchen kannte ich zur Genüge aus dem Netz.

„Vierzehn?"

„Ja, stimmt", sagte ich, doch als ich sah, dass er lächelte und zufrieden schien, schob ich doch noch die Wahrheit hinterher. „Also fast. Übermorgen hab ich Geburtstag."

„Cool. Willst du auch raten, wie alt ich bin?"

Ich war immer ziemlich schlecht in solchen Sachen und da Erwachsene sich schnell auf den Schlips getreten fühlten, wenn man sie für zu alt hielt, nannte ich meine Schätzung minus fünf Jahre.

„20? Oh, danke. Aber ich bin leider schon etwas älter."

„Wie alt denn?", fragte ich.

„Ich bin gerade 30 geworden. Ich hoffe, das ist jetzt kein Schock für dich?"

„Ist mir egal", sagte ich, und irgendwie entsprach das sogar der Wahrheit. Was machte das schon für einen Unterschied, ob ein

Erwachsener 20 oder 30 war. Beides war unfassbar alt und unerreichbar weit weg für jemanden in meinem Alter.

Diesmal hatten wir beide vorgesorgt und uns unabhängig voneinander etwas zu trinken mitgebracht. Aber da die Flasche in der Sonne gelegen hatte und die Temperaturen hochsommerlich waren, schmeckte die Cola schon bei unserer ersten Pause lauwarm und widerlich.

„Ich könnte jetzt echt ein Eis vertragen", sagte ich. Natürlich war das ein unverschämter Wink mit dem Zaunpfahl, aber im Vergleich zu dem, worum ich ihn am Tag zuvor gebeten hatte, denkbar harmlos.

„Meine Einladung steht noch, falls du darauf hinaus willst", sagte Peter. Wir grinsten einander an, wie wir es eigentlich ständig taten.

„Cool", sagte ich.

„Wollen wir zur Eisdiele am S-Bahnhof?"

„Wir könnten uns auch gegenüber beim Kiosk was holen", schlug ich vor. Eigentlich liebte ich die Eisdiele am S-Bahnhof und natürlich stand so ein richtiger Deluxe-Becher außer Konkurrenz zu allem Abgepackten, aber ich wollte immer noch unbedingt gut ankommen und gab mir deshalb alle Mühe, nicht allzu berechnend zu erscheinen. Außerdem war es zu Fuß und in dieser Hitze noch ein gutes Stück zu gehen bis zum Bahnhof und die Eistruhe auf der anderen Straßenseite versprach die sofortige Befriedigung meines immer akuteren Eisbedürfnisses.

„Klar, kein Problem", sagte er. „Was ist deine Lieblingssorte?"

„Calippo." Ich mochte auch Nogger, aber jetzt war mir mehr nach einem erfrischenden Wassereies als nach Schoko.

„Oh ja, die Dinger liebe ich auch. Im Sommer hab ich immer welche im Eisfach."

Wieder sah er mich so an, als müsste ich jetzt eigentlich etwas sagen. Langsam kapierte ich, welches Spiel er spielte. Aber da konnte er lange warten. Ich war nicht nur zu gut erzogen, um mich selbst einzuladen – ich hatte mindestens genauso viel Schiss wie er.

Und dann, wir waren schon durch die Lücke im Zaun geklettert und auf halbem Weg zum Kiosk, traute er sich doch. „Wir könnten auch zu mir gehen, wenn du magst. Wie gesagt, Calippo hab ich auch zu Hause. Also, bloß wenn du willst natürlich."

Ich sagte nicht ja, aber schon gar nicht sagte ich nein, ich nickte bloß ganz vorsichtig. Mit jedem Meter, dem wir uns seinem Reihenhaus näherten, wurde ich nervöser. Ich überlegte, ob ich doch noch umschwenken und für die Eisdiele plädieren sollte. Doch bevor ich mich dazu durchringen konnte, standen wir auch schon vor seiner Tür.

Als sie sich öffnete und ich ihm zunächst in den Flur und danach in sein Wohnzimmer folgte, stellte ich erleichtert fest, dass es hier nichts auch nur ansatzweise Anrüchiges oder Ekelhaftes zu geben schien. Ganz im Gegenteil, alles war sauber, modern und offen, sogar seine Küche, die über eine Theke mit dem Wohnzimmer verbunden war, was den Raum viel größer als bei uns erschienen ließ, obwohl auch unser Reihenhaus wohl denselben Grundriss wie seines hatte.

Auch das Mobiliar unterschied sich grundsätzlich von unserem. Peter besaß so gut wie nichts aus Holz. Tische und Stühle waren aus Aluminium, die Theke aus Glas und selbst die Regale bestanden aus knallrot lackiertem Kunststoff. Das Sofa war aus Leder und sein Fernseher riesig, ein Nobelmodell von Bang & Olfusen. An der Wand hingen Drucke abstrakter Kunst, von denen ich das Gefühl hatte, sie zu kennen, auch wenn ich keine Ahnung hatte, wer sie gemalt hatte. Über dem Esstisch war eine superstylishe Pendellampe mit bunten Lamellen in Form einer Ellipse angebracht, die genauso aussah wie jene, die neuerdings bei der Post hingen, seit sie die Schalterverglasung abgeschafft hatten.

Er bat mich, Platz zu nehmen und ich setzte mich aufs Sofa. Ich hatte mein Bayern-Trikot mit Klinsmann-Beflockung an, das ich schon seit 1996 besaß und dass mir zu meinem Leidwesen immer noch passte, was nicht nur daran lag, dass es recht groß ausfiel. Die dazu gehörende Fußballshorts war jedoch mittlerweile etwas zu knapp, so dass meine verschwitzten Kniekehlen im Sitzen am Leder klebten. Als ich versuchte, sie zu bewegen, machte es ein komisches Geräusch.

„Tja, ist ein bisschen gewöhnungsbedürftig, so eine Ledercouch, gerade wenn es warm ist", sagte Peter, während er mir zwei Calippos reichte. Ich überlegte kurz, ob ich beide nehmen sollte, doch dann sah ich, dass es zwei Sorten waren, Orange und die neue, Cola. Ich entscheid mich für Cola.

Er setzte sich zu mir und schweigend machten wir uns an unserem Eis zu schaffen. Schon die ersten Tropfen auf meiner Zunge taten unfassbar gut. Die Kälte löschte meinen Durst und der Zucker kurbelte unmittelbar die Ausschüttung von Glückshormonen an. Mir wurde klar, wie absurd meine Ängste doch gewesen waren. Hier gab es keinen Harem und kein Knabenverlies. Hier gab es einfach nur leckeres Eis und einen Menschen, der es gut mir meinte. Ich dachte daran, wie unwohl ich mich in der Bude meines Vaters immer gefühlt hatte, auch wenn er es bestimmt ebenso gut mit mir meinte. Und dann wollte ich den Gedanken ganz schnell wieder loswerden und konzentrierte mich ganz auf das Eis.

„Schmeckt's?"

„Und wie."

Ich las leise für mich den Spruch auf der Packung: ‚Unten auf die Tube drücken und das Eis von oben lecken - auf und nieder, immer wieder!'. Joschua hatte mich zum ersten Mal auf diesen poetischen Erguss und seine Doppeldeutigkeit hingewiesen.

Ich würde gern sagen, ich tat es unbewusst, aber das wäre nicht ganz die Wahrheit. Ich begann, das Wassereis so zu lutschen, wie Joschua es manchmal getan hatte, um seine Klassenkameraden aufzuziehen (vor allem mich, leider). Die Sprüche und Geräusche, die er dazu gemacht hatte, ließ ich zwar weg, aber die Laszivität entging Peter natürlich dennoch nicht.

Er begann, sein Calippo so ähnlich wie ich zu lutschen und sah mich herausfordernd an. Ich hörte daraufhin sofort auf damit, doch es war schon zu spät. Ich hatte eine Erektion. Zwar versuchte ich noch, das Trikot über den Schritt zu ziehen, aber dadurch lenkte ich seine Aufmerksamkeit erst recht in diese Richtung. Er hatte es selbstverständlich bereits gesehen. Ich spürte, dass ich rot wurde.

„Ich muss los", log ich. Quietschend löste ich mich von der Ledercouch.

„Schade. Aber wenn du Lust hast, komm morgen gern wieder vorbei, dann trainieren wir weiter. Tut mir auch gut, fit zu bleiben. Morgen ist ja Sonntag, da bin ich im Prinzip den ganzen Tag zu Hause."

„Alles klar", sagte ich bloß. „Danke für das Eis."

Auf dem Nachhauseweg fiel mir auf, dass ich Peter seit der Erwiderung meiner Geste und seinen eindeutigen Blicken auf meinen Schritt gar nicht mehr angesehen hatte. Ich hatte es nicht einmal mehr gewagt, in seine Richtung zu blicken, so dass ich keine Ahnung hatte, ob sich bei ihm ebenfalls etwas geregt hatte oder das Ganze für ihn bloß ein dummer Scherz war, albernes Getue, so wie vermutlich für Joschua.

Warum war ich ihm gegenüber bloß so verschüchtert? Sascha hatte ich doch schließlich auch unermüdlich zwischen die Beine geglotzt. Aber irgendwie war es diesmal noch viel komplizierter, aber nicht weniger spannend.

Als ich zu Hause ankam, stand meine Mutter in der Küche und bereitete das Abendessen vor.

„Na, wo warst du?"

„Sieht man doch. Fußballspielen", sagte ich, den Ball noch unter dem Arm.

„Das freut mich. Hatte schon befürchtet, du verbringst die ganzen Ferien auf der Couch vor dem Fernseher."

Ich musste wieder an das denken, was gerade auf einer anderen Couch ein paar Straßen weiter geschehen war und obwohl ich mich noch immer dafür schämte, spürte ich, wie sich abermals etwas in meinen Shorts regte.

„Ist das Essen fertig?", fragte ich.

„Ich glaube, du gehst besser erst mal noch kurz wohin."

Oh Gott, hatte sie etwa auch meine Beule gesehen? Hoffentlich dachte sie bloß, ich würde pinkeln müssen, so wie früher, als ich noch ganz klein war und manchmal morgens nackig mit einem

Ständer durch die Wohnung rannte, ohne mir was dabei zu denken, einfach, weil ich so dringend musste.

Ich machte mich auf den Weg zur Toilette. In der Tat hatte ich schon auf dem Rückweg von Peter geplant, mich sobald wie möglich irgendwohin zurückzuziehen, um mein kleines Problem da unten zu lösen und den Gedanken an das, was ich getan hatte, loszuwerden. Hoffentlich ahnte sie mit ihrem mütterlichen Röntgenblick nicht auch das.

„Und wasch dir nicht nur die Hände, wasch dir auch das Gesicht und zieh dir ein frisches Shirt an, bevor du dich an den Tisch setzt. Du siehst immer furchtbar aus, wenn du vom Bolzplatz kommst", rief sie mir noch nach.

„Ach so, ja, klar". Erleichtert ging ich ins Badezimmer, und noch erleichterter war ich, als ich wieder herauskam. Es ging erstaunlich schnell, obwohl doch gar nicht viel passiert war. Doch allein der Gedanke an das, was vielleicht noch hätte passieren können war derartig aufregend, dass ich nicht lange bis zum Höhepunkt brauchte. Trotzdem war ich hinterher froh, dass es bloß Gedanken, bloß eine Fantasie geblieben war.

Nach dem Abendbrot rief meine Schwester an, wie jedem Abend. Das war das Einzige, das meiner Mutter ihr hatte abringen können: Wo auch immer sie gerade war, sie sollte sich mindestens einmal täglich zu Hause zu melden. Die Gespräche dauerten meist weniger als eine Minute, weil das Telefonieren von öffentlichen Fernsprechern in Jugendherbergen, Bahnhöfen oder auf Zeltplätzen im Ausland offenbar ein teures Vergnügen war. Und obwohl Lucy jedes Mal betonte, es gehe ihr gut und alles sei prima, merkte ich, wie meine Mutter dennoch fast vor Sorge starb.

„Hoffentlich gerät sie nicht an die falschen Leute. Sie ist doch noch fast ein Kind, gerade erst achtzehn geworden", sagte sie nach diesen Telefonaten oft.

Das war auch der Grund, weshalb sie es ihr überhaupt erlaubt hatte: Sie konnte ihr es nicht mehr verbieten. Meine Schwester war mittlerweile erwachsen, weswegen ich sie nun noch mehr als ohnehin schon beneidete. Zwar hatte meine Mutter ein paar Mal versucht, sie von der Interrail-Sache abzubringen, meistens mit

Sätzen, die mit einem „Solange du unter meinem Dach wohnst..." begannen – aber letzten Endes hatte sie es nicht verhindern können.

Manchmal fragte ich mich, wie meine Mutter mit achtzehn oder gar in meinem Alter gewesen sein mochte. Hatte sie da auch schon so viel Angst vor all den Gefahren und Versuchungen, die auf der großen weiten Welt lauerten? Oder war sie vielleicht irgendwann genauso erfahrungshungrig und freiheitsstrebend wie wir - und hatte all das bloß vergessen, als sie selber Kinder bekam?

Und vor allem: War ich selbst überhaupt schon erfahrungshungrig und freiheitsstrebend oder spielte sich all das bloß in meiner Fantasie ab?

Ich sprach sie nicht darauf an, denn es würde zwangsläufig die Aufmerksamkeit weg von meiner Schwester auf uns lenken, auf meine Mutter und mich und unser Verhältnis, das spätestens seit Beginn der Ferien und ihrer Urlaubsvertretungen eher ein Nicht-Verhältnis war. Wir unternahmen nie mehr etwas miteinander und sprachen nur das Nötigste. Ich tat meine Pflichten im Haushalt, räumte den Tisch ab und mein Zimmer auf, und sie tat ihre Pflichten als Mutter, etwa indem sie mir zwei bis drei Mahlzeiten täglich zubereitete und mich gelegentlich ermahnte, meine Körperhygiene einzuhalten und meinen Medienkonsum zu drosseln. Ansonsten ließen wir einander in Ruhe, ich machte ihr keine Vorwürfe wegen ihrer vielen Arbeit oder ihrer Trennung und sie konnte nicht verhindern, dass ich während ihrer Abwesenheit fern sah solange ich wollte, ja sie stellte sogar kaum mehr Fragen zu dem, was ich im Internet tat.

Am nächsten Tag überlegte ich, wie an jedem der letzten Tage, ob ich wieder hingehen sollte oder nicht, doch unterbewusst hatte ich die Entscheidung längst getroffen. Es war bloß angenehmer, sich der Vorstellung hinzugeben, Peter sei mir verfallen und ich hätte eine Wahl, als zu akzeptieren, dass es genauso gut auch umgekehrt sein konnte. Denn dass es Erwachsene gab, die auf Kinder standen, das wusste ich mittlerweile. Das mochte vielleicht pervers und pädophil und verboten sein, aber es war nicht mein Problem, hatte nichts mit mir zu tun. Aber wie krank war es bitteschön, wenn man als Junge nicht bloß auf Jungs, sondern auch noch auf steinalte Männer abfuhr? Gab es dafür überhaupt ein Wort? Ich hatte zumindest noch nie eins gehört oder gelesen, nicht einmal in den Talkshows meiner Mutter oder in der Bild-Zeitung meines Vaters.

Ich nahm mir deshalb fest vor, mich keinesfalls mehr in irgendeiner Art schwul oder anzüglich zu verhalten, obwohl ich es mir zur Vorstellung des genauen Gegenteils noch zweimal gemacht hatte, unmittelbar vor dem Einschlafen und gleich nach dem Aufwachen abermals.

Dementsprechend hart und männlich kickte ich bei unserem mittlerweile dritten Treffen. Wir waren dazu übergegangen, eins gegen eins auf dem Feld zu spielen statt immer nur Elfmeter zu schießen, zunächst über den ganzen Platz, aber das war bald viel zu anstrengend, so dass wir das Spielfeld an der Mittellinie begrenzten und ein zweites Tor mit Trinkflaschen absteckten.

Peter beschwerte sich so gut wie nie über meine nicht gerade faire Spielweise und hielt sich, im Unterschied zu mir, bei den Zweikämpfen zurück, schließlich war er viel größer als ich und man merkte, dass er mich keinesfalls verletzen wollte.

Dann passierte es doch – allerdings gänzlich ohne Einwirkung des Gegners. Ich lief ausgelassen jubelnd ob meines 3:1-Torerfolges über den Platz, da spürte ich auf einmal einen stechenden Schmerz im Oberschenkel. Erst versuchte ich noch, mir nichts anmerken zu lassen, aber es ging nicht. Ich konnte nicht mal mehr richtig laufen, geschweige denn spielen.

„Mist, das tut richtig weh."

„Hoffentlich ist es keine Zerrung."

„Ach was, wird schon wieder." Ich biss die Zähne zusammen, aber es wurde nicht besser. Jetzt hielt er mich bestimmt doch für eine verdammte Lusche, ein Weichei. Gottseidank war wenigstens Joschua nicht in der Nähe – verletzt beim Torjubel, da hätte ich mir was anhören müssen.

„Wir hätten uns richtig aufwärmen sollen. Das war heute doch noch mal ein bisschen anstrengender als in den letzten Tagen", sagte Peter.

Trotzig versuchte ich, normal zu laufen, doch mit jedem Schritt wurden die Schmerzen mehr statt weniger.

„Du musst es hochlegen und kühlen, so schnell wie möglich."

Wir verließen den Platz und gingen in Richtung unserer Siedlung, oder besser gesagt, er ging und ich humpelte nebenher. Ich war mir nicht ganz sicher, ob das Hochlegen und Kühlen bei ihm stattfinden sollte oder ob er mich mit dieser Verletzung nach Hause schicken würde, doch das ‚so schnell wie möglich' nahm er wörtlich und machte mir wie selbstverständlich die Tür auf, als wir bei ihm angekommen waren.

„So, rein mit dir. Du weißt ja, wo die Couch steht. Ich hol schon mal was zum Kühlen aus dem Eisschrank."

Kaum hatte ich Platz genommen, kam er aus der Küche mit drei Calippos in der Hand.

„Was Besseres hab ich nicht. Es sei denn, du willst dir 'ne Pizza ans Bein halten."

Ich hielt mir ein Eis an den Schenkel und das andere aß ich, wobei ich penibel darauf achtete, dabei keinerlei fellatioartigen Bewegungen zu machen, was – ausreichend schmutzige Fantasie vorausgesetzt – gar nicht so einfach war. Doch zum Glück merkte ich, dass auch er bemüht war, sein Eis normal zu lutschen.

„Und, wird's besser?"

„Ja, glaub schon." Ich löste das Bein vom wie immer nach sportlicher Betätigung äußerst klebrigen Leder und versuchte aufzutreten, doch schon bevor ich den Boden berührte, durchfuhr mich erneut ein übler Schmerz. Unweigerlich verzog ich das Gesicht.

„Sieht aber leider nicht so aus", sagte Peter. Er machte ein sehr besorgtes Gesicht und irgendwie fand ich das niedlich. So sehr hatte sich, meine überängstliche Mutter mal ausgenommen, schon lange keiner mehr um mich gesorgt. „Ich glaube, man müsste den Muskel mal etwas massieren, damit er wieder aufmacht. Soll ich mal?"

„Klar", sagte ich und zog meine Hose auf der rechten, kaputten Seite hoch. Ich trug heute nicht mehr die drei Jahre alten, zu engen Bayernshorts, sondern weite Bermudas, so dass das Hochkrempeln kein größeres Problem darstelle.

Er lockerte die mutmaßlich gezerrte Stelle gekonnt, weniger grob als es etwa unser Trainer nach ähnlichen Verletzungen tat, aber dennoch fachmännisch – man merkte, dass er Sportler gewesen war und solche Blessuren kannte. Endlich legte sich der selbst nach der Kühlung und im Liegen noch zu spürende Schmerz ein wenig.

Dafür begann etwas anderes stetig zu wachsen, wogegen ich zwar gedanklich anzukämpfen versuchte, was sich jedoch nicht aufhalten ließ. Ich bekam schon wieder eine Erektion. Dabei war seine Massage eigentlich überhaupt nicht erotisch oder so, aber es brauchte einfach nicht viel, um mich zu erregen. Wenn unter Umständen schon Blicke ausreichten, war es ja eigentlich nur logisch, wozu Berührungen, egal wie harmlos sie auch waren, führten. Noch dazu, wenn ein männliches Wesen diese Berührungen vollzog.

Zum Glück war die Hose weit genug, so dass ich die Hoffnung hatte, er würde es nicht merken. Doch als er irgendwann die Massage für beendet erklärte und ich meine Shorts wieder runterzog, sah ich es doch, was mich freute, weil es bedeutete, dass er so klein auch nicht mehr war, aber auch ängstigte, denn wenn ich es sah, dann konnte er es auch sehen.

Ich traute mich wie schon am Vortag nicht mehr, ihm in die Augen zu blicken, da ich mir nahezu sicher war, dass er es bemerkt hatte und mich genauso herausfordernd ansehen würde wie gestern, als ich es kurzzeitig für nötig gehalten hatte, mein Wassereis auf diese nuttige Art zu lutschen.

„Und, ist es jetzt besser?"

„Ja, danke. Denke schon", sagte ich, die Decke anstarrend.

„Soll ich trotzdem noch ein bisschen weitermachen?"

Ein normaler Junge hätte jetzt ‚Nein, danke' gesagt, wäre aufgestanden und nach Hause gegangen, so gut es eben mit einer noch frischen Zerrung ging. Ich hingegen brachte nur ein halbherziges Nicken zustande.

Diesmal war Peter es, der meine Shorts hochschob. Seine Berührungen waren jetzt noch zarter, es war weniger ein Massieren denn ein Streicheln. Ich bekam eine Gänsehaut, nicht nur am Oberschenkel.

„Tut das gut?", fragte er.

Wieder bloß ein angedeutetes Nicken.

„Soll ich den anderen auch mal massieren?"

Ein „Ja", leise gehaucht. Seine Hände auf meinen beiden nackten Schenkeln, die langsam höher wanderten. Ein paar Millimeter später, wieder seine Frage: „Ist das so gut?"

Ein „Mhm", das unbeteiligt klingen sollte, sich aber wohl eher wie ein leises Stöhnen angehört haben musste.

Es heißt ja immer, Grenzen seien fließend, aber in diesem Fall stimmte das nicht, denn der Übergang zwischen Schenkel und Genitalbereich war klar durch einen Wulst aus aufgekrempelter Hose separiert, zu mächtig, um sanft darüber hinweg zu gehen oder beiläufig mit den Fingerspitzen unten hindurch zu gleiten. Wollte man diese Grenze überwinden, so war es erforderlich, die Hand vom Schenkel zu lösen und an anderer Stelle wieder aufzulegen. Eine gezielte Handlung, die für keinen der Beteiligten mehr als Zufallsberührung abgetan werden konnte.

Genau diese Bewegung vollzog Peter. Ich spürte seine Hand in meinem Schritt, nicht zupackend, noch nicht einmal massierend, gefiltert durch gleich zwei Stoffschichten, Hose und Unterhose. Dennoch war die Berührung so durchdringend, so mächtig, so überwältigend, dass ich auch an dieser Stelle wieder nicht in der Lage war, die Exit-Option zu nehmen, die Reißleine zu ziehen, obwohl es nur Sekunden dauerte, bis er mir die Möglichkeit dazu gab.

„Ist das okay?"

„Mhm."

Jetzt begann er langsam, die Hand zu bewegen, glitt mit der Innenfläche auf und ab über mein Gemächt. Ich hörte auf, die Decke anzustarren und schloss die Augen.

Ich ließ es geschehen und es wäre verdammt noch mal gelogen, wenn ich behaupten würde, ich hätte es nicht genossen. Obwohl ich eine Heidenangst davor hatte, wünschte ich mir auch, dass er noch weiter gehen würde. Ja, ich wollte seine Fingerfertigkeit ungefiltert erleben, seine Berührungen ohne Anstandsstoff spüren. Mir war klar, dass ich dazu nichts weiter hätte unternehmen müssen, als ihm ein winziges Zeichen zu geben, aber ich traute mich nicht und er stellte auch keine weiteren Fragen.

Ich weiß nicht, wie lange das so ging, es kam mir jedenfalls wie eine Ewigkeit vor. Wenn ich mich selbst berührt hätte, wäre ich in jedem Fall längst fertig gewesen. Oft nahm ich mir vor, es hinauszuzögern, aber es klappte so gut wie nie, höchstens, wenn ich es mir schon zu oft an einem Tag gemacht hatte, aber dann war es auch kein Genuss mehr, sondern ein äußerst schmerzhafter Vorgang.

So sehr mich die fremden Männerhände auch erregten, der textile Kokon sorgte dafür, dass der Weg zum Höhepunkt trotz Peters immer rhythmischeren Bewegungen sich wie in Zeitlupe vollzog.

Aber irgendwann war es natürlich soweit. Ein Zucken, so heftig wie noch nie zuvor, durchfuhr nicht nur mein Glied, sondern meinen ganzen Körper. Ich konnte nicht anders als den Mund zu öffnen und angestaute Luft in Form eines lauten Seufzers freizulassen.

Der erste Orgasmus, den ich nicht selbst herbeigeführt hatte, war zugleich mein bislang intensivster. Wie in Trance stand ich auf, der leichte Schmerz in meinem Oberschenkel beim Auftreten erinnerte mich daran, wie es soweit hatte kommen können, doch mir war, als sei das Jahre her.

Ich stammelte irgendetwas von „muss los" und „schon spät" und schaffte es noch immer nicht, meinem Gast- und Lustgeber in die Augen zu sehen.

Er rief mir noch ein paar Worte nach, ich nahm sie gar nicht mehr war, hatte mir schon meinen alten, lädierten Fußball geschnappt und war auf dem Weg nach draußen.

Obwohl auf meiner Zunge noch der Geschmack von Cola-Calippo war, fühlte sich mein Mund wie ausgetrocknet an, ich hatte einen unglaublichen Durst auf ein Glas Wasser, das dringende Bedürfnis, mit etwas Klarem und Kaltem die Scham hinunterzuspülen.

Es dauerte eine Weile, bis ich bemerkte, in welchem Gegensatz meine Unterhose zu meinem Mund stand. Ich war schon fast zu Hause, da griff ich mir - nachdem ich mich vergewissert hatte, dass niemand mich sehen konnte - mit der Hand hinein. Mittlerweile war mein Schwanz wieder schlaff, so harmlos und winzig, als hätte ich all das eben gar nicht erlebt. Und doch hatte dieses Ereignis offenbar Spuren hinterlassen. Ich schloss mich, kaum dass ich unsere Wohnung betreten hatte, auf dem Klo ein und sah mir den nicht besonders großen, aber eindeutigen Fleck in meiner Unterhose an.

Jetzt bestand kein Zweifel mehr: Endlich hatte ich meinen ersten Samenerguss gehabt. Am Tag vor meinen 14. Geburtstag. Was, wenn man den Bèteuerungen von Joschua und selbst denen von Danni Glauben schenken durfte, unfassbar spät war. Erleichterung machte sich in mir breit, bedeutete das doch, dass ich vielleicht ein Spätzünder sein mochte, aber mich trotz allem normal entwickelte.

Für einen kurzen Moment täuschte dieses Erfolgserlebnis darüber hinweg, dass gerade etwas geschehen war, das alles andere als normal war: Ich hatte eine Art erstes Mal gehabt. Mit einem Mann. Mit, gerade noch, dreizehn. Nicht besonders alt – für einen vermeintlichen Spätzünder.

21.

Irgendwie hatte meine Mutter es geschafft, zumindest den halben Vormittag an meinem Geburtstag freizubekommen, obwohl sie doch eigentlich als Quasi-Filialleiterin den ganzen Tag hätte arbeiten und ich bei meinem Vater sein sollen.

Der Tag begann vielversprechend. Als ich aufwachte, drang der Duft von frischgebackenem Kuchen aus der Küche hinauf. Das war so Tradition, dass sie ihn erst am Morgen fertigbackte, denn ich liebte es, ihn zu essen, wenn er noch warm war. Etwas, wovon man angeblich Bauchschmerzen bekam und was mir deshalb ausnahmsweise nur an genau diesem einen Tag im Jahr erlaubt war (auch wenn ich danach übrigens noch nie irgendwelche Beschwerden gehabt hatte).

Ich war genauso voller Aufregung und Vorfreude wie immer, als ich mich auf meinen Gabentisch stürzte. Doch dann die erste Enttäuschung des Tages: Das einzige Geschenk, das so aussah, als könnte es sich um ein PC-Spiel handeln, entpuppte sich als die neue CD-ROM-Box von Microsofts Encarta-Enzyklopädie. Das Ding war bestimmt sauteuer gewesen. Davon hätte man zweimal Fifa 99 kaufen können!

„Wenn du schon so viel am Rechner hängst, dann wenigstens, um was Sinnvolles zu machen. Spiele holst du dir doch selbst ständig oder kannst sie dir von deinen Freunden ausleihen."

Von welchem Geld sollte ich mir diese Spiele denn kaufen? Und, noch schlimmer, von welchen Freunden leihen? Meine Mutter hatte einfach keine Ahnung, wie schlecht es um mich stand. Um des lieben Friedens Willen schwieg ich und schluckte meinen Ärger hinunter, doch als ich das größte Geschenk öffnete, das ich mir für den Schluss aufbewahrt hatte, konnte ich mein Entsetzen nicht mehr verbergen.

„Ein Kosmos-Kasten? Mama, ich bin 14, keine zwölf!"

„Schau mal, was draufsteht, der ist genau für dein Alter! Das ist richtig komplex! Und letztes Jahr hast du dir doch sogar noch so einen ähnlichen gewünscht."

„Ja, aber erstens ist das ewig her und zweitens wollte ich den nur, weil Danni auch so einen hatte."

Das war natürlich ein saublödes Argument, das musste ich einsehen, also versuchte ich, mich meinem Alter entsprechend halbwegs reif zu verhalten und vermied einen größeren Streit, indem ich mich artig bedankte und versprach, dem Kasten und damit meinem nicht (mehr) vorhandenen Ingenieursgeist in mir eine Chance zu geben.

„Du kannst ihn doch mit Danni ausprobieren."
„Der ist nicht da. Keiner ist da."
„Aber Danni kommt doch wieder."
„Das ist noch ewig hin. Ich hab aber heute Geburtstag."

„Deine Familie wolltest du ja nicht einladen."

Mit Familie meinte sie hauptsächlich meine schrecklichen Horror-Zwillingscousinen. Der Preis dafür, sie nicht sehen zu müssen, war hoch gewesen: Ebenso vehement wie den Vaterurlaub hatte ich mich in diesem Jahr gegen das traditionelle Kaffeetrinken am Wochenende nach meinem Geburtstag mit der Verwandtschaft verweigert. Nun hoffte ich, dass sie die Geldscheine, die sie mir zu diesem Anlass für üblich zusteckten, in einen Umschlag gepackt und zur Post gebracht hatten, doch als nach dem Frühstück der Postbote kam, hatte er bloß eine hässliche Geburtstagskarte mit Diddl-Maus ohne jeden weiteren Inhalt für mich. An der Seite war sie von den Zwillingen mitunterzeichnet, die I-Punkte auf ihren Namen süffisant zu Herzchen umfunktioniert. Ich hätte kotzen können.

„Wohin gehst du, Schätzchen?"

„Auf mein Zimmer, Mama."

„Ich dachte, wir machen noch was? Wir könnten uns den Kasten doch mal angucken."

„Ein andermal vielleicht."

Natürlich war das nicht nett und natürlich war sie enttäuscht, aber das war ich schließlich auch. Und immerhin war es mein Geburtstag und nicht ihrer.

„Du weißt, wie schwierig es war, dass ich überhaupt freibekommen hab heut' Vormittag."

„Ich hab dich nicht darum gebeten. Von mir aus kannst du ruhig zur Arbeit gehen."

Zu meiner Überraschung stieß sie ein gequältes Lachen hervor. „Oh Gott, diese grässliche Pubertät, jetzt hat sie richtig angefangen. Sei bloß ein bisschen netter zu deinem Vater, wenn er nachher kommt."

Ich wollte noch erwidern, dass ich ihn genauso wenig um sein Kommen gebeten hatte, verkniff es mir aber. Nicht, dass sie es ihm steckte, er beleidigt wäre und mir dadurch meine letzte Chance auf ein paar brauchbare Geschenke entginge.

Fairerweise musste man sagen, dass es unter den Geschenken meiner Mutter doch eines gab, das ziemlich gut war: Die neueste, frisch erschienene Bravo Hits. Schon der erste Song war ein absoluter Kracher. ‚Mambo No. 5'. Ich hörte ihn mir gleich dreimal hintereinander an und musste komischerweise mit jedem Mal mehr an das denken, was gestern geschehen war. Lou Bega sang zwar von ‚A little bit of' Monica, Erica, Sandra, Jessica und so weiter – aber für mich klang es immer wie Peter, Peter, Peter.

Auf der einen Seite beflügelte diese Vorstellung nicht nur meine Gedanken, sondern auch erneut mein Glied, aber auf der anderen Seite machte mir gerade die Verbindung solcher sexuellen Gedankenspiele mit diesem nicht weniger sexualisierten Song deutlich, wie viel einfacher doch alles wäre, wenn Peter eine Petra wäre.

Aber das war unmöglich und mir klar, dass ich, selbst wenn ich die Sache mit Peter beendete, nie ein Typ wie Lou Bega sein würde, der unbeschwert durch die Straßen gehen und voller Stolz von seinen Eroberungen singen konnte.

Als ich schließlich bereits im hinteren Teil der ersten CD angelangt war, hörte ich in der kurzen Pause zwischen zwei Songs eine Stimme von unten. Es war eindeutig die meines Vaters, und er war nicht gerade leise. Offenbar lieferte er sich schon wieder einen Streit mit meiner Mutter, noch ehe er mir überhaupt gratuliert hatte.

Eigentlich war ich froh, dass ich dadurch erst einmal nicht im Fokus stand, hatte ich schließlich meinem Vater gegenüber noch immer ein schlechtes Gewissen wegen der abgesagten Angelreise. Aber ich war auch neugierig, worüber sie stritten und vor allem, was mein Vater mir wohl für Geschenke mitgebracht hatte.

Da ich die leise Ahnung hatte, ihr Streit könne mit mir zu tun haben, zog ich es vor, mich erst einmal vorsichtig anzuschleichen und ein bisschen zu lauschen. Ich ließ die Musik weiterlaufen und positionierte mich oben im Flur neben der Treppe. Sie standen noch immer in der Diele. Ich konnte sie nicht sehen, aber hören, und das reichte mir vollkommen.

„Du bist so ein riesiges Arschloch!" Jetzt war sie es, die schrie.
„Es tut mir leid, Schatz."
„Nenn mich nicht Schatz!"

„Ja, Schatz. Äh, entschuldige, Sch… Scheiße."

„Oh Gott, es ist halb elf Uhr in der Früh! Wie viel hast du getrunken?"

Das war in der Tat neu und machte auch mir Sorgen. Sein Feierabendbier, oder besser gesagt, seine Feierabendbiere waren meinem Vater heilig, aber dass er vormittags trank hatte ich noch nicht erlebt. Zumal er ja normalerweise um diese Zeit immer arbeitete, aber nun hatte er ja Urlaub und das erinnerte mich wieder daran, wo ich jetzt eigentlich mit ihm hätte sein sollen und dass er sich dort vermutlich nicht betrunken hätte.

„Gar nichts! Fast! Also, so gut wie."

„Lüg mich nicht an. Ich kann es hören, ich kann es sehen, ich kann es riechen. Wenn du dich selber zu Tode fährst, ist's mir egal, aber auf keinen Fall wird mein Sohn heute auch nur einen Fuß in deinen Wagen setzen."

„Na gut, dann bleiben wir halt hier."

„Du hast in meinem Haus nichts mehr verloren! Schon gar nicht in diesem Zustand!"

„*Dein* Haus? *Dein* Sohn? Fällt dir eigentlich gar nichts mehr auf?"

Meine Mutter ließ sich nicht auf die Diskussion ein.

„Geh hoch, er sitzt in seinem Zimmer und hört Musik", sagte sie. Sie sprach jetzt deutlich beherrschter und vor allem leiser als zuvor. „Geh hin, gratulier ihm endlich und gib ihm dein verdammtes Geschenk. Versuch dich zusammenzureißen und die Luft anzuhalten. Und dann lässt du dir was einfallen, warum du wieder gehen musst. Notdienst in der Firma, das hat doch früher auch immer so gut funktioniert, wenn du deine kleine Schlampe heimlich getroffen hast. Und ehe du nicht nüchtern bist, tauchst du hier nicht mehr auf. Er wird's verkraften. Falls es dir noch nicht aufgefallen ist, er durchlebt gerade eine Phase, in der wir beide sowieso nicht den besten Stand haben. Also, wenn du willst, dass er nicht völlig die Achtung vor dir verliert, dann sorg dafür, dass er nicht mitbekommt, was aus dir geworden ist."

Schweigen. Tränen liefen mir aus den Augen und ohne ihn sehen zu können, wusste ich, dass auch mein Vater weinte.

„Nun geh schon."

„Ich... Ich kann das nicht. Gib du ihm das. Sag ihm, ich bin krank. Und dass ich ihn lieb hab."

„Du bist so ein elender Feigling, ich kann nicht glauben..." Sie beendete den Satz nicht. Ich hörte die Haustür ins Schloss fallen, untermalt von den gedämpften Bässen des Dr. Motte, die aus meinem Zimmer drangen. Ich wollte mich dorthin zurück flüchten, doch es war schon zu spät. Meine Mutter kam die Treppe hinauf, mit einem in rot-weißes Papier eingewickeltem Geschenk in der Hand. Ich wollte so tun, als wäre ich gerade erst gekommen, aber sie hatte mich schon durchschaut.

„Du hast alles mitbekommen, oder? Es tut mir leid."

Ich hoffte, sie würde nicht auch noch bemerken, dass ich geweint hatte. Überhaupt, ich war nicht mehr traurig. Ich war wütend. Auf meinen Vater, auf mich selbst, sogar auf meine Schwester und Danni und Peter und meine Mutter und den ganzen Rest der Welt, der entweder beschlossen hatte, mich allein zu lassen oder aber mein Leben so verdammt kompliziert machte.

Doch da meine Mutter nun mal die Einzige war, die mir in diesem Augenblick direkt gegenüber stand, musste ich damit Vorlieb nehmen, meine Wut an ihr auszulassen.

„Was tut dir leid? Dass du ihn vergrault hast? Lucy hatte recht. Wenn du nicht so eine verbitterte, frigide Alte wärst, dann wär er nie abgehauen!"

Ich wünschte, sie würde mir eine scheuern, fraglos hätte ich es verdient und vielleicht wären wir dann wieder so etwas wie quitt. Doch den Gefallen tat sie mir nicht. Sie ließ das Geschenk kommentarlos auf den Boden fallen, drehte sich um und ging. Ich blieb auf halber Treppe stehen, sah mit zunehmender Verzweiflung, wie sie ihre Handtasche von der Garderobe und den Autoschlüssel vom Haken nahm.

„Essen steht im Kühlschrank", sagte sie, ohne sich noch einmal umzudrehen.

Bevor ich etwas hätte erwidern können, fiel die Tür ins Schloss. Wieder musste ich weinen und wusste, dass ich nicht der Einzige war. Nun hatte ich wirklich niemanden mehr.

22.

„Schön, dich zu sehen! Komm doch rein. Ich hoffe, du wartest noch nicht lange?"

Ich schüttelte den Kopf, obwohl ich seit viertel vor vier vor seiner Tür stand. Mittlerweile war es zehn vor fünf. Die alte Frau mit dem Hund aus der Nachbarschaft war schon zweimal vorbeigelaufen, auf dem Hin- und auf dem Rückweg vom Gassigehen, und sowohl der Hund als auch sie hatten mich beide Male äußerst kritisch beäugt und ihr kleiner Kläffer meinte sogar, mich böse anbellen zu müssen, als sei ich ein auf seine Gelegenheit lauernder Einbrecher. Offenbar war Peter heute nach der Arbeit noch einkaufen gewesen, denn er trug zusätzlich zu einer kleinen Umhängetasche einen großen Hertie-Plastikbeutel mit unbestimmten Inhalt.

„Wie geht es deinem Oberschenkel?"

„Super. Tut überhaupt nicht weh, seit gestern Abend schon nicht mehr."

„Schön. Dann war es wahrscheinlich nur eine leichte Zerrung. Was Kühlen und Massieren doch so alles bewirken kann."

Hoffentlich war es das jetzt mit Reminiszenzen zum gestrigen Tag, dachte ich mir.

„Hör zu, das was gestern noch passiert ist, das tut mir leid. Ich hätte das nicht machen sollen, es... Vergessen wir es einfach, okay?"

Ich sagte nichts. Schlagartig bereute ich, entgegen meines festen Entschlusses vom Vortag wieder zu ihm gegangen zu sein. Aber ich brachte es auch nicht fertig, wieder zu gehen. Er deutete an, ich solle mich aufs Sofa setzen. Doch ich blieb im Türrahmen stehen. Ich mochte diese Couch nicht besonders.

„Gut, ich pack nur meine Einkäufe aus, zieh mich eben um und dann können wir los."

Ich war maßlos enttäuscht, dass er meinen Geburtstag vergessen hatte. Das machte mir die Sache einfacher. Ich marschierte in Richtung Tür, in der Überzeugung, das Haus zu verlassen und nie wieder zu betreten.

Ich hatte die Klinke schon in der Hand, da hörte ich ihn früher als erwartet zurückkommen. Ruckartig drehte ich mich wieder um, als hätte man mich bei etwas Verbotenem erwischen können, und ging wie ferngesteuert zurück in den Türrahmen. Sekunden später stand er vor mir, das Hemd gegen ein T-Shirt und die feine Stoffgegen eine legere Sporthose ausgetauscht.

„Alles Gute zum Geburtstag!"

Er drückte mir einen kugelförmigen Gegenstand in die Hand, der mehr schlecht als recht in Geschenkpapier eingewickelt war. Perplex nahm ich die Glückwünsche und das Geschenk entgegen und noch perplexer war ich, als ich es ausgepackt hatte. Es war der Tricolore von Adidas! Der original Spielball der WM 98 war auch im Jahr danach noch so ziemlich das teuerste und beste Modell, das es zu kaufen gab.

„Wow. Ich weiß gar nicht, was ich sagen soll."

„Wie wär's mit ‚Danke'?", sagte er lachend.

„Danke. Aber der ist doch viel zu teuer!"

„Im Grunde genommen purer Eigennutz. Mit deiner alten Schrottkugel werde ich wohl nie gegen dich gewinnen. Ein feiner Techniker wie ich braucht 'nen guten Ball, um gegen so einen energiegeladenen Jungspund wie dich überhaupt noch Chancen zu haben."

Jetzt lachte auch ich.

„Sag mal, ist das etwa schon das neue Trikot, das du da trägst?" Auch das war ihm also nicht entgangen.

„Ja", sagte ich stolz.

„Ein Geschenk von deinen Eltern?"

„Ja, also nein, nur von meinem Vater, eigentlich."

„Verstehe. Also sind deine Eltern wohl getrennt."

„Ja", sagte ich, möglichst knapp. Ich hoffte, er würde nicht noch weiter in diese Richtung fragen und wir würden stattdessen einfach losgehen und den neuen Fußball ausprobieren. Der aufmerksame Peter registrierte meine Verstimmung sofort.

„Sorry, ich wollte nicht indiskret sein. Das kam mir nur irgendwie so bekannt vor, was du da gerade gesagt hast. So war es bei mir in deinem Alter auch. Da gab es dann plötzlich keine Geschenke von den Eltern mehr, sondern Geschenke von der Mutter *und* Geschenke vom Vater. Einige der wenigen Vorteile, die man als Scheidungskind hat, nicht wahr?"

Ich zwang mich zu einem Lächeln. Bis eben hatte ich erfolgreich versucht, das Elternthema zu verdrängen, nachdem meine Gedanken zuvor den ganzen verdammten Tag darum gekreist waren.

„Ich kann mir ganz gut vorstellen, was du durchmachst. Also, falls du mal darüber reden möchtest..."

Seit der Trennung meiner Eltern war er schon der vierte Erwachsene, der mir anbot, über meine Gefühle zu reden. Doch weder unsere Klassenlehrerin Frau Kleinschmidt noch meine Tante noch Dannis Mutter konnten wohl mit der Erfahrung aufwarten, die Peter und ich offenbar teilten, so dass ich erstmalig ernsthaft überlegte, auf das Angebot einzugehen. Ich hatte zwar keine Lust, ihm von meinem Schlamassel zu erzählen, schließlich hatte ich mit gerade heute nicht mit Ruhm bekleckert. An seinem Schicksal war ich aber durchaus interessiert.

„Warum haben sich deine Eltern scheiden lassen?", fragte ich.

„Das Übliche: Er hatte eine Neue. Er war Arzt und sie seine Sprechstundenhilfe. Nicht besonders originell, ich weiß."

„Wie alt warst du da?"

„Ich war zwölf. Wollen wir uns nicht doch kurz setzen? Dann erzähle ich dir die ganze Geschichte, wenn du magst." Ich stand noch immer mit meinen zwei Bällen in der Hand im Türrahmen, was in der Tat nicht sonderlich bequem war. „Nimm ruhig den Sessel, wenn dir das lieber ist als das Sofa", schien er meine Gedanken zu lesen.

In der Tat war der riesige Sessel urgemütlich. Man versank förmlich darin, er war flauschig, aber im Unterschied zum Leder überhaupt nicht klebrig, und die Rückenlehne wahnsinnig hoch. Es war das einzige Möbelstück, das altmodisch wirkte und nicht so recht zu den sonstigen, durchweg modernen Dingen in Peters Designerwohnzimmer passte.

Peter verschwand kurz hinter der Küchentheke und kam mit zwei Calippos zurück.

„Der Sessel gehörte ihm. Ein Original aus der Biedermeier-Zeit, 150 Jahre alt. Ist eine der wenigen Sachen meines Vaters, von denen ich mich einfach nicht trennen konnte, nachdem ich seine Sachen verkauft habe."

„Warum hast du seine Sachen verkauft?"

„Er ist gestorben."

„Oh. Das tut mir leid."

Es war ein seltsames Gefühl, im Sessel eines Verstorbenen zu sitzen, noch dazu eines verstorbenen Vaters, der darüber hinaus auch noch ein Ehebrecher gewesen war, so wie meiner.

„Muss dir nicht leid tun. Ist zehn Jahre her. Er war, auf gut deutsch gesagt, ein ziemliches Arschloch. Hab nicht groß um ihn getrauert, damals. Anders als um meine Mutter."

„Sie ist auch tot?"

„Ja. Seit ziemlich genau einem Jahr."

„Oh. Woran sind sie gestorben, deine Eltern?"

Dafür, dass ich gerade noch befürchtet hatte, ich würde eine Fragestunde über mich ergehen lassen müssen, hatte sich das Blatt ganz schön gewendet und ich war nicht traurig darüber. Denn im Gegensatz zu den meist mit erhobenem Zeigefinger vorgetragenen Lebensweisheiten oder Jugendschwänke der Erwachsenen fand ich Peters Schilderungen wirklich berührend und interessant.

„Mein Vater hatte einen Herzinfarkt. Er ist keine 70 geworden - aber ehrlich gesagt, schon das war eine Überraschung, so viel wie er in seinem Leben geraucht, gesoffen und rumgehurt hat. Nicht gerade ein vorbildliches Leben für einen Arzt, jedenfalls."

„Und deine Mutter?"

„Meine Mutter... Meine Mutter starb an gebrochenem Herzen. Sie ist in all den Jahren nie über die Trennung hinweggekommen. Hatte lange Zeit Depressionen und..."

Jetzt spürte ich, dass Peter derjenige war, dem das Thema unangenehm zu sein schien und ich beeilte mich, es zu wechseln.

„Hast du als Kind auch schon hier gewohnt?"

„Erst seit der Trennung meiner Eltern. Mein Vater behielt die Villa, die er schon von seinem Vater geerbt hatte und kaufte meiner Mutter und mir dieses Reihenhäuschen. Das war damals ein ganz schöner Abstieg für uns. Allein mein altes Kinderzimmer war fast so groß wie die gesamte Wohnung hier."

„Warum bist du nach seinem Tod dann nicht wieder in die Villa gezogen?"

„Ich hab sie gar nicht geerbt, nur den Pflichtanteil ausgezahlt bekommen. Seine zweite Frau hat lange darin gewohnt, doch nach dem Tod meines Vaters ist sie mit ihrer Tochter, meiner Halbschwester, weg aus der Stadt gezogen. Wir haben uns das letzte Mal auf der Beerdigung meines Vaters gesehen. Danach, als ich das Abi hatte, wollte ich einfach nur noch weg von hier. Es war kaum auszuhalten mit meiner Mutter. Ich konnte nicht verstehen, warum sie noch über den Tod des Arschlochs dermaßen trauerte. Ich bin nach Hamburg gezogen. Da oben im Norden hab ich meine Lehre gemacht und Arbeit gefunden. Tja, und als es ihr dann immer schlechter ging, bin ich zurückgekommen. Ich war schließlich der Einzige, den sie noch hatte. Jetzt, nach ihrem Tod, hab ich alles renovieren lassen und neu eingerichtet. Alles bis auf ein Zimmer. Soll ich dir das mal zeigen?"

Ohne meine Antwort abzuwarten, stand er auf und signalisierte mir, ihm zu folgen. Ich hatte so meine Zweifel, ob ich diesen Raum wirklich sehen wollte. Die Knabenkerker-Theorie hatte ich zwar mittlerweile endgültig verworfen, nun befürchtete ich aber, es könnte so eine Art Mutter-Museum sein, in dem es nach schwerem Parfüm und Oma roch und vielleicht sogar noch irgendwo die Asche oder gar die Gebeine von Peters Mama herumstanden.

Doch zum Glück führte er mich nicht ins Schlaf-, sondern ins Kinderzimmer. Die an einigen Stellen ziemlich mitgenommen aussehende Tapete war mit Fußbällen bedruckt und das klapprige Spanholzbett mit Bayern-Bettwäsche bezogen, allerdings anders als meine noch mit dem alten Logo. An der Wand hingen unzählige Fußballposter, alte Mannschaftsbilder des FCB und des DFB-Teams aus den Achtzigern, aber auch ein paar neuere Sachen, wovon mir vor allem das Klinsmann-Porträt auffiel, jedoch nicht aus seiner Bayern-Zeit, sondern in einem uralten Nationalmannschaftsdress. Er sah noch verdammt jung und schnuckelig auf dem Bild aus.

„WM 1990", sagte Peter, der gemerkt haben musste, wie ich Klinsi angestarrt hatte. „Achtelfinale gegen die Holländer, Völler fliegt in der 22. vom Platz, Klinsmann ist im Angriff auf sich selbst gestellt. Doch er läuft der gesamten Abwehr einfach davon und macht den Führungstreffer. Seitdem bin ich Fan von ihm. Kannst du dich an das Spiel erinnern?"

„Nein, also nur vom Hörensagen. Ich meine, ich war da vier. Aber ich mochte ihn auch schon, bevor er bei uns gespielt hat. Seit der WM 94, eigentlich."

Ich überlegte, ob ich ihm von meinem Spitznamen erzählen sollte, doch ich ließ es, denn dann hätte ich streng genommen auch einräumen müssen, dass ich weniger ob meiner spielerischen Qualitäten als wegen meines unverhältnismäßigen Schwärmens jahrelang so wie mein Vorbild genannt wurde. Und ich hatte mir schließlich vorgenommen, keinerlei homosexuelle Anspielungen mehr zu machen.

„Schläfst du immer noch hier?"

„Nein, seit der Renovierung nicht mehr. Es ist jetzt so eine Art Gästezimmer, nur dass ich eigentlich nie Gäste hab. Manchmal, wenn ich traurig bin und an früher denken muss, dann schau ich mir meine alten Sachen an", sagte er und zeigte auf ein Regal, wo unter anderem sämtliche Panini-WM-Sammelhefte seit 1976 sauber aufgereiht nebeneinander standen.

Da bemerkte ich erst den äußerst altmodisch anmutenden Computer, der auf dem kleinen Schreibtisch unterhalb des Regals stand.

„Was ist das denn für eine alte Schrottkiste?"

Peter schien fast ein wenig beleidigt. „Das ist keine Schrottkiste, das ist ein C64. Der beste Computer, der jemals gebaut wurde."

Daran hatte ich meine Zweifel, die ich aber lieber für mich behielt. „Funktioniert der noch?"

„Selbstverständlich." Er startete das Teil und legte eine überdimensionierte Diskette ein. „Lust auf eine Runde ‚Summer Games'?"

Das Spiel hatte eine wirklich unterirdische Grafik und war noch schlechter als die Titel auf der Billig-Box, die ich mir vor einigen Tagen im Promarkt gekauft hatte, doch ich musste zugeben, dass es Spaß machte. Aber vielleicht lag es auch bloß daran, dass ich zum ersten Mal in diesen Ferien nicht allein daddelte, sondern jemand neben mir saß, der mich anfeuerte und mir Tipps gab.

„So, und jetzt du", sagte ich, nachdem ich mich vor allem in der letzten Disziplin, dem Tontaubenschießen, überraschend gut geschlagen hatte. Langsam wusste ich mit dem antiquierten Joystick umzugehen.

Ich staunte nicht schlecht, wie routiniert Peter die Wettkämpfe absolvierte. Er schlug mich um Längen.

„Schade, dass auf dem Ding kein Fifa läuft", sagte ich. „Da hättest du keine Chance gegen mich."

„Dafür spiele ich dich gleich auf dem Platz in Grund und Boden, mit deinem neuen Ball, wirst schon sehen. Wollen wir los?"

Diesmal dachten wir daran uns aufzuwärmen. Wir spielten lang und ausdauernd und entgegen Peters vollmundiger Ankündigung gewann ich auch diesmal fast jedes Spiel – ich hatte einfach die bessere Fitness. Und das obwohl Peter heute nicht einmal eine Raucherpause einlegte. Sowieso hatte ich ihn, seitdem ich einmal bei ihm ziehen durfte, nicht mehr mit einer Fluppe in der Hand gesehen. Entweder war er wirklich nur ein Gelegenheitsraucher oder er gab sich alle Mühe, mir kein schlechtes Vorbild mehr zu sein. Das wäre zwar eigentlich ziemlich uncool und erwachsen, aber doch irgendwie rührig, wie ich mir eingestehen musste.

Es war schwül und drückend und selbst am Abend noch so heiß wie in der Mittagshitze, doch wir waren so in unser Spiel mit dem in der Tat überragenden Ball vertieft, dass wir weder rechtzeitig das aufkommende Gewitter bemerkten noch uns um die Zeit scherten. Als die ersten Tropfen fielen, sah ich auf die Uhr.

Eigentlich hätte ich mich auf den Heimweg machen müssen, meine Mutter war längst von der Arbeit zurück.

„Du musst nach Hause, oder? Dann lass uns mal los. Hoffentlich schaffst du es noch, ohne nass zu werden."

Widerwillig sammelte ich den Ball ein und wir verließen den Platz. Lieber wäre ich klitschnass geworden oder sogar vom Blitz getroffen, als meiner Mutter heute noch einmal unter die Augen zu treten.

Es begann, richtig zu regnen und wir gingen etwas schneller.

„Was ist los? Was guckst du so aus der Wäsche?", fragte Peter, als wir bereits kurz vor seiner Tür waren. „Ist doch nur Wasser, das trocknet wieder. Kannst auch noch kurz mit reinkommen, dich unterstellen, wenn du willst."

„Es ist doch nicht deswegen", sagte ich.

„Weswegen dann?"

„Ich will nicht nach Hause."

„Wieso?"

Mittlerweile standen wir direkt vor Peters Hauseingang. Eigentlich wäre es nach dieser Aussage und angesichts des immer stärker werdenden Niederschlags nur naheliegend gewesen, wenn ich sein Angebot angenommen hätte, aber irgendwie blieb ich lieber wie angewurzelt stehen. Es kam mir so vor, als würde ich nichts dagegen tun können, gleich losheulen zu müssen, so elend fühlte ich mich. Und solange ich im Regen stand, würde er es vielleicht nicht merken.

„Ärger mit deiner Mutter?", hakte er nach, zum Glück keine Anstalten machend, mich ins trockene Haus zu ziehen. Der Donner wurde lauter.

„Sie hasst mich."

„Das kann ich mir echt nicht vorstellen."

„Ist aber so."

„Warum sollte sie dich denn hassen?"

„Weil ich's verdient hab."

„Was hast du denn getan?"

Eigentlich wollte ich nicht darüber sprechen. Eigentlich war es viel zu peinlich. Aber dann sagte ich es ihm doch, ohne Umschweife, und es war ein seltsam befreiendes Gefühl, fast wie nach meinen wenigen Besuchen im Beichtstuhl.

„Ich hab gesagt, sie ist schuld an der Scheidung und daran dass mein Vater fremd gegangen ist und zu viel trinkt."

„Warum glaubst du, dass sie daran schuld ist?"

Jetzt kam ich richtig in Fahrt. Fast so als könnten meine Worte und vielleicht sogar der Regen meine eigene Schuld einfach wegwischen.

„Das glaube ich gar nicht. Das hab ich nur so gesagt, weil ich wütend war, nachdem sie meinen Vater heute Vormittag einfach wieder weggeschickt hat, weil er besoffen war."

„Dann wird sie dich auch nicht hassen, sie wird es verstehen."

Peter schien das ganze Wasser, das auf uns niederprasselte, rein gar nichts auszumachen, er wische sie sich nicht einmal aus dem Gesicht, aber bei ihm mischten sich ja auch keine Tränen in den Regen.

„Nicht nach dem, was ich zu ihr gesagt hab."

„Was hast du denn gesagt?"

Es war nicht so, dass er mir alles aus der Nase ziehen musste. Aber anders als noch am Nachmittag, wo ich mich nur zu gern in die Rolle des Fragestellers zurückgezogen hatten, genoss ich es nun, dass er immer weiter fragte, dass es ihn wirklich interessierte und er mich so ermutigte, mir endlich von der Seele zu reden, was meinen gesamten bisherigen 14. Geburtstag überschattet und im Grunde genommen ruiniert hatte.

„Ich hab gesagt, er ist abgehauen, weil sie eine verbitterte, frigide Alte ist."

„Okay, das ist wirklich nicht so nett. Aber Mütter verzeihen einem alles."

Ich merkte, dass ich fröstelte, ja sogar zitterte, obwohl der Regen eigentlich warm war. Ich versuchte, ein Nicken anzudeuten, aber es sah wohl nicht besonders überzeugend aus, denn plötzlich nahm mich Peter wie zur Bekräftigung seiner Worte ganz fest in den Arm.

„Es wird wieder gut werden."

Ich hatte fast vergessen, wie gut es tun konnte, in den Arm genommen zu werden. Auch wenn es von einem (immer noch ziemlich) fremden Mann war und auch wenn sich aneinander klebender, nasser Trikotstoff nicht gerade kuschelig anfühlte, wollte ich, dass dieser Moment niemals endete.

Während ich langsam einsah, dass er mich früher oder später leider wieder loslassen musste, stellte ich mir vor, wie wir reingingen, er mir ein Handtuch reichen und wir Platz nehmen würden, meinetwegen sogar auf der Ledercouch. Hoffentlich hatte er nicht nur Calippos, sondern auch Kakao. Mir war zwar überhaupt nicht mehr kalt, aber trotzdem wäre ich in diesem Moment für einen warmen Kakao auf Peters Couch gestorben.

Doch was tat er? Nach viel zu kurzer Zeit ließ er mich wieder los. Und schickte mich weg.

„Es wird schon wieder heller", sagte er. Mir war es gar nicht aufgefallen, aber tatsächlich, der Regen hatte nachgelassen. „Geh jetzt nach Hause und entschuldige dich bei deiner Mutter. Ich bin mir sicher, dass sie dir nicht mehr böse sein wird. Und hassen tut sie dich schon gar nicht. Du bist nämlich ein toller Junge."

Ein bisschen wusste ich, dass er das nur sagte, um mich aufzubauen, aber ein bisschen glaubte ich es auch. Trotzdem war ich enttäuscht, dass er mich nicht mehr hineinbat, fast so wie am Anfang. Doch dann erinnerte mich daran, dass er mir eigentlich noch nie einen Wunsch abgeschlagen hatte und überlegte, ob ich ihn einfach darum bitten sollte, noch mit reinkommen zu dürfen.

Andererseits musste ich mir eingestehen, dass ich ihm eigentlich auch nichts abschlagen wollte. Und er hatte mir schließlich klar gesagt, was ich zu tun hatte. Ich sah ein, dass er damit vermutlich nicht einmal so falsch lag. Wenn ich jetzt auch noch das Abendessen verpasste, wäre eine Aussöhnung nur noch schwieriger geworden.

Ich hatte mich schon umgedreht, da spürte ich erneut seine Hand an meinem Arm, und zwar an dem, unter dem ich meinen neuen Ball geklemmt hatte.

„Warte mal. Willst du den nicht lieber hierlassen? Ich pass auch gut auf ihn auf. Du kannst ihn dir abholen, wann immer du möchtest, nicht bloß wenn wir beide damit spielen. Ich denke, es ist besser, als wenn du deiner Mutter heute noch irgendwelche Erklärungen dazu abgeben musst."

Er hatte natürlich völlig recht, aber trotzdem trennte ich mich nur ungern von meinem Ball. Nicht nur, weil es ja schließlich *mein* Geschenk war, sondern auch, weil es mir schlagartig wieder bewusst machte, dass die aufkeimende Freundschaft zwischen Peter und mir unnormal war - etwas, wofür es keine plausible Erklärung gab und das man seiner Mutter besser verheimlichte.

Die letzten Gewitterwolken hatten sich verzogen, der Regen ganz aufgehört und das Donnern war nur noch aus weiter Ferne zu hören. Meine Tränen trockneten schneller als meine Klamotten. Die Luft war jetzt angenehm frisch, die Temperatur um ein paar Grad gesunken.

Dennoch war mir ungebrochen warm, und es war eine Wärme, die von innen kam und mich beflügelte, trotz aller Zweifel und Ängste vor dem, was noch kommen würde, zu Hause genauso wie mit Peter.

Während ich nach Hause lief, dachte ich an Peters Berührung, an seine starken Arme, die mich ganz umschlossen und an unsere nassen Körper, die sich aneinander gerieben hatten. Ich spürte, wie ich einen Steifen bekam und war selbstverständlich mal wieder völlig machtlos gegen die Kraft meiner schmutzigen Gedanken, die aus einer kameradschaftlichen Umarmung das Vorspiel zu einem verbotenen Akt machten.

Ich sah an mir hinunter, auf die kleine Wölbung in meinen Shorts und wusste mit einem Mal, dass mich dieses Teil noch ins Verderben führen würde. Genauso wie es bei meinem Vater gewesen war, bei Peters Vater und höchstwahrscheinlich auch bei Peter selbst. Ich fürchtete zwar die Konsequenzen, aber ich wollte und konnte es auch nicht ändern.

Meine Schwester war bei unserem denkwürdigen Gespräch am letzten Weihnachtsfest mit Sicherheit zu hart gegenüber meiner Mutter gewesen, in dem sie meinen stets auf raffinierte Neuzugänge hungrigen Wortschatz um das furchtbare Adjektiv *frigide* erweitert hatte. Und auch in Sachen Männer hatte sie sich geirrt:

Uns als *Schweine* zu bezeichnen war eine Beleidigung. Aber nicht für die Männer, sondern für die Tiere.

23.

Peter hatte recht gehabt, es lief genauso, wie er es mir prophezeit hatte. Meine Mutter nahm meine unter nicht einmal gespielten Tränen (ich war heute wirklich extrem nah am Wasser gebaut) vorgetragene Entschuldigung sofort an, wir umarmten uns lang und innig und anschließend kochte sie mir mein Lieblingsessen, Spaghetti Bolognese, wie an so ziemlich jedem Geburtstag in den letzten 13 Jahren.

Ich gab mir alle Mühe, gut anzukommen, erkundigte mich nach ihrem Arbeitstag, plauderte mit ihr scheinbar gut gelaunt über dies und das und achtete dabei sogar auf meine Tischmanieren, was bei Spaghetti gar nicht so einfach war. Kurzum: Ich täuschte absolute Normalität vor, doch ich spürte, dass sie noch immer traurig war, genauso wie ich. Und nicht bloß wegen der Szene am Vormittag. Sondern weil einfach gar nichts mehr normal war. An Tagen wie diesen merkte man, wie sehr sich unser Leben im letzten Dreivierteljahr verändert hatte.

Das Klingeln des Telefons im Flur riss uns aus unserem Schauspiel. Wir wussten beide, wer es war, aber niemand machte den ersten Schritt hin zum Apparat.

„Geh du", sagte meine Mutter. „Sie will dir gratulieren. Ich möchte sie heute lieber nicht sprechen."

Mit einem Kloß im Magen, der nicht nur von zu vielen Nudeln kam, nahm ich den Hörer ab und ihre Glückwünsche entgegen. Sie befand sich gerade an einem Ort, von dem ich noch nie gehört hatte und den ich, nachdem sie mir den Namen nannte, sofort wieder vergaß. Ich weiß nur noch, dass er in Frankreich lag, aber nicht besonders französisch klang.

„Was ist los, mein Kleiner? Man hört dir gar nicht an, dass heute dein großer Tag ist. Etwa nicht zufrieden mit den Geschenken?"

Ich dachte nicht an den Ball oder die CD, ich dachte bloß an den doofen Kosmos-Kasten oder die Enzyklopädie und dann an all die Kohle, die sie von der gesamten Familie zum 18. Geburtstag bekommen hatte, eigentlich für den Führerschein, doch einen Großteil verjubelte sie gerade für ihre ausgedehnte Europa-Rundreise. Wenn ich doch bloß einen Bruchteil davon bekommen hätte! Wenn ich doch bloß auch erwachsen wäre und alles hier zurücklassen könnte! Doch ich verschwieg meinen Neid und erkundigte mich stattdessen lediglich, ob sie denn schon ein Geschenk für mich habe.

„Klar doch! Die Süßigkeiten hier sind 'ne Wucht. Kennst du Macarons? Hab dank der Dinger schon mindestens zwei Kilo zugenommen, leider. Ich bring dir welche mit, so viele wie noch in den Rucksack passen."

Sie schwärmte noch ein wenig von all dem tollen Essen und den schönen Orten, was nicht gerade dazu beitrug, meine Laune zu heben. Irgendwann bat sie dann darum, meine Mutter zu sprechen.

„Die kann gerade nicht", druckste ich herum.

„Wieso, ist sie aufm Klo?"

„Äh, ja, genau."

„Dann ruf ich in fünf Minuten noch mal an. Ich kann nicht mehr so lange dranbleiben, mein Kleingeld ist bald alle."

„Ich richte ihr was aus, wenn du magst, dann musst du nicht mehr anrufen."

„Ne, lass mal, dann macht sie doch bloß wieder Theater. Sie will ja unbedingt jeden Tag von mir persönlich hören, dass ich noch lebe, sonst glaubt sie's nicht."

Wie brachte ich ihr bloß bei, dass sie darauf heute keinen Wert legte, ohne, dass herauskam, dass ich daran schuld war? Außerdem hatte auch ich ein Interesse daran, dass sie erst einmal nicht mit unserer Mutter sprach. Es hätte andernfalls zwangsläufig wieder Streit gegeben. Mit mir hatte sie sich zwar wieder vertragen. Aus welchem Mund die Worte ursprünglich stammten, die ich ihr an den Kopf geworfen hatte, dürfte sie jedoch wohl kaum vergessen haben.

„Hör mal, Lucy, besser du rufst heute wirklich nicht mehr an. Es ist so, sie ist ein bisschen sauer auf dich. Also eigentlich auf uns beide."

„Warum denn?"

Jetzt lief es wieder so wie bei Peter. Ich wollte es eigentlich nicht sagen, aber ich war einfach nicht besonders gut im Geschichtenausdenken. Die ganze ungeschminkte Wahrheit brach aus mir heraus.

„Tut mir leid, dass ich dich da mit reingezogen hab."

„Schon okay. Sie weiß sowieso, wie ich über die Sache denke. Aber auf Papa bin ich mindestens genauso sauer. Das mit dem Trinken geht gar nicht!"

„Wär ich doch bloß mit ihm zum Angeln gefahren."

„Das hätte nicht groß was geändert. Es ist nicht deine Schuld, dass er sich so gehen lässt! Überhaupt, nichts davon ist unsere Schuld, merk dir das. Diesen ganzen Mist haben sich unsere lieben Eltern selbst zuzuschreiben. Tut mir echt leid, dass du das alles hautnah miterleben musst. Ich bin sowas von froh, dass ich erst einmal weg bin."

„Und ich bin froh, dass du bald wiederkommst." Am Telefon und mit tausend Kilometern zwischen uns fiel es mir überraschend leicht, nette Dinge zu meiner Schwester zu sagen. Ich hoffte, sie würde auch etwas Liebes erwidern, doch was sie dann offenbarte, ließ mich sofort wieder bereuen, nett zu ihr gewesen zu sein.

„Ich muss dir was sagen. Aber bloß kein Wort zu Mama. Ich werde länger wegbleiben als geplant. Ich hab jemanden kennen gelernt. Er heißt Armel und ist total süß. Ich kann bei ihm wohnen. Er besorgt mir sogar Arbeit. In einer Crêperie, mindestens noch bis Ende September."

„Aber was ist mit der Schule?", fragte ich, völlig perplex, denn eigentlich wollte ich sagen: Was ist mit mir?

„Ich hab das Fachabi beim ersten Mal nicht geschafft und ich werd's auch beim zweiten Mal nicht schaffen, also kann ich es gleich bleiben lassen. Du hattest recht, ich bin zu doof. Nimm dir aber ja kein Beispiel an mir, kapiert? Du bist schlau, du machst dein Abi."

„Du bist genauso wie Papa! Einfach abhauen, das ist das Allerletzte!", schrie ich in den Hörer, ohne mich darum zu scheren, dass meine Mutter nebenan womöglich alles mitbekam.

„Hör zu, mein Geld ist gleich alle, ich will nicht mit dir streiten an deinem Geburtstag. Meine Entscheidung steht fest, aber bitte, sag's noch nicht Mama, ich werde ihr…"

Ein Tuten unterbrach sie abrupt. Das Gespräch war zu Ende.

Zum gefühlt fünfhundertsten Mal an diesem verfluchten Geburtstag stand ich kurz vorm Heulen.

„Was ist los, was hat sie gesagt?"

Meiner Mutter war mein Geschrei offenbar nicht entgangen, jedenfalls stand sie schon neben mir. Ohne den Hauch eines schlechten Gewissens machte ich es genauso wie früher, wenn Lucy sich heimlich an den Süßigkeiten hinten im Küchenschrank bedient hatte, ohne mir etwas abzugeben: Ich verpetzte sie.

Sie reagierte erstaunlich gelassen, versuchte sogar, mich zu trösten, aber ich wollte gar nicht von ihr in den Arm genommen werden. Ich wollte, dass sie genauso wütend war auf meine Schwester wie ich, dass sie irgendetwas unternahm, dass sie ihr verbot, uns auch noch zu verlassen.

Doch alles, was sie tat, war wie ein Mantra zu wiederholen, dass Lucy erwachsen war. Es klang aber nicht wie eine nüchterne Feststellung, sondern eher wie eine bittere Niederlage, eine Kapitulation.

„Du bist der Einzige, der mir noch bleibt."

Ich gab es auf, mich gegen ihre Umarmung wehren zu wollen, die im Vergleich zu der von kraftlos, müde und fehl am Platz wirkte - wie aus einer längst vergangenen Zeit.

Ich musste daran denken, was mir Peter von seiner Mutter erzählt hatte. Waren es nicht sogar die gleichen Worte gewesen? Würde ich in ein paar Jahren unser Haus ausräumen müssen? Zum ersten Mal seit mindestens der Grundschule hatte ich wieder diese grauenvolle Angst, meine Eltern könnten sterben. Mein Vater an einer kaputten Leber und meine Mutter an gebrochenem

Herzen, was auch immer darunter überhaupt genau zu verstehen war.

„Versprich mir, dass du es nicht so eilig haben wirst mit dem Erwachsenwerden, ja?"

Ich versprach es, aber ich kreuzte meine Finger.

„Meine Güte, 14 Jahre schon, mein Großer. Bald werden die Mädchen Schlange stehen."

Sie zwinkerte mir zu und ich wusste, es sollte aufmunternd gemeint sein, aber ich dachte bloß: Oh nein, bitte jetzt nicht auch noch dieses Thema. Ich wollte nur noch, dass dieser Tag endlich vorüber ging. Deshalb löste ich mich so behutsam wie möglich aus ihren Armen und sagte, ich sei müde, obwohl es nicht einmal zehn war und ich in den Ferien eigentlich nie vor Mitternacht schlafen ging.

Beim Zähneputzen sah ich mich im Spiegel an, in der Hoffnung, irgendeinen optischen Beweis dafür zu finden, dass ich heute ein, gefühlt zehn Jahre älter geworden war, doch ich blickte noch immer in ein Kindergesicht.

Wie erwartet war ich noch nicht müde. Ich stöpselte meine Kopfhörer an den CD-Player und legte die Bravo Hits ein. Schon bei „Mambo No. 5" wurde ich, obwohl es so ein fröhlicher Song war, furchtbar sentimental. Ich musste an meine Schwester denken und stellte mir vor, dieser Armel wäre so ein Typ wie Lou Bega, ein Sonnyboy, der jedes Mädchen haben konnte. Bestimmt lagen sie jetzt irgendwo am Strand zwischen den Dünen, aßen Crêpes und machten Liebe und planten ihre Zukunft in einer Stadt, deren Namen ich noch nicht einmal aussprechen konnte.

Als ich beide CDs durch hatte und noch immer nicht einschlafen konnte, suchte ich das Debütalbum der Backstreet Boys raus. Ich hatte es seit Ewigkeiten nicht mehr gehört. Bei den langsameren Songs musste ich immer noch heulen, so wie früher, aber es war nicht mehr dieselbe Art Heulen. Damals dachte ich etwa bei „Quit Playing Games (with My Heart)" immer an irgendwelche Jungs, in die ich hoffnungs- und natürlich chancenlos verschossen war. Und meine Tränen entsprangen nicht der Verzweiflung, sondern einem wohligen Schmachten.

Doch so sehr ich das Gefühl von damals herbeisehnte, es funktionierte nicht mehr. Ich versuchte, an süße Jungs zu denken, aber ich landete immer wieder bei Peter, obwohl er weder besonders süß, geschweige denn ein Junge war.

Aber er liebte mich, ich spürte es, spätestens seit heute war ich mir sicher, und der Gedanke daran ließ mein Herz abwechselnd schneller schlagen vor Freude und stillstehen vor Angst.

Wie sehr das doch zur Botschaft des Songs passte. Mittlerweile war mein Englisch gut genug, um endlich zu kapieren, was der Titel bedeutete. Ich hatte wirklich keine Lust auf dieses Spiel, dessen Regeln ich nicht kapierte.

Es war schon verrückt. Ich wollte nichts dringlicher, als erwachsen zu werden, und doch wünschte ich mir genau das, wovon Brian sang: ‚turn back time', die Zeit zurückstellen, zurück zu den Tagen, in denen mein Leben zwar langweilig, aber auch herrlich unkompliziert gewesen war.

24.

Nach Tagen verschwenderischen Sonnenscheins und nahezu tropischer Hitze schien es, als wäre das Kontingent an Hochsommer für unsere Breitengerade nun vorerst erschöpft - es war anhaltend frisch und regnerisch geworden. Mein Vater und ich saßen dennoch auf einfachen Klappstühlen am Ufer eines Sees außerhalb der Stadt, die Silhouette der Berge nur hin und wieder durch die Wolken erblickend und die Kapuzen unserer Regenjacken tief ins Gesicht gezogen (ich wagte es nicht, ihn zu fragen, ob er seine bei dieser Saskia wieder abgeholt oder sich tatsächlich eine neue besorgt hatte).

„Heute beißen sie irgendwie nicht an", sagte er.

Ich dachte daran, dass dieser Satz eigentlich immer fiel, wenn mein Vater und ich einen Angelausflug machten, doch ich machte ihn nicht darauf aufmerksam. Schließlich sollte er nach wie vor glauben, wovon ich ihn heute Morgen am Telefon mühsam überzeugt hatte: Dass ich nun auf einmal doch wieder Lust aufs Angeln hatte. Was natürlich nicht stimmte. Aber nach meinem fürchterlichen Geburtstag am Vortag hatte ich mich gezwungen gesehen, irgendetwas zu unternehmen, um mein schlechtes Gewissen ein wenig zu bändigen.

„Wird schon noch", sagte ich, ohne wirklich daran zu glauben. Mein Vater hatte ein mindestens genauso schlechtes Gewissen wie ich. Er hatte mich nach der ersten Entschuldigung am Telefon auf dem Weg zum See geschätzt weitere Tausend Mal um Verzeihung gebeten, war frisch rasiert und roch nicht so, als hätte er in den letzten 24 Stunden auch nur einen Tropfen Alkohol angerührt.

„Apropos Anbeißen: Wie läuft es eigentlich bei den Mädels?"

Ich überlegte, ob ich lügen sollte, aber was wäre überhaupt eine passende Lüge? Eigentlich lief es ja weder gut noch schlecht, es lief gar nichts, und das war ganz in meinem Sinne, doch das konnte ich ihm natürlich nicht sagen, also rollte ich bloß mit den Augen.

„Nun sag schon, Junge. Jetzt mal unter uns, von Mann zu Mann. Ich weiß, ich bin zurzeit kein gutes Beispiel, was Frauen angeht. Aber ich war auch mal jung und kann mich noch genau erinnern, wie das war. Vielleicht kann ich dir ja ein paar Tipps geben. Also, erzähl schon, bist du in eine verschossen?"

Ich schüttelte vehement und meiner Ansicht nach überzeugend mit dem Kopf, doch so einfach wie am Tag zuvor mit meiner Mutter sollte ich heute nicht davonkommen. Trotz aller Differenzen schienen beide der Ansicht zu sein, nun, nachdem ich 14 geworden war, könne, solle oder müsse man gar mit mir über derartige Dinge plaudern.

„Was ist mit den beiden Mädchen auf dieser Sause bei deinem Kumpel Daniel, dem kleinen Halunken?"

„Davon hat Mama dir erzählt?". Ich dachte eigentlich, dass sich die beiden, bis auf gelegentlich lautstark zum Ausdruck gebrachte Vorwürfe, nichts mehr zu sagen hatten.

„Ich wohne zwar nicht mehr bei euch, aber ich bin immer noch euer Vater." Oh, wie oft ich diesen Satz schon gehört hatte. Mit Mühe unterdrückte ich die Fratze, in die sich mein Gesicht nach dieser sinnlosen Affirmation normalerweise schon beinahe reflexartig verwandelte. „Glaub ja nicht, mir entgeht irgendetwas. Also, was ist mit den Mädels?"

Ich fragte mich, wieviel er wusste. Hoffentlich hatte meine Mutter den Teil mit dem Schnaps und den Zigaretten für sich behalten. Wobei, derzeit stand uns beiden der Sinn dermaßen nach Harmonie, dass kaum Gefahr bestand, er würde mir eine seiner wenig glaubwürdigen Moralpredigten halten.

„Was soll mit den Mädels gewesen sein?"

„Erzähl du's mir. Waren sie hübsch?"

„Ich hab eine davon geküsst", platzte ich heraus. Natürlich war das ein oberpeinliches Geständnis, vor allem, wenn man es dem Vater gegenüber ablegte. Aber ich war erstaunlicherweise erleichtert, vielleicht sogar ein wenig stolz, ihm von so einem Erlebnis berichten zu können. Ohne lügen zu müssen, worin ich nach wie vor nicht besonders gut war, hatte ich ihm eine Geschichte aufgetischt, die mögliche Zweifel an meiner Heterosexualität im Keim ersticken würden. So hoffte ich jedenfalls.

„Wow, gratuliere. Und, gehst du jetzt mit ihr?"

„Nein. Sie hat einen Freund. Er ist viel älter als ich."

„Hohoho", lachte mein Vater übertrieben laut, obwohl er doch eigentlich immer Ruhe beim Angeln predigte, um die (ohnehin in diesem See augenscheinlich längst ausgestorbenen) Fische nicht zu verscheuchen. „Das ist mein Sohn! Macht sich an vergebene Bräute ran. Nicht schlecht, Herr Specht!"

Ich fand das natürlich gar nicht komisch. So gut sich die Geschichte auch als Alibi-Ablenkungsmanöver eignete - schon in der Schule hatte ich eine Heidenangst, dass sich einer der Partygäste verplappern und mir daraufhin dieser Mike, der autofahrende Raver-Freund von Halina, alle Knochen einzeln brechen würde. Doch zum Glück bekam die schüchterne Sandra den Mund ohnehin nicht auf, Danni verhielt sich, trotz allem, was ich mir mit ihm schon erlaubt hatte, mir gegenüber stets loyal, Klößchen schmorte in sicherer Distanz an der Hauptschule und Halina selbst würde natürlich auch nicht plaudern.

Nun wusste es also mein Vater. Ich hatte gehofft, die Diskussion sei damit beendet, doch jetzt kam er erst so richtig in Fahrt.

Er erzählte mir widerlich detailreiche Geschichten von ersten Küssen und ersten Dates, die er in meinem Alter angeblich bereits gehabt hatte.

„Also, falls du irgendwann auch mal so ein Mädel findest und ihr euch vielleicht nicht nur küssen wollt, dann weißt du aber schon, was zu tun ist, oder? So etwas zeigen sie euch doch mittlerweile im Unterricht, nicht wahr?"

„Ja, klar", sagte ich. Vom Hörensagen oder aus irgendwelchen Filmen kannte ich diese schrecklichen Gespräche über Sex, die Eltern mit ihren Kindern führten, die mit Bienen begannen und schlimmstenfalls mit Kondomen endeten. Bis eben hatte ich geglaubt, dieser Kelch wäre an mir vorüber gegangen, da meine Mutter viel zu verklemmt und mein Vater viel zu feige war, aber nun meinte zumindest mein Vater bedauerlicherweise, diesbezüglich einen erzieherischen Auftrag wahrnehmen zu müssen.

Allen Ernstes faselte er etwas von geplatzten Kondomen und ungewollten Schwangerschaften. Blümchen und Bienen ließ er weg, er sprach eher so mit mir, als wäre ich sein Kumpel und wir nicht am Baggersee, sondern in der Kneipe.

„Und denk bloß nicht, es reicht, wenn du ihn rechtzeitig rausholst oder nicht ganz reinsteckst oder so'n Mist. Immer mit Gummi, versprich mir das!"

Als er nicht aufhörte, mich anzusehen, rang ich mich zu einem „Ja, Papa, versprochen", durch.

„Gut. Und zwar nicht nur wegen der Babys", setzte er seinen Vortrag fort. „Kannst dir sonst was holen. AIDS zum Beispiel. Bild dir nicht ein, dass das nur Schwuchteln bekommen. Neulich stand in der Zeitung, dass jeder Dritte mit HIV ´ne Frau ist. Oder war's jede Vierte? Keine Ahnung, wie die das überhaupt gezählt haben wollen, bei den meisten von den Schwulis weiß man eh nicht, ob die Männlein oder Weiblein sind."

Er lachte, nicht mehr ganz so laut, aber genauso tief wie eben. Ich lachte auch, aber es fühlte sich schrecklich an, in etwa so, als wenn Joschua einem vor versammelter Mannschaft die Fresse polierte und man vor lauter Schiss vor weiteren Demütigungen so tat, als fände man es urkomisch und es würde einem rein gar nichts ausmachen.

Und da geschah es doch: Meine Rute ruckelte, die Schnur begann zu laufen. Ich hatte einen Fisch am Haken und dem Druck nach zu urteilen, war es kein kleiner. Nervös begann ich mit dem Aufkurbeln, doch das Tier bockte, unternahm einen energischen Fluchtversuch. Mein Vater sah mich ungeduldig an.

„Nun mach schon, Junge, du musst ihn härter drillen, sonst steigt er dir wieder aus!"

Ich guckte wohl sehr hilflos drein, während ich noch eine Weile vergeblich versuchte, meinen Fang in den Griff zu bekommen, denn auf einmal nahm mir mein Vater die Rute einfach aus der Hand. Er lieferte sich einen kurzen, aber erfolgreichen Kampf mit dem Tier und wir beide staunten nicht schlecht, als er es aus dem Wasser holte.

„Ich fasse es nicht, ein Zander! Und das um diese Zeit!"

„Wow", sagte ich. Ich hatte noch nie einen Zander gefangen und mich mit diesen Tieren höchstens mal theoretisch beschäftigt, beim Erwerb meines Angelscheins. Aber das war fast vier Jahre her und ich hatte keine Ahnung mehr, zu welcher Jahres- oder Tageszeit man Zander normalerweise fing, aber allein die Tatsache, dass wir überhaupt mal einen so großen Fisch geangelt hatten, war schon eine Sensation. Er war gefühlt mindestens einen halben Meter lang!

Doch meine Freude über unseren Fang hielt nicht lange an. Mein Vater drückte mir das Tier in die Hand. „So, ich hab ihn gelandet, jetzt darfst du den Rest machen."

Das war der Teil am Fischen, den ich am wenigsten mochte – diese stinkigen und glitschigen, noch zuckenden Tiere zu töten, zu häuten und zu zerlegen. Ich hatte es meinem Vater gegenüber immer versucht zu verbergen, doch ich ekelte mich davor. Vor allem, wenn es so ein riesiges Exemplar war, normalerweise der Stolz eines jeden Anglers.

Unsicher hantierte ich mit dem Messer herum, das er mir ebenfalls in die Hand gedrückt hatte. Fast wäre mir der Fisch wieder ins Wasser gefallen. Ich spekulierte darauf, dass mein Vater abermals die Geduld verlieren und mir die Arbeit abnehmen würde, doch das tat er nicht.

„Sag mir nicht, du hast vergessen, wie das geht."

Ich schüttelte mit dem Kopf und begann, den Fisch zu filtrieren, aber ich tat es wie ein geistesgestörter Serienkiller, der normalerweise keiner Fliege etwas zu Leide tun konnte, aber plötzlich von dunklen Mächten zum Töten getrieben wurde. Mein Vater ärgerte sich zunehmend über mein dilettantisches Verhalten.

„Ein kleiner Schnitt reicht, dann kannst du mit den Fingern unter die Haut fahren und sie abziehen."

Ich tat so, als hätte ich ihn nicht gehört und stocherte weiter mit dem Messer. Niemals würde ich mit bloßen Händen in die Innereien eines solchen Meeresungeheuers fassen!

„Würdest du vielleicht mal hinschauen, was du da tust?"

„Ich kann nicht", sagte ich. Erst da fiel mir auf, dass ich, statt meinen Blick auf den Zander zu richten, die ganze Zeit einen unbestimmten Punkt auf dem Wasser fixierte.

„Was soll das heißen, du kannst nicht?"

Der Ton meines Vaters war scharf, vorwurfsvoll. Und in meinen Ekel mischte sich Wut. Warum zwang er mich, das zu tun? Warum mussten wir überhaupt dieses Tier töten? Am liebsten war es mir immer gewesen, den Fang wieder freizulassen, auch wenn mein Vater das für totalen Unfug hielt und sich stets dagegen sträubte. Und das obwohl er, genauso wie ich, noch nicht einmal besonders gern Fisch aß.

„Ich ekle mich!", stieß ich übertrieben laut hervor und kaum hatte ich es gesagt, war mir der Zander auch schon aus der Hand geglitten. Er fiel zurück ins Wasser, den Köder noch im Maul, längst gestorben. Mit meiner dämlichen Aktion hatte ich nicht einmal den Fisch gerettet.

„Was bist du bloß für eine Memme!"

Er sagte Memme, aber in meinen Ohren klang es wie *Schwuchtel*. Mit aller Macht unterdrückte ich die Tränen. Wir packten unsere Sachen ein und fuhren nach Hause, beinahe ohne ein Wort zu wechseln. Ich war nicht bloß als Angler gescheitert, sondern vor allem mit dem Versuch, meinen Vater zu mögen und von ihm gemocht zu werden.

25.
Bevor ich am nächsten Tag zu Peter ging, machte ich es mir zweimal fast hintereinander. Nicht, weil ich so scharf gewesen wäre, sondern bloß um ganz sicher zu gehen, dass mein selbstauferlegtes Keuschheitsgelübde diesmal funktionieren würde.
Wir hatten uns bis jetzt eigentlich immer bloß mit einem Hallo aus sicherer Entfernung begrüßt, aber nachdem der letzte Abschied so herzlich gewesen war, erschien mir das irgendwie unpersönlich, so dass ich ihm, gut erzogen wie ich war, die Hand gab. Er erwiderte meinen Handschlag sofort und klopfte dabei gleichzeitig mit der linken kameradschaftlich auf meine Schulter.
„Schön, dass du da bist."
Wie selbstverständlich nahm ich Platz im Sessel seines Vaters und ebenfalls wie selbstverständlich holte er uns Eis.
„Hab dich vermisst gestern. Wo hast du gesteckt?"
Eigentlich hatte ich mir vorgenommen, meinen Vater für heute aus meinem Kopf zu streichen, doch nun ging es nicht anders. Ich dachte an unseren gescheiterten Angelausflug und daran, dass *er* mir noch nie gesagt hatte, er würde mich vermissen.
„War mit meinem Vater unterwegs."
„Wie ist es gelaufen?"
„Na ja, er war zumindest nicht besoffen. Hat sich tausend Mal entschuldigt."
„Aber toll war es trotzdem nicht?"
„Verstehst du was vom Angeln?"
„Überhaupt nicht. Dein Vater und du, ihr wart angeln?"
„Ja. Aber für mich war es definitiv das letzte Mal."
Ich berichtete ihm vom Drama um den Zander, übertrieb wie bei Angelgeschichten üblich ein bisschen bei Länge und Gewicht des Fangs, aber blieb ansonsten bei der Wahrheit. Ich erwähnte sogar, wie mein Vater mich genannt hatte. Wie es sich in meinen

Ohren angehört hatte, das sagte ich natürlich nicht, doch Peter schien es sich auch so zu denken können.

„Das hat er sicherlich bloß in dem Moment gesagt, weil er sauer war. Ich weiß mit Sicherheit, dass du keine Memme bist. Und ich denke, das weiß dein Vater auch. So hart wie du gegen mich gespielt hast - so spielt keine Memme."

Wie machte Peter das bloß, dass er mich so oft zum Lächeln brachte, mir ein gutes Gefühl gab, obwohl ich eigentlich traurig war?

Die Stimmung war dermaßen unbekümmert und Peters aufmunternde Zuhörerschaft so angenehm, dass ich drauf und dran war, ihm auch von der peinlichen Sexualkundestunde meines Vaters zu erzählen, doch gerade noch rechtzeitig besann ich mich. Angesichts dessen, was ich mir ihm gegenüber an sexuellen Regungen schon erlaubt hatte, würde er vielleicht die falschen Schlüsse daraus ziehen. Also beschloss ich, ihm mal wieder eine Frage zu stellen.

„Was arbeitest du eigentlich, Peter?"

„Oh, stinklangweiliges Zeug. Ich arbeite bei einer Versicherung."

„Wieso machst du das dann, wenn es so langweilig ist? Verdient man da viel Geld?"

„Also reich wird man davon nicht. Aber ich kann mich nicht beschweren. Und wenn ich ehrlich bin, dann finde ich es eigentlich doch gar nicht so langweilig."

„Was genau machst du denn da?"

„Ich arbeite in der Vertriebsunterstützung. Das heißt, ich bin der Ansprechpartner für die freiberuflichen Vermittler und schule sie im Bereich Marketing und Verkaufsförderung."

Ich hatte keine Ahnung, was sich hinter diesen Begriffen verbarg und es interessierte mich auch gar nicht, da es in der Tat langweilig klang, doch ich wollte auf keinen Fall, dass Peter das merkte, also stellte ich doch noch eine Frage.

„Ich glaube, das wäre nichts für mich. Da muss man bestimmt gut in Mathe sein, oder?"

„Nein, nicht besonders zumindest. Alle Zahlen, die du brauchst, spuckt dir mittlerweile der Computer aus. Eigentlich geht es mehr um Psychologie. Und, ja, so verrückt es klingt, auch um Fantasie. Denn wer ein guter Verkäufer sein will, sollte ein noch besserer Geschichtenerzähler sein. Eine Versicherung hat keinen unmittelbar greifbaren Nutzen. Damit der Kunde sie trotzdem kauft, musst du es schaffen, Bilder in seinem Kopf zu malen."

Ich dachte an die Leute, die manchmal bei uns anriefen oder sogar an der Tür klingelten und die meine Mutter stets sofort abwimmelte und wenn ich fragte, wer denn das gewesen sei, sagte sie meist: Bloß irgendein aufdringlicher Versicherungsvertreter, der uns was aufquatschen wollte. Und zu diesem Schlag gehörte Peter also?

„Hab ich das richtig verstanden: Versicherungen sind also in Wahrheit nutzlos?"

Peter lachte. „Nein, natürlich nicht. Sie bieten dir Schutz und Sicherheit. Aber das kannst du nicht anfassen, nicht einmal sehen. Trotzdem zahlst du Monat für Monat dafür und musst eigentlich hoffen, dass du sie nie brauchst, denn wenn du sie brauchst, ist ja meist etwas Schlimmes passiert."

„Verstehe", sagte ich, auch wenn das nur teilweise zutraf. Das war nun wirklich eines der wenigen Erwachsenen-Themen, die so gar keinen Reiz auf mich ausübten.

„Okay, mal ein Beispiel. Sagen wir, wir kicken eine Runde bei mir im Garten. Mit deinem neuen Super-Ball. Und du lieferst mit deinem starken Rechten mal wieder so einen richtigen Hammer ab, unhaltbar. Aber nicht nur für mich, sondern auch für die Fensterscheibe von der alten Schreckschraube gegenüber."

Ich musste kichern. „Ist das die mit dem Hund?"

„Ja, genau die."

„Geschieht ihr recht. Die kleine Fußhupe ist furchtbar, hat mich schon ein paar Mal ohne Grund blöd angebellt."

„Sie ist auch nicht viel sympathischer. Steht ständig am Fenster und glotzt. Manchmal glotze ich zurück, daher weiß ich zufällig, dass sie nicht nur den einen Hund hat, sondern auch noch ein paar weitere, allerdings allesamt aus Porzellan. Abscheulich, aber mit Sicherheit sehr teuer. Und nun stell dir vor, dein Kracherschuss haut nicht bloß ihre Fensterscheibe in tausend Scherben, sondern reißt auch noch eines ihrer Porzellanhündchen in Stücke."

Wieder lachte ich. Ob das wirklich möglich war? Ich bekam direkt Lust, es mal auszuprobieren.

„Pass auf, das ist noch nicht alles. Denn im Moment des Einschlags kommt die kleine Töle angerannt und kriegt den Schädel ihres versteinerten Artgenossen direkt auf die Schnauze gepfeffert. Keine Angst, der Hund wird's überleben, einer komplizierten, kostspieligen Operation beim Tierarzt sei Dank, bei der aber leider, leider die Stimmbänder versehentlich durchtrennt werden, so dass er Tag seines Lebens statt seines herzhaften Bellens nur noch ein leises Piepen hervorbringt und man ihn von weiten fortan für einen Kanarienvogel auf vier Beinen hält."

Das war wirklich eine zu komische Vorstellung.

„Hör zu, dir wird das Lachen noch vergehen. Denn du wurdest beobachtet und als Schütze identifiziert. Der Glaser, der Tierarzt und die Porzellanmanufaktur schicken ihre saftigen Rechnungen direkt an dich. Da kommt locker ein vierstelliger Betrag zusammen. Du musst kein Genie in Mathe sein, um auszurechnen, was das bedeutet: Taschengeldentzug bis zum Lebensende."

Natürlich wusste ich längst, worauf Peter hinaus wollte.

„Okay, wo muss ich unterschreiben?", sagte ich. „Und danach hol schon mal den Ball, dann lassen wir's krachen. Zahlt ja meine neue Versicherung."

Jetzt hatte ich es mal geschafft, ihn zum Lachen zu bringen. „Ganz schön clever. Aber ich muss dir leider sagen, dass dein Plan nicht aufgeht. Das wäre Vorsatz, und bei Vorsatz leistet keine Versicherung."

„Aber die wissen doch nicht, dass ich es mit Absicht gemacht habe."

„Wenn Versicherungen sich so leicht betrügen lassen würden, dann gäbe es schon lange keine mehr. Wir kriegen so etwas raus, wir Versicherungsleute. Immer."

Ich wusste zwar nicht, wie sie das anstellen wollten, aber ich glaubte ihm. Wenn jemand Gedanken lesen und in Köpfe schauen konnte, dann Menschen wie Peter.

„Ich würde so etwas eh niemals machen." Nicht, dass er noch ein falsches Bild von mir bekam. Ich spielte wirklich höchst selten irgendwelche üblen Streiche (leider gehörte ich mittlerweile eher zu jenen, denen selbst üble Streiche gespielt wurden).

„Gut so. Schon aus dem Grund, weil man sich vielleicht gegen den materiellen Schaden, aber nicht gegen die immateriellen Folgen absichern kann. Mit anderen Worten: Eine Versicherung gegen Hausarrest oder gar schlechtes Gewissen haben wir leider nicht im Angebot."

„Schade", sagte ich. „Die würde ich beide sofort kaufen."

Hätte mir jemand einige Wochen zuvor gesagt, ich würde mich mit einem Erwachsenen derart gut verstehen, hätte ich es ihm nicht geglaubt. Und wenn er mir dann auch noch gesagt hätte, ich würde mit diesem Erwachsenen interessante und unterhaltsame Gespräche über *Versicherungen* führen, dann hätte ich ihn für verrückt erklärt.

„Mal ehrlich, selbst wenn es so etwas gäbe und so gern ich auch verkaufe: Das würde ich dir nicht empfehlen. Wäre rausgeschmissenes Geld. Ich kann mir nicht vorstellen, dass ein so anständiger Junge wie du besonders häufig Hausarrest bekommt. Und noch viel wichtiger: Du hast dir mit Sicherheit nichts zu Schulden kommen lassen, wofür du ein schlechtes Gewissen haben müsstest."

Man hätte diese Worte als Schmeichelei abtun können, als Versuch, ein einsames und emotional verwirrtes Kind ein wenig aufzubauen, aber ich wusste, dass mehr dahintersteckte. Ich spürte, dass Peter glaubte, was er da sagte. Er schien in mir wirklich diesen anständigen, gar unschuldigen Jungen zu sehen, der ich schon längst nicht mehr war. Es war ja nicht bloß die Sache mit meinen Eltern. Natürlich trug ich eine Mitverantwortung am desolaten

Zustand meines Vaters, angesichts meiner Unfähigkeit, ihm der Sohn zu sein, den er gern gehabt hätte. Doch meine buchstäbliche Unschuld hatte ich schon lange vorher verloren. Wenn Peter wüsste, was ich etwa im Internet oder in Gedanken schon alles getan hatte! Genau genommen war das Zulassen unseres kleinen Massage-Unfalls dagegen geradezu harmlos, so einschneidend dieses Erlebnis für mich auch gewesen sein mochte. Ich nahm mir vor, dass er nie von meiner Perversion erfahren durfte, so wie ich auch nichts von seiner wissen wollte, egal wie sehr ich mich damit gedanklich bereits befasst und sogar erregt hatte.

„Hat deine Schwester dir eigentlich noch gratuliert?"

Als wäre die Stimmung nicht schon wieder ernst und nachdenklich genug geworden, brachte er nun auch noch ein weiteres heißes Eisen auf den Tisch, auch wenn er sich dessen wahrscheinlich nicht bewusst war. Ich hatte ihm bislang nicht viel von Lucy erzählt, nur, dass es sie gab, dass sie achtzehn war und zurzeit im Ausland weilte.

„Ja."

„Geht es ihr gut?"

„Denke schon."

An der Knappheit meiner Antworten und an meinem Gesichtsausdruck dazu merkte Peter mit Sicherheit bereits, dass er abermals ein heikles Thema angepackt hatte, aber das hinderte ihn nicht, weiter zu fragen. Ich war ihm dankbar und verfluchte ihn dafür zugleich.

„Vermisst du sie?"

„Ein bisschen." Eigentlich wollte ich ihm die Geschichte nicht erzählen. Auf keinen Fall sollte er mich schon wieder heulen sehen, sonst überlegte er es sich vielleicht noch einmal, ob er mich nicht doch für eine Memme halten musste.

„Ihr versteht euch gut?"

„Na ja, wir streiten schon ziemlich oft."

„Wann kommt sie wieder?"

So waren Peters Fragen ganz oft. Früher oder später führten sie zum Kern der Sache. Da half kein Drucksen und kein Drumherumreden. Man konnte ihm vieles vorwerfen, aber mit

Sicherheit nicht Oberflächlichkeit. Im Unterschied zur Mehrheit der Erwachsenen gab er nicht nur vor, sich für mich zu interessieren. Ich interessierte ihn wirklich.

„Sie kommt erst einmal gar nicht wieder. Hat sich in einen Typen verliebt, 'nen Franzosen."

Ich schaffte es, diese schmerzliche Wahrheit ziemlich ausdruckslos rüberzubringen, so als wäre es mir herzlich egal. Von Tränen zum Glück keine Spur. Nur so etwas wie ein Brennen in meiner Brust.

„Und jetzt bist du sauer auf sie, enttäuscht."

Da war er wieder, Peters Röntgenblick, direkt in mein Herz. Ich antwortete nicht, aber er hatte mir genau genommen ja auch gar keine Frage gestellt.

„Das verstehe ich. Aber ich kann auch deine Schwester verstehen. Mir ging es in ihrem Alter nicht anders. Ich bin auch weggegangen."

Okay, das ging zwar ein wenig in die Richtung, in die ich eigentlich nicht mehr wollte, aber ich war zu neugierig, um es nicht zu fragen.

„Warst du auch verliebt damals?"

„Ja. Und zwar vor allem in das Leben, in die Freiheit, die große weite Welt. Weißt du, warum ich ausgerechnet nach Hamburg bin? Ich kannte da ja niemanden."

„Keine Ahnung. War noch nie da. Wann war das, in den Achtzigern? Vielleicht wolltest du den HSV sehen, weil der damals noch 'ne große Nummer war?"

Peter lachte. „Na ja, nicht ganz der Grund. Noch wichtiger als das Volksparkstadion ist in Hamburg der Hafen. So ziemlich der größte in Europa. Deshalb nennt man die Stadt auch ‚Tor zur Welt'. Und ich hatte wirklich vor, auf irgendeinem Schiff anzuheuern und über die Ozeane zu schippern."

„Und, hast du's gemacht?"

„Nein, sie wollten mich nicht. Zu jung, zu grün hinter den Ohren. Ich hätte mich besser vorbereiten sollen. Von Schiffen hatte ich als Landratte ja keine Ahnung. Ich konnte nicht einmal Backbord von Steuerbord unterscheiden. Und dann hab ich mich auch noch wirklich verliebt."

„In wen?" Oh ha, jetzt rückte er also doch noch raus mit der Sprache. Gespannt hielt ich den Atem an.

„In die Stadt hinter dem Hafen. Ja, und ein bisschen auch in einen Menschen in dieser Stadt. Aber das ist eine lange Geschichte, die erzähle ich dir ein andermal."

Ich versuchte, mir meine Enttäuschung nicht anmerken zu lassen.

„Was ich eigentlich bloß sagen wollte: Was deine Schwester macht, ist ganz normal. Auch wenn du dich vielleicht sitzen gelassen fühlst, so wie damals meine Mutter – wenn man in diesem Alter weit von zu Hause weggeht, heißt das nicht, dass man seine Familie nicht mehr liebt. Früher oder später wird sie zurückkommen, so wie ich ja auch."

„Mhm", sagte ich, doch seine Worte trösteten mich nicht, im Gegenteil. Vermutlich hatte er recht, aber das machte die Sache nicht besser. Ich war nun 14 und trotzdem noch immer Lichtjahre entfernt von all dieser Freiheit, die Peter und vermutlich auch meine Schwester antrieb und beflügelte.

„Wollen wir noch ein bisschen kicken?"

Ich fühlte mich so steif und schwer, als würde ein unsichtbares Gewicht mich immer tiefer in den Sessel drücken, unfähig je wieder aufzustehen, daher zuckte ich bloß mit den Schultern.

„Muss ja auch nicht sein. Wir können auch 'ne Runde oben am C64 zocken, wenn du magst?"

„Weiß nicht."

Ich wusste wirklich nicht, zu was ich Lust hatte. Eigentlich wäre es mit dieser Laune das Beste gewesen, nach Hause zu gehen und mich in meinem Zimmer einzuschließen, aber das wollte ich auch nicht. Also blieb ich einfach sitzen.

Zu meiner Überraschung unternahm Peter keine weiteren Versuche, mich zu etwas zu überreden oder wenigstens aufzumuntern. Er saß einfach nur da, sah gelegentlich mit offenem, verständnisvollen Blick zu mir hinüber, während ich versuchte, nirgendwo hinzusehen und an nichts zu denken, was leider unmöglich war.

Ich war es, der diesen Stillstand herbeigeführt hatte, aber es erschien mir so, als könnte er ihn viel besser ertragen. Als genügte Peter die bloße Anwesenheit eines launischen Teenagers in seinem Wohnzimmer, um glücklich zu sein.

Irgendwann hielt ich die Stille und vor allem die Regungslosigkeit nicht mehr aus, aber da mir nichts Vernünftiges einfiel, was ich hätte sagen oder tun können, begann ich, mit den Füßen zu wackeln. Zunächst nur ein bisschen hin und her, doch dann schlug ich sie immer höher, so dass ich den gläsernen Couchtisch touchierte. Ja, ich weiß, keine sehr altersgemäße Beschäftigung. Ich rechnete jeden Moment mit einer Ermahnung Peters. Sogar mich selbst nervte ja das Geräusch meiner Sohlen an der Metallkante und außerdem wusste ich dank meiner Mutter sehr wohl, dass man mit Schuhen keine Möbel zu berühren hatte.

Doch was tat mein großer Freund? Es mir gleich! Ebenso gemächlich wie ich schwang er seine hausbeschuhten Füße gegen die Sofatischkante und wieder zurück auf den Boden. Als ich mein Starren ins Leere aufgab und stattdessen zu ihm sah, bemerkte ich, was er da tat. Er hatte mir einen Spiegel vorgesetzt - und karikierte gekonnt das Schmollgesicht, das ich, mehr oder weniger unbewusst, während der letzten Schweigeminuten im Sessel wohl gezogen haben musste: Die Mundwinkel tief hängend, die Lippen etwas dicker als üblich, Augen trotzig nach vorne gerichtet.

Unweigerlich musste ich schmunzeln. Er hatte es mal wieder geschafft. Ich war mir sicher, er würde jetzt auch lachen, doch er blieb in seiner Rolle, verzog keine Miene. Und auf einmal traf sein Hausschuh nicht mehr den Tisch, sondern mein Bein. Er saß ganz außen auf der Ledercouch, so dass er sich nicht einmal groß verrenken musste, um meine ausgestreckten Füße zu erreichen. Zunächst war ich zu verdutzt, um eine Reaktion zu zeigen, doch als er mich noch zwei oder drei weitere Male angestupst hatte, revanchierte ich mich, indem ich das Gleiche bei ihm tat.

Mein Fußtritt war jedoch ungleich unsanfter als seiner, hatte ich doch meine Turnschuhe anbehalten (etwas, das bei uns zu

Hause strengstens verboten war, Peter aber nichts ausmachte). Übertrieben schmerzverzerrt verzog er nach meinem Tritt das Gesicht und hielt sich das Bein.

„Schwalbe!", rief ich. „Hab dich doch gar nicht berührt!"

„Ach ja?" Peter hob die Füße, so hoch er konnte und streckte sie dann so weit aus, dass er mir mit dem Hausschuh einen sanften Schlag auf den Kopf gab.

„Was sollte das denn?"

„Kein Foul! Hab nur den Ball gespielt!"

„Na warte!" Immerhin zog ich meine Schuhe aus, bevor ich zur Revanche ansetzte. Zunächst schaffte Peter es noch, mit den Händen mein Bein von seinem Kopf fernzuhalten, doch als ich das zweite zur Hilfe nahm, gab es kein Entrinnen mehr: Er hatte meine Füße im Gesicht, was in Anbetracht der Tatsache, dass ich es mit dem Sockenwechseln in den Ferien nicht ganz so genau nahm, sicherlich kein Hochgenuss war.

„Igitt, Einsatz von chemischen Waffen! Das ist unfair!"

Ohne genau zu wissen wie, war ich Augenblicke später auf dem Sofa gelandet. Wir lieferten uns einen Kampf mit allem, was dazugehörte: Faustschlägen, Tritten, Kitzelattacken und Ringereinlagen. Es war ziemlich lang her, dass ich mich das letzte Mal so leidenschaftlich gekeilt hatte. In der Schule fanden die Attacken mittlerweile eher auf verbaler Ebene statt und waren alles andere als faire, ergebnisoffene Schlachten, da sie nicht eins gegen eins, sondern einer gegen alle ausgetragen wurden.

Und selbst meine früheren Kindheitsgefechte waren nie so perfekt wie dieser Kampf. Entweder waren sie entglitten, so wie oftmals mit dem dicken Martin, der nie gewusst hatte, wann es genug war. Oder sie waren zu harmlos gewesen, so wie die mit meinem Vater, der viel zu früh so getan hatte, als habe ich ihn besiegt und sich nur halbherzig zur Wehr gesetzt hatte.

Ganz anders Peter. Während er bei den Zweikämpfen auf dem Fußballplatz noch äußerst zurückhaltend gewesen war, lieferte er sich nun ein echtes Kräftemessen mit mir. Er achtete zwar darauf, mich nicht ernsthaft zu verletzen, doch blaue Flecken würden mir genauso wie ihm als Erinnerung an diese Auseinandersetzung bleiben.

Auf die ebenso effizienten wie unangenehmen Angriffe in die Weichteile verzichteten wir beide. Insbesondere Peter achtete penibel darauf, sein Gemächt vor meinem, und sei es auch nur zufälligen Zugriff zu schützen und auch meine Kronjuwelen verschonte er glücklicherweise (im Gegensatz zu Martin, der neben Klößchen damals gut und gern auch den Kampfnamen Eierkneifer verdient hätte).

Längst zeichnete sich meine Niederlage gegen den durchtrainierten und viel größeren Peter ab, die ich einzuräumen aber nicht bereit war. Im Stil eines Amokläufers kämpfte ich auch dann noch weiter, als ich bereits chancenlos unterlegen und entkräftet war. Es hätte nur eines einzigen Schlages bedürft und ich wäre wirklich k.o. gegangen. Doch das war nicht Peters Anliegen. Stattdessen schaffte er es, mich so festzuhalten, dass ich unfähig war, noch irgendeine Bewegung auszuführen.

„Na, gibst du jetzt endlich auf?"

Ich schüttelte mit dem Kopf. „Lass mich los und ich zeig's dir!"

„Da musst du dich schon selbst befreien", sagte er. Mir tat jeder Knochen und jeder Muskel meines Körpers weh, aber es war ein angenehmerer Schmerz als zum Beispiel der vorhin in der Brust, denn ich wusste genau, wovon er kam und dass er bald wieder vergehen würde.

Ich zappelte noch ein bisschen wie der Zander tags zuvor, doch gegen Peters festen Griff war ich machtlos.

„Okay, ich kapituliere", sagte ich. Dem Braten nicht ganz trauend, lockerte er zwar seine Umklammerung, ließ mich aber noch immer nicht ganz los. Ich überlegte kurz, ob ich die Gelegenheit für einen Gegenschlag nutzen sollte, entschied mich dann aber angesichts der schmerzhaften Konsequenzen dagegen. Aber aufstehen und mich aus seinen Armen lösen, das wollte ich auch nicht. Also verharrte ich zum zweiten Mal an diesem Nachmittag regungslos, diesmal jedoch nicht launisch schmollend, sondern eher wohlig schmachtend, erwärmt von aufkommenden Blutergüssen gleichermaßen wie von der Nähe zu Peter.

Auch er machte keine Anstalten, sich von mir zu lösen und so geschah es, dass eine der härtesten Rangeleien, die ich jemals geführt hatte, nahtlos in eine Art passives Kuscheln überging. Wir lagen ineinander verschlungen auf dem Sofa, sahen uns erschöpft und verlegen an und rührten uns nicht.

Und, was fast noch entscheidender war, auch bei mir rührte sich nichts, untenherum, so intim diese Situation auch war. Ich war unglaublich erleichtert, dass ich mich dermaßen gut im Griff hatte.

Schließlich war Peter es, der sich zuerst bewegte. Er zog seine Arme unter meinem Rücken heraus und richtete sich langsam auf.

„Ich könnte zur Abkühlung 'ne Cola vertragen. Willst du auch was Trinken?"

Er hatte sich schnell von mir abgewandt, war schon halb auf dem Weg in Richtung Küche, und doch sah ich sie selbst aus dem Augenwinkel klar und deutlich. Die Wölbung in seiner Jeans; riesig, unzweideutig.

26.

Eigentlich kam ich erstaunlich glimpflich davon. Bis auf ein läppisches PC- und Internetverbot, das sie nach ein paar Tagen schon nicht mehr konsequent überwachte, bestrafte sie mich nicht, ja sprach nicht einmal einen Tadel aus oder hielt mir eine ihrer üblichen Moralpredigten. Fast wünschte ich, sie hätte es getan. Denn stattdessen übten wir uns beide im Verdrängen. Erfolglos. Niemals würde ich ihren Blick vergessen können. Diese Mischung aus Enttäuschung, Ekel und Angst, der daraus sprach, war schlimmer als jede Strafe.

Ich hatte natürlich selber schuld an alledem, war unvorsichtig und leichtsinnig geworden. Ich witterte keine Gefahr, da sie sich nach wie vor diese Ferien kaum mit mir und fast nur noch mit ihrer Arbeit beschäftigt hatte. Also gönnte ich mir eine schnelle Nummer vor dem Zubettgehen und schob ausnahmsweise nicht einmal den Papierkorb vor die Tür. Aber der PC war an und eine einschlägige Seite geöffnet – der Weg in die dreifache Katastrophe geebnet.

Erstens: Sie erwischte mich beim Onanieren. Zweitens: Sie sah die Bilder auf meinem Bildschirm. Drittens: Sie erkannte, was die Bilder bedeuteten. Wie sollte ich ihr jemals wieder in die Augen schauen?

Hatte sie angeklopft? Vermutlich, aber wie üblich kein ‚Herein' abgewartet. Sie stand plötzlich da, und auch wenn ich alles einpackte, schloss und herunterfuhr, war es offensichtlich und zu spät.

Noch Wochen nach dem Zwischenfall rechnete ich damit, dass sie jeden Augenblick ein ernstes Gespräch darüber mit mir führen würde. In Gedanken überlegte ich mir immer wieder, wie ich diese peinliche Diskussion schnellstmöglich beenden und mit welchen Ausflüchten ich mich notfalls gegen ihre Vorwürfe wehren und ihre Ängste zerstreuen könnte. Doch es passierte nichts dergleichen.

Ich glaubte, es würde daran liegen, dass ihr gelungen wäre, was mir nicht gelingen wollte: die Sache zu vergessen. Doch den wahren Grund für ihr Schweigen erfuhr ich erst viel später. Hinter meinem Rücken hatte sie kurz nach der pikanten Beobachtung einen Psychologen kontaktiert und zu meinem Verhalten befragt. Er hatte ihr zum Nichtstun, zum Abwarten geraten und sie mit der Phrase von der *Phase* konfrontiert, woran sie so unerschütterlich wie an die Heilige Schrift geglaubt hatte, getreu dem Mantra: „Es geht vorüber". Pubertäre Neugier, mehr nicht.

In Sachen Peter war ich genauso inkonsequent wie meine Mutter bei mir. Zunächst nahm ich mir mal wieder vor, ihn nicht mehr zu besuchen, doch ich hielt kaum länger als einen halben Nachmittag allein zu Hause durch. Ich redete mir ein, dass es bloß daran lag, dass Danni noch immer verreist und die Ferien ohne einen Freund einfach stinklangweilig waren, doch das war natürlich nicht der einzige, nicht einmal der wichtigste Grund.

Mein Vorsatz, mir ihm gegenüber nichts von dem Zwischenfall anmerken zu lassen, scheiterte ebenso wie der, kein Sterbenswörtchen darüber zu verlieren. Es kam also, wie es kommen musste: Ich verplapperte mich. Und zwar schon bei der ersten Gelegenheit, nach nicht einmal fünf Minuten, als er wissen wollte, warum ich so einen bedrückten Eindruck machte.

„Was bedeutet das, sie hat dich erwischt? Wobei denn?"
„Äh, beim Rauchen."
„Okay, verstehe. Und was hat sie gesagt?"
„Nichts. Also, dass es ungesund ist natürlich."
„Da hat sie recht. Ich hab übrigens aufgehört. Wollte ich schon lange. Solltest du auch machen, dringend."

„Ja, vielleicht", sagte ich. Es schmeichelte mir, dass er mich, der in seinem Leben bislang vielleicht siebeneinhalb Züge genommen hatte, offenbar für einen echten Raucher hielt. Und anscheinend war ich doch kein so schlechter Lügner wie ich immer gedacht hatte.

„Hat sie dir auch irgendwelche Strafen aufgebrummt?"
„Ja, PC- und Internetverbot."
„Oh, du hast Internet? Was machst du denn da so?"
„Nichts Besonderes. Sachen für die Schule raussuchen hauptsächlich."

Wahrscheinlich war es neben dieser absurden Behauptung vor allem die plötzliche Rötung meines Gesichts, die mich verriet.

„Für die Schule, schon klar, verstehe", sagte Peter und lächelte verschmitzt. „Bist du sicher, dass dich deine Mutter beim *Rauchen* erwischt hat?"

Und ich hatte wirklich gedacht, es würde vielleicht so funktionieren wie mit Danni, wenn ich ihm Geschichten von Mädchen erzählte, die in Wahrheit Jungs waren, aber Peter war in dieser Hinsicht offenbar trotz der Hochbegabung meines Schulfreundes gewiefter als dieser und hatte mein Märchen längst als solches durchschaut. Ich war dermaßen erschüttert darüber, dass ich ganz versäumte, Peters Andeutungen mit der nötigen Vehemenz von mir zu weisen, so dass ich ihn in seinem Verdacht offenbar bestätigte.

„Also, nur mal angenommen, sie hätte dich im Internet beim Betrachten einschlägigen, nennen wir es mal *Lehrmaterials* erwischt, dann wäre das natürlich peinlich, aber auch nicht all zu dramatisch. Sondern nur menschlich. Ich bin mir sicher, auch deine Mutter hat sich irgendwann in ihrem Leben so etwas schon mal angesehen."

Es war geradezu unheimlich. Peter wusste einfach alles, sogar von der eingestaubten Videokassette mit den sternchenbedeckten Geschlechtsteilen auf dem Cover, die ich vor langer Zeit im Schlafzimmerschrank meiner Eltern entdeckt hatte.

Fast noch unverständlicher war jedoch, wie Peter mich dazu brachte, Dinge zu sagen und später auch zu tun, die ich eigentlich nie hatte sagen oder gar tun wollen.

„Aber bestimmt nicht so etwas!", entfuhr es mir.

Man erkannte unschwer an Peters verzückten Gesichtsausdrücken, wie sehr er seinen Treffer ins Schwarze genoss.

„Was meinst du damit?"

„Nichts. Ist egal." Einen Schritt nach vorn, zwei zurück – so etwas funktionierte nicht, wenn man, wie ich, gerade einen Sprung ins kalte Wasser gewagt hatte und in der Tiefe seines Herzens trotz aller virtuellen Spritztouren noch Nichtschwimmer war.

„Erinnerst du dich noch, was ich dir an deinem Geburtstag gesagt habe? Mütter verzeihen einem alles. Sie verstehen es vielleicht nicht immer, aber sie hören deswegen nicht auf, ihre Kinder zu lieben."

„Hat deine Mutter dich auch…?" Ich beendete die Frage nicht, denn mir wurde klar, dass es nicht die geplante, gut kaschierte Überleitung weg von mir und hin zu ihm geworden wäre, sondern ein Schuldeingeständnis.

„Nein, solche Möglichkeiten gab es damals noch nicht", sagte Peter lachend. „Aber sie hat es trotzdem gemerkt."

Ich wollte es nicht wissen und gleichzeitig wollte ich es unbedingt wissen. Die Neugier siegte.

„*Was* hat sie gemerkt?"

„Na, dass ich mir mehr aus Jungs als aus Mädchen mache", sagte er und zwinkerte mir komplizenhaft zu. „Jetzt guck nicht so, was ist denn dabei! Außerdem hast du dir das doch bestimmt eh schon gedacht, oder?"

Langsam klappte ich den Mund wieder zu. Klar hatte ich mir das gedacht. Aber das Unfassbare war ja nicht, dass er so empfand, sondern wie locker er das über die Lippen brachte. Sogar ganz ohne das böse Sch-Wort zu benutzen, so beiläufig, als ginge es um die Frage, ob man McDonald's oder Burger King präferierte. Während ich meine Vorlieben als eine Art Staatsgeheimnis sah, als etwas, das es unter allen Umständen im Dunkeln zu halten galt, plauderte er einfach so drauf los, gestand es ohne Not, obwohl er beileibe keine dieser paradiesvogelstolzen TV-Tunten war.

Er hatte mir also eine überhaupt nicht schlüpfrige und sehr unverfänglich daherkommende Möglichkeit gegeben, einzugestehen, dass er richtig lag und ich mir auch ‚etwas aus Jungs machte', aber ich tat ihm diesen Gefallen nicht. Noch nicht. Stattdessen befragte ich ihn weiter zu seiner Mutter, denn das interessierte mich aus naheliegenden Gründen wirklich.

„Wie sie es rausbekommen hat? Das war wohl nicht so schwer. Ich hab schon als kleines Kind immer sehr für gewisse Jungs geschwärmt und konnte das kaum hinter dem Berg halten."

Peter und ich, wir waren Brüder im Geiste! Was für ein sensationelles Gefühl es doch war, wenn man plötzlich feststellte, doch nicht der einzige Mensch auf Erden zu sein, der auf eine gewisse Art fühlte und bestimmte Erfahrungen gemacht hatte.

Den gravierenden Unterschied, den es zwischen uns gab, nämlich dass Peter groß geworden war, die Objekte seiner Begierde aber nicht, denn ganz offensichtlich war ich eines davon, den sah ich in diesem Moment nicht – oder er war mir egal. Alles, was zählte, war, dass ich zum ersten Mal in meinem Leben eine Art Rollenvorbild gefunden hatte. Jemanden, der homosexuell war, ohne dies zur Schau zu stellen. Der kämpfte wie Klößchen, kickte wie Joschua und dennoch liebte wie Manuel.

„Und wie hat deine Mutter reagiert?"

„Gar nicht, eigentlich. Wir haben so gut wie nie darüber gesprochen. Sicher war es nicht ganz einfach für sie. Für mich ja auch nicht. Aber geliebt hat sie mich noch genauso."

Ich nickte zufrieden. Ohne besonderen Anlass wuschelte mir Peter durch die Haare und anders als wenn Erwachsene das sonst taten, störte es mich nicht, im Gegenteil.

„So, und jetzt kicken wir endlich mal wieder eine Runde, bevor wir es noch verlernen. Was meinst du?"

Wir schnappten uns den Ball und liefen zum Vereinsgelände, doch der Platz war besetzt. Während wir noch pausierten, hatte für irgendeine Altherren-Mannschaft die Saison bereits wieder begonnen.

Nachdem wir der eher müden Partie der Fußball-Senioren, die tatsächlich kaum älter als Peter gewesen sein durften, eine Weile zugeschaut hatten, gingen wir zurück zu Peters Reihenhaus und spielten uns den Ball auf der wie immer akkurat gemähten, aber viel zu kleinen Rasenfläche ein wenig hin und her, was logischerweise nicht allzu unterhaltsam war, vor allem, weil wir dabei auch noch von der alten Frau im Haus gegenüber beobachtet wurden. Die ganze Zeit musste ich widerstehen, die Kugel wie in Peters Geschichte mal so richtig kraftvoll in ihre Richtung zu donnern. Dabei hätte es nicht einmal zu Glasbruch kommen müssen, denn sie saß auf der Terrasse. Doch statt in ihre Frauenzeitschrift schaute sie nur auf uns, als würden wir uns gerade um den Champions League-Titel duellieren.

„Aufpassen, junger Mann, nicht so stürmisch!", mischte sie sich plötzlich ein, als ich den Ball einmal versehentlich über die hüfthohe Hecke gejagt hatte. Offenbar meinte sie es ernst, denn sie machte ein erzürntes Gesicht, obwohl der Schuss wirklich vollkommen harmlos und weit entfernt von ihrem Grundstück auf dem schmalen Weg zwischen den Geräten gelandet war.

„Seien Sie unbesorgt, Frau Nachbarin, mein Neffe ist ein hervorragender Fußballer und sehr umsichtig", sagte Peter.

Ich musste kichern, nicht nur wegen des hervorragenden Fußballers, sondern weil er mich als seinen Neffen ausgegeben hatte. Bereitwillig spielte ich das Spiel mit.

„Onkel Peter, wollen wir reingehen und ein Eis essen?"

Kurze Zeit später saßen wir im Wohnzimmer und gönnten uns unsere tägliche Ration Calippo. Als wir fertig waren, warf Peter kommentarlos eines der Sofakissen in meine Richtung. Natürlich bekam er es sofort mit doppelter Härte zurück und Sekunden später hatte sich eine beherzte Kissenschlacht daraus entwickelt.

Ich weiß nicht mehr genau, wie und warum, jedenfalls dauerte es nicht lang, da war ich vom Sessel aufgestanden und neben Peter auf dem Sofa gelandet. Noch immer bewarfen wir uns mit Kissen, nahmen nun aber auch Hände und Füße zur Hilfe.

Diesmal war Peters Deckung überraschend lückenhaft, so dass es mir gelang, ihm einen zwar nicht besonders harten, aber dennoch bestimmt nicht ganz schmerzfreien Schlag in die Weichteile zu verpassen. Auch wenn mir die Brisanz meines Handelns sofort bewusst wurde, war es mehr oder weniger Zufall gewesen und meine Hand allerhöchstens unterbewusst dort gelandet. Es ging so schnell, dass ich nicht hatte erfühlen können, ob er abermals eine Erektion hatte. Und sehen konnte ich auch nichts, da ich die meiste Zeit bei dieser Schlacht, ein Kissen oder eine Hand oder beides vor meinem Gesicht war.

Was ich jedoch sehr wohl bemerkte war, dass Peter sich auf der Stelle für meinen Eiergriff mit einem ebensolchen revanchierte. Ich übertrieb maßlos, was die Schmerzen anbelangte und hielt mir unter Schreien die Hand vors Gemächt.

„Aua! Aua! Du hast mich kastriert!"

Klar war das albern und heikel obendrein, zumal ich merkte, dass meine Hoden völlig unversehrt waren, wohl aber mein Penis langsam aber sicher anschwoll. Und das nicht ob der Schmerzen.

„Ach, Quatsch, das war doch gar nichts. Lass mal sehen."

„Ja, ja, das könnte dir so passen."

Ich war selbst erstaunt über meine kokette Bemerkung, war das doch normalerweise gar nicht meine Art. Aber was war schon normal, seitdem ich Peter kennen gelernt hatte.

Wir kämpften eine Weile weiter, als wäre nichts geschehen, doch dann kam plötzlich wieder von irgendwoher Peters Hand und landete erneut in meinem Intimbereich, etwas weiter oben diesmal. Er beeilte sich, sie wegzuziehen und es wie Zufall aussehen zu lassen, doch mir war längst klar, dass es keine Zufälle mehr gab. Nun war ich es, der sich umgehend revanchierte und auch ich griff nun etwas höher.

Nachdem wir uns nun beide davon überzeugt hatten, dass dieser eigentlich völlig infantile Kampf nicht nur uns selbst, sondern auch unser Gegenüber erregte, ging alles erstaunlich schnell.

Auf einmal stand Peter auf und zog die Vorhänge zu. Ich überlegte, ebenfalls aufzustehen, doch ehe ich mich versah saß er auch schon wieder neben mir auf dem Sofa.

„Na, tut's noch weh?"

Ich schüttelte mit dem Kopf.

„Gar nicht mehr?"

„Bisschen, vielleicht."

„Soll ich mal massieren, so wie neulich? Du weißt, ich bin ein verdammt guter Masseur."

Ich zuckte mit der Schulter. Meine Zunge schien gelähmt zu sein, mein Mund wie ausgetrocknet und mein Kopf drohte genauso wie meine Unterhose zu explodieren.

Zum zweiten Mal ließ ich es geschehen. Peter masturbierte mich, zunächst wieder nur durch die Hose, doch dann steckte er die Hand in den Bund und legte sie direkt auf meine Boxershorts.

„Ist das gut so? Oder soll ich aufhören?"

Wieder bloß ein Schulterzucken. Er begann, die Hand behutsam auf und ab zu bewegen.

„Also, wenn du keinen Bock mehr hast, musst du bloß was sagen, okay?"

Ich sagte – nichts.

Stattdessen schloss ich die Augen, so wie damals, als ich noch sehr klein war und dachte, wenn ich niemanden mehr sehen würde, dann könnte auch kein anderer mich sehen.

Peters Hand war überhaupt nicht kalt und doch durchfuhr meinen Körper ein Frösteln, als seine Finger durch den Eingriff in meiner Unterhose mein Glied berührten.

„Darf ich ein bisschen runterziehen?", fragte er, während er sich mit der anderen Hand bereits an meiner Hose zu schaffen machte. Noch immer brachte ich kein Wort über die Lippen, leistete aber jedoch körperlich leichten Widerstand, indem ich meinen

Hintern fest gegen das Sofa drückte und es Peter auf diese Art erschwerte, mir die Hose herunterzuziehen.

„Wie du willst, ist kein Problem. Aber du musst dich echt nicht schämen."

Ich wünschte mir, Peter würde einfach nur schweigen und weitermachen und mich endlich von dieser Last namens Lust befreien, damit ich wieder klar denken konnte, doch ich sagte noch immer kein Wort. Stattdessen vergaß ich, weiter Widerstand zu leisten und auf einmal rutschte zuerst die Jogginghose, dann die Unterhose wie von selbst herunter.

„Wow. Sieht echt gut aus."

Das konnte er unmöglich ernst meinen. Er war winzig, selbst in diesem Zustand. Ich hatte mit Mühe und Not mittlerweile zwei Dutzend Haare am Sack. Noch immer war es für mich völlig unerklärlich, dass ihn möglicherweise genau das so scharf machte.

Er massierte meine Hoden, doch es kitzelte und als er merkte, wie ich zurückwich, hörte er sofort wieder damit auf.

Kurz darauf spürte ich seine Zunge an meinen Penis. Ich presste die Augen noch fester zusammen, so dass kleine bunte Kreise vor meinen geschlossenen Lidern auftauchten.

Obwohl es doch recht naheliegend war, dauerte es eine Weile, bis ich begriff, was da gerade geschah. Es war überhaupt nicht so, wie ich es mir immer vorgestellt hatte. Mit Blasen im eigentlichen Wortsinn hatte das nun wirklich gar nichts zu tun.

So peinlich und seltsam und falsch mir das alles auch vorkam, ich konnte nicht leugnen, dass es geil war. Entsprechend schnell entlud sich meine Erektion, und zum ersten Mal in meinem Leben geschah das weder in meiner Unterhose noch meiner Hand noch, wie neuerdings immer häufiger, in ein Stück Toilettenpapier.

Kaum hatte sich Peter von mir gelöst, zauberte er ein Papiertaschentuch hervor. Ich öffnete die Augen erst wieder, nachdem er alles abgetrocknet und die Hose hochgezogen hatte.

„Und, war das gut?"

Ich konnte unmöglich schon wieder bloß mit den Schultern zucken, Peter würde mich für noch bekloppter halten als ich es offenbar ohnehin war, wenn ich mich auf so etwas einließ. Also sagte ich gar nichts, was streng genommen auch nicht viel besser war.

„Also ich fand's ziemlich gut", sagte er.

Ich hatte keine Ahnung, was ich in diesem Moment wollte, aber ich wusste sehr genau, was ich *nicht* wollte: Darüber nachdenken, geschweige denn darüber reden, was gerade passiert war. Also erhob ich mich vom Sofa, sah alibimäßig auf meine Armbanduhr und machte Anstalten, zu gehen.

„Warte! Bitte, geh noch nicht. Einen kleinen Moment noch, okay? Ich muss dir was Wichtiges sagen."

„Was denn?" Ich war selbst erstaunt darüber, die Sprache wiedergefunden zu haben.

„Ich liebe dich."

In Ermangelung einer besseren Idee schaute ich wieder auf meine Casio-Digitaluhr. Es waren gerade einmal zehn Sekunden vergangen, seitdem ich das letzte Mal nachgesehen hatte und doch war auf einmal alles anders geworden.

Dann sah ich Peter an, obwohl ich es eigentlich gar nicht wollte. Er machte ein Gesicht, als würde er jeden Moment in Tränen ausbrechen. Zum ersten Mal erlebte ich ihn nicht stark und kontrolliert und das machte mir noch mehr Angst als seine Worte.

„Sorry, ich weiß, das hätte ich nicht sagen sollen. Das ist alles ein bisschen viel gerade für dich. Ich bin so ein Idiot. Ich hoffe, du kannst mir verzeihen und wir bleiben Freunde."

„Klar", sagte ich, schnell und ohne darüber nachzudenken. Ich wusste nicht, ob das auch so etwas wie Liebe war, aber der Gedanke daran, Peter nicht mehr zu sehen erschien mir trotz all dieser unglaublich seltsamen Dinge, die gerade geschahen, völlig absurd.

„Danke."

Peter war noch immer völlig aufgelöst und ich hatte das Gefühl, diesmal war er es, der eine Umarmung gebrauchen konnte, doch ich war zu feige, sie ihm zu gewähren und so war es mal wieder Peter, der den ersten Schritt unternahm. Er näherte sich mir, wuschelte mir zum zweiten Mal an diesem Nachmittag durch die Haare und gab mir als erster, nicht mit mir verwandter Mann einen Kuss auf die Wange. Und im Unterschied zu den aufdringlichen Küssen irgendwelcher parfümierten Tanten oder alten Opas fand ich es sogar irgendwie schön, auch wenn die Vorstellung, dass er mit diesen Lippen gerade noch meinen Schwanz berührt hatte, schon etwas eklig war.

„Du bist ein toller Junge", sagte er.

„Also, ich muss jetzt wirklich los. Bis morgen dann!"

Ich ging, ohne mich noch einmal umzudrehen.

27.

Fast die ganze Nacht lag ich wach und dachte an das, was Peter mir gestanden hatte: Liebe. Was für ein großes Wort.

Bislang war die Sache zwischen ihm und mir etwas, für das es keinen Namen zu geben schien, irgendwo im Niemandsland zwischen Freundschaft, Neugier und Begehren. Und genau das hatte es so seltsam gemacht. Es war nicht nur verboten. Es existierte eigentlich gar nicht.

Doch nun sein Geständnis, Überforderung und Klarstellung zugleich. Er liebte mich und schmeichelte mir damit, stärkte mein angeschlagenes Selbstwertgefühl. Dennoch stellte sich mir die Frage, was Liebe wert war, wenn man sie nicht erwiderte.

Oder konnte ich sie vielleicht sogar erwidern?

Dazu hätte ich erst einmal wissen müssen, was dieses Wort wirklich bedeutete. Bislang kannte ich eigentlich nur die Liebe meiner Familie, die mir brüchiger denn je erschien. Auch wenn nicht nur Peter mir immerfort versicherte, sie sei unerschöpflich, zweifelte ich momentan stark daran, dass ich für meine Erzeuger noch ausreichend liebenswert war. Mein Vater hielt mich für einen Schwächling, der noch dazu nichts mehr von ihm wissen wollte, und meine Mutter für einen von seinen Hormonen und schlimmsten Perversionen geplagten Teenager. Das Schlimme war: Sie hatten beide recht.

Und meine Schwester? Glänzte durch Abwesenheit und selbst wenn sie irgendwann zurückkehren würde, würden wir uns vermutlich doch fern bleiben. Sie hatte vielleicht noch das meiste Verständnis für mich, aber wie Liebe fühlte es sich auch nicht an.

Dann war da noch die von mir ausgehende unerwiderte Liebe. Damit hatte ich jede Menge Erfahrungen: Klinsmann, Mark Owen, Herr Gebauer... Alles erwachsene Männer. Wie Peter.

Aber das war schon ziemlich lange her und fiel wohl eher in die Kategorie kindliche Schwärmereien. In jüngster Zeit sehnte ich mich eigentlich vor allem nach größeren Jungs wie Yannis, meiner verflossenen Chat-Bekanntschaft. Wenn ich von Liebe träumte, und nicht bloß von körperlicher, dann kam in diesen Träumen immer ein Junge vor, der so war, wie ich gern sein würde: Größer, stärker, selbstbewusster, schlauer und beliebter.

Vermutlich erfüllte Peter all diese Kriterien. Bis auf die Tatsache, dass er beim besten Willen kein Junge mehr war. Wenn er doch bloß nicht so verdammt alt gewesen wäre!

Aber was war eigentlich so schlimm daran? Ich konnte mich mit ihm besser unterhalten als mit jedem Gleichaltrigen, von seiner Gelassenheit und Lebenserfahrung hatte ich bereits profitiert.

Also waren es doch seine kantigen Gesichtszüge, seine trotz täglicher, gründlicher Rasur am Nachmittag bereits wieder sprießenden Bartstoppeln, sein an den Seiten schon etwas schütter werdendes Haar?

Nein, Äußerlichkeiten wie diese waren es mit Sicherheit auch nicht. Denn körperlich fand ich ihn trotz seines Alters attraktiv. Das jüngste Erlebnis auf der Ledercouch hatte ich längst noch einmal verarbeitet und dabei erstaunlicherweise weniger an meinen eigenen Höhepunkt gedacht, sondern viel mehr an die Vorstellung, wie es sich wohl angefühlt hätte, wenn die Rollen andersherum verteilt gewesen wären.

Doch diese Vorstellung würde wohl für immer ins Reich der Fantasie gehören. Wenn man bedachte, wie passiv, ja beinahe ohnmächtig ich Peters sexuelle Avancen über mich hatte ergehen lassen, erschien es mir schwer vorstellbar, irgendwann einen aktiveren Part einzunehmen.

Mit dem Gedanken, dass sich die Konstellation von heute Nachmittag wiederholen würde, konnte ich mich hingegen viel leichter anfreunden als mit dem großen Wort. Wie schnell man sich doch an manche Dinge gewöhnte. Es war erst das zweite Mal gewesen, dass ich eine sexuelle Erfahrung mit einem anderen Menschen gehabt hatte und obwohl Peter viel weiter als beim ersten Mal gegangen war, machte es mir weniger zu schaffen als bei der Premiere. Zumindest fühlte ich mich nicht mehr ganz so schuldig und schmutzig, was vielleicht auch damit zu tun hatte, wie locker Peter mit seiner (und meiner) Neigung umging.

Wer weiß, vielleicht hätte ich gar nicht die ganze Nacht wachgelegen und gegrübelt, wenn es *nur* um Sex gegangen wäre. Wir kickten und kloppten wie wildgewordene Kinder, unterhielten uns locker wie zwei Teenager - und zwischendurch trieben wir es wie Erwachsene. Das wäre zwar immer noch eine sehr seltsame Beziehung, aber vielleicht sogar eine, an die ich mich hätte gewöhnen können.

Aber nun das. Liebe. Was da alles den Überlieferungen der Erwachsenen nach dazu gehörte: Schmetterlinge im Bauch, Treueschwur, Küsse, Zärtlichkeiten, keine Geheimnisse, gemeinsame Zukunftsplanung, öffentliches Bekenntnis. Das meiste davon erschien mir in Bezug auf Peter völlig undenkbar.

Ich versuchte, trotz der Müdigkeit eine logische Begründung dafür zu finden, warum das so war, doch es ging mir so wie in einer dieser Mathearbeiten, bei denen mir die wichtigste Formel nicht mehr einfiel: Alle Berechnungen führten ins Leere. Ich kam zu keinem Ergebnis. Vielleicht war ich noch zu jung und unerfahren. Vielleicht gab es aber auch einfach gar keine Formel für so etwas Unlogisches wie Liebe.

In diesen Sommerferientagen drehte sich mein ganzes Leben um Peter, ich dachte fast in jedem Moment an ihn. War das nicht auch ein Zeichen von Liebe? Am nächsten Tag konnte ich es gar nicht erwarten, zu ihm zu gehen und doch ging ich mit einem flauen Gefühl im Magen.

Er war wie immer: locker, interessiert und sympathisch. Zunächst erwähnte er mit keinem Wort, was gestern passiert war. Wir spielten an seiner Uralt-Videokonsole, so lang, bis ich fast so gut wie er war. Am Anfang machte es noch Spaß, aber irgendwann war ich richtig versessen darauf, ihn endlich zu schlagen.

„Ich glaube, wir machen jetzt mal eine Pause. Mir tun schon langsam die Finger weh!", sagte er.

„Du hast doch nur Angst, dass ich beim nächsten Mal gegen dich gewinne!"

Er lachte bloß. „Wollen wir runter und ein Eis essen?", fragte er schließlich.

„Du kannst uns doch eins holen. Ich spiele noch weiter."

Egal wie geil es auch gewesen sein mochte – irgendwie fühlte ich mich doch noch nicht wieder bereit für die Ledercouch.

Als er wiederkam, reichte er mir das Eis und setzte sich neben mich, doch für das Videospiel interessierte er sich nicht mehr.

„Hör zu, wegen gestern, ich weiß, du hast dir bestimmt so deine Gedanken gemacht. Wichtig ist, dass du dich deshalb nicht unter Druck setzt. Egal was du tust oder fühlst, es ist gut so. Es ändert nichts daran, dass ich dich sehr gern hab."

„1400 Punkte! Das ist mein Rekord bisher!"

Sehr gern haben? Das war *nicht* das gleiche wie Liebe!

„Also, was ich damit sagen will: Du bestimmst, was wir machen. Ob wir nun bloß daddeln oder auch noch was anderes. Wenn du willst, kannst du mit mir über alles reden."

„1500 Punkte! Bald hol ich dich ein!"

Reden? Bedeutete ‚was anderes' nicht eher – ficken?

„Vielleicht hast du dich gefragt, warum ich das gestern gesagt habe. Weißt du, ich will immer ehrlich sein zu dir. Ich finde dich sehr süß. Aber unabhängig davon möchte ich auch einfach gern mit dir befreundet sein."

Befreundet also – nicht *mein* Freund. Es kam mir so vor, als rudere er gerade mächtig zurück und ich hatte keine Ahnung, ob ich das gut fand oder nicht, geschweige denn, was ich dazu sagen sollte, also spielte ich einfach noch verbissener weiter.

„Geschafft! 1600, damit hab ich dich eingeholt!"

„Glückwunsch."

„Revanche?", fragte ich.

„Nö, heute nicht. Keine Lust mehr."

„Wozu hast du dann Lust?"

Er zuckte mit den Schultern und es dauerte einen Moment, bis ich begriff, in welche Falle ich gelaufen war und dass er mich abermals imitierte, mir einen Spiegel vorsetzte.

Zu allem Überfluss begann er dann auch noch, sein Wassereis so zu lutschen wie ich bei meinem ersten Besuch. Ich musste lachen. Und ich bekam einen Ständer.

Statt der Ledercouch musste diesmal Peters altes Kinderbett herhalten, das wie in einem billig produzierten Pornofilm quietschte, während sein Kopf sich über meinem Schritt auf und ab beugte.

Ich wagte es diesmal sogar, hin und wieder die Augen zu öffnen, und wenn ich sie dann wieder schloss, dann nicht mehr bloß vor Scham, sondern vor allem, um meine Erregung auf ein erträgliches, den Akt verlängerndes Maß zu drosseln. Denn ohne Zweifel machte es mich noch schärfer, Peters Liebesdienste nicht bloß zu spüren, sondern sie auch zu sehen.

Nachdem ich gekommen war, wartete ich diesmal nicht ab, bis Peter mir die Hose wieder hochzog, sondern verpackte selbst alles wieder.

„Bitte, geh noch nicht", sagte Peter. „Bleib noch einen Moment."

Ich hatte zwar gar nicht vorgehabt, sofort danach aufzubrechen, doch nun befürchtete ich, er wolle darüber reden und überlegte mir schon eine Ausrede.

„Meinetwegen können wir doch noch eine Runde spielen", sagte Peter.

„Ich würde lieber eine rauchen."

Peter schmunzelte. „Die Zigarette danach, verstehe. Aber ich hab aufgehört."

„Ja, solang ich da bin." Er konnte noch so viel Pfefferminz und Aftershave nehmen, wenn er mir ganz nah kam, und das geschah in den letzten Tagen öfter, dann war da immer noch eine leichte Tabaknote.

Jetzt lachte er schon wieder, aber verlegen. „Na gut, erwischt. Aber ich rauche wirklich viel weniger und bald schaffe ich es, ganz aufzuhören."

„Ich rauche auch wenig", sagte ich.

„Du solltest es gar nicht tun."

„Ich dachte, ich bestimme?"

Ich wollte gar nicht unbedingt rauchen. Ich wollte das Gefühl wieder, das ich auf dem Sportplatz hatte, als er mich an seiner Zigarette ziehen ließ. Ich wollte die Kontrolle. Mich wirklich erwachsen fühlen.

Mein Plan ging auf. Er holte mir eine Zigarette und ich durfte sie mir sogar drinnen anstecken, auf seinem alten Kinderbett.

Ich versuchte, eine möglichst lässige Pose einzunehmen, setzte mich aufrecht und breitbeinig hin und rauchte, ohne die Hände zur Hilfe zu nehmen, so wie ich es neulich irgendwo in einem alten Western im Fernsehen gesehen hatte. Es gelang mir erstaunlich gut, auch wenn ich noch immer eher paffte als den Qualm wirklich zu inhalieren.

Peter hütete sich weiterhin, in meiner Gegenwart zu rauchen und beließ es dabei, mir zuzusehen. Trotz seiner Sorgen um meine Gesundheit schien mein Gehabe ihm zu imponieren, ja sogar zu erregen, denn die Beule in seiner Hose wuchs wieder an. Auch bei mir regte sich schon wieder etwas.

Mit der Zigarette zwischen dem Mundwinkeln und diesem nur mäßig von der Jeans kaschierten Riesenteil vor Augen fühlte ich mich auf einmal wirklich ziemlich erwachsen, verrucht und verwegen.

„Kannst ihn ruhig rausholen und es dir machen, wenn du magst. Stört mich nicht", sagte ich, so lässig wie möglich.

Ich rechnete fest damit, jetzt endlich seinen Schwanz zu sehen und malte mir sogar aus, dass es nicht beim Angucken bleiben musste. Doch zu meinem Erstaunen traute sich Peter nicht, blank zu ziehen, sondern massierte ihn bloß ein wenig durch die Hose hindurch. Mir war er an die Wäsche gegangen, aber seine Hüllen wollte er nicht fallen lassen! Das machte mich fast ein bisschen wütend.

„Ich weiß nicht. Ich hab das noch nie gemacht. Willst du das wirklich?", fragte er, für seine Verhältnisse erstaunlich unsicher.

Ja, klar wollte ich das! Mehr als alles andere in diesem Moment! Es war nicht bloß ein Gebot der Geilheit, auch eines der Gleichheit. Andererseits hatte ich es auch schon damals bei Sascha gewollt – und trotzdem nicht getan. So mutig ich eben auch drauf losgeplappert hatte, es reichte dann doch bloß wieder für eines meiner mittlerweile auch Peter bestens bekannten Achselzucken. Offenbar nicht genug, denn er hörte auf, sich zu berühren und legte die Hand stattdessen wieder an den Joystick.

„Weißt du was, ich versuche es doch noch mal. Die Schmach kann ich ja nicht auf mir sitzen lassen, dass du meinen Highscore geknackt hast."

Es war das erste Mal, dass ich mich von Peter vor den Kopf gestoßen fühlte. Ich verstand seine Zurückhaltung nicht und sie ließ mich daran zweifeln, ob sein Liebesgeständnis wirklich ernst gemeint war.

„Jetzt hab *ich* aber keine Lust mehr. Ich geh dann mal nach Hause."

Er versuchte noch, mir weitere Vorschläge zu unterbreiten, doch ich lehnte sie alle ab. „Ich muss noch die Spülmaschine ausräumen, bevor meine Mutter von der Arbeit kommt", sagte ich, auch wenn ich dafür höchstens zehn Minuten brauchen und sie erst in einer Stunde kommen würde.

Zum Abschied umarmten wir uns, doch es ging von Peter aus, mir war eigentlich gar nicht danach.

In Gedanken versunken verließ ich das Haus, so dass mir erst gar nicht auffiel, wer mich von gegenüber beobachtete, als ich in den kleinen Weg hinter den Gärten einbog. Es war, wer sonst, die alte Schreckschraube.

„Du besuchst deinen Onkel ziemlich oft in letzter Zeit, was?"

Erschrocken drehte ich mich in ihre Richtung um. Zum Glück fehlte vom kleinen Kläffer jede Spur. Offenbar bellte er einen bloß an, wenn man seinem Frauchen außerhalb des eigenen Grundstücks zu nahe kam.

„Ja", sagte ich bloß und wollte schon weiter gehen.

„Wie heißt denn deine Mutter?"

Wie versteinert blieb ich stehen. Hatte sie uns etwa beobachtet? Das konnte eigentlich nicht sein. Peter hatte stets darauf geachtet, die Vorhänge zuzuziehen, bevor er sich mir näherte.

„Warum wollen Sie das wissen?" Diese Gegenfrage wäre eine ziemlich gute Reaktion gewesen, wenn sie mir nicht erst so verdammt spät und stockend über die Lippen gekommen wäre.

„Ich habe Peters Mutter gut gekannt. Gott hab sie selig. Sie hat es noch nie leicht gehabt mit ihm. Aber ihr lag wenigstens noch etwas an einem guten Verhältnis zu den Nachbarn. Ich weiß von Peters Halbschwester. Von Kindern war allerdings nie die Rede."

Ich tat, was ich zurzeit am besten konnte: Möglichst lässig mit den Achseln zucken.

„Jetzt fällt mir auch wieder ein, woher ich dich kenne. Du spielst hier nebenan im Verein, oder? In der Mannschaft von Herrn Bautic, richtig?"

Ich stimmte nicht zu, aber das war auch gar nicht nötig. Wir wussten beide, dass sie recht hatte.

„Besser, du kommst deinen netten *Onkel* erst einmal nicht mehr besuchen."

„Ich muss jetzt wirklich los." Was maß sich diese Frau an, mir vorzuschreiben, wen ich zu besuchen hatte oder nicht?

„Nimm dich in Acht vor ihm. Du bist nicht der Erste und du wirst leider auch nicht der Letzte sein. Ich sehe mir das nicht mehr lange an. Denk daran, ich kenne deinen Trainer."

Das war schon absurd: Der Mann, der mir mit 13 meine Unschuld genommen hatte, hatte dies ohne den Einsatz irgendwelcher Drohungen tun können und die Frau, die mich vor ihm schützen wollte, bediente sich einer plumpen Erpressung.

Ich sah mich außerstande, einen klaren Gedanken zu fassen geschweige denn eine zufriedenstellende Reaktion zu formulieren, also ging ich einfach schnellen Schrittes davon und ließ die Alte hinter ihrer halbhohen Hecke stehen.

Den restlichen Abend versuchte ich erfolglos, mich mit TV-Serien abzulenken und die Worte der Nachbarin zu verdrängen, doch es gelang mir nicht. Obwohl ich müde war, konnte ich kein Auge zutun.

Es bedurfte einer erneuten schlaflosen Nacht, um zu verstehen, weshalb unsere Liebe (oder was auch immer das zwischen Peter und mir war), nicht funktionieren konnte und wieso er heute schon wieder zurückgerudert und zurückhaltender gewesen war. Es ging nicht bloß um das gleiche Geschlecht, das unterschiedliche Alter. Das größte Problem waren nicht wir. Das größte Problem waren die Anderen. Wenn wir es schon nicht verstanden, wie sollten es dann Mütter, Trainer oder Nachbarinnern jemals verstehen oder auch nur tolerieren können?

Ich weinte bitterliche Tränen in meine Bayern-Bettwäsche ob dieser schmerzhaften Erkenntnis.

28.

Zum ersten Mal seitdem ich vor etwa einer Woche angefangen hatte, mich regelmäßig mit Peter zu treffen, widerstand ich mehr als einen Tag lang dem Drang, zu ihm zu gehen. Das lag vor allem an der Drohung der Nachbarin. Ich hatte panische Angst, dass über den Umweg unseres Trainers die ganze Mannschaft und schließlich auch meine Mutter erfuhr, dass ich mit einem fremden Mann verkehrte und ihn auch noch als meinen Onkel ausgegeben hatte. Gerade in Anbetracht des Bilderkonsums, bei dem mich meine Mutter kürzlich erwischt hatte, konnte man davon ausgehen, dass sie sofort durchschauen würde, welcher Natur Peters und meine Beziehung war. Es fiel mir nicht schwer, mir auszumalen, wie die Konsequenzen ausfallen würden: Peter müsste in den Knast und ich ins soziale Abseits, gebrandmarkt für alle Zeiten als Ober-Schwuchtel. Dagegen war die Vorstellung, meine mich ohnehin nicht mehr allzu sehr liebende Familie würde mich nach einem möglichen Auffliegen der Affäre endgültig verstoßen und irgendwo in ein weit entferntes Kinderheim stecken, geradezu tröstlich.

Ich dachte über die Möglichkeit nach, mich heimlich zu ihm zu schleichen, spät abends, wenn meine Mutter genauso wie Peters

Nachbarin schliefen, doch irgendetwas hinderte mich Nacht für Nacht daran, diesen Plan umzusetzen. Die mahnenden Worte der Frau hatten sich wie Gift über jeden Gedanken an meinen großen Liebhaber gelegt.

Ich musste wieder an die Knabenkerker-Theorie aus meinen Anfangstagen mit Peter denken und auch wenn mir klar war, dass die Alte bloß böswillig, misstrauisch und gemein sein wollte, beunruhigte es mich, dass ich trotz meiner vielfachen Besuche noch nicht alle Zimmer in seinem Reihenhaus eigesehen hatte.

Außerdem war ich, ohne dass ich mir das offen eingestand, eifersüchtig auf diese undefinierbaren Anderen, von denen sie gesprochen hatte. Aber vor allem vermisste ich Peter, sein Wassereis, seine Videospiele, seine ungeteilte Aufmerksamkeit und ja, auch seine sexuellen Dienste. Es war einfach nicht mehr das Gleiche, selbst Hand anlegen zu müssen, wenn man die Vorzüge oraler Befriedigung erst einmal kennen gelernt hatte. Und selbst die Eifersucht war ja am Ende bloß ein Beleg dafür, dass es so etwas wie Liebe zwischen uns geben musste - wer nicht liebte, konnte schließlich kaum eifersüchtig sein.

Wahrscheinlich wäre ich in der Endlosschleife solcher Gedanken verrückt geworden, wenn meine Einsamkeit nicht auch ohne Peter ein Ende gefunden hätte: Danni war wieder da, zurück von seinem Streber-Ferienkamp am Meer.

Minuziös erzählte er mir von naturwissenschaftlichen Experimenten mit Kalksandstein und Expeditionen zu irgendwelchen Kreidefelsen. Ich verstand nur die Hälfte und musste das Gähnen unterdrücken, aber immerhin lenkte es mich ab.

„Und wie lief es mit den Mädels?", fragte ich, froh, nach all der verwirrenden Triebabfuhr der letzten Tage wieder in meine so gut erlernte und bei Danni auch so gut funktionierende Hetero-Tarnung zurückkehren zu können.

„Nichts. Alle hässlich, wie ich befürchtet hatte." Irgendetwas sagte mir, dass diese Antwort nur ein Teil der Wahrheit war.

„Komm schon, erzähl, ist wirklich gar nichts gelaufen?"

„Nicht mit den Mädchen aus der Gruppe."

Kurzzeitig stockte mir der Atem. Doch dann drang auch der zweite Teil des Satzes, auf dem die Betonung lag, bis in mein Hirn durch.

„Aber mit denen von außerhalb, oder was?"

„Naja, indirekt."

Endlich rückte er mit der Sprache raus und berichtete von seinem Zimmergenossen, der einen eigenen Laptop besaß, angeblich für die Experimente, tatsächlich aber randvoll mit Pornos erster Güte. Nachdem Danni seine anfängliche Scham überwunden hatte und sich daran zu erinnern schien, dass auch wir eine wenig ruhmreiche Pornovergangenheit teilten, erzählte er mir detailliert von dem Material, das er auf seiner Reise ebenso ausführlich studiert hatte wie die geologischen Begebenheiten der Ostseeküste.

Aus naheliegenden Gründen konnten mich derlei Schilderungen nur noch bedingt beeindrucken.

„Und habt ihr es euch…?" Jetzt war ich es, der etwas herumdruckste. Aber das war nun mal die interessanteste Frage an der ganzen Angelegenheit. Hatte er mit ihm das getan, wozu es zwischen uns nie gekommen war?

„Klar."

„Also, zusammen oder wie?"

„Naja, schon jeder für sich."

„Aber im selben Raum."

„Natürlich. Wer will schon mit 'ner Riesenlatte durch die halbe Jugendherberge bis aufs Klo laufen?"

„Unter der Bettdecke oder…?" Mir war klar, dass ich mich um Kopf und Kragen redete, aber ich wollte es einfach wissen.

„Warum interessiert dich das so? Eifersüchtig oder was?"

Das war eine Premiere, auf die ich gern verzichtet hätte. Auch wenn er es lachend gesagt hatte – es war die erste latente Anspielung auf meine vermeintliche Homosexualität aus dem Mund meines besten Freundes. Aber ich hatte selber schuld. Nun galt es, schnellstens zurückzurudern.

„Spinnst du! Ich find das bloß voll widerlich, Gruppenwichsen." Hoffentlich bemerkte er nicht, dass ich einen Ständer hatte, der meine Worte konterkarierte.

„War ja gar kein Gruppenwichsen. Na ja, ist ja auch egal. Erzähl du mal lieber, wie's bei dir so war. Hast du Halina endlich klar gemacht?"

Ich atmete innerlich auf. Aus seiner Frage schloss ich, dass bei ihm zum Glück keine ernsthaften Zweifel an meiner Heterosexualität aufgekommen waren. Ich überlegte kurz, ob es möglich und förderlich wäre, die geilen Peter-Erlebnisse als Hetero-Halina-Märchen verpackt zu erzählen, doch das erschien mir dann selbst für den leichtgläubigen und mir wohlgesinnten Danni eine doch etwas zu abenteuerliche Geschichte zu sein.

„Sehe ich aus, als wäre ich lebensmüde? Du kennst doch ihren Freund. Außerdem hab ich nicht einmal ihre Nummer."

„Ah, warte, da fällt mir was ein." Er kramte in seinem Rucksack und holte unser Handy hervor. „Hier, du bist wieder dran. Hab's ehrlich gesagt eh kaum gebraucht. Und hier ist noch was für dich!"

Er reichte mir neben dem Telefon auch noch einen kleinen, honiggelben Stein.

„Was ist das?"

„Mein Geburtstagsgeschenk für dich. Alles Gute nachträglich!"

„Danke."

Danni strahlte stolz über das ganze Gesicht, als hätte er mir eben einen kostbaren Goldschatz überreicht.

„Ist nicht gekauft. Hab ich selbst gefunden!"

„Wow", sagte ich, nicht ganz sicher, ob er mich veräppeln wollte oder ob dieses winzige, aber zugegebenermaßen hübsche Steinchen wirklich etwas so Besonderes war.

„Weißt du etwa nicht, was das ist, du Banause?"

„Äh, nein, aber du wirst es mir sicherlich gleich sagen."

„Das ist Succinit. Fossiles, Millionen Jahre altes Baumharz. Besser bekannt als Bernstein! Ich bin der einzige aus der Gruppe, der am Strand welches gefunden hat."

„Sehr beeindruckend, Herr Professor."

Diese verflixte Pubertät! Ich war zutiefst gerührt und vermochte es doch nicht, ihm das zu zeigen. Der Bernstein war, neben Peters Fußball, das schönste Geschenk, das ich in diesem Jahr bekommen hatte und überhaupt das erste, das Danni für mich ausgesucht und nicht wie üblich seine Eltern gekauft hatten.

„Was hast du noch so geschenkt bekommen?"

Fast hätte ich mich verplappert und von meinem Ball erzählt, doch ich besann mich gerade noch rechtzeitig. Schließlich besaß ich ihn noch nicht einmal, er war ja bei Peter. Stattdessen berichtete ich vom Kosmos-Kasten. Wie erwartet, wollte er sich gleich mit mir dransetzen, doch ich wiegelte ab. „Kein Bock, sorry. Genug Naturwissenschaften für heute."

Danni war beleidigt, wahrscheinlich zu Recht. Ich ging nach Hause und zog mich wie nahezu ständig in letzter Zeit zum Schmollen auf mein Zimmer zurück. Da hatte ich so lange auf die Rückkehr meines besten Freundes gewartet und nun genügte mir seine Gegenwart einfach nicht mehr.

Mich beschlich die traurige Ahnung, dass unsere Freundschaft bloß ein Zweckbündnis war und jetzt in den Ferien war uns der Zweck, nämlich das zu zweit erfolgreicher zu meisternde Überstehen des Schulalltags, abhanden gekommen.

Mein Blick fiel auf unser Gemeinschaftstelefon. Weil ich sonst nicht viel damit anzufangen wusste, überprüfte ich das Guthaben. „Kaum gebraucht" war noch übertrieben gewesen – der Stand war noch genau der gleiche wie vor Dannis Reise. Wen sollte er auch anrufen, wenn nicht einmal unsere Eltern davon wissen durften?

Bei mir gab es immerhin durchaus jemanden, der sich über meinen Anruf freuen und nichts gegen ein heimliches Handy haben würde, im Gegenteil. Ich legte das Gerät wieder aus der Hand, griff mir das Bernsteinchen von Danni, war für einen Moment kurz vorm Heulen und überlegte sogar, ob ich den Experimentierkasten nehmen und wieder zu ihm gehen sollte. Doch der Gedanke an seine neunmalklugen Vorträge und Belehrungen, sein triumphierendes Grinsen, wenn er etwas wusste und ich nicht, ließen mich schnell wieder Abstand von dieser Idee nehmen.

Stattdessen lief ich in die Diele, wo unser Telefon stand, vergewisserte mich, dass meine Mutter nicht in der Nähe war und suchte im Telefonbuch nach dem Namen, der an Peters Klingelschild stand. Erst dachte ich, er sei nicht verzeichnet, aber dann fand ich seine Adresse und seinen Nachnamen, jedoch mit weiblichem Vornamen.

Seine Mutter? Aber war die nicht seit einem Jahr tot? Wieder einmal begann mein Kopfkino wüste Bilder abzuspielen. Vielleicht gab es nicht nur einen Knabenkerker, sondern auch noch ein Mutterverlies, in dem er sie gefangen hielt, zumindest immer dann, wenn Jungs zu Besuch kamen? Die Nachbarin würde Peter so etwas allemal zutrauen.

Bevor ich mich diesen Horrorfantasien weiter hingeben konnte, fiel mir jedoch zum Glück auf, dass wir lediglich versäumt hatten, uns neue Bücher zu besorgen: Das Verzeichnis war zwei Jahre alt.

Ob es die Nummer dann überhaupt noch gab? Ich hatte keine Ahnung, wie so etwas ablief und ein einigermaßen mulmiges Gefühl, als ich mich wieder in mein Zimmer zurückzog und den vermeintlichen Anschluss einer Toten anwählte.

Zum Glück war es wie erwartet Peter und keine alte Frau, die ans Telefon ging. Überschwänglich bedankte er sich für meinen Anruf, erkundigte sich nach meinem Befinden, aber auch, weshalb ich mich seit zwei Tagen nicht mehr hatte blicken lassen. Er fragte es in neutralem Ton, aber einen kleinen Vorwurf und eine gar nicht so kleine Enttäuschung meinte ich dennoch herauszuhören.

Ich erzählte ihm ohne Umschweife von meiner Begegnung mit der Nachbarin, gab ihre Aussagen Wort für Wort wieder, was nicht schwer war, denn sie hatten sich längst in mein Gedächtnis eingebrannt, so oft wie ich daran in den letzten Stunden hatte denken müssen.

„Oh Gott, ich hätte es wissen müssen. Diese alte Schreckschraube! Ich könnte sie umbringen!"

So hatte ich Peter noch nie reden hören. Als er mir die Versicherungsgeschichte erzählt hatte, merkte man zwar bereits, dass er nicht besonders gut auf sie zu sprechen war, aber da hatten wir uns noch lustig gemacht. Nun gab es nichts mehr zu lachen und aus seinen Worten sprach Verachtung und Hass – Dinge, die ich mit Peter trotz aller abstrusen Kerkerfantasien bislang nie in Verbindung gebracht hatte.

„Hör zu, glaub ihr kein Wort. Sie hasst mich, seitdem ich hier mit zwölf eingezogen bin, so wie sie jedes Kind hasst. Vermutlich, weil sie selbst keine hat. Sie ist eine einsame, verbitterte Frau. Eigentlich müsste man Mitleid mit ihr haben. Wenn sie nicht so böswillig wäre."

Er schlug vor, die Sache in Ruhe zu besprechen, am besten bei einem Eisbecher in der Diele am S-Bahnhof, dorthin würde sich die Alte bestimmt nicht verirren, das liege nicht auf ihrer Gassigeh-Route.

„Weiß nicht. Da hängen immer viele aus meiner Mannschaft und aus der Schule ab."

Es war das erste Mal, dass ich mir über so etwas in Zusammenhang mit Peter ernsthafte Gedanken machte. Zu Beginn unserer Treffen, etwa auf dem Bolzplatz, hatte ich noch beinahe gehofft, es würde uns jemand miteinander sehen, war ich stolz darauf, einen so großen Freund zu haben. Doch nun hatte sich die Situation abermals vollkommen verändert.

„Okay, verstehe, dann habe ich einen anderen Vorschlag", sagte Peter. „Wenn du am Fußballplatz die kleine Straße rechts nimmst und immer geradeaus gehst, kommst du irgendwann an diesen Parkplatz und dahinter auf den Waldweg. Weißt du, wo das ist?"

Natürlich wusste ich das. Früher waren Danni, Martin und ich dort manchmal mit unseren Rädern hingefahren und hatten in dem kleinen Waldstück Räuber und Gendarm gespielt.

„Und da geht sie auch ganz sicher nicht Gassi?"

„Nein. Sie ist nicht mehr so gut zu Fuß, macht nur noch die kleine Runde um den Block. Das ist ja das Schlimme: Sie hockt fast den ganzen Tag am Fenster und bespitzelt ihre Nachbarn."

Am liebsten hätte Peter sich sofort mit mir auf dem Waldparkplatz getroffen, aber es war Sonntag, ich konnte mich nicht einfach so für längere Zeit aus dem Haus schleichen, also verabredeten wir uns für den nächsten Tag.

Nachdem ich aufgelegt hatte, klopfte es an der Tür.

„Herein", sagte ich, während ich das Handy hektisch unters Kissen schob. Immerhin hatte sie diesmal gewartet und war nicht einfach so hineingeplatzt.

„Alles okay bei dir?"

„Ja, wieso?"

„Ich dachte, ich hätte irgendwas gehört."

Hatte sie mich etwa belauscht? Stand sie schon länger vor der Tür?

„Äh, ich hab bloß mir mit selbst gesprochen."

Zum Glück schien sie nichts von meinem heimlichen Handy zu ahnen, denn sie beließ es dabei, mich schräg anzusehen und machte keine Anstalten, mir weitere Fragen zu stellen oder gar mein Zimmer zu durchsuchen. Im Gegenteil, sie schien erleichtert, mich mal nicht vor dem Computer anzutreffen. Vermutlich war ihr ein Sohn, der im Bett lag und Selbstgespräche führte immer noch lieber, als einer der sich selbst befriedigte, während er sich am PC Sexvideos mit Männern ansah.

Ich versuchte, mich den Rest des Tages wie ein normaler Junge zu verhalten und meine Aufregung vor ihr und auch vor mir selbst zu verbergen. Spätestens am nächsten Morgen war ich allerdings aufgeregter als vor jedem meiner vergangenen Treffen mit Peter, obwohl ich mich ja nicht einmal in die Höhle des Löwen begab, sondern wir uns auf neutralem Terrain verabredet hatten. Gerade diese neue Heimlichkeit machte aber deutlich, dass die Sorglosigkeit, mit der ich Peter praktisch in aller Reihenhausöffentlichkeit kennengelernt hatte, verloren war.

Zu meinem Erstaunen kam er mit dem Auto, obwohl es von ihm bis zu unserem Treffpunkt wirklich nicht weit war.

„Komm, steig ein", sagte er.

Kaum hatte ich auf dem Beifahrersitz Platz genommen, startete er den Wagen auch schon wieder.

„Wo fahren wir hin?"

„Raus aus der Stadt. Wo uns keiner kennt und wir unsere Ruhe haben. Ich weiß da einen netten Ort. Ist nicht weit."

Er bog auf einen Feldweg ein, vorbei an dem Wäldchen und der sich daran anschließenden Kleingartensiedlung, bis wir auf die Landstraße kamen, die aus der Stadt führte.

Als ob der Geist der Nachbarin mit uns im Wagen sitzen würde, schwiegen wir, während wir zunächst Dörfer durchquerten, die mir bekannt vorkamen und bald darauf welche, von denen ich mir sicher war, sie noch nie gesehen zu haben.

Nach zwanzig Minuten gerieten wir in ein größeres Forstgebiet als das hinter unserer Siedlung. Wir verließen die Landstraße wieder und bogen auf einen Waldweg ein. Kurz darauf hielt Peter den Wagen an.

„Ab hier laufen wir."

Ich wagte nicht zu fragen, wohin wir gingen. Ich dachte an ein einsames Waldhaus, das Peter womöglich als Liebeshütte nutzte und zu meiner Überraschung stellte sich so etwas wie Vorfreude ein.

Doch die Liebeshütte war bloß ein Jagdhochsitz.

„Hierhin hat mein Vater mich manchmal mitgenommen, als ich noch klein war", sagte er, nachdem wir oben angekommen und uns auf die Holzbank gesetzt hatten, eng aneinander, dem wenigen Platz geschuldet.

„Schön hier", sagte ich. Tatsächlich hatte man einen guten Blick auf eine Lichtung zu unseren Füßen, eine von der Sonne verblichene Sommerwiese. Es roch nach vertrockneten Gräsern und morschem Holz. Bis auf das Zirpen der Grillen und gelegentliches Vogelgezwitscher war es beunruhigend still. Wir hatten uns bereits so weit von der Zivilisation entfernt, dass man das ständige Brummen der Autobahn, den Soundtrack unserer Vorstadtsiedlung, nicht mehr hören konnte.

„Ich hab es gehasst. Die Ruhe, das ewige Stillsitzen, die Langeweile. Und dann, irgendwann, der große Knall, das sinnlose Töten."

„Genau wie ich das Angeln."

„Glaub mir, schlimmer. Du kanntest meinen Vater nicht."

Du meinen auch nicht, hätte ich beinahe erwidert, doch wir waren schließlich nicht hier, um über Väter zu reden. Das schien Peter ähnlich zu sehen, denn er wechselte abrupt das Thema.

„Ich bin mir sicher, du hast in den letzten Tagen über uns nachgedacht."

„Na ja, ich hab eigentlich mehr an das gedacht, was die Nachbarin gesagt hat."

„Mach dir deswegen keine allzu großen Sorgen. Wenn du es auch möchtest, werden wir einen Weg finden, uns dennoch weiterhin zu treffen. Wir passen in Zukunft einfach besser auf. Du wirst sie nicht mehr zu Gesicht bekommen und sie deinem Trainer mit Sicherheit nichts sagen, das verspreche ich dir."

Ich zweifelte daran, ob er mir das wirklich versprechen konnte, sagte aber nichts.

„Das ist aber nicht alles, oder? Du denkst auch über das nach, was sie noch gesagt hat, stimmt's?"

Ich nickte. Abermals hatte sich Peter als Meister im Gedankenlesen entpuppt, als geradezu prophetisch in der Anbahnung von Geständnissen, die man eigentlich niemals hatte ablegen wollen.

„Ich glaube, dazu muss ich ein bisschen weiter ausholen." Und das tat er dann auch.

29.

Es war bereits das zweite Mal, dass Peter mir gegenüber ganz unverblümt von seiner Sexualität sprach, doch diesmal betonte er nicht das Gemeinsame, sondern das, was uns unterschied - und was vielleicht das Entscheidende war. Es fühlte sich jedenfalls überhaupt nicht mehr so an, als wären wir Brüder im Geiste.

Er sagte Dinge wie: „Als ich in deinem Alter war, fand ich gleichaltrige Jungs völlig uninteressant. Ich war immer nur in Kleinere verknallt, die noch nicht in der Pubertät waren." Und dann fügte er auch noch augenzwinkernd hinzu: „Insofern habe ich mich in den letzten Jahren doch schon ganz schön hochgearbeitet, nicht wahr?"

Als ob das noch nicht verstörend genug wäre, erzählte er schließlich exemplarisch von einem dieser Jungen aus früheren Tagen. Wie die meisten seiner Lieblinge hatte er ihn in unserem Stadtteilverein kennen gelernt, wo er nicht nur Torhüter bis zur B-Jugend gewesen war, sondern aushilfsweise auch Betreuer beziehungsweise Co-Trainer in jüngeren Mannschaften. „Bülent war so ein kleiner Wuschelkopf mit dunklen Augen, kein besonders talentierter Fußballer leider, zu draufgängerisch, aber unfassbar süß. Fast so süß wie du."

Es fühlte sich seltsam an, falsch, das alles erzählt zu bekommen und dass er nun auch noch einen Vergleich zog, selbst wenn dieser angeblich zu meinen Gunsten ausfiel. Statt seine Ehrlichkeit zu schätzen, ärgerte ich mich, dass er nicht einfach gesagt hatte, die Nachbarin sei eine Lügnerin und es habe nie andere Jungen gegeben.

Überhaupt, die Nachbarin, was hatte sie mit alldem zu tun? Nachdem er mir noch eine Weile von diesem Bülent vorschwärmte, kam er endlich auf sie und damit auf die Sache zu sprechen, die mich am meisten interessierte. „Damals lebte ihr Mann noch. Er war dem Verein immer sehr verbunden, erst als Spieler, später dann vor allem als JugendTrainer. Eine Legende im Stadtteil. Und ein echter Kotzbrocken. Ganz alte Schule. Wenn die Jungs nicht parierten oder ihm mal Widerworte gaben - 20 Liegestützen zur Strafe. Und statt Ansprachen gab's nur Anschreien. Ich war das genaue Gegenteil, hatte einen super Draht zu den Jungs und ihnen so ziemlich alles durchgehen lassen. Vor allem Bülent, diesem Wirbelwind. Ich gebe zu, ich hab ihn vielleicht etwas bevorzugt, um nicht zu sagen, verhätschelt. Das hat dem Senior natürlich gar nicht gefallen. Er hat uns mehrfach verwarnt und schließlich beide rausgeschmissen, wegen angeblicher Disziplinlosigkeit."

Peter räsonierte noch ein wenig darüber, wie unreif er doch gewesen sei, selbst noch ein halbes Kind, und dass er heute seine Gefühle viel besser im Griff hätte.

„Ich hab dann all meinen Mut zusammen genommen und ihn zu Hause besucht. Mit vier kleinen Geschwistern in einer Drei-Zimmer-Wohnung lebte er. Die Mutter sprach kein Wort

Deutsch, der Vater war immer irgendwo auf Montage und er sowas wie der Mann im Haus, für alles verantwortlich: Streit schlichten, Kinder hüten, für die Mutter übersetzen. Mit elf! Was glaubst du, wie er sich gefreut hat, als ich ihn zu mir eingeladen hab und er da mal rauskam. Wir arbeiteten an seinem Schuss im Garten, ich half ihm bei den Deutschaufgaben und dann zockten wir am C64, meine Mutter brachte uns Cola und backte uns manchmal sogar Kuchen. Er war überhaupt nicht mehr frech zu mir, im Gegenteil, er war sehr anhänglich. Hat mich zum Abschied geküsst! Ich war wohl sowas wie ein großer Bruder für ihn."

Ich ahnte, wie die Geschichte weitergehen würde, sagte aber nichts, da ich eigentlich auch gar nichts weiter hören wollte. Mein Schweigen hielt Peter aber nicht davon ab, mit dieser abstrusen Lovestory fortzufahren. Es kam so, wie es kommen musste: Die Nachbarn hätten Peter und Bülent gemeinsam im Garten Fußball spielen, sich necken und innig toben sehen. „Für die Vereinslegende und ihr tratschiges Weib war das eine Provokation". Peter war damals immerhin schon fast erwachsen gewesen; ein junger Mann von siebzehn oder achtzehn Jahren, der sich statt mit seinesgleichen lieber mit kleinen, ungezogenen Türkenjungen abgab. Und die alleinerziehende Mutter, auch das sei wohl damals noch ein kleiner Skandal in der spießigen Siedlung gewesen, tolerierte das Ganze auch noch.

Eigentlich hatte ich nun genug gehört und ich wusste, dass die Antwort, egal wie sie auch lautete, mir nicht gefallen würde, aber irgendwie musste ich es nun doch genauer wissen. „Wie ist das weitergegangen, das zwischen dir und dem Jungen?"

„Wir haben uns nicht davon beeindrucken lassen. Haben den beiden sogar Streiche gespielt, zum Beispiel ihre Gartenzwerge mit Eiern beworfen und so einen Quatsch. Leider fand sein Vater dann ein paar Monate später woanders eine bessere Arbeit und die ganze Familie zog weg."

„Aber habt ihr denn keinen Ärger bekommen?"

„Nein. Man konnte uns das mit den Eiern nicht nachweisen."

„Ich meine nicht nur deswegen."

„Sonst gab es nichts, wofür wir uns hätten rechtfertigen müssen. Was die Alte und ihr Macker dachten und redeten, überhaupt was andere über mich sagten, das war mir eigentlich schon immer herzlich egal. Alles, was zählte, war, dass wir beide eine gute Zeit miteinander hatten."

Obwohl ich Peters Geschichte ziemlich befremdlich fand, bewunderte ich ihn sehr für diese Einstellung. Ich wünschte, ich könnte das auch so sehen - mich nicht mehr so darum scheren, was Jungs wie Joschua wohl von mir hielten.

Aber dann dachte ich wieder an den anderen Jungen und meine Bewunderung war dahin. Würde ich jemals wieder mit Peter Fußball spielen, an seiner Konsole sitzen, ihn gar abermals an mich heranlassen können, jetzt, wo ich wusste, dass er all diese Dinge höchstwahrscheinlich auch schon einmal mit einem anderen Jungen getan hatte?

„Was ist los, bist du etwa eifersüchtig?"

„Quatsch!", sagte ich, aber so wie ich guckte, hätte ich wohl ebenso gut ja sagen können.

„Das mit Bülent ist zehn Jahre her. Außerdem kann man das auf keinen Fall mit uns vergleichen. Es lief nichts, er war ja noch viel zu klein, nicht, dass du was Falsches von mir denkst! Wir haben übrigens auch nicht geknutscht oder so, er hat mir einfach zum Abschied einen angedeuteten Kuss auf die Wangen gegeben, so wie es unter türkischen Männern üblich ist."

„Und mit anderen Jungs?", hakte ich nach. Nun hatte mich wirklich die Neugier gepackt.

„Ich war so ziemlich in jeden in der Mannschaft mal verliebt, ehrlich gesagt, aber Bülent war schon der Einzige, mit dem ich zumindest befreundet war."

„Ich meine nicht im Verein, ich meine danach, in Hamburg", griff ich die Andeutungen wieder auf, die vor einiger Zeit über seine vorübergehende Jugendwahlheimat gemacht hatte.

„Hamburg... Ja, da hatte ich einen Freund. Er hieß übrigens Daniel. Heißt nicht so auch dein bester Freund? Ist er eigentlich wieder zurück von seinem Ferienlager?"

Ich nickte, obwohl mir klar war, dass er nur ablenken wollte. Was bedeutete das, einen Freund haben? So wie Danni und ich? Oder so wie ein Liebespaar? Ich ahnte, dass er mir die Antwort darauf schuldig bleiben würde – und war mir auch gar nicht mehr so sicher, ob ich sie wirklich hören wollte.

Meine gemischten Gefühle schienen Peter nicht verborgen zu bleiben: „War vielleicht doch keine so gute Idee, dir das alles zu erzählen, entschuldige. Aber ich wollte, dass du die Wahrheit kennst und nicht nur die Unterstellungen und Andeutungen der Nachbarin."

„Ist schon okay", sagte ich, auch wenn es sich nicht so anfühlte.

„Und jetzt, erzähl du doch mal."

„Was soll ich erzählen?", fragte ich, obwohl ich durchaus einen Verdacht hatte, was er gern hören würde.

„Na einen Schwank aus deinem Leben, von deiner ersten Liebe zum Beispiel. Also natürlich nur, wenn du Lust hast."

Ich hatte es bis jetzt ja erfolgreich vermieden, offen mit ihm über meine Homosexualität zu reden, obwohl er daran selbstverständlich längst keinen Zweifel mehr haben konnte. Eigentlich hätte ich auch nichts dagegen gehabt, wenn es so geblieben wäre, unausgesprochen und im Ungefähren, doch ausgerechnet meine Eifersucht veranlasste mich, mein Schweigen zu brechen und seiner Aufforderung Folge zu leisten. Ich erzählte ihm von Yannis, meiner wohl intensivsten Chatbekanntschaft. Und zwar erstmals ohne daraus eine Yanissa zu machen.

Es war ein seltsames und tatsächlich sogar befreiendes Gefühl – mein erstes nicht getipptes, sondern von Angesicht zu Angesicht erfolgtes Outing. Befreind, weil es mir vorkam, als löse sich in mir ein Knoten, als würde ich eine schwere, unbequeme Maske endlich ablegen, hinter der ich mich bislang versteckte. Und seltsam, weil ich es eigentlich gar nicht aus diesem Grund tat. Ich wollte mir nichts von der Seele reden. Ich wollte mich bloß revanchieren. Minutiös berichtete ich von Yannis' perfektem Aussehen, den Locken, den Muskeln. Dass ich nur ein einziges Foto von ihm kannte, verschwieg ich.

„Wow, das hört sich wirklich toll an." Peter wirkte nicht ansatzweise so, als wäre er eifersüchtig. „Und, habt ihr euch dann schließlich getroffen?"

Etwas wegzulassen, etwa den Teil mit den falschen Altersangaben und der peinlichen Joschua-Verwechslung, war eine ganz andere Nummer, als etwas hinzuzudichten. Ich zögerte, aber nur kurz. Peters einfach nicht totzukriegendes Grinsen und das Wissen darum, dass er es auch diesem Bülent geschenkt hatte, ließen meine Zweifel verschwinden. Ich befürchtete, dass die Schilderung eines Treffens oder gar einer echten Romanze meine Fantasie übersteigen würde, also entschied ich mich für einen, wie ich glaubte, salomonischen Mittelweg – keine Lüge, aber auch nicht die ganze Wahrheit: „Nein, leider haben wir uns noch nicht getroffen, er wohnt ja in NRW. Aber ich hoffe, dass es irgendwann klappt. Wir haben auf jeden Fall schon oft darüber geredet und Pläne gemacht."

Auch wenn der gewünschte Effekt weiterhin ausblieb - Peter wirkte nach wie vor ganz und gar nicht eifersüchtig – war ich zufrieden. Jetzt hatte ich eine Exit-Strategie, eine Notlüge, auf die ich zurückgreifen konnte, wenn mir die Sache mit ihm zu bunt wurde. Ich würde mich jederzeit auf einen angeblich in unsere Stadt und damit in mein Leben gekommenen Yannis beziehen können. Einen Jungen, der nicht nur aufgrund seines mir viel näheren Alters, sondern auch aufgrund unserer (wenn auch rein virtuellen) Vorgeschichte so etwas wie ein Vorrecht auf mich besaß, das Peter mit Sicherheit anerkennen würde. Natürlich war das absurd, schließlich hatte mich Yannis höchstwahrscheinlich längst vergessen, aber es war dennoch ein beruhigender Gedanke.

Ich sah auf die Uhr. „Mist. Meine Mutter ist schon zu Hause. Wir müssen los!"

„Sag ihr, du hast einen Spaziergang gemacht und die Zeit falsch eingeschätzt."

„Ich mache eigentlich nie Spaziergänge."

„Dann hast du halt jetzt damit angefangen. Ist doch ein schönes Hobby."

Wir kletterten von dem Hochsitz und Peter begann im Vorbeigehen einige der noch blühenden, nicht vertrockneten Wildblumen zu pflücken.

„Oh, danke", sagte ich, als er mir ein kleines Sträußchen überreichte.

„Bitte. Aber die sind eigentlich gar nicht für dich", sagte er und lächelte entschuldigend. „Gib sie deiner Mutter. Dann ist sie bestimmt nicht mehr sauer, dass du zu spät zum Abendbrot kommst."

Wir setzten uns ins Auto, doch Peter fuhr noch nicht los. Die Sonne stand tief, ihre Strahlen drangen wie goldene Pfeile zwischen den Baustämmen hindurch.

„Das war so süß, gerade eben, wie eifersüchtig du warst. Und dass du dachtest, die Blumen wären für dich", sagte Peter. „Du weißt es zwar nicht, aber du verdienst viel mehr als diesen Strauß Unkraut. Und wahrscheinlich auch mehr als alles, was ich dir jemals geben kann."

Ich wusste nicht, was ich sagen sollte. Ich merkte, wie Peter sich zu mir umdrehte und mich ansah, aber ich wandte meinen Blick nicht von den Sonnenstrahlen ab. Je länger ich sie betrachtete, umso heller erschienen sie mir, bis sie mich schließlich so sehr blendeten, dass der Rest des Waldes und alles, was sonst noch um mich herum war, in kompletter Finsternis zu versinken schien.

„Ich kann verstehen, wenn du dich nicht mehr mit mir treffen willst."

„Nein!", rief ich, etwas zu laut und zu schnell. Weitere Worte wollten mir allerdings nicht über die Lippen kommen. Meine Gedanken waren weiterhin viel zu wirr und widersprüchlich, um daraus einen sinnvollen Satz zu bilden.

Auch Peter schwieg. Und ging, einmal mehr, von Worten zu Taten über. Er beugte sich über die Kupplung in Richtung Beifahrersitz. Instinktiv tat ich es ihm gleich und drehte mich ebenfalls in seine Richtung. Wir kamen uns immer näher. Ich war auch jetzt noch so geblendet, dass ich, dort wo Peters Gesicht war, nur so etwas wie bunte Flecken sah.

Wir küssten uns unter der Dufttanne an seinem Rückspiegel, doch ich roch nur seinen Atem, diese Mischung aus Pfefferminz, Aftershave und einer leichten Tabaknote. Seine zu dieser Zeit bereits wieder gesprossenen Bartstoppeln kitzelten mich, seine große Zunge drang tief, geübt und schrecklich selbstverständlich in meinen Mund ein. Ich wusste gar nicht, wohin ich mit meiner sollte, da war einfach kein Platz mehr in meinem Mund und keine eigene Spucke.

Es war bereits mein zweiter Kuss dieser Art. Wieder war er ekelhaft, ungeplant, ungewollt, aufgezwungen - und dennoch faszinierend.

Als er fertig war, schaute er mir direkt in die Augen, doch ich schaffte es nur kurz, seinem Blick standzuhalten und wandte mich ab.

Endlich drehte Peter den Zündschlüssel um. Zufrieden schweigend fuhren wir zurück in die Stadt. Der Geschmack von Peters Kuss begann sich langsam wieder zu verflüchtigen, seine Wirkung hingegen wurde mir immer stärker bewusst: Er hatte mir damit mehr als je zuvor klar gemacht, dass er mich wirklich liebte. Meine Eifersucht war verflogen, erschien mir gar auf einmal völlig überzogen und kindisch.

Was für eine überwältigende Erkenntnis: Ich hatte jetzt einen richtigen, einen festen Freund. Ich war es wert, geküsst, begehrt und geliebt zu werden. Ich würde nicht länger einsam sein.

Dieses Gefühl war dermaßen berauschend, dass mit jedem Kilometer, dem wir uns unserem Viertel näherten, die unguten Gefühle und Zweifel mehr und mehr in den Hintergrund gerieten.

In Anbetracht dessen erschien es mir schon beinahe selbstverständlich, Peter zum Abschied auf dem Parkplatz nicht nur erneut einen kurzen, aber innigen Kuss zu gewähren, sondern auch seine bereits zum zweiten, diesmal aber ohne jede Reue hervorgebrachten drei Worte mit drei ganz ähnlichen zu erwidern:

„Ich dich auch."

30.

In der zweiten Ferienhälfte lernte ich endlich kennen, wovon sooft die Rede war, wenn Leute vom Verliebtsein sprachen: Ich sah die Welt durch die rosarote Brille.

Streng genommen sah ich eigentlich nur noch Peter, denn mein Brillengestell verfügte offenbar über Scheuklappen. Meine Mutter, mein Vater, Danni, meine Schwester, die Schule und der Verein waren Lichtjahre entfernt und völlig außer Sichtweite geraten. Für eine gefühlte Ewigkeit, die in Wahrheit nicht einmal ein halber Sommer war, gab es nur noch ihn und mich.

Der alten Schreckschraube von Nachbarin (samt dem Erbe ihres verstorbenen Gatten) mussten wir am Ende sogar noch dankbar sein, hatte ihre Eskalation uns doch zur Klärung unseres Verhältnisses gezwungen und noch dazu unsere Treffen um ein Vielfaches spannender gemacht.

Peter nahm extra für mich ein paar Tage frei und danach bummelte er immer wieder Überstunden ab, während meine Mutter fleißig weiterhin welche aufbaute. Jedes Mal, nachdem sie aufbrach, um in Drogeriemarkt die während der Urlaubszeit zur Routine gewordenen Doppelschichten zu schieben, verließ auch ich das Haus. Kurze Zeit später holte er mich vom Waldparkplatz ab. Ich hatte mir ihre Dienstpläne ganz genau angesehen und wir richteten all unsere Treffen akkurat danach aus.

Besonders groß war der Nervenkitzel, wenn wir zu ihm nach Hause fuhren. Ich fühlte mich wie in einem Ganovenfilm aus Hollywood. Denn sobald wir in seine Straße einbogen, legte ich mich auf die Rückbank und verbarg mich unter einer Decke. Erst, wenn wir in die Garage gefahren waren, kroch ich wieder hervor. Die dicken, den Raum vollkommen verdunkelnden und so gar nicht zum Rest des Mobiliars passenden Vorhänge (wahrscheinlich eines der wenigen Überbleibsel aus der Zeit, als seine Mutter noch lebte) ließ Peter nun rund um die Uhr zugezogen, so dass die Nachbarin nicht einmal mehr daraus Rückschlüsse ziehen konnte. Ich war noch nie nachts bei Peter gewesen, aber nun wusste ich, wie es sich anfühlte. Ohne Tageslicht wirkte seine durchgestylte Wohnung nicht mehr hell und offen, sondern kühl und dunkel.

Die Ledercouch war ein großes schwarzes Ungeheuer, selbst im grell-kalten Licht der Energiesparlampen, die in seinen Designerleuchten steckten.

So aufregend diese Heimlichtuerei auch sein mochte, genoss ich es am meisten und fühlte mich nur dann völlig frei, wenn wir die Siedlung verließen. Wir unternahmen immer längere Fahrten in Orte, in denen ich noch nie gewesen war und wo uns niemand kannte. Tatsächlich hatte ich begonnen, mit Peter an meiner Seite sogar an etwas dermaßen Langweiligem wie Spaziergängen Gefallen zu finden.

Wenn wir durch Wälder spazierten oder über die Wiesen und Weiden im Gebirgsvorland, dann schwärmte Peter abwechselnd von der Schönheit der Natur und von meiner Schönheit. Und irgendwann glaubte ich es ihm, meinte, es ebenfalls zu sehen: Wie perfekt doch alles war. Der strohige Geruch der dürren Gräser in der Mittagshitze, das Kribbeln auf meiner Haut, wenn ich sie nach einem spontanen Bad in einem Gebirgssee von der Sonne trocknen ließ, meine verschwitzte Hand in seiner und die Küsse, deren einzige Zeugen oftmals eine Herde Kühe oder Schafe waren.

Überhaupt, die Küsse. Kein Vergleich mehr zu dem als nahezu gewaltsam empfundenen ersten Mal. Aus Peters einseitigem Eindringen war ein sehr harmonisches Zusammenspiel der Zungen geworden, eine nahezu perfekte Choreografie feuchter Liebesbeweise vor der Kulisse pittoresker Landschaften.

Nur beim Sex blieb es nach wie vor einseitig, doch auch daran hatte ich mich gewöhnt, es als selbstverständlich akzeptiert. Peter befriedigte mich nach allen Regeln der Kunst, wo und wann immer mir danach war. Zu Anfang fuhren wir meist noch zu unserem Versteck im Hochsitz, wo er alles sorgfältig vorbereitete: Die Decke aus dem Auto legte er so, dass mein nackter Schoß nicht in Berührung mit dem morschen Holz kam, ein Kissen drapierte er unter seinen Knien.

Doch mit der Zeit wurden wir immer mutiger, ja fast schon leichtsinnig. Wir schlossen uns auf Toiletten von Schnellrestaurants oder Autobahnraststätten ein oder stellten den Wagen einfach irgendwo auf einem Feldweg ab. Ich legte mich auf die

Rückbank und er zwängte sich zu mir, machte sich so klein wie es nur ging, damit möglicherweise passierende Spaziergänger oder vorbeifahrende Landwirte uns nicht sahen. Obwohl wir die Fenster weit offen ließen, war es unfassbar heiß und furchtbar unbequem – und dennoch brauchte ich nicht lange, um mich in seinem Mund zu entladen, erregte mich doch allein schon die Vorstellung, wie verwegen und mutig das war, was wir hier taten.

Zum Glück wurden wir nie erwischt, was uns bloß noch übermutiger machte. Fernab der Siedlung trauten wir uns zunehmend unter Leute und machten mit aller Selbstverständlichkeit Dinge, die Liebespaare eben so machten. In einer Kleinstadt nahe der österreichischen Grenze besuchten wir zum Beispiel eine Kirmes. Nachdem wir eng aneinander geschmiegt Autoscooter gefahren waren und zwischen den Buden hin und her liefen, nahm er plötzlich meine Hand, so wie er es zuvor nur in aller Abgeschiedenheit getan hatte und wie man es eigentlich nur mit kleinen Kindern machte, damit sie im Trubel des Jahrmarktes nicht verloren gingen. Trotzdem fühlte ich mich erwachsener denn je.

Im Riesenrad legte er dann auch noch seinen Arm um meine Schulter und als ich danach von meinem eigenen Taschengeld gebrannte Mandeln holte und mit ihm teilte, gab er mir einen Kuss auf die Stirn. Ängstlich sah ich mich um, doch keines der fröhlichen Gesichter um uns herum war uns zugewandt, niemand schenkte uns Beachtung oder sah uns gar schräg an. Mit ihm zusammen zu sein, das war auf einmal das Normalste der Welt. Und genau das machte es so speziell.

Im Gegensatz zu meiner Mutter erlaubte mir Peter sogar das Schießen mit der Schrotflinte, doch mangels Erfahrung stellte ich mich furchtbar dämlich an und traf überhaupt nichts. Zum Glück war Peter um Einiges talentierter und gewann einen riesigen Plüschbären, der ein Herz zwischen seinen Pfoten hielt. Natürlich schenkte er ihn mir.

Ebenso wie meinen Fußball, den wir manchmal mitnahmen, um auf verlassenen Bolzplätzen in der Provinz damit zu kicken, musste jedoch auch das Kuscheltier bei ihm bleiben. Es hatte seinen festen Platz auf dem Tresen zwischen Küche und Wohnzimmer gefunden, wo auch die große Vase mit dem üppigen Bund herrlich duftender roter Rosen stand, den mir Peter am Tag nach unserer Aussprache auf dem Hochsitz geschenkt hatte. Im Unterschied zu dem kleinen Strauß, den er für meine Mutter auf der Wiese gepflückt hatte, waren die Rosen auch nach zwei Wochen noch kein bisschen vertrocknet (ich brauchte ewig, um dahinter zu kommen, dass er jede Woche frische Blumen nachkaufte).

Trotz all der kleinen und großen Aufmerksamkeiten, die er mir fortlaufend machte, gab er mir nur ein einziges Mal Geld. Nämlich als ich ihm die Geschichte mit dem Handy erzählte, das Danni und ich uns teilten. „Lustig, aber im Grunde genommen doch eine ziemliche Schnapsidee." Er schlug vor, ich solle meinem Freund seinen Anteil ausbezahlen, da er das Telefon ohnehin nicht zu brauchen schien. Wenn es erst einmal mir gehörte, könnten wir uns viel einfacher verabreden.

„Wo hast du denn die ganze Kohle auf einmal her?", fragte mich Danni, als ich ihm das Angebot unterbreitete.

Darauf war ich vorbereitet. „Ist noch vom Geburtstag, von der Familie."

Er ließ sich auf den Deal ein, doch entgegen meiner Erwartung, schien er über den Geldsegen gar nicht besonders glücklich zu sein und den Verlust des Gemeinschaftstelefons zu bedauern.

„So viel Taschengeld wie du bekommst, kannst du dir doch bald wieder ein neues kaufen. Außerdem hast du es doch gar nicht benutzt", sagte ich.

„Du doch auch nicht, oder?"

„Na ja, ehrlich gesagt könnte ich es jetzt schon ganz gebrauchen."

Was dann kam, war weder beabsichtigt noch besonders klug, aber zum einen hatte ich das Gefühl, ihm irgendeine Erklärung liefern zu müssen, um ihn nicht misstrauisch werden zu lassen und zum anderen war es auch einfach furchtbar, wenn man so glücklich war wie ich und niemandem den Grund dafür nennen durfte.

„Du weißt doch noch, dass ich dir von dieser Yanissa aus dem Internet erzählt habe, oder?"

„Die aus Nordrhein-Westfalen?"

Ich behauptete, sie wäre umgezogen, in unsere Region - und dass wir uns heimlich getroffen hätten.

„So heimlich, dass du noch nicht einmal mir was davon erzählt hast?"

„Mach ich ja jetzt gerade. Aber du darfst dich auf keinen Fall verplappern. Du weißt ja, wie meine Mutter ist. Erlaubt mir gar nichts. Kein Wort zu niemandem, schwör es!"

Danni schwor, zeigte sich aber sichtlich perplex ob meiner Geheimniskrämerei. Um das Ganze plausibler zu machen und damit er ja nicht auf die Idee kam, sie auch kennenlernen zu wollen, erzählte ich ihm, dass sie am anderen Ende der Stadt wohnte und wir uns nur unter Ausschluss jeglicher Öffentlichkeit an entlegenen Orten treffen konnten, wegen ihrer streng religiösen Mutter, die ihrer Tochter jeden Kontakt mit Jungs untersagte.

„Manchmal muss sie sogar ein Kopftuch tragen, wie Hatice!"

„Ein Kopftuch? Ich dachte, sie ist Griechin?"

Mist, das hatte ich vergessen. Griechenland war ja gar kein muslimisches Land. „Halbgriechin", sagte ich schnell. „Der Vater Grieche, die Mutter Türkin."

„Wow, ein Grieche, der eine strengreligiöse Türkin geheiratet hat. Das dürfte Seltenheitswert haben."

Ich hatte keine Ahnung, warum das etwas so Besonderes sein sollte, hütete mich aber, darauf einzugehen. Noch schien Danni das alles zwar seltsam zu finden, aber nicht anzuzweifeln. Trotzdem bereute ich bereits, ihm mit dieser Lüge gekommen zu sein, denn natürlich müssten ihr viele weitere folgen.

„Und ihr seid jetzt echt zusammen, so richtig?"

Ich nickte und berichtete nicht ohne Stolz von Küssen, Kuscheln, Händchenhalten. Den Sex ließ ich weg. Erstens konnte ich mir ein heterosexuelles Pendant zu dem, was Peter mit mir tat, beim besten Willen nicht vorstellen und zweitens wollte ich Danni nicht noch neidischer machen, als er nach dieser Geschichte ohnehin schon sein würde.

„So krass! Das hätte ich nie gedacht!"

„*Was* hättest du nie gedacht?"

„Dass du wirklich was klar machst, dass du eine Freundin hast."

Ich fragte lieber nicht, warum er das für so unwahrscheinlich gehalten hatte und er sagte auch nichts mehr dazu. Eine ganze Weile lang schwiegen wir. Eben hatte ich noch damit gerechnet, er würde mich mit Fragen über meine vermeintliche Freundin löchern und ich mir alles Mögliche ausdenken müssen, vom Aussehen bis zum ihrem Geruch oder dem Klang ihrer Stimme – doch er schien gar nicht so wahnsinnig interessiert an ihr zu sein. Eigentlich hätte ich darüber erleichtert sein müssen, doch seltsamerweise war ich verärgert über sein so schnell verklungenes Interesse, denn natürlich genoss ich die Prahlerei, auch wenn sie auf einer großen Lüge basierte.

Jedenfalls war ich nun alleiniger Besitzer des Ericsson-Telefons mit den bunten Covern und konnte Peter erreichen, wann immer ich wollte. Wir telefonierten zwar so gut wie nie, selbst dann nicht, wenn meine Mutter außer Haus war, aber wir schrieben uns ständig SMS. Oft schickten wir uns bis spät in die Nacht Nachrichten hin und her, die ich unter der Bettdecke mit dem stummgeschalteten Handy immer schneller zu tippen lernte.

Ich gestand es mir zwar nicht ein, aber wenn Peter nicht da war, war ich fast noch verliebter in ihn als wenn wir zusammen waren. Ich starb fast vor Sehnsucht und schmolz dahin, wenn er mir kleine Liebesgedichte und Komplimente schrieb.

Aus der Ferne fiel es mir deutlich leichter als von Angesicht zu Angesicht, darauf zu antworten und seine Worte zu erwidern. Wenn wir hingegen zusammen waren, machte es mich trotz aller Nähe noch immer verlegen, wenn er mir überschwänglich seine Liebe gestand.

„Du bist das größte Geschenk, das ich jemals bekommen habe", sagte er zum Beispiel des Öfteren.

„Danke", erwiderte ich dann bloß, worauf Peter stets anmerkte, nicht ich habe mich zu bedanken, sondern er, weil es nicht selbstverständlich sei, dass ich meine Zeit mit ihm teile.

Auch wenn ich das natürlich übertrieben fand, begann ich, mir wirklich etwas einzubilden auf das, was Peter sagte. Mein zuvor von den Strapazen des Teenager-Schulalltags arg in Mitleidenschaft gezogenes Selbstbewusstsein wuchs wieder, meine zumindest gefühlte Einsamkeit war verflogen.

Nur in ganz wenigen Momenten kamen die alten Zweifel wieder hoch. Etwa, wenn ich mir bewusst machte, mit welcher Selbstverständlichkeit ich meinem besten Freund dieses Yanissa-Märchen aufgetischt hatte. Und wenn ich daran dachte, dann dachte ich auch an den echten Yannis. Ich verbat mir sofort jeden Vergleich, aber es war nicht zu leugnen, dass alles noch viel perfekter gewesen wäre, wenn Peter das Alter und Aussehen meiner verflossenen Chatbekanntschaft gehabt hätte.

Es war also durchaus nicht ganz klar, ob ich nun wirklich in Peter oder nur in das Verliebtsein verliebt war. Doch diese Gedanken, die mir manchmal abends im Bett kamen, wenn die letzte Gute-Nacht-SMS längst verschickt war und ich trotzdem noch nicht einschlafen konnte, verdrängte ich erfolgreich.

Ich summte dann einfach in Gedanken die Melodien der Lieder, die sie tagsüber im Radio gespielt hatten, während wir bei offenem Fenster über die Landstraßen gefahren waren, dachte an Peters feste und dennoch zärtliche Berührungen, das erwachsene Gefühl seiner Küsse und sexuellen Dienste und war wieder glücklich voller Vorfreude auf den nächsten Ferientag an seiner Seite.

31.

Die zweite Augusthälfte bescherte uns noch einige heiße Tage. Nachdem wir mehrmals bereits in Seen schwimmen gegangen waren, äußerte ich den Wunsch, mit Peter ein Freibad aufzusuchen. Natürlich nicht das in unserem Stadtteil, wo die halbe Schule abhing, sondern ein besonders großes am anderen Ende der Stadt, in dem es eine Vielzahl von Rutschen gab und wo ich zuletzt mit etwa zehn gewesen war, mit meinen Eltern und meiner Schwester, als ich noch so etwas wie eine normale Familie gehabt hatte.

Peter schlug mir auch diesen Wunsch nicht ab, obwohl er einräumte, sich nicht viel aus Spaßbädern und Wasserrutschen zu machen. Er rutschte ein paar Mal mit mir, doch während ich mich übermutig hinunterstürzte, war er langsam und übervorsichtig, wie sich Erwachsene ab einem gewissen Alter Aktivitäten dieser Art meistens verhielten. Natürlich machte es so keinen Spaß, weder ihm noch mir, so dass er sich schon bald auf eine der Liegen am großen Becken verabschiedete und ich allein weiterrutschte.

Fast alle Kinder um mich herum waren mit ihren gleichaltrigen Freunden da. Mich hingegen feuerte niemand an, keiner bewunderte mehr meine waghalsigen Positionen oder ließ sich von mir nassspritzen, so wie ich es früher mit meiner Schwester getan hatte, bis sie mich irgendwann geschnappt und mit aller Wucht untergetaucht hatte. Kein Wunder, dass auch mir schnell die Lust verging.

Ich lief in Richtung der Liegewiese, wo ich Peter schon von Weitem entdeckte. Ich winkte ihm, doch er bemerkte mich nicht. Erst dachte ich mir nichts dabei, das Freibad war schließlich sehr voll an diesem Tag und er hatte mich in der Menge einfach noch nicht entdeckt. Doch als ich etwas näher kam, sah ich den Grund: Peter guckte sehr konzentriert in Richtung einer der Nachbarliegen. Ich brauchte nicht lange, um zu begreifen weshalb: Ein Junge, etwa in meinem Alter, aber mit einem deutlich athletischeren Körperbau, lag dort auf dem Rücken. Er trug einen dieser etwas aus der Mode gekommenen Badehosen in Slipform, der die Pobacken gerade einmal zur Hälfte verdeckte.

Erst als ich fast unmittelbar vor ihm stand, entdeckte er mich endlich und drehte sich abrupt um. Ich spürte ein Brennen in den Augen und eine noch nie dagewesene Eifersucht, viel stärker als jene, die mich bei Peters alten Geschichten befallen hatte. Es war nämlich nicht bloß Eifersucht. Es war die nackte Angst, dass alles schon wieder vorbei sein könnte. Bloß wegen so eines kleinen, dahergelaufenen Mucki-Knackarsches ohne Modegeschmack.

Mit Erfolg kämpfte ich gegen die Tränen an. Wir gaben uns beide Mühe, so zu tun, als wäre nichts passiert, als hätte niemand etwas bemerkt.

„Na, brauchst du eine Pause?"

„Hab keine Lust mehr aufs Rutschen."

Ich breitete mein Handtuch neben ihm aus und setzte mich auf den Rasen, da keine Liegen mehr frei waren. Niemand sagte etwas. Wenn wir in den letzten Tagen an solchen toten Punkten gewesen waren, dann hatten wir uns einfach einen Kuss gegeben oder zumindest Händchen gehalten. Aber das war hier nun wirklich undenkbar, inmitten all der Leute, und außerdem war mir auch nicht danach.

Doch es gab noch etwas, das wir tun konnten und wonach mir zwar eigentlich auch nicht besonders war, was Peter aber hoffentlich dazu bringen würde, diesen Jungen ebenso wie sämtliche weiteren, die hier herumliefen, sofort und für immer zu vergessen.

Ich beugte mich näher zu ihm hinüber und obwohl uns wegen des ganzen Geschreis der Kinder, das von den Rutschen und Becken zu uns hinüberdrang, sowieso niemand belauschen konnte, flüsterte ich ihm ins Ohr:

„Blas mir einen in der Umkleide."

„Jetzt, sofort?"

„Ja."

Wir packten unsere Sachen zusammen und machten uns auf den Weg zu den Kabinen. Im Gegensatz zu sonst so kurz vorm Akt, hatte ich noch keine Erektion. Ich versuchte, an das zu denken, was wir gleich tun würden, doch vor meinem geistigen Auge war nicht ich es, sondern der Junge von der Nachbarliege, den Peter befriedigte.

Ein plötzlicher Schlag auf den Rücken riss mich aus meinen Gedanken. Ich zuckte zusammen und drehte mich ruckartig um.

„Hey! Was machst du denn hier, alter Freund?"

Es war Martin alias Klößchen. Und er war nicht allein. Neben ihm stand ein Mädchen, nicht die dicke Jessica, sondern das genaue Gegenteil: Sie war großgewachsen wie eine Erwachsene, aber mit einem naiven Kindergesicht und flachbrüstig wie eine 12-Jährige.

„Das ist Mandy, meine Freundin."

„Äh, hallo", stammelte ich. Die Bohnenstange grinste mich schweigend an und dann richteten sowohl sie als auch ihr Freund den Blick auf Peter. Mir war klar, was von mir erwartet wurde, aber ich wusste einfach nicht, wie ich ihn vorstellen sollte. Ich konnte ja schlecht sagen: Das ist Peter, mein Freund.

„Und ich bin sein Onkel", übernahm Peter zum Glück das Reden. „Ihr beide kennt euch von der Schule?", wandte er sich an mich.

„Äh, ja, also von früher."

Ich hoffte, damit wäre die Begegnung jetzt beendet, aber Klößchen sah das offenbar anders.

„Ja, wir kennen uns seitdem wir drei sind oder so. Seid ihr zufällig auch mit Daniel hier?"

„Nein", sagte ich. Es war seltsam, dass er ihn so nannte. Offenbar schien Martin genau denselben Gedanken gehabt zu haben, denn auf einmal wandte er sich an seine Freundin und erzählte ihr vor unseren Spitznamen. Er räumte sogar mit ihm eigentlich gar nicht ähnlich sehender Selbstironie ein, wie wir ihn genannt hatten.

„Eigentlich hättest du dann ja Tarzan heißen müssen", wandte er sich an mich. „Aber für mehr als Klinsi hat es nicht gereicht. Bist du noch im Verein?"

„Ja, klar." Seine Freundin grinste weiterhin und hatte noch kein Wort gesagt, auch meine Antworten waren recht einsilbig, aber das schien ihren Lover nicht davon abzuhalten, dieses peinliche Treffen mit seinem Geplauder in die Länge zu ziehen.

„Wir waren schon eine eingeschworene Truppe damals. Bis sich diese Streber aufs Gymi verabschiedet haben. Weißt du noch, was für krasse Kämpfe wir uns immer geliefert haben? Oh Mann, da ging's ganz schon zur Sache", schwadronierte er.

Offenbar war auch Peter die ganze Situation unangenehm. Ich hoffte immer noch darauf, er würde einen Weg finden, uns beide daraus zu befreien, doch stattdessen zog er egoistischerweise nur sich aus der Affäre. „Ich geh dann schon mal vor und pass auf unsere Sachen auf. Hat mich gefreut, euch beide kennen zu lernen", sagte er.

„Ich komme gleich nach", beeilte ich mich, ihm noch hinterherzurufen.

„Aber vorher rutschen wir doch noch 'ne Runde, oder? Machen einen drauf wie in alten Zeiten?", fragte Martin mit jovialem Gesichtsausdruck. Ich war mir nicht ganz sicher, ob er sich wirklich dermaßen über unser Wiedersehen freute oder ob er diese Show nur abzog, um mich oder seine Freundin oder wen auch immer davon zu überzeugen, was für ein netter, lässiger Kerl er doch war. Alles, was ich wusste, war, wie unangenehm es sich anfühlte, dass er mich mit Peter gesehen hatte und ich hoffte inständig, dass er ihm die Onkel-Nummer abkaufte (er hatte zwar auf irgendwelchen Familienfeiern meine echten Onkel kennen gelernt, aber das war verdammt lang her).

„Also, ich glaub, wir müssen leider bald los."

„Na gut, aber auf ein Eis darf ich dich doch noch schnell einladen, oder?"

Bevor ich nein sagen konnte, wandte er sich an die dauergrinsende Bohnenstange.

„Süße, geh mal zu Thorsten und hol drei Flutschfinger für uns."

Sofort machte sie sich auf dem Weg und kaum hatte sie sich umgedreht, schlug ihr Martin die Hand auf den nur knapp vom Bikini bedeckten Hintern, ebenso selbstverständlich wie er sie mir gerade auf die Schulter gehauen hatte, jedoch so laut, dass es knallte und sich mehrere Badgeäste zu uns umdrehten.

Noch unangenehmer war bloß die Reaktion des Mädchens: Statt Entrüstung zumindest vorzuspielen, hatte sich ihr Grinsen in ein albernes Gegacker verwandelt, so als hätte ihr Macker gerade etwas total Lustiges gemacht.

„Sag mir bitte, dass der Typ nicht wirklich dein Onkel ist." Jetzt, wo nur noch wir beide da waren und kein weiteres Publikum, änderte sich auf einmal seine Sprache. Er redete nicht mehr so übertrieben laut und gutgelaunt wie der neue Martin, der sich aufführte wie einer der Scherzkekse in amerikanischen Komödien, sondern eher wieder so wie Klößchen früher immer geklungen hatte: ein wenig verschlagen, verwegen.

„Hä?"

„Familie ist tabu."

„Was laberst du da?", fragte ich.

„Dein ‚Onkel' hatte 'nen Ständer in seiner Badehose, von hier bis Hintertupfing. Deshalb hatte er es auch so eilig, wegzukommen."

„Quatsch. Du spinnst." Ich merkte, wie ich knallrot anlief, fast so, als hätte er *mich* und nicht Peter bei etwas erwischt.

„Ich hoffe bloß für dich, dass du dich nicht von ihm ficken lässt. Sich ficken lassen, das ist sowas von schwul, das geht gar nicht, Alter."

Ich war dermaßen perplex, dass ich kein Wort mehr hervorbrachte.

„Ich mein, sich von 'ner Schwuchtel mal einen blasen zu lassen, das geht ja noch. Bringt schließlich auch Vorteile mit sich. Was glaubst du, warum ich hier kostenlos reinkomme? Warum ich so viel Eis essen kann, bis ich platze?"

Er haute sich auf seinen nach wie vor ziemlich dicken Bauch und lachte laut auf. Und da fiel es mir wieder ein, wo ich den Namen Thorsten zuletzt gehört hatte. Es war wie ein Déjà-Vu: Klößchen mit seiner (damaligen) Freundin, im Freibad bei uns im Viertel, vor ziemlich genau einem Jahr. Und Thorsten, der generöse, mittlerweile offenbar versetzte Kioskverkäufer. Mit dem Unterschied, dass ich damals nicht den Hauch einer Ahnung, nicht den leisesten Verdacht gehabt hatte. Und auch jetzt konnte ich noch immer kaum glauben, was er mir da gerade gestand.

„Besser wär aber natürlich, du suchst dir auch eine Freundin. Gerade, wenn du mal richtig einen wegstecken willst. Wie gefällt dir Mandy?"

Ich war immer noch außerstande, irgendetwas zu sagen, doch offenbar war die Frage rhetorisch gemeint, denn sogleich beantwortete er sie selbst.

„Sie hat zwar keine Brüste, aber dafür hat sie auch keine Skrupel. Ich sag dir, gegen so 'ne echte Muschi, da kann keine Maulfotze der Welt mithalten, glaub mir."

Bis vor wenigen Minuten hätte ich es für ausgeschlossen gehalten, dass ich mich über das erneute Auftauchen des Mädchens dermaßen freuen würde. Sie reichte uns das Eis und obwohl es sich in jenem Schockzustand, in dem ich mich befand, noch kälter als üblich anfühlte, schlang ich es hinunter, erleichtert darüber, einen Vorwand zu haben, nichts mehr zu sagen und noch erleichterter darüber, dass auch Martin, bis auf ein paar belanglose Sprüche und Scherze, endlich verstummt war.

„Ist die Luft jetzt rein?", fragte Peter, als ich die beiden schließlich losgeworden und zu seiner Liege zurückgekehrt war.

Klößchen und seine Freundin hatten sich in Richtung der Rutschen verabschiedet und plantschten nun wahrscheinlich ebenso sorglos und unbedarft wie alle anderen hier, worum ich sie trotz der widerlichen Dinge, die sie miteinander trieben, beneidete. Auch vom Jungen auf der Nachbarliege fehlte zum Glück jede Spur. Peter hatte nur noch Augen für mich - und zog mich mit Blicken bereits aus. Aber mir war überhaupt nicht mehr nach irgendetwas von diesen Dingen, die ich gerade erzählt bekommen hatte und die sich aus Martins Mund so furchtbar vulgär, primitiv und falsch angehört hatten.

Das alles sagte ich Peter nicht, sondern speiste ihn genauso ab, wie meine Mutter es getan hatte, wenn mein Vater freitagabends nach ein, zwei Bier demonstrativ die Hand auf ihren Schenkel gelegt und sie ebenso demonstrativ ein Stück zur Seite gerückt war.

„Ich möchte nicht mehr. Hab Kopfweh."

Peter nickte verständnisvoll, obwohl er doch überhaupt nichts verstand.

32.

Da wir noch ein paar Stunden hatten, bis meine Mutter von der Arbeit zurückkehren würde, fuhren wir zu Peter. Während der Fahrt musste ich die ganze Zeit an das denken, was Martin gesagt hatte. Warum widerte er mich bloß so an? Es konnte eigentlich nicht an dem liegen, was er mit seiner Freundin tat, denn das ließ mich völlig kalt. Das, was mich verstörte und abstieß, war viel mehr das, was vermutlich zwischen ihm und diesem Mann lief: Sex gegen Gefälligkeiten. Prostitution.

Schlimm daran war vor allem, dass mir klar wurde, dass es sich bei Peter genauso verhielt. Peter hatte meinen Eintritt im Spaßbad bezahlt, Peter hatte mich - außer zu einer von mir spendierten Tüte gebrannter Mandeln, die mir auf einmal lächerlich vorkam – zu so ziemlich allem was es auf dem Rummel gab eingeladen. Und es verging kein Tag, an dem Peter mir nicht Eis und Cola, Haribo und Schokolade, Pommes oder Pizza ausgab. Mal ganz zu schweigen von den teuren Rosen, dem Nobel-Fußball oder dem Geld für das Handy, das ich von ihm bekommen hatte. Und wenn ich mich dafür dann artig bedankte, sagte er bloß immer wieder „ich habe zu danken", wie ein schmieriger Autoverkäufer, mit dem man sich handelseinig geworden war, ohne ganz sicher zu sein, ob er einen nicht doch über den Tisch gezogen hatte.

Würde er all das tun, wenn ich ihn nicht an mich heranließe? Würde er mich überhaupt küssen, liebkosen, mir all diese Komplimente machen, die mich in den letzten Tagen und Wochen auf Wolke sieben katapultiert hatten? Immerhin hatten die meisten dieser Dinge erst angefangen, nachdem er mich zum ersten Mal berührt, zum ersten Mal befriedigt hatte.

Wenn man es genau nahm, prostituierte ich mich auf eine noch viel schlimmere Art und Weise als Klößchen. Denn ich verkaufte nicht bloß meinen Körper, sondern auch meine Zuneigung – für ein bisschen Aufmerksamkeit und das süchtig machende Gefühl, begehrenswert zu sein.

Die rosarote Brille, die ich seit jenem ersten Kuss im Licht der tiefstehenden Waldsonne nahezu ununterbrochen getragen hatte, war weg. In dem Moment, in dem mir mein alter Kumpel mit voller Wucht von hinten im Schwimmbad auf die Schulter gehauen hatte, schien sie mir von der Nasenspitze gerutscht, auf den Boden gefallen und in tausend Scherben zerbrochen zu sein.

Aufmerksam wie Peter war, entging ihm mein neuer, ernüchterter Blick nicht.

„Was ist los?", fragte er, nachdem wir im halbdunklen Wohnzimmer Platz genommen hatten, Peter auf der Ledercouch und ich auf dem Sessel seines verstorbenen Vaters.

Ich ließ mich nur zu einem meiner überwunden geglaubten Schulterzucken hinreißen, ein Relikt aus jener Zeit, in der wir noch keine Sprache und keinen Konsens für das hatten, was zwischen uns geschah. Doch wie üblich dauerte es nicht lang, bis es ihm gelang, meine Gedanken – oder zumindest eine Annäherung daran – in seine Worte zu fassen, auch ohne dass ich ihm, nonverbale Signale einmal ausgenommen, irgendetwas davon verraten hätte.

„Es ist wegen deinem Freund, diesem Martin. Er ahnt es, oder?"

„Was?", sagte ich, mehr als Ausdruck meiner Verwunderung denn als Frage. Natürlich wusste ich, wovon er sprach.

„Dass zwischen uns was läuft. Er hat mir die Onkel-Nummer nicht abgenommen."

„Wundert dich das? Ich meine, es war wohl recht offensichtlich." Ich warf einen unverkennbaren Blick auf seinen Schritt. Peter verstand sofort, denn auch wenn die Lichtverhältnisse nicht optimal waren, glaubte ich zu erkennen, dass er errötete.

„Oh. Das tut mir leid. Aber mach dir keine Sorgen deswegen. Er hat keine Beweise. Außerdem scheint er dich zu mögen. Ich glaube nicht, dass er irgendwem etwas erzählt."

„Das glaub ich auch nicht. Wäre jedenfalls nicht besonders schlau von ihm."

„Wie meinst du das?" Jetzt schien Peter überrascht zu sein, und auch wenn ich mir eigentlich vorgenommen hatte, ihm keine Details aus der Unterhaltung mit Klößchen zu verraten, freute es mich, dass ich einmal derjenige war, der mehr wusste als er. Also warf ich meine Vorsätze über den Haufen und plapperte doch. Sollte Peter ruhig wissen, dass ich ihn durchschaut hatte, dass ich wusste, dass es noch mehr Kerle von seiner Sorte gab und wie abgebrüht diese Dinge zwischen Männern und Jungs in Wahrheit liefen.

„Na ja, er lässt sich auch von einem Typen einen blasen."

Für kurze Zeit lag eine eisige Stille im Raum, die meinen Worten einen faden Nachgeschmack gab. Ich hatte lässig und gleichgültig klingen wollen, doch wahrscheinlich war es Peter nicht entgangen, dass in meiner ebenso knappen wie drastischen Schilderung von Martins vermeintlicher Affäre eine Kränkung lag, gar ein Vorwurf mitschwang, für den er offenbar keine Erklärung hatte.

„Darüber habt ihr gesprochen?", fragte er schließlich.

„Er hat es mir erzählt, ja."

„Wer ist der Typ?"

„Wieso interessiert dich das?"

Ich genoss es, dass ihn die Geschichte verunsicherte und war nicht gewillt, ihm so schnell alles zu verraten, was ihn interessierte. Es war fast so, als hätte *ich* und nicht Martin sich von diesem Schwimmbadverkäufer befriedigen lassen.

„Es interessiert mich eben", sagte er. Mittlerweile hatten wir beide einen latent gereizten Ton angeschlagen.

„So wie dich der Junge mit dem knappen Höschen auf der Nachbarliege interessiert hat?"

Ganz bewusst und im Stil eines Kamikazepiloten lenkte ich die Unterhaltung in jenes gefährliche Fahrwasser, das ich sonst nur aus den Dialogen in den Serien kannte, die ich früher manchmal mit meiner Mutter angesehen hatte (und ein bisschen leider auch aus den Auseinandersetzungen meiner Eltern).

Peter lachte leicht hysterisch auf. „Ich bitte dich, was soll das denn jetzt?"

„Er hat dich scharf gemacht, oder? Genau, wie der Gedanke dich scharf macht, dass mit Klößchen auch was laufen würde, was?"

„Das ist doch völlig absurd! Andere Jungs, ob scharf oder nicht, sind mir völlig egal! Ich *liebe* dich, verstehst du?"

Nun waren wir wirklich endgültig auf Soap-Niveau angekommen. Das Schlimme war: Es gefiel mir. Es war nämlich allemal besser, die eifersüchtige Geliebte zu spielen, als sich wie eine Prostituierte zu fühlen.

„Liebst du wirklich *mich*? Oder bloß meinen Körper?"

Mir war klar, dass ich jetzt vermutlich die ganze Liebes-Leier zu hören bekommen würde, die mich doch meistens eher verlegen machte. Aber diesmal, so nahm ich mir vor, würde ich mich nicht davon einseifen lassen.

„Ich liebe *alles* an dir! Es tut mir leid, dass ich dich verletzt habe! Ich verspreche dir, ich gucke nie wieder einem anderen Jungen hinterher!" Er klang jetzt nicht mehr gereizt, sondern verzweifelt. „Ich weiß auch nicht, was mich geritten hat. Ich bin einfach so aufgeladen zurzeit. Weißt du, ich hätte es nicht für möglich gehalten, dass ich so etwas wie mit dir jemals erleben würde. Ich möchte dich auf keinen Fall verlieren!"

„Wenn du mich so sehr liebst, warum hast du dich dann zum Beispiel noch nie vor mir ausgezogen?"

Obwohl es durchaus meine Absicht gewesen war, ihn mit meinen Provokationen dazu zu bringen, mir eine neue Seite von ihm zu zeigen, hatte ich nicht mit dem gerechnet, was jetzt folgte, so naheliegend es auch war. Wortlos legte Peter zuerst das Hemd und dann beinahe zeitgleich Hose und Unterhose ab.

Auch wenn die Versuchung groß war, sah ich ihm weiterhin bloß ins Gesicht und sonst nirgendwohin.

„Ich habe dich nicht gebeten, dich *jetzt* auszuziehen. Ich habe gefragt, warum du es vorher noch nie getan hast."

„Weil ich mich schäme."

Jetzt musste ich doch gucken, es ging nicht anders. Auf den ersten Blick sah ich nichts, wofür er sich hätte schämen müssen. Selbst jetzt, im schlaffen Zustand, war zu erkennen, dass er niemals so riesig wie die der Pornodarsteller sein würde, nicht einmal so groß wie der von Sascha. Er war leider auch nicht rasiert. Aber er war durchaus deutlich größer als meiner und damit potenziell interessant.

„Du kannst mir wieder ins Gesicht gucken. Es geht nicht um meinen Schwanz."

Sofort wandte ich meinen Blick ab. Jetzt war ich es, der vor Scham errötete.

„Es geht darum, dass ich dachte, es gehört sich nicht. Es mag albern klingen, aber ich finde, es ist ein Unterschied, ob ich nur deine Bedürfnisse befriedige oder ob ich dir gegenüber auch meine eigenen Bedürfnisse zur Schau stelle."

Ich verstand überhaupt nicht, was er da redete. Ich wusste nur: Ich war noch immer auf Krawall gebürstet. Obwohl Peters überraschende Nacktheit leider auch den pubertäts- und hormonellbedingt sehr großen Teil meines Gehirns aktiviert hatte, der für sexuelle Erregung zuständig war, ohne dass ich etwas dagegen tun konnte.

„Was ist denn bitte der Unterschied zwischen deinen und meinen Bedürfnissen?"

„Wenn ich das doch nur wüsste! Das ist ja das Grundproblem meiner Neigung, diese verdammte Asymmetrie der Bedürfnisse!"

Jetzt kapierte ich wirklich kein Wort mehr von dem, was er da sprach, hatte aber dennoch das ungute Gefühl, dass es meine seit dem Treffen mit Martin aufgekommenen Befürchtungen bestätigte. *Meine* Bedürfnisse waren doch eigentlich furchtbar simpel gestrickt, ließen sich mutmaßlich mit sexueller Erleichterung, Zeit und etwas Geld einfach befriedigen, während seine mir dermaßen komplex und erwachsen erschienen, dass ich niemals eine Chance haben würde, mit ihm die Art von gleichberechtigter Beziehung zu führen, die ich in den letzten Wochen wohl mehr erträumt denn erlebt hatte.

Ich hatte diesen Gedanken noch nicht einmal zu Ende gedacht, da war die Wut weg, ersetzt durch etwas viel Schwereres, einen Kloß im Hals und ein Brennen in den Augen.

„Ich kann dir sagen, was meine Bedürfnisse sind: Ich will einfach nur einen richtigen Freund haben, den ich liebe und der mich liebt. Nicht mehr alleine sein. Normal sein", sagte ich und schluckte die Tränen hinunter. Auf keinen Fall wollte ich schon wieder vor ihm weinen, nicht jetzt, wo ich gerade das Gefühl hatte, er würde mir auf irgendeine komplizierte Art sagen, dass die Sache zwischen uns aus war oder zumindest ganz anders, als ich sie mir erhofft hatte.

Mutmaßlich dachte Peter ganz ähnlich, war sich bewusst, wie nah wir gerade am Abgrund standen, obwohl noch nicht einmal drei Stunden vergangenen waren, seitdem wir an derselben Stelle in Erwartung eines schönen Tages im Freibad und noch in trauter Einheit eines unbekümmerten Liebespaars knutschend gesessen hatten.

Er machte keine Anstalten, mich wie zuvor bei jeder kleinsten Verstimmung meinerseits mit Zärtlichkeiten oder lieben Worten zu beschwichtigen. Stattdessen sprach er weiterhin auf diese furchtbar erwachsene, diesmal aber wenigstens unmissverständliche Art mit mir: „Okay, dieses Bedürfnis teilen wir also. Die Frage ist bloß: Kann jemand in *meinem* Alter, kann *ich* dieser Freund sein?"

Ich schwieg, weil es so klang, als wäre er noch nicht fertig gewesen, als wolle er sich die Antwort auf die Gretchenfrage unserer Beziehung möglicherweise selbst geben. Und tatsächlich fuhr er fort. „Bitte, bevor du antwortest, überleg es dir gut, du hast alle Zeit dafür. Ich möchte dich nicht unter Druck setzen. Du weißt, ich würde mir nichts sehnlicher wünschen, als dass du ja sagst. Ich bin dir schon jetzt dankbar für jede Sekunde, die ich mit dir verbringen durfte. Aber ich habe auch Verständnis, wenn du deine Meinung geändert hast. Dann muss ich damit leben, das ist dein gutes Recht und meine Pflicht als der Ältere, deine Wünsche stets zu respektieren."

Ich konnte es wirklich nicht mehr hören. Ich weiß, es war nicht seine Absicht, aber dieses ständige Gerede vom Älteren und vom Jüngeren, von Dankbarkeit, Rechten und Pflichten, Wünschen und Bedürfnissen, diese festgefahrenen Rollen, auch beim Sex – es verletzte mich. Selbst die doch recht banale Tatsache, dass er einem anderen Jungen hinterhergeschaut hatte, war erträglicher als seine devoten Entschuldigungen, seine mir übertrieben und damit schon wieder unaufrichtig vorkommenden Liebesschwüre. Wenn wir auch nur annähernd so etwas wie ein ganz normales Liebespaar sein wollten, dann musste dieses ständige Betonen der Unterschiede endlich aufhören, das wurde mir plötzlich klar.

Versunken in diese Art von Gedanken, hatte ich aufgehört, Peter anzusehen und starrte eine Zeitlang irgendwo ins Dunkle des hinteren Wohnzimmers, bis mein Blick auf einmal wie durch Zufall wieder auf Peters noch immer entblößten Körper und sein Gemächt fiel.

Und auf einmal kannte ich die Antwort. Ich wusste auch, wie ich sie ihm geben würde.

Er ließ es geschehen, so wie ich es hatte geschehen lassen. Es ging alles sehr schnell. Sein Glied war noch nicht einmal richtig angeschwollen, da entfuhr ihm bereits ein langer, unkontrolliert lauter Seufzer und er entlud sich, viel eher und heftiger als ich damit gerechnet hätte.

„Danke", sagte er leise, während er mit seiner leicht verschwitzten, vielleicht sogar ein wenig zitternden Hand meinen Kopf streichelte.

Es war paradox: Obwohl ich gerade erstmalig so ziemlich genau das getan hatte, was Prostituierte üblicherweise taten, fühlte ich mich überhaupt nicht mehr wie eine.

„Nein", erwiderte ich, nachdem ich den bittersüßen Geschmack in meinem Mund heruntergeschluckt hatte. „Das war richtig geil. *Ich* habe zu danken!"

33.

Die Ferien gingen zu Ende. Das Leben bestand auf einmal wieder aus mehr als Sex. Peter und ich waren nicht die einzigen Menschen auf dem Planeten, auch wenn es sich für ein paar Sommertage so angefühlt hatte.

Zunächst einmal waren da die Lehrer am Gymnasium, die uns gleich zu Beginn der neunten Klasse unmissverständlich weismachen wollten, jetzt beginne ein für allemal der Ernst des Lebens, nun trenne sich die Spreu vom Weizen, wer sich fortan noch hängen lasse, würde es nicht bis zum Abi schaffen und das sein Leben lang bereuen, und so weiter und so fort. Doch was sie uns über diese wie Dogmen vorgetragene Drohungen hinaus an Stoff zu vermitteln versuchten, erschien mir dermaßen unbedeutend, dass ich nicht einmal mehr so tat, als würde ich mich anstrengen, es zu verstehen. Welchen Zweck hatte es schon, das Periodensystem der Elemente auswendig zu lernen oder den Unterschied zwischen jambischen, trochäischen und daktylischen Versformen zu kennen? Das alles war Lichtjahre entfernt vom wahren Leben, von dem, was mich beschäftigte und ich sah keinen Sinn darin, mich damit auseinanderzusetzen.

Obwohl meine Mutter und die Lehrer das behaupteten: Ich war mir sicher, dass meine Lustlosigkeit, meine mangelnde schulische Motivation vom ersten Tag an nichts mit der von den Erwachsenen pauschal als Grund angeführten Pubertät zu tun hatte. Ich konnte den Begriff nicht mehr hören. Merkten sie denn nicht, dass ich längst den nächsten Schritt gemacht hatte, dass ich in diesem Sommer entjungfert, ja nahezu erwachsen geworden war?

Auch meine Klassenkameraden nahmen, abgesehen von der Verschlechterung meiner Leistungen, keine Veränderungen an mir wahr. Was nicht verwunderte, denn ich gab mir mehr Mühe denn je, mein Innenleben vor ihnen geheim zu halten. Und äußerlich wartete ich weiter auf den ersehnten Sprung, den diese verflixte, bislang für nichts als ein paar Pusteln gut gewesene Pubertät mir doch angeblich hätte ermöglichen sollen. Während die Stimmen der Jungs dunkler, die Haare allerorten mehr und ihre Staturen kräftiger geworden waren, schien meine körperliche Entwicklung nach wie vor stehen zu bleiben oder, zumindest in meinen Augen, viel zu langsam voranzugehen.

Eine gewisse Motivation legte ich einzig noch beim Fußball an den Tag. Verbissen und trotzig quälte ich mich wie nie zuvor im Training, in der Hoffnung auf mehr Muskeln und Einsätze, aber beides blieb aus. Nur der Spott von Joschua und Co. war mir sicher, wenn ich mir mal wieder ein ganzes Punktspiel von der Bank aus anschauen durfte.

Aber selbst das war allemal noch besser als die Stimmung zu Hause. Meine Schwester war wieder da, doch die Freude darüber hatte nur kurz angehalten. Anfang September stand sie einfach so wieder vor der Tür, unangekündigt, die Haare in verblichenem Grün und ungewaschen, einen schweren Rucksack auf den Schultern und anstelle der versprochenen Süßigkeiten mit nichts als dreckiger Wäsche und schlechter Laune im Gepäck. Es dauerte Tage, bis sie überhaupt mehr als drei Sätze am Stück mit uns redete, und dann auch nur, um das zuzugeben, was ohnehin offensichtlich war: Ihr bretonischer Freund hatte Schluss gemacht und den Job in der Crêperie hatte sie hingeschmissen, kurz bevor man sie wegen des anstehenden Saisonendes ohnehin entlassen hätte.

Der Hauptgrund für die ständigen Streitigkeiten mit meiner Mutter war aber nicht ihr gescheitertes Auslandsabenteuer. Sie bestand darauf, dass Lucy nun entweder wieder zur Schule ging oder sich wenigstens einen Job suchte, doch obwohl die sonst bei einem solchen Verhalten so gern als Begründung herhaltende Pubertät bei meiner Schwester mit ihren achtzehneinhalb Jahren langsam aber sicher vorbei sein musste, legte sie ein genauso lustloses Verhalten wie ich an den Tag: Weder wollte sie lernen, noch arbeiten gehen. Sie bemühte sich halbherzig um einen Ausbildungsplatz als Reiseverkehrskauffrau oder als Mediengestalterin, aber sämtliche Plätze waren zu dieser Jahreszeit natürlich bereits vergeben, und so verbrachte sie die meiste Zeit in Bars und auf Metal-Konzerten, wo sie zu ihrem eigentlich abgelegten Lebenswandel zurückkehrte und regelmäßig neue Langhaar-Liebhaber abschleppte, die einem jederzeit durch unseren Flur schleichend begegnen konnten, wenn man nachts mal auf Klo musste und vor denen ich mich stets ein wenig fürchtete.

„So, es reicht mir jetzt mit dir, Fräulein! Ab nächste Woche stellst du dir mal wieder den Wecker und kommst mit in den Drogeriemarkt. Wir brauchen Leute, aber nur für morgens vor Ladenöffnung, zum Regale Auffüllen. Auf Kunden loslassen kann man dich ja eh nicht, so wie du aussiehst."

„Bevor ich in deinem dämlichen Laden auch nur eine Stunde arbeite, gehe ich lieber auf den Strich!"

Unterhaltungen wie diese, falls man den lautstarken Austausch von Anschuldigungen und Vorwürfen weit unterhalb der Gürtellinie überhaupt so nennen konnte, standen an der Tagesordnung. Meistens schwieg ich, weil ich wusste, dass jede Einmischung meinerseits es noch schlimmer machen würde, aber gleichzeitig fühlte ich mich feige und ohnmächtig deswegen. Ich hätte auch gar nicht gewusst, für wen ich Partei ergreifen sollte. Keine Frage, Lucy konnte unerträglich sein, aber auch meine Mutter ließ keine Gelegenheit aus, sie und manches Mal auch mich mit ihren Vorwürfen und übertriebenen Sorgen zu bombardieren.

Trotzdem verstand ich nur zu gut, weshalb sie nach wie vor so viele Schichten wie möglich übernahm. Und das, obwohl längst nicht mehr alles rosig auf der Arbeit war: Die alte Marktleiterin war in eine neu eröffnete Filiale versetzt worden und die Bezirksdirektion hatte angekündigt, ihr einen neuen Chef vor die Nase zu setzen.

„Einen Mann noch dazu! Das wäre dann der erste im ganzen Team. Ist bestimmt so ein Chefchen, der selbst keinen Finger krumm macht und denkt, er hat die Weisheit mit Löffeln gefressen. Der kann sich auf was gefasst machen", unkte sie.

Zwei Wochen später war „Chefchen" bei uns zum Abendessen eingeladen. Meine Schwester hatte sich erst gar nicht die Mühe gemacht, nach einer Ausrede zu suchen, sondern war einfach nicht da, als er kam. Ich behauptete verzweifelt, noch dringend für die Schule lernen zu müssen, doch das nahm sie mir natürlich nicht ab. Also sah ich mich gezwungen, an einem Tisch mit meiner Mutter und diesem fremden Mann zu sitzen. Sein Modegeschmack ähnelte dem von Peter: Er trug langweilige, nagelneu aussehende Bluejeans und ein weißes, gründlich gebügeltes und gestärktes Hemd, die nach Reinigung und Aftershave rochen. Das war aber auch schon alles an Gemeinsamkeiten zwischen den beiden. Sein Gesicht wirkte eingefallen, so als sei er mal viel dicker gewesen und hätte es dann mit dem Abnehmen genauso übertrieben wie zuvor mit dem Essen, und sein Haar hatte eine undefinierbare Farbe irgendwo zwischen dunkelblond und aschgrau. Ich schätzte ihn auf fünfzig, also uralt. Er hieß Herr Müller, aber ich sollte ihn Reiner nennen, was ich natürlich nicht tat.

Er saß genau dort, wo mein Vater immer gesessen hatte, und obwohl meine Mutter und er sich siezten („Reiner, wären Sie so nett, mir kurz das Salz zu reichen, bitte?") und nichts als freundlich dargebotene Belanglosigkeiten austauschten, beschlich mich das Gefühl, dass er an dieser Stelle bald noch öfter sitzen würde.

Ich hatte recht. Auch wenn meine Mutter fest behauptete, sie wären nur gute Freunde, versprachen sie sich beide offensichtlich mehr. Schon bald saß er nicht nur dort, wo unser Vater gesessen hatte, sondern führte sich auch so auf, als wäre er es. Meiner

Schwester gab er jovial Tipps für die Berufswahl und mir wollte er etwas von der Wichtigkeit guter Noten erzählen. Meine Mutter hieß das nicht nur gut, nein, wir hatten sogar den Verdacht, sie hätte ihn darum gebeten.

Ich war bei Weitem nicht so frech zu ihm wie meine Schwester, die sich von niemandem mehr Ratschläge erteilen ließ. Ich gab mich distanziert, aber nicht unfreundlich, wenn er bei seinen immer häufiger werdenden Besuchen versuchte, ein Gespräch mit mir zu beginnen. Und trotzdem hatte ich das Gefühl, dass auch er mich nicht besonders mochte. Wahrscheinlich tat er bloß so, als würde er sich für uns interessieren, weil er so bei meiner Mutter landen konnte.

Mit meinem echten Vater lief es aber auch nicht viel besser. Da ich die wenigen Lücken, die sich aus dem Abgleich meiner Trainings- und Stundenpläne mit den Dienstzeiten meiner Mutter ergaben, weiterhin für heimliche Techtelmechtel mit meinem erwachsenen Liebhaber nutzte, blieb mir kaum Zeit für Treffen mit ihm. Das Schlimmste aber war, dass ich mir einbildete, trotz genau gegenteiliger Verlautbarungen bei ihm so etwas wie Erleichterung herauszuhören, wenn ich einen Terminvorschlag ablehnte oder einen Besuch abermals verschob.

Er sagte zwar niemals ein Treffen von sich aus ab, doch wenn wir uns dann wirklich mal sahen, war er meistens übel gelaunt. Die tristen Vater-Nachmittage waren mittlerweile, was ihre inhaltliche Gestaltung anging, von völliger beidseitiger Kapitulation charakterisiert. Nachdem wir uns einen Döner geholt oder eine Pizza aufgebacken hatten, sahen wir uns Filme aus der Videothek an oder die Sportschau - und schwiegen. Das war noch der angenehmere Teil der Treffen, denn wenn er dann irgendwann beim zweiten oder dritten Bier angekommen war, hob sich zwar nicht seine Laune, wohl aber lockerte sich seine Zunge. Er klagte dann ganz unverhohlen über seine Einsamkeit, wie sehr ihn Abend für Abend nach einem langen Arbeitstag die Rückkehr in sein winziges, menschenleeres Apartment ermüdete und wie oft er wahlweise mich, meine Schwester, seine Ex-Freundin Saskia und manchmal sogar meine Mutter vermisste.

Noch vor ein paar Monaten hätte ich ihm bei solchen Gelegenheiten an den Kopf geworfen, dass er selbst schuld daran war, er hätte meine Mutter ja nicht betrügen müssen, dann wäre ihm seine Familie geblieben. Doch das war sinnlos, denn er wusste nur zu gut um seine Schuld. Genau das war es, was ihn so fertigmachte, ihn wehleidig und bierselig hatte werden lassen. Ich machte ihm also keine Vorwürfe mehr, aber ich konnte ihm auch keinen Trost spenden, im Gegenteil: Mich zu sehen, schien ihn stets daran zu erinnern, was er alles unwiederbringlich verloren hatte.

Auch er war für mich keine Stütze. Natürlich konnte ich mich ihm nicht anvertrauen. Mit meinem Geheimnis musste ich nach wie vor ganz allein klarkommen. Selbst meiner Schwester, die es eigentlich doch längst kannte, vermochte ich nichts von Peter zu erzählen. Wenn ich zu ihm ging, behauptete ich meist, mich mit Danni zum Lernen zu treffen, und Danni erzählte ich, ich sei bei meiner vermeintlichen Freundin, damit er mich deckte, falls meine Mutter auf die Idee kam, bei ihm anzurufen.

Danni ließ sich zwar stets darauf ein, doch er schien sich nach wie vor nicht mehr sonderlich für meine angebliche Traumfrau zu interessieren. Eigentlich hätte ich froh darüber sein müssen, dass er keine Fragen stellte, denn damit bewahrte er mich davor, ihn fortlaufend fantasievoll belügen zu müssen. Doch irgendwie war ich enttäuscht, denn so schäbig das auch sein mochte und obwohl ich die zweite handelnde Person dazu einer verbalen Geschlechtsumwandlung unterziehen musste: Es hatte immer gutgetan, vor ihm mit meinen sexuellen Eroberungen und Erlebnissen zu prahlen und meine Erfahrungen mit jemandem teilen zu können.

Doch die kurze Zeit unserer kindischen Gespräche über Sex schien vorbei zu sein, wir kehrten zu alter Verklemmtheit zurück. Selbst Pornos sahen wir uns so gut wie gar nicht mehr gemeinsam an, jetzt wo ich einen eigenen Rechner mit Internet-Zugang und ich noch dazu ein eigenes Sexleben hatte. Stattdessen versuchte mein bester Freund vor oder nach meinen Alibi-Besuchen auf der Durchreise zu Peter vermehrt, mich wieder für Dinge zu begeistern, mit denen ich längst abgeschlossen bzw. nie angefangen hatte: Lego Technik, Forschungskästen, Wissensquiz-Spielen oder albernen PC-Games wie der gerade sehr populär gewordenen Moorhuhnjagd. Ich schlug fast jedes Mal dankend aus, schrieb noch kurz die Hausaufgaben ab, die er mir mittlerweile ungefragt hinlegte und schaffte es, sogar dabei Fehler zu machen, weil ich in Gedanken längst bei Peter war.

Und so ging es weiter in diesem Herbst, der mir endlos vorkam. In immer länger werdenden, untypisch windlosen und regnerischen Nächten verloren die Blätter ihre Bäume wie in Zeitlupe. Jeden Tag nach dem Aufstehen war die Welt wieder etwas weniger bunt geworden, die Erinnerung an den Sommer, den ich mittlerweile zum besten, weil intensivsten meines bisherigen Lebens verklärt hatte, etwas blasser.

In der Schule schrieb ich meine ersten Klassenarbeiten, erntete eine Fünf nach der anderen und musste schmerzhaft erfahren, dass *zu* schlechte Noten genauso wenig förderlich waren wie zu gute. Loser, Träumer, faule Socke – das waren noch die freundlicheren Bezeichnungen, mit denen mich Lehrer und Mitschüler gleichsam aufzogen. Selbst Joschua, der ebenfalls alles andere als berauschende Noten hatte und dazu noch wegen disziplinarischer Vergehen aller Art immer kurz vor dem Rausschmiss stand, zog mich mit meinem Versagen auf.

Wobei er sich nicht nur auf das Schulische bezog. Es wurde immer klarer, wie sehr ich, die Nichtskönner-Memme, ihm körperlich und damit auch sportlich unterlegen war, während er weiter unaufhaltsam zum Mann reifte: rauchend, prügelnd, foulend.

Obwohl ich nichts davon gern tat oder auch nur besonders schätzte, war ich dennoch neidisch auf Joschua. Mit seiner Härte, seiner scheinbaren Unverletzlichkeit und seiner unbestrittenen Männlichkeit, die ihm Respekt sowohl in der Schule als auch in der Mannschaft einbrachte, verfügte er über genau jene Attribute, die ich bei sämtlichen meiner erwachsenen männlichen Bezugspersonen vermisste. Peter erfüllte eine noch immer schwer definierbare Rolle, Reiner Müller war in meinen Augen bloß ein Opa, der sich an meine Mutter ranmachte und sich deswegen irrtümlich einbildete, mir irgendetwas zu sagen zu haben - und mein Vater hatte ohnehin auf ganzer Linie versagt. Ich sah ihn nur noch selten wirklich nüchtern und niemals glücklich.

Selbst die Frauen, die mit mir unter einem Dach lebten, erschienen mir weniger greifbar denn je. Meine Schwester kam nur zum Schlafen nach Hause, meine Mutter immerhin auch noch zum Kochen, Waschen und Putzen, doch auch ihr Leben fand mittlerweile woanders statt; im Drogeriemarkt. Marktleiter Reiner Müller, dessen eingefallenes Gesicht und aufgesetztes Grinsen jetzt über dem Ladeneingang begleitet von einem „Ich bin gern für Sie da!" hing, hatte sie zuerst zur Geliebten und dann zu seiner Stellvertreterin gemacht. Nicht mehr nur de facto – die Aufgaben hatte sie während der Ferienzeit oder bei krankheitsbedingten Ausfällen ohnehin oft genug übernommen – sondern auch auf dem Papier und vor allem dem Lohnzettel hatte sie nun den Aufstieg geschafft: Wochenarbeitszeit 38,5 Stunden, zwei Tarifstufen höher als bisher.

Irgendwann verbarg sie die ohnehin offensichtliche Romanze mit ihrem Chef nicht einmal mehr vor uns. Reiner wurde erst geduzt und dann gar nicht mehr Reiner, sondern nur noch Schatz genannt. Sie gab es auf, die bestenfalls steifen, schlimmstenfalls offenkundig feindseligen Abendessen mit ihm bei uns zu veranstalten, bei denen er sich so verhielt, als sei er jetzt auch in unserer Familie die Führungskraft, und fuhr stattdessen mehrmals pro Woche nach der Arbeit noch mit zu ihm. Er wohnte in irgendeinem Kaff ziemlich weit außerhalb, so dass sie in manchen Nächten fast so spät wie meine Schwester heimkehrte. Und dennoch war sie, anders als Lucy, morgens die Erste im Bad und wenn ich in die Küche kam, war der Frühstückstisch stets gedeckt, meine Brote für die Schule geschmiert.

Selten ließ sich meine Schwester zum Frühstück, eigentlich der einzig verbliebenen gemeinsamen Mahlzeit, blicken – und wenn sie es doch mal tat, dann war Streit vorprogrammiert. Wort- und grußlos kam sie in die Küche, goss sich Kaffee oder Saft ein.

„Ist es so schwer, ‚Guten Morgen' zu sagen?"

„Ist es so schwer, mich in Ruhe zu lassen?"

„Was waren das für widerliche Haare in der Dusche? Wenn du schon deine Kerle hier herschleppst, obwohl ich es dir verboten habe, kannst du nächstes Mal bitte wenigstens dafür sorgen, dass ich nichts davon mitbekomme!"

„Siehst du, genau deshalb fange ich lieber keine Gespräche mit dir an", sagte meine Schwester und rieb sich die Schläfen. Sie sah verkatert aus, was meiner Mutter natürlich nicht entgangen war.

„Du solltest dich schämen. Jede Nacht unterwegs, Party, Saufen, Männer... Meine Tochter ist ein Flittchen!"

„Der Apfel fällt nicht weit vom Stamm."

Sie nahm ihre Tasse in die Hand und stand auf, doch meine Mutter packte sie am Arm, so brüsk, dass der Kaffee überlief und auf die frischgewaschene Tischdecke tropfte. Ich wünschte mich tausend Kilometer weit weg von unserem Frühstückstisch. Ein Gefühl, das man wohl als Scham bezeichnen muss, überkam mich. Nun waren wir wirklich ganz unten angekommen, nicht besser als eine von diesen gescheiterten Proletenfamilien auf RTL. Bei uns herrschten dieselben Verhältnisse, die man sonst eigentlich nur Problemkindern wie meinem Ex-Hauptschulfreund Martin zuschrieb.

„Was fällt dir ein?"

„Wieso, stimmt doch! Du bist doch auch fast jede Nacht unterwegs, um mit 'nem Kerl rumzumachen!"

„Hör zu, das geht dich zwar eigentlich gar nichts an, aber ich will dir mal was erzählen: Ich mache nicht *rum* mit dem Reiner. Ich kümmere mich um ihn, so wie er sich auf der Arbeit um mich gekümmert hat. Denn Reiner wurde verlassen, genau wie ich. Er sitzt ohne Frau und Familie in seinem viel zu großen Haus. Seine Kinder sind ausgezogen, wohnen in der Stadt. Und er kann nicht mal Spaghetti kochen. Er ist ganz allein, er hat nur mich. Das mit Reiner und mir ist etwas ganz anderes als das, was du hier abziehst oder was dein Vater getan hat. Und ich werde mir das von dir nicht kaputt machen oder schlechtreden lassen, kapiert?"

Endlich ließ sie den Arm los. Meine Schwester machte ein paar Schritte rückwärts in Richtug Tür, um aus sicherer Distanz zum Gegenschlag auszuholen.

„Na, das ist doch toll, dass er jetzt jemanden gefunden hat, der ihm den Haushalt schmeißt. Aber pass bloß auf, irgendwann wird es selbst deinem Spießer-Reiner mit dir zu langweilig, so wie Papa, und er sucht sich 'ne Neue, die mehr als die Spaghetti für ihn kocht."

Nun hatte sie den Bogen überspannt, das dürfte selbst ihr klar geworden sein, denn sie wirkte auf einmal gar nicht mehr so entschlossen, wie sie da im Türrahmen unserer Küche stand, sich mit den Händen nervös durch die buntgefärbten, ungekämmten Haare fahrend.

„Ich bin Hausfrau, ich bin zweifache Mutter, ich arbeite Vollzeit als stellvertretende Filialleiterin – und was machst du? Gar nichts!" Sie schrie jetzt und lehnte sich mit einem Arm auf dem Tisch, so als hätte sie Mühe, aufrecht zu stehen. „Das einzige, was du machst, ist frech zu deiner Mutter zu sein, dumme Sprüche klopfen - und rumhuren!", rief sie noch, doch Lucy war schon gegangen. Endlich.

Ich hatte mich zwar wieder nicht eingemischt, musste mir eingestehen, dass sie recht hatte. Meine Schwester war unfair zu ihr. Auch ich konnte Reiner Müller nicht leiden und auch mein Verhältnis zu unserer Mutter war schwierig. Dennoch bewunderte ich sie. Anscheinend hatte das neue Liebesglück eine Menge Energien in ihr freigesetzt. Obwohl sie jetzt fast immer von früh bis spät arbeitete und viele Abende mit ihrem Freund verbrachte, war unser Haushalt noch immer picobello geführt. Wir aßen zwar nicht mehr so oft zusammen, aber im Gefrierfach befanden sich stets Tupperdosen für mich und meine Schwester, die wir uns bloß in der Mikrowelle warm machen mussten. Sie stand den halben Sonntag in der Küche, um sämtliche Gerichte für die ganze Woche einzukochen.

Jedes Mal, wenn ich eine dieser Boxen öffnete – und zwar egal, ob sich darin ein festgefrorener Würfel Spaghetti Bolognese befand, meine Leibspeise, oder bloß ein Klumpen Blumenkohl-Suppe, die ich eigentlich gar nicht leiden konnte - überkam mich trotz des eisigen Inhalts eine wohlige Wärme. Meine Mutter war in diesen Augenblicken gar nicht zu Hause und dennoch fühlte ich mich ihr näher als noch Stunden zuvor am Frühstückstisch, wenn sie mir schon im Gehen, den weißen, frisch gestärkten Drogeriemarkt-Kittel bereits übergestreift, das übliche Abschieds-Bussi auf die Wange gab, nicht ohne mich vorher zu ermahnen, mich heute in der Schule ausnahmsweise mal anzustrengen und am Nachmittag keinen Unfug zu machen, bis sie nach Hause käme. Dann war sie und selbst dieser Kuss mir lästig und ich beinahe froh, dass sie ging und lange fortbleiben würde. Aber in dem Moment, in dem ich mir das Essen in der leeren Küche warmmachte, da vermisste ich sie und wusste, dass ich sie genauso liebte wie sie mich, auch wenn sie mich vermutlich niemals verstehen würde und mein Geheimnis nie erfahren durfte.

Ich hätte meine Schwester gern gefragt, ob ihr das auch manchmal so ging, aber ich hatte Angst vor der Antwort und ließ es daher besser bleiben. Irgendwie hatte ich das Gefühl, dass sie nach all den bereits erlebten Enttäuschungen in Sachen Liebe, sowohl der eigenen als auch der unserer Eltern, niemanden mehr liebte, nicht einmal mehr sich selbst.

Doch wen oder was liebte ich eigentlich – außer vielleicht die Tupperdosen meiner abwesenden Mutter? Es gab nicht viel in jenem Herbst 1999, das mein Leben lebenswert machte. Schule und Familie gehörten mit Sicherheit nicht dazu, auch in Sachen Freundschaften oder Hobbys regierten Langeweile (Danni) bzw. Frust (Fußball).

Alles, was mir lieb war und mir noch blieb, war Peter. Ein Gedanke, der mich gleichermaßen tröstete wie beunruhigte.

34.

Vielleicht bestand das Leben, auch das eines frühreifen 14-Jährigen, insgesamt aus wesentlich mehr als aus Sex – die Treffen mit Peter zu Beginn des neunten Schuljahrs jedoch nicht. Wenn ich es ein-, höchstens zweimal pro Woche einrichten konnte, mich zu ihm zu schleichen, dann verbrachten wir einen Großteil der Zeit damit.

Während der Sex des Sommers noch nach wässrig-süßem Calippo geschmeckt hatte, war der des Herbsts eher wie Spaghetti Bolognese. Kein Fastfood auf Autorückbänken, sondern ein deftiger Genuss, dessen Höhepunkt beide stets gut gesättigt und zufrieden zurückließ.

Jeder kannte mittlerweile die Vorlieben und den Körper des anderen, der Nervenkitzel schwand mit zunehmender Routine, aber dafür war so etwas wie Vertrauen zwischen uns entstanden. Peter hatte seine Verschlossenheit mir gegenüber im gleichen Maße wie seine Klamotten abgelegt.

Auch ich genoss den Sex bewusster, zum Beispiel, indem ich nun wirklich immer die Augen dabei offen hielt. Der Mann, den ich dabei zu erkennen glaubte, war keiner mehr, der verstohlen auf Gelegenheiten wie Sportverletzungen oder Raufereien wartete, um sich mir zu nähern. Es war auch nicht der Verführer, der mich mit Geld oder Gefälligkeiten gefügig gemacht hatte wie einen Stricherjungen, für den ich mich kurzzeitig irrtümlich gehalten hatte. Nein, den neuen Peter nahm ich als einen rücksichtsvollen, für sein Alter sogar gutaussehenden Liebhaber war, mit dem ich mich aus freien Stücken traf, um einvernehmlichen Sex zu haben und der es verstand, mich genauso zu befriedigen, wie ich es mir immer erträumt hatte.

Scham und schlechtes Gewissen überkamen mich höchstens manchmal hinterher, wenn ich noch kurz bei Danni vorbeischaute und ihm in knappen, nichtssagenden Sätzen vorgaukelte, wie nett es doch wieder mit Yanissa gewesen sei, während er so tat, als wäre er gerade sehr beschäftigt damit, irgendeine Gleichung zu lösen. Oder wenn ich mal wieder meinem Vater absagte, weil ich angeblich so viel lernen musste, mich tatsächlich aber bloß zu Peter schlich.

Auch nachts kam das schlechte Gewissen, immer dann, wenn ich wach im Bett lag und sehnsüchtig an hübschere und vor allem jüngere Männer dachte, etwa an den echten Yannis, obwohl ich doch eigentlich Peter hatte und mit ihm glücklich war.

Wir probierten sämtliche Stellungen, Varianten und Praktiken aus – bis auf Analverkehr. Davor hatte ich Angst, da ich vermutete, es könne schmerzhaft sein. Außerdem fürchtete ich mich vor Aids. Es war eine ziemlich irrationale Furcht, da Peter zu Recht anmerkte, dass wir ja einfach ein Kondom benutzen könnten und dass er zudem mit an Sicherheit grenzender Wahrscheinlichkeit ausschließen konnte, sich irgendwo infiziert zu haben. Aber nach all den Horrorgeschichten aus der Bild-Zeitung meines Vaters, den Talkshows meiner Mutter und was man sich so auf dem Schulhof über schwulen Sex erzählte, traute ich der Sache trotzdem nicht so recht.

Obwohl wir also eine der wohl härtesten Spielarten der Sexualität ausließen, waren unsere Begegnungen alles andere als soft. Worüber ich froh war. Vermutlich waren mein Pornokonsum und mein immer noch nicht besonders großes Selbstbewusstsein bezüglich meiner Homosexualität verantwortlich dafür, dass ich den animalischen Geschlechtsverkehr dem romantischen vorzog, weil ich ihn für männlicher, ja absurderweise für *weniger schwul* hielt.

Wir waren uns also in vielen Dingen einig, jedoch natürlich nicht in allen. Ein echter Abtörner war es immer wieder für mich, wenn Peter sich zu Lobpreisungen über meine weiterhin nicht besonders entwickelten sekundären Geschlechtsmerkmale hinreißen ließ. Ich wollte einfach nicht für das gelobt und geliebt werden, was ich selbst als ein Makel an mir betrachtete.

Das typische Beispiel dafür war der aus meiner Sicht viel zu geringe Schamhaarbewuchs. Auch wenn Peter beteuerte, es würden sich viele Männer dort rasieren oder sogar unter Schmerzen enthaaren lassen, so dass es sich eigentlich vielmehr um das Schönheitsideal ewiger Jugend denn um ein Zeichen von Unreife handelte.

„Wenn das so ist, warum rasierst *du* dich da unten nicht?", erwiderte ich.

„Würdest du das denn wollen?"

„Weiß nicht, egal", sagte ich. Und nachdem ich kurz darüber nachgedacht hatte, fügte ich doch noch ein leises Nein hinzu. Die Männer in den Pornos waren fast immer rasiert und ich musste zugeben, dass es nicht schlecht aussah, aber irgendwie konnte und wollte ich mir den nackten Peter nur so vorstellen, wie ich ihn kennen gelernt hatte.

Die kurzen Momente vor und nach dem Akt waren jedoch durchaus von Zärtlichkeit geprägt. Wir sprachen nicht viel und trotzdem wusste Peter mehr als jeder andere über mich. Ohne dass ich mich groß darüber auslassen musste, spürte er sofort, wenn ich einen schlechten Tag an der Schule oder mal wieder Streit mit meiner Mutter gehabt hatte. Auch von Reiner brauchte ich nicht viel zu berichten, damit er mich verstand.

„Es ist normal, dass du ihn nicht magst. Ich konnte die Neue von meinem Vater auch nie ausstehen. Das hat aber weniger mit ihr zu tun gehabt als mit der Tatsache, dass sie nun mal die Neue war. Versuch, ihm einfach aus dem Weg zu gehen und gönn deiner Mutter die Freude, auch wenn's schwerfällt", riet er mir.

Nur über meinen Vater verloren wir nie ein Wort. Vielleicht ahnten wir beide, dass ohne seine Abwesenheit, ohne seinen Absturz sich die Sache zwischen Peter und mir ganz anders oder vielleicht sogar gar nicht entwickelt hätte.

Es war an einem Donnerstagnachmittag im November, als mein Vater auf einmal doch eine Rolle spielte. Zuerst hatten wir die Papa-Wochenenden abgeschafft und dafür einen Papa-Nachmittag eingeführt, alle 14 Tage donnerstags, doch auch den hatte ich an jenem Tag abgesagt. Stattdessen lag ich in Peters altem Kinderbett, wir hatten uns schon ausgezogen.

„Dreh dich mal mit dem Gesicht zur Wand!"

Normalerweise war Peter ein großer Bitte-und-Danke-Sager, aber nicht, wenn es schon zur Sache ging. Die zärtliche Phase war nun vorüber. Auch das war bereits Routine.

Ich spürte seine Zunge an meinem Hintern, was hingegen neu und aufregend, aber auch ziemlich kitzelig war. Ich musste kichern.

„Dir wird das Lachen schon noch vergehen!"

Dieser Spruch war zwar noch vergleichsweise harmlos gegen die Sachen, die wir einander sonst beim Liebesspiel schon mal an den Kopf warfen, aber etwas irritiert war ich schon. Ich lachte noch lauter, nicht nur, weil es wirklich kitzelte, sondern auch, weil ich wissen wollte, wie er reagieren würde.

Tatsächlich kam die Reaktion prompt: Er haute mir auf den Hintern, so laut, dass mir das Klatschen beinahe in den Ohren wehtat und ich erst ein paar Millisekunden später bemerkte, wie sehr meine Haut an der Stelle brannte, an der er mich geschlagen hatte.

Weder hatte ich geklagt noch konnte er meinen entsetzten Gesichtsausdruck gesehen haben, schaute ich doch noch immer zur Wand wie mir befohlen worden war, und doch konnte es ihm eigentlich nicht entgangen sein, dass ich konsterniert war.

„Tut mir leid."

„Ist schon gut", sagte ich.

„Darf ich weitermachen?"

„Ja, klar."

Er begann, meinen Hintern wieder zärtlicher zu massieren.

„Ist das besser?"

Als er das sagte, hatte er bereits begonnen, seine mit Speichel angefeuchteten Finger leicht gegen meinen Anus zu drücken. Jetzt wirkte er doch wieder ein bisschen wie der alte Peter, der erst etwas tat und danach fragte, ob es in Ordnung war.

„Ja", sagte ich, verunsichert vom abrupten Wechsel seiner Tonalität, diesem schnellen Umschalten zwischen Dominanz und scheinbarer Unterwürfigkeit.

Und auf einmal war er in mir, zwar nur mit seinem Finger, aber doch war es spürbar, dass da etwas an einer Stelle war, wo eigentlich nichts hingehörte. Es war überhaupt nicht angenehm, im Gegenteil, es rief seltsame Erinnerungen an frühkindliche Verabreichungen von Zäpfchen oder rektales Fiebermessen hervor. Ich hatte plötzlich das Gefühl, ganz dringend aufs Klo zu müssen und das war eine dermaßen wenig erotische Vorstellung, dass meine Erektion binnen Sekunden zusammenschrumpfte.

Ich sagte nichts, aber wand mich unweigerlich ab von ihm, noch weiter zur Wand. Erleichtert stellte ich fest, dass der Fremdköper aus mir gewichen war.

„War das nicht gut?"

„Hör auf zu fragen und mach lieber wieder das, was du davor gemacht hast." Ich war wütend, obwohl ich das gar nicht sein wollte.

„Das hier?", fragte er und begann erneut, sich mir mit dem Finger zu nähern.

„Nur massieren!", rief ich, doch ich war mir nicht einmal mehr sicher, ob ich überhaupt das noch wollte, so sehr hatte mich Peters unvermitteltes Eindringen verkrampft.

Er tat, wozu ich ihn aufgefordert hatte und langsam entspannte ich mich wieder. Doch dann versuchte er es erneut. Diesmal war es jedoch kein Finger, sondern sein erigiertes Glied, mit dem er mich berührte.

„Lass das!"

„Ich massier doch nur, wie du gesagt hast!"

Ich spürte seinen Speichel an meinem Hintern und fand es, anders als beim Küssen oder Oralverkehr auf einmal ekelhaft. Meine Erektion war noch immer kümmerlich bis nicht vorhanden, doch das schien Peter aus seiner Perspektive weder zu bemerken noch zu interessieren.

Ich wollte mich langsam umdrehen, damit er sah, dass mich seine Handlungen nicht mehr erregten und er sich etwas besseres überlegte, doch er hielt mich fest. Auch das war keine Neuheit, aber für gewöhnlich passierten diese Fixierungen in Momenten größter Erregung.

„Lass mich los!"

„Gleich."

Schlagartig wurde mir klar, wie sehr ich mich doch getäuscht hatte. Das Vertrauen, die Sicherheit, das gute Gefühl von Kontrolle, von Erfahrung, von Erwachsensein – all das war weg, in der Sekunde, in der er mit seinem Glied in mich eindrang, obwohl ich das doch gar nicht wollte. Er tat es dennoch und ich unternahm nichts, um es zu verhindern. Weil ich so oft mit ihm darüber gesprochen hatte, als wäre es eine völlig normale, legitime Option und weil ich all die Dinge zugelassen, gefördert und genossen hatte, die doch letzten Endes nur das Vorspiel für diesem Moment gewesen waren.

Ich wollte schreien, mich wehren, aber ich tat weiterhin nichts außer mich plötzlich seltsam fremd im eigenen Körper zu fühlen. Auch wenn ich jedes Zeitgefühl verloren hatte, dürften nur wenige Sekunden vergangen sein, bis ein fernes Klingeln Peters Penetration abrupt beendete. Es dauerte weitere mir wie Minuten vorkommende Sekunden, bis ich begriff, dass das Klingeln von meinem Handy in der Jeans über dem Stuhl kommen musste.

„Willst du nicht rangehen?"

Peter reichte mir das Telefon, mit dem ich doch sonst höchstens kurze Nachrichten an ihn verschickte und dessen Nummer eigentlich niemand kannte. Bis auf Daniel, natürlich, und dennoch war ich überrascht, seinen Namen auf dem Display zu sehen.

„Ja?"

„Wo bist du?"

Ich war noch immer perplex, überrascht von seinem Anruf genauso wie von dem, was zuvor passiert war, so dass ich wohl etwas zu lang schwieg und überlegte.

„Kannst du nicht sprechen? Bist du noch bei Yanissa?"

„Äh, ja, bin ich", sagte ich.

„Du musst kommen, so schnell wie möglich. Deine Mutter hat gerade bei meiner angerufen. Es ist irgendwas Schlimmes mit deinem Vater. Sie wollte mir nicht sagen, was, nur dass sie dich sprechen will und dass du sofort nach Hause kommen sollst. Ich hab ihr gesagt, du bist bloß auf Klo und kommst gleich. Scheiße, was machen wir jetzt? Wenn du dich nicht bald meldest, ruft sie wieder an oder kommt rüber!"

Die Panik, die aus der Stimme meines Freundes sprach, übertrug sich augenblicklich auch auf mich. Das Schlimme war, dass es nicht einmal an dieser mysteriös-beunruhigendem Sache mit meinem Vater lag, sondern allein an der Angst, meine Lügen könnten auffliegen.

„Dann sag ihr halt, ich bin noch kurz zum Minimal oder so und dass ich gleich wieder da bin."

„Aber das dauert doch noch ewig, bis du hier bist!"

„Ich komm so schnell ich kann."

Ich legte auf ohne eine Antwort abzuwarten und zog mich dermaßen hektisch an, dass ich mein T-Shirt falschrum überstreifte.

„Was ist passiert?"
„Meine Mutter sucht mich! Ich muss sofort los."
„Soll ich dich fahren?"
„Damit uns alle sehen? Bist du verrückt?", fuhr ich ihn an.

Ohne den üblichen Abschiedskuss, ohne überhaupt ein einziges weiteres Wort, verließ ich Peters Haus - mit einem Brennen im Po und dem Gefühl im Bauch, dass dieser Aufbruch in aller Hast etwas furchtbar Endgültiges hatte.

35.

Frau Kleinschmidt bewegte eifrig den Mund und es stand zu vermuten, dass auch Wörter daraus drangen, aber ich hörte sie nicht, obwohl ich direkt in ihr knittriges Gesicht starrte. Alles, was an diesem Morgen zu mir durchdrang war das Geräusch der Regentropfen, die vom Wind gegen die Scheiben geschlagen wurden, sich aber für mich so anfühlten, als regneten sie mir direkt in den Kopf.

Mein Vater lag nun seit ziemlich genau 16 Stunden im Koma. Ich hätte allen Grund gehabt, zu Hause zu bleiben, neben dem Telefon zu hocken und auf einen Anruf aus dem Krankenhaus zu warten, wie meine Mutter und meine Schwester, aber ich war in die Schule gegangen. Eigentlich hatte ich schwänzen wollen, aber weder an Geld noch an einen Regenschirm gedacht und es mir anders überlegt.

Schon auf dem Schulweg hatte mich Daniel mit Fragen bestürmt, doch ich war nicht einmal in der Lage gewesen, auch nur Guten Morgen zu sagen. Jetzt schwieg auch er und schien beleidigt, was mir erstaunlicherweise sogar auffiel und dennoch fast völlig egal war.

Mein Vater war tags zuvor auf dem Nachhauseweg von der Arbeit aus noch ungeklärter Ursache mit seinem Wagen von der (nassen) Fahrbahn abgekommen. Mutmaßlich stand er bereits unter dem Einfluss der Feierabendbiere, die er mittlerweile unmittelbar nach Verlassen des Werkes konsumierte. Jedenfalls hatte er sich samt Auto (Totalschaden) mehrfach überschlagen und neben einer Reihe Knochenbrüche ein schweres Schädel-Hirn-Trauma zugezogen.

Seine Überlebenschancen stünden gut, hatte die junge Ärztin uns nach quälend langem Warten vor milchverglasten Flügeltüren treuherzig verkündet, aber wann und in welchem Zustand und ob er gar überhaupt jemals wieder aufwachen würde, das könne zum jetzigen Zeitpunkt nun wirklich noch niemand wissen.

Doch ich dachte eigentlich weniger an meinen Vater, ich dachte wie so oft mehr an mich selbst - und meine vermeintliche Verantwortung für seinen Zustand. Ja, ich fühlte mich tatsächlich schuldig am Unfall meines Vaters. Wenn ich bloß mehr Zeit mit ihm verbracht hätte. Wenn ich bloß *diesen Nachmittag* mit ihm verbracht hätte!

Irgendwie schaffte ich es, den Anschein von Anwesenheit bis zur Pause aufrecht zu erhalten, obwohl auch ich mich längst fühlte wie in einer Art Wachkoma.

Es war Danni, der mich mit seiner Penetranz wieder in die Realität zurückholte, wenn auch auf eine sehr unangenehme Art. Nachdem er mich während des Unterrichts keines Blickes gewürdigt hatte, startete er nun auf dem Pausenhof einen erneuten Versuch, mich zum Reden zu bringen.

„Was ist los mit dir? Warum erzählst du mir nichts? Hab ich dir irgendwas getan?!"

Er sprach so laut, dass zwei Mädchen, die einige Meter neben uns standen, ihre Köpfe in unsere Richtung drehten. Zum Glück waren sie aus einer Parallelklasse.

„Er wird wieder gesund werden, das hab ich dir doch schon gestern gesagt." Das war zwar eine sehr optimistische Kurzfassung der Wahrheit, aber mehr wollte ich ihm nicht verraten, da jedes Detail über den ersten Zustand meines Vaters meine Schuldgefühle mit Sicherheit noch potenzieren würde.

„Das meine ich nicht."

Ich machte mir nicht die Mühe, ihn zu fragen, was er stattdessen meinte, aber ich konnte es mir denken. Doch darüber wollte ich noch viel weniger mit ihm reden.

„Ich glaube, ich weiß, warum du gestern so schnell wieder da warst, obwohl du doch *angeblich* gerade noch bei Yanissa warst und die *angeblich* am anderen Ende der Stadt wohnt."

Hätte ich doch bloß behauptet, wir hätten uns woanders getroffen! Oder wenigstens, dass ich bereits auf der Rückfahrt und nicht noch bei ihr wäre, als er mich angerufen hatte.

„Können wir das später besprechen? Ich fühl mich echt nicht so gut heute." Das stimmte, aber vor allem musste ich Zeit gewinnen, um mir eine plausible Erklärung einfallen zu lassen.

„Warum bist du dann überhaupt zur Schule gekommen? Deine Mutter hätte dir doch nach der Sache mit deinem Vater sicherlich eine Entschuldigung geschrieben."

Danni sprach immer noch eine Spur zu laut, zu aufgeregt. Mein komatöser Zustand aus der ersten Doppelstunde war endgültig beendet, ich war nun wieder jener hellwache, ständig lauernde Hund, der sich ängstlich nach den Blicken des Rudels umsah, die sich zunehmend auf uns richteten.

„Vielleicht ist deine Mutter ja auch dahinter gekommen und du gehst ihr deshalb lieber aus dem Weg."

„Danni, würdest du vielleicht etwas leiser sprechen? Wir hatten einen Deal. Die Sache mit Yanissa und mir, die muss unter uns bleiben, klar?", sagte ich, flüsternd, aber zugegebenermaßen auch recht gereizt.

„Was für einen Deal? Du verarschst mich doch! Weißt du, was ich glaube? Es *gibt* überhaupt gar keine Yanissa!", fuhr mich Danni an, ebenso laut wie zuvor.

„Uhh, da ist aber jemand ziemlich eifersüchtig!" Abermals drehte ich mich um und registrierte mit Schrecken, wer sich zu den Mädchen neben uns gesellt hatte: Joschua.

Ich spürte, wie meine Hände anfingen zu zittern. Ich wollte davonlaufen, doch als ich wieder in die entgegengesetzte Richtung blickte, sah ich bereits Marc und ein paar andere Jungs herankommen. Sie hatten, ihres untrüglichen Jagdinstinkts sei Dank, bereits Witterung aufgenommen. Danni und ich, die Szene die er mir lieferte, das war die perfekte Beute.

„Larissa wer?", schaltete sich nun auch Marc in unsere Auseinandersetzung ein.

„Es gibt keine Yanissa, hab ich recht?", wiederholte sich Danni, ohne sich auch nur im Geringsten um die Einmischung der beiden Klassenanführer zu scheren. Er schrie nicht mehr, aber das war auch gar nicht nötig, das Publikum war inzwischen nah genug an uns herangerückt. Was meinem vermeintlich besten Freund entweder nicht aufgefallen oder zumindest nicht zu stören schien, denn er sah mich noch immer herausfordernd an.

Verunsichert und verängstigt wie ich war, tat ich das wohl Hässlichste, was man in einer solchen Situation tun kann: Ich versuchte, die Gruppe auf meine Seite zu bringen, indem ich meinen einzigen Verbündeten bloßstellte.

„Natürlich gibt es die! Danni, was soll der Mist, du verhältst dich echt wie 'ne eifersüchtige Schwuchtel!"

Jetzt war ich es, der schrie. Sollte doch ruhig jeder hören, wer hier das Opfer war. Ich würde mich bestimmt nicht freiwillig und ohne Not in diese Rolle begeben.

„Er hat Sch… Schwu… Schwuchtel zu ihm gesagt! Voll fies!", drang eine aufrichtig konsterniert klingende Stimme aus einer etwas entfernteren Ecke zu mir. Irgendjemand rief zwar „Halt's Maul, Spasti" und es folgten ein paar Lacher. Mir war sofort klar, dass sie diesmal nicht (nur) über Phil-Phil lachten, sondern über uns.

„Ach ja, und warum steigst *du* dann zu einem *Mann* ins Auto!?", sagte Danni.

Sämtliches Blut schoss mir in den Kopf. Für Sekundenbruchteile glaubte ich, umzukippen und konnte mich nur mit Mühe auf den Beinen halten, die jetzt ebenso zitterten wie meine Hände. Aufkommende Verzweiflungstränen verdrängte ich mit aller Macht.

„Das… Das… Das war ihr Vater!" Mir war klar, dass ich mich erbärmlicher als Phil-Phil anhörte, aber an flüssiges Sprechen war nicht mehr zu denken.

„Aha, ich dachte, ihre Eltern haben keine Ahnung? Und wie ein Grieche sah der nun echt nicht aus!"

So absurd das war, aber Danni schien die Situation zu genießen. *Er* war es, der mich nun vorführte, mich bloßstellte.

„Unser kleiner Loverboy steigt zu erwachsenen Männern ins Auto! Na, ich hoffe, das lohnt sich wenigstens finanziell? Oder machst du's etwa für umsonst?" Das kam natürlich von Joschua. Ich ahnte bereits, dass ich nichts mehr sagen konnte, was diese Situation, ja was mein Leben irgendwie noch retten würde, und dennoch versuchte ich genau das zunehmend verzweifelt.

„Warum spionierst du mir eigentlich hinterher? Stehst du auf mich, oder was? Tut mir leid, bin vergeben! Ich hab ʼne Freundin! Ob du's glaubst oder nicht! Also lass mich in Zukunft einfach in Ruhe, kapiert? VERSCHWINDE AUS MEINEM LEBEN!"

Dannis eben noch latent triumphierender Gesichtsausdruck verschwand schlagartig und nun war er es, der gegen die Tränen kämpfte – und verlor. So niederträchtig es auch sein mochte, ich war froh, als erste Lacher und „Heul doch, du Schwuchtel!"-Rufe von den Jungs aus dem Publikum kamen.

Da schalteten sich die Mädchen ein. Eines von denen aus der Parallelklasse, dessen Namen ich nicht einmal kannte, legte tröstend die Hand um Dannis Schulter, der mittlerweile hemmungslos zu flennen begonnen hatte. Und dann tauchte auf einmal auch noch Halina auf, das erste und wahrscheinlich letzte weibliche Wesen, mit dem ich jemals Körperflüssigkeiten ausgetauscht hatte.

„Ich hätte echt nicht gedacht, dass du so ein Arschloch bist."

Einen Augenblick lang befürchtete ich, sie würde mich anspucken und mir auf diese Art den vermutlich spätestens jetzt bitter bereuten Kuss zurückgeben, doch sie drehte sich um und gesellte sich zu der Traube aus Mädels um Danni, die ihn schließlich beiseite zog.

„Na komm, lauf ihm nach, vielleicht verzeiht dir ja dein Schatzerl noch!", rief irgendeiner der Jungs. Ich stand wie angewurzelt da und hoffte, unter mir würde sich der Erdboden auftun und mich verschlucken oder zumindest um mich herum alle endlich verschwinden, doch natürlich geschah nichts dergleichen.

Zaghaft blickte ich mich um. Noch immer befand sich gut ein halbes Dutzend feixender Jungs um mich herum. Wo waren die bloß alle so schnell hergekommen? Unter ihnen war sogar Manuel. Ich hätte erwartet, dass er sich den Mädchen anschließen und Danni beistehen würde, doch er war bei den Jungs geblieben und grinste nun ebenso breit wie diese. Natürlich genoss er es. Wie oft war es schließlich andersherum gewesen.

Und doch gönnte ich ihm diesen Triumph am allerwenigsten. Es war einfach nicht fair. Diese Demütigungen, diese Schande, das hatte ich – trotz oder gerade wegen all meiner so raffinierten Lügen - nicht verdient.

„Siehst du, ich hatte doch recht."

„Womit, liebe Manuela?", bohrte Joschua sofort gehässigst nach.

„Na, was wohl, du Schlaumeier? Fängt mit *s-c-h* an und hört mit *w-u-l* auf."

Normalerweise redete Manuel nicht mit Leuten, die seinem Namen ein A anhingen, aber ein Normalerweise gab es sowieso nicht mehr. Meine ach so perfekte Tarnung war aufgeflogen. Von nun an und für alle Zeiten würde ich die neue Klassentunte sein.

Es sei denn, ich wehrte mich. Vielleicht war es noch nicht zu spät.

„Ich! Bin! KEINE! Schwuchtel!"

Augenblicklich bereute ich die Lautstärke, in der ich mein Dementi vorgetragen hatte. Jetzt wusste wirklich nicht nur das Rudel um mich herum, sondern die gesamte Schule Bescheid.

Manuel sagte gar nichts. Er lachte nur. Sein furchtbares, nasales, affektiertes Lachen. Doch niemand, der ihn nachäffte, ihm einen Klaps gab oder ihn sonst wie zum Schweigen brachte. Schlimmer noch: Sie lachten mit. Joschua fing an, und Marc und die anderen tat es ihm auf der Stelle gleich.

Und dann sah ich rot. Es war keine wirklich bewusste Entscheidung, es war einfach eine Kurzschlusshandlung.

Mein Faustschlag traf ihn mitten ins Gesicht und er war dermaßen geschockt, dass er nicht einmal Aua sagte. Er sah mich einfach nur völlig entgeistert an und ich blickte wahrscheinlich auch nicht viel besser drein, da mir sofort klar wurde, dass ich binnen weniger Minuten abermals einen Riesenfehler gemacht hatte.

„Auf die Fresse! Auf die Fresse!", begann Joschua und sofort stimmten fast alle mit ein, rhythmisch klatschend.

Kaum etwas wünschte ich mir sehnlicher, als dass Manuel zum mehr als verdienten Gegenschlag ausholte. Doch er stand nur stumm da und sah mich mit einer Mischung aus Entsetzen und Abscheu aus weit aufgerissenen Augen an. Wahrscheinlich bemerkte er nicht einmal, dass ihm ein kleines Rinnsal Blut aus dem linken Nasenloch lief.

Ein Lehrer kam von irgendwoher herbeigeeilt und innerhalb von Sekunden waren die Rufe verstummt, der Pulk aufgelöst. Alle suchten das Weite, nur Manuel und ich standen noch immer da.

„Mitkommen! Sofort! Beide!"

Zum ersten Mal in meinem Leben musste ich während des Unterrichts ins Zimmer der Schulleiterin. Nachdem ziemlich schnell geklärt war, wer Opfer und wer Täter war, durfte Manuel wieder gehen und wurde von der Sekretärin verarztet.

Ich hätte irgendetwas von Provokation faseln können oder gar von einem Vater im Koma, aber ich schwieg beharrlicher als ein Mafioso vor Gericht, als mich die Direktorin zu den Motiven meiner Tat befragte. Was hatte das alles noch für einen Zweck? Mein Leben war sowieso ruiniert.

Nun kam ich also doch noch zum Schwänzen, falls man das so nennen konnte. Ich wurde für den Rest des Tages des Unterrichts verwiesen. Die Direktorin unterrichte meine Mutter telefonisch darüber, in kurzen, knappen Sätzen, die keine Nachfragen oder Rechtfertigungen zuließen, sondern eher Befehlen glichen. Außerdem kündigte sie an, eine Konferenz bezüglich des Vorfalls mit allen betroffenen Personen einzuberufen. Den Termin würde man uns noch mitteilen, das Erscheinen meiner Mutter sei „wünschenswert".

Über den nun nach Ende der Pause völlig menschenleeren Hof lief ich nach draußen vor das Schultor und wartete im Nieselregen, bis sie mich abholen würde. Das hatte sie seit der Grundschule nicht mehr gemacht. Mir graute vor ihrer Reaktion und dem Ärger, den ich zu Hause bekommen würde, aber dennoch war ich erleichtert, nicht mehr in den Unterricht zurück zu müssen.

Da der Regen wieder stärker wurde und das Auto meiner Mutter noch außer Sichtweite war, entfernte ich mich ein paar Meter vom Tor und ging auf die Bäume hinter dem Parkplatz zu, um mich dort unterzustellen. Erst als ich schon fast da war, merkte ich, dass ich doch nicht so allein wie angenommen war. Unter einem der Bäume stand ein eng umschlungenes Liebespaar. Zuerst sah ich nur den Typen, doch dann erkannte ich, wer das Mädchen war. Schon wieder Halina!

„Was glotzt du, Knirps? Verpiss dich! Musst du nicht in der Schule sein?", fuhr mich ihr Freund an.

„Dasselbe könnte ich deine Freundin auch fragen", konterte ich, wich aber zur Sicherheit schon mal ein Stückchen zurück.

„Kennst du den?"

„Ja, aber ich red nicht mehr mit ihm. Ist ein Vollidiot. Kein Wunder, dass er schwänzt. An seiner Stelle würd ich mich auch nicht mehr in die Schule zurücktrauen, nach dem, was er gerade in der Pause gebracht hat."

Offenbar hatte sie keine Ahnung, was unmittelbar nach unserer Begegnung auf dem Pausenhof noch passiert war und trotzdem schmerzte es, sie so reden zu hören. Irgendwie hatte ich sie gemocht und irgendwie hatte ich mir auch etwas eingebildet auf jenen Kuss.

Ich drehte mich wieder um und wollte zurück in Richtung des Tors gehen, doch Halinas Freund – wenn ich mich richtig erinnerte, dann hieß er Mike – löste sich von ihr, machte einen Schritt auf mich zu und hielt mich am Arm fest.

„Ey, Kleiner, bleib mal stehen. Das interessiert mich aber jetzt, das will ich von dir selber hören. *Was* hast du dir denn erlaubt, dass meine Süße so sauer auf dich ist?"

Ich weiß, wie sich die Spucke *deiner Süßen* auf *meinen* Lippen anfühlt, dachte ich, aber ich sagte nur: „Nichts."

„Warum gibst du dich denn mit dem ab?", meldete sich Halina zu Wort.

„Ich glaube, dein Klassenkamerad hier kommt mir irgendwie bekannt vor. Du bist doch ein Kumpel von einem aus meiner ehemaligen Schule, dem dicken Martin, oder?!"

Ich war zu perplex, um irgendetwas zu sagen, ich wusste nur, hier bahnte sich zum wiederholten Male an diesem schrecklichen Tag etwas sehr Ungutes an.

„Mann, jetzt fang doch nicht schon wieder damit an! Ich hab dir doch gesagt, der Typ redet Mist, da ist nichts gelaufen!", sagte Halina, eher nervös als genervt.

„Also *ist* er's." Er trat noch ein Stück näher an mich heran und griff erneut nach meinem Arm, doch ich war ohnehin dermaßen geschockt, dass an Weglaufen nicht zu denken war. „Endlich lernen wir uns mal kennen, Burschi!"

Ohne jede Vorankündigung traf mich sein Knie in die Weichteile. Ich krümmte mich vor Schmerzen und gab einen lauten, gequälten Schrei von mir.

„Wenn du noch ein einziges Mal auf die Idee kommen solltest, meine Freundin auch nur anzusehen, dann hast du bald nichts mehr da unten zwischen den Beinen, das verspreche ich dir!"

Ich bemühte mich, wieder Haltung anzunehmen, doch der Schmerz war noch immer zu groß.

„Haben wir uns verstanden?"

Ich deutete ein Nicken an, doch das schien ihm nicht zu reichen. Wieder griff er nach mir, diesmal mit beiden Händen, und schüttelte mich.

„Ob wir uns verstanden haben, möchte ich wissen!"

„Ja!"

„Gut. Und jetzt verschwinde und komm mir nicht mehr unter die Augen!"

Er stieß mich weg, so kräftig, dass ich stolperte und recht unsanft auf dem Boden landete. Zum Glück hatte ich noch meinen Rucksack auf, der den Sturz ein wenig abfederte.

Sobald ich wieder klar denken konnte, stand ich auf und lief davon, die Straße hinunter. Obwohl niemand mir folgte, begann ich zu rennen, schneller als bei jeder Trainingseinheit. Ich drehte mich nicht mehr um und hoffte inständig, dass das Auto meiner Mutter mir bald entgegenkommen würde.

Mein Entschluss stand fest: Nie wieder würde ich an diesen Ort zurückkehren.

36.

Kaum saß ich im Wagen meiner Mutter, begann ich zu heulen und als ich mich wieder beruhigt hatte, tat ich das, was ich neuerdings am besten konnte: Ich redete mich um Kopf und Kragen. Ich log, dass sich die Balken bogen. Dass meine Geschichte spätestens bei der einberufenen Konferenz auffliegen würde, verdrängte ich. Ich wollte bloß an diesem Tag keinen Ärger mehr haben und war bereit, nahezu alles dafür zu tun.

„Gut, aber das ändert nichts daran, dass man so etwas nicht macht. Man schlägt einfach niemanden, egal, was er über dich oder über deinen Vater gesagt hat."

Es sollte tadelnd klingen, aber ich hörte nur zu gut heraus, dass sie lediglich versuchte, ihre erzieherischen Pflichten zu erfüllen und eigentlich überhaupt nicht böse auf mich war. Ich versprach, mich zu entschuldigen und es nicht wieder zu tun.

„Mama, ich will nicht mehr in diese Schule gehen."

„Das kann ich verstehen, aber solche gemeinen Leute, die einen provozieren, die gibt's überall."

„Ich möchte trotzdem lieber wieder auf die Realschule. So wie du und Papa."

„Hatten wir nicht besprochen, dass du es dieses Jahr noch mal versuchen willst? Dass du dir mehr Mühe gibst und fleißiger lernst? Ich weiß, dass du's drauf hast. Du darfst nicht so schnell aufgeben!"

Wie sollte ich ihr bloß verklickern, dass es rein gar nichts mit meinen (zugegebenermaßen unterirdischen) Noten oder mit einzelnen „gemeinen Leuten" zu tun hatte, sondern dass ich einfach *nie wieder* an dieses Gymnasium zurückkehren konnte, nach allem, was heute passiert war?

Obwohl meine Mutter sich mehr als sonst auf den Verkehr konzentrierte, schien ihr die Verzweiflung in meinem Gesicht nicht entgangen zu sein. Ohne den Blick von der Straße abzuwenden, streichelte sie mir mit dem Zeigefinger über die Wange. Es war die erste Zärtlichkeit dieser Art seit vielen, vielen Wochen. An meiner prekären Lage hatte sich dadurch nichts geändert und dennoch keimte ein Funken Hoffnung in mir auf, dass sich die Dinge vielleicht doch noch zum Guten wenden würden.

Sobald wir zu Hause angekommen waren, erlosch dieser Funke wieder. Kein Geringerer als Reiner Müller, Freund und Chef meiner Mutter, öffnete uns die Tür. Er trug einen spießigen Karo-Pullover und darunter eine akkurat geknotete Krawatte. Damit sah er genauso aus wie auf dem Foto, das im Eingangsbereich des Drogeriemarktes angebracht war. Fehlte nur noch der offen darüber getragene, weiße Kittel samt Namensschild und eingesticktem Firmenlogo, doch obwohl er vermutlich direkt von der Arbeit kam, hatte er daran gedacht, ihn abzulegen (anders als meine Mutter, die zwar niemals so spießige Arbeitskleidung trug, dafür aber manchmal noch den ganzen Abend im Kittel umherlief).

„Und, hat das Krankenhaus angerufen?"

„Komm doch erst mal rein, Schatz." Als wäre er jetzt so etwas wie der Hausherr und wir seine Gäste, machte er Platz und half meiner Mutter aus der Jacke.

Nachdem er uns verkündet hatte, dass es nichts Neues gab, wollte ich mich in mein Zimmer zurückziehen, die Tür verriegeln, so gut es ging (mit dem Papierkorb davor) und für den Rest des Tages nicht mehr herauskommen. Ich hatte sogar das Gefühl, dass ich bei meiner Mutter damit durchgekommen wäre, doch Reiner Müller machte mir einen Strich durch die Rechnung.

„Nichts da, junger Mann, du setzt dich jetzt zu uns und erzählst uns, was passiert ist." Er nahm genau dort am Küchentisch Platz, wo mein Vater immer gesessen hatte. Ich konnte kaum fassen, wie er sich aufführte. Was bildete er sich eigentlich ein?

Ich war außer mir vor Wut, doch ich dachte wieder daran, dass ich heute keinen Ärger mehr wollte und versuchte, mein Entset-

zen, das seine bloße Anwesenheit in dieser Situation bei mir hervorrief, zu unterdrücken und antwortete so neutral wie möglich:
„Das habe ich Mama doch gerade schon alles erzählt."
„*Was* hast du ihr erzählt?"
„Na, was passiert ist."
Sein ansonsten eher aschfahles Gesicht nahm eine zartrosa Färbung an und er sah mich an wie er vermutlich eine unfähige Aushilfe ansehen würde, wenn ihr ein Karton Kölnischwasser-Fläschchen auf den Boden fiele.
Meiner Mutter schien die Situation zum Glück ebenfalls unangenehm zu sein. „Schatz, er hat mir wirklich alles gebeichtet, es tut ihm Leid und er wird sich entschuldigen. Aber der andere Junge hat sich auch unmöglich aufgeführt. Er hat ihn mit seinem todkranken Vater aufgezogen, kannst du dir das vorstellen? Ich meine, nicht dass ich jemals ein gutes Haar an meinem Ex-Mann gelassen hätte, aber in dieser Situation…"
„Bedaure, aber da hat dich der junge Herr angelogen."
Oh nein. Bitte nicht. Bitte nicht schon wieder, dachte ich. Aber es passte zu diesem verkorksten Tag.
„Kurz bevor ihr kamt, hat die Nachbarin angerufen, die Mutter von diesem Daniel. Bin nicht rangegangen, ich war gerade…", er beendete den Satz nicht. Dass er überhaupt in Erwägung gezogen hatte, in *unserem* Haus ans Telefon zu gehen, war schon eine Unverschämtheit. „Na ja, egal, sie hat jedenfalls auf den AB gesprochen. Ich hab's natürlich gleich abgehört, hätte ja das Krankenhaus sein können. Ging aber bloß um ihren Jungen, der ist heute nämlich auch früher aus der Schule zurückgekommen, angeblich tränenüberströmt. Eine Mitschülerin hat ihn nach Hause gebracht. Wenn ich das richtig verstanden hab, dann war das, was sich da auf dem Pausenhof abgespielt hat, ein Eifersuchtsdrama. Du sollst ihm die Freundschaft gekündigt haben und anschließend ausgetickt sein."
Mein Adrenalinspiegel sank wieder ein wenig. Wenn das alles war, was er wusste, war ich vielleicht doch noch nicht verloren.
„Ja, und? Ich war genervt von ihm, er hängt an mir wie eine Klette in letzter Zeit. Aber das hat überhaupt nichts zu tun mit

dem Streit mit Manuel, das war danach. Außer dass ich deswegen schon gereizt war und er dann mit seinen fiesen Sprüchen über Papa das Fass zum Überlaufen gebracht hat."

Ich wunderte mich selbst darüber, wie flüssig mir solche Geschichten mittlerweile über die Lippen gingen. Mein ganzes Leben war eine einzige Lüge geworden.

Ohne auf das, was ich gesagt hatte, einzugehen, wandte sich Reiner an meine Mutter. „Schatz, ich glaube, wir müssen mit ihm darüber reden."

Zu meiner Verblüffung wusste sie, anders als ich, offenbar sofort, wovon die Rede war.

„Ich weiß, aber muss das wirklich *jetzt* sein?"

„*Gerade* jetzt", sagte er und guckte sie staatstragend an. „Wir machen es genauso, wie wir es besprochen haben!" und nickte ihr dabei ermutigend zu.

„Aber ich hab dir doch erzählt, was der Psychologe gesagt hat."

„Was für ein Psychologe? Wovon redet ihr überhaupt?" Ich hatte noch immer keinen blassen Schimmer, wohin die Reise ging. Hatte sie sich Erziehungsratschläge geholt, um sich auf die Patchworkfamilie vorzubereiten, die wir offenbar gerade werden sollten? Das war wirklich keine schöne Vorstellung.

Niemand beantwortete meine Frage. Stattdessen redeten sie weiter über mich statt mit mir, fast so, als säße ich gar nicht mit ihnen am Tisch.

„Und ich sage dir, dass ich keinen Psychologen brauche, um zu sehen, was hier schief läuft. Dem Jungen fehlt einfach die Vaterfigur!"

„Mir fehlt überhaupt nichts! Und wenn schon dann vielleicht mein echter Vater und bestimmt nicht du!", schrie ich ihn an, nicht mehr in der Lage, meine Wut zu unterdrücken.

„Sprich bitte nicht so mit dem Reiner, er meint es doch nur gut", ermahnte mich meine Mutter, aber eher zaghaft als vorwurfsvoll, denn aus irgendwelchen Gründen war sie mir gegenüber immer noch recht milde gestimmt. Was man umgekehrt nicht gerade behaupten konnte, denn immerhin machte ich sie dafür verantwortlich, sich diesen anmaßenden Idioten ausgesucht und in unser Haus gelassen zu haben.

„Ist schon okay, Schatz." Jetzt wandte er sich wieder mir zu. „Keine Angst, ich habe überhaupt nicht vor, deinen Vater zu ersetzen. Das wird auch gar nicht nötig sein, denn er wird wieder aufwachen und gesund werden."

„Aha, bist du jetzt also auch noch Arzt?"

„Hör mal zu", fuhr er scheinbar unbeeindruckt fort, der von Zartrosa in Dunkelrot wechselnden Gesichtsfarbe nach zu urteilen war er jedoch zunehmend angespannter. „Deine Mutter behauptet ja mir gegenüber immer, mit dir könne man mittlerweile genauso wenig reden wie mit deiner wild gewordenen Schwester, aber das sehe ich nicht so. Du scheinst mir eigentlich ein ganz cleverer junger Mann zu sein."

Versuchte er etwa gerade ernsthaft, meine Mutter, meine Schwester und mich gegeneinander auszuspielen? Ich blickte sie entsetzt an, doch sie machte keine Anstalten, ihm zu widersprechen. Eine unbeschreiblich große Traurigkeit überkam mich und gesellte sich zu meiner Wut. Sie liebte ihn also wirklich – und im Zweifel mehr als mich und meine Schwester.

„Schaust du mich bitte an? *Ich* rede jetzt mit dir und ich möchte, dass du mir zuhörst: Deine Mutter macht sich Sorgen um dich. Ich liebe deine Mutter über alles und deshalb sind ihre Sorgen auch meine Sorgen."

Unweigerlich musste ich wieder zu ihr gucken. Sie fiel wirklich auf ihn und sein Gesülze herein, denn aus ihrem unterwürfig ergebenen Blick konnte ich förmlich ihre Gedanken lesen: So etwas hatte unser Vater nie zu ihr gesagt.

„Ihr braucht euch keine Sorgen zu machen. Ich werde mich nicht mehr prügeln. Am besten, Mama schickt mich auf eine neue Schule, dann…"

„Jetzt mach hier keine Nebenkriegsschauplätze auf!", fuhr er mir ins Wort. „Es geht hier überhaupt nicht um die Schule oder Prügeleien. Dass man sich mal prügelt in deinem Alter, ist nicht toll, aber vollkommen normal. Was glaubst du, in welche Keilereien ich damals so alles verwickelt war? Nein, darum geht es wirklich nicht!"

Jetzt verstand ich überhaupt nichts mehr. Wenn das gar nicht das Problem war, weshalb in Gottes Namen führte er sich dann so auf?

„Deine Mutter und ich, wir vertrauen uns. Wir erzählen uns alles. Wir fragen uns gegenseitig um Rat. Deshalb weiß ich vieles über dich. Gute Sachen und weniger gute Sachen. Was ich zum Beispiel überhaupt nicht gut und auch nicht normal finde, ist, was du an deinem PC machst."

Jetzt war ich es, dem das Blut ins Gesicht schoss. Das Adrenalin war schlagartig wieder da. Bis vor wenigen Sekunden hatte ich nahezu aus meinem Gedächtnis gelöscht, wobei mich meine Mutter an jenem verflixten Nachmittag erwischt hatte und gehofft, ihr wäre es genauso ergangen, doch stattdessen hatte sie mich bei ihrem Liebhaber verraten!

„Ich weiß nicht, wovon du redest", sagte ich, doch es klang vermutlich wenig überzeugend.

„Wenn du willst, gehen wir auf der Stelle in dein Zimmer, fahren deinen Rechner hoch und durchsuchen mal die ganze Festplatte nach Bild- und Videodateien, dann werden wir es ja womöglich sehen, wovon ich rede."

Nichts wollte ich weniger als das. Es half nichts, ich musste es zugeben, um Schlimmeres zu verhindern. So peinlich und furchtbar das Geständnis auch sein mochte.

„Ich weiß auch nicht, warum ich das getan hab, ich finde es mittlerweile voll eklig! Das war nur ein einziges Mal", sagte ich, doch noch während ich das aussprach, wurde mir auf einmal klar, dass es zwecklos war. Er hatte mich längst überführt. Meine Schwester (wo war sie eigentlich, wenn man sie mal brauchte?) war nicht da, meine Mutter auf dem Weg zu mir gewesen, das hieß, dieses niederträchtige Dreckschwein durfte genug Zeit gehabt haben, sich in Ruhe in meinem Zimmer und vor allem an meinem PC umzusehen. Deshalb war er nicht rechtzeitig am Telefon gewesen.

Ich hatte ja nicht einmal ein Passwort eingerichtet. Da sich niemand in meiner Familie mit Computern auskannte, hatte ich leichtsinnigerweise geglaubt, es würde ausreichen, einschlägiges Material in unauffällig benannte Ordner („Hausaufgaben") zu verschieben. Doch Reiner schien sich auszukennen. Er wusste alles. Es war vorbei.

„Also, wollen wir hochgehen?"

„Nein! Ich wollte es sowieso löschen!"

Ich ahnte, dass er sich damit nicht zufrieden geben würde.

„Weißt du, mag sein, dass der Psychologe recht hat und das nur eine Phase ist. Aber deine Mutter und ich fänden es trotzdem besser, wenn wir diese Phase *jetzt* beenden könnten. Noch dieses Wochenende werde ich dir dabei helfen, deinen Schreibtisch ins Wohnzimmer zu verfrachten, an dem wir dann deinen Computer anschließen. Den kannst du nutzen, aber nur, während mindestens ein Erwachsener im Haus ist. Wenn du allein zu Hause bist, wird der hier gezogen." Er holte das Netzteil meines Rechners aus seiner Hosentasche und legte es auf den Tisch wie ein Polizist die Tatwaffe im entscheidenden Augenblick des Verhörs. Damit lieferte er mir den endgültigen Beweis, dass er sich tatsächlich an meinem Computer zu schaffen gemacht und damit an meiner Privatsphäre vergangen hatte.

Alles, was meine Mutter tat, war eifrig zu nicken, als wäre das die genialste Idee der Welt. Sie schien auch überhaupt nicht überrascht, also stand zu befürchten, dass sie das alles genau so geplant hatten. Ich hasste sie beide.

„Das ist bedauerlicherweise aber noch nicht alles", fuhr Reiner fort, was ich mindestens genauso sehr bedauerte wie er. „Schatz, erzähl ihm bitte von dem Anruf."

„Aber wir wissen doch gar nicht genau, ob das wirklich so ist, wie wir…"

„Na gut, dann fragen wir ihn doch einfach selbst, vielleicht kann er uns ja aufklären", unterbrach er sie. „Warum ruft hier letzte Woche ein wildfremder Mann an und sagt ‚Hallo *Süßer*' zu deiner Mutter?"

Das konnte doch einfach alles nicht wahr sein. So viel Pech hatte kein normaler Mensch. Noch so eine Sache, die ich völlig verdrängt hatte! Es schien, als kämen an diesem verfluchten Tag alle Fehler, die ich jemals begangen hatte, wie ein Bumerang wieder zu mir zurück.

„Äh, falsch verbunden, schätze ich mal?"

„Ja, das hat er dann auch gesagt, als er gemerkt hat, dass ich nicht der bin, für den er mich hielt", sagte meine Mutter. „Aber gewundert hat mich das schon. Bevor ich ihn unterbrochen habe, hat er nämlich noch gesagt, wie seltsam ich mich anhören würde und ob ich wohl allmählich doch in den Stimmbruch käme. Der kann doch nur dich gemeint haben! Was war das für ein Kerl? Bitte sag mir, dass es nicht so ist, wie ich denke!"

Ich hatte zwar nur eine vage Vorstellung davon, was sie dachte, aber trotzdem brachte ich ein vehement vorgebrachtes Dementi zustande. „Keine Ahnung wer das war, aber der meinte mit Sicherheit nicht mich, ich kenne bestimmt keinen Typen, der mich mit Süßer ansprechen würde!"

Meine Mutter schien ich nicht überzeugt zu haben, denn kaum hatte ich diesen Angriff abgewehrt, öffnete sie eine neue und dennoch mir bestens bekannte Front. Was für eine schreckliche Wendung dieses Gespräch doch nahm, gerade, wenn man bedachte, dass zwei der drei am Tisch sitzenden Personen es (zumindest zu diesem Zeitpunkt) eigentlich gar nicht hatten führen wollen!

„Wo warst du gestern Nachmittag, als das mit deinem Vater passiert ist? Warum hat das so lang gedauert, bis du hier warst und wir losfahren konnten, ins Krankenhaus? Daniel hat bloß komisch rumgedruckst am Telefon, der wollte mir nichts sagen."

Was für ein Déjà-vu. Nur dass ich diesmal erklären musste, warum ich *so lang* gebraucht hatte (von meinem besten Freund im Nachbarhaus), während ich heute Morgen noch Rechtfertigungen dazu abzugeben sollte, warum ich *so schnell* wieder da war (von meiner Freundin am anderen Ende der Stadt). Ich bildete mir jedoch ein, für das erstgenannte Szenario ein besseres Alibi zu haben.

„Ich war nur kurz bei Minimal, Süßigkeiten für Danni und mich holen", sagte ich, doch meine Mutter schien, vermutlich dank Reiner Müllers fragwürdiger Ermittlungsmethoden und des erpressten Porno-Geständnisses, schon beschlossen zu haben, dass mir nicht mehr zu trauen war.

„Hast du dich vielleicht mit diesem Mann getroffen, der hier angerufen hat?", sagte sie und schlimmer als ihr Misstrauen wog die Spur von Ekel, die sie in die Frage gelegt hatte.

„Nein!", rief ich entschlossen, noch immer konsterniert und dennoch froh, zum ersten Mal seit Stunden ein wahres Wort ausgesprochen zu haben.

„Na gut, wie dem auch sei, wir müssen dir noch etwas anderes, zur Abwechslung mal sehr Erfreuliches sagen."

„Muss das wirklich jetzt sein?", wiederholte sich meine Mutter.

„*Gerade* jetzt, mein Schatz", wiederholte sich Reiner ebenfalls. „Es muss doch mal vorangehen mit uns, mit dieser Familie."

Er wandte sich wieder mir zu, zögerte aber noch. Angesichts dieses völlig unvermittelten Übergangs und so wie das Gespräch bislang verlaufen war rechnete ich mit allem - nur bestimmt nicht mit etwas Erfreulichem.

Endlich beendete er seine dramatische Pause und fuhr fort: „Deine Mutter und ich haben beschlossen, dass wir, sobald es deinem Vater wieder besser geht, alle gemeinsam raus zu mir ziehen. Da wirst du auf andere Gedanken kommen, das Landleben…"

„*Ihr* habt das beschlossen?! Ohne mich zu fragen?!"

Ich war vor Wut aufgesprungen, aber der Mann, den ich mich weigerte, auch nur als meinen Stiefvater zu bezeichnen, obwohl er es vermutlich bald werden würde, drückte mich wieder auf den Stuhl zurück. Meine Mutter legte ebenfalls den Arm auf meine Schulter, etwas weniger brüsk, doch auch davon ließ ich mich nicht beruhigen.

„Niemals werde ich zu dir ziehen! Und Lucy ganz bestimmt auch nicht!"

„Deine Schwester kommt auch gar nicht mit. Eure hart arbeitende Mutter hat Lucys Lotterleben lang genug finanziert, sie ist alt genug, ihr eigenes Geld zu verdienen und allein zu leben. Außerdem ist sie volljährig, wir können sie eh zu nichts zwingen."

„Mich könnt ihr auch nicht zwingen! Mama, sag doch mal was! Das kann doch nicht sein Ernst sein!"

„Ich war mir einer Sache noch nie so sicher wie mit Reiner. Und ich bitte dich inständig, ihm und uns eine Chance zu geben. Außerdem, du wirst es lieben dort. Es ist ein großes Haus, du bekommst ein riesiges Zimmer…"

„Was soll ich mit einem riesigen Zimmer, wenn ich nicht mal mehr einen Computer haben darf?"

Sie versuchten noch eine Weile, mir ihre Entscheidung schmackhaft zu machen, meine Mutter auf die sanfte („Die Landschaft! Die Natur!") und Reiner Müller auf die harte Tour („Keine Ablenkungen! Bessere Noten!"), doch ich hatte genug gehört. Gewaltsam befreite ich mich aus ihrem noch immer anhaltenden Griff, der vielleicht beschwichtigend gemeint war, mir jedoch wie eine unzumutbare Aggression erschien.

„Fasst mich nicht mehr an! Ich gehe jetzt und ihr werdet mich nicht aufhalten!"

„Ja, mach dich ruhig aus dem Staub. Ganz der Vater!", versuchte Reiner Müller, mich zu provozieren. Was ihm in gewisser Weise auch gelang, obwohl ich meine durchaus mutige Antwort zunächst für den perfekten Konter, ja einen Volltreffer hielt, den ich sonst nicht einmal im Fußball, geschweige denn in verbalen Auseinandersetzungen landete.

„*Mein Vater* liegt im Koma! Und wenn du dir noch einmal so eine Spitze über ihn erlaubst, dann schlag ich doppelt so stark zu wie heute Morgen in der Schule!"

Geradezu hoffte ich, er würde auch aufstehen und mir für diese Unverschämtheit eine Watschen verpassen, doch er ließ sich gar nicht darauf ein. Er sagte bloß, mit einem eiskalt angedeutetem Grinsen und wieder zu seiner üblich aschfahlen Gesichtsfarbe zurückgekehrt: „Hast du eigentlich schon mal darüber nachgedacht, *warum* dein Vater im Koma liegt?"

Ein klassisches Eigentor. Oder wie man im Boxen sagen würde: Der finale K.o.-Schlag. Jetzt hatte er mich definitiv an meinem wunden Punkt getroffen. Die Tränen schossen mir in die Augen wie Platzregen, doch meiner Mutter und ihr furchtbarer Freund konnten das zum Glück schon nicht mehr sehen, denn ich befand mich bereits im Flur.

„Reiner, musste das sein?", hörte ich meine Mutter sagen. Dann rief sie in meine Richtung: „Schatz, komm doch bitte wieder her, der Reiner hat es nicht so gemeint! Vertragt euch bitte wieder! Ich mach uns auch was Schönes zu essen, Spaghetti Bolognese!"

Sie klang verzweifelt, doch es war zu spät, meine Entscheidung stand fest. Im letzten Moment dachte ich noch daran, meine Jacke von der Garderobe zu reißen, bevor ich durch die Haustür schritt und zum dritten Mal innerhalb von weniger als 24 Stunden einen einst vertrauten Ort mit dem Gefühl verließ, nie wieder zurückkehren zu können.

Alles, was mir blieb, war die bittere Erkenntnis, dass Reiner recht hatte: Wenn ich tags zuvor mich wie geplant mit meinem Vater statt mit Peter getroffen hätte, dann läge er jetzt nicht im Koma. Denn wenn er mich sah, dann trank er vorher nichts.

37.

Es war erschreckend, wie schlecht ich mich in meiner eigenen Stadt, in der ich mein gesamtes bisheriges Leben verbracht hatte, auskannte. Nach weniger als einer halben Stunde Fußmarsch hatte ich mich bereits vollkommen verlaufen. Wobei ich es auch genau darauf anlegte. Immer, wenn ich an eine Kreuzung gelangte, entschied ich mich für den Weg, der mir am wenigsten bekannt vorkam und für die Richtung, die am weitesten von allem wegführte, was mir vertraut war.

So war ich weder an Daniels Haus vorbeigegangen, noch hatte ich den Weg Richtung Sportplatz oder Waldparkplatz genommen. Den S-Bahnhof und das Industriegebiet dahinter, in dem immerhin Promarkt und McDonald's lockten, hatte ich ebenfalls links liegen lassen. Um das Gymnasium hatte ich selbstredend einen noch größeren Bogen gemacht. Aber auch den Zubringer zur

Landstraße, die stadtauswärts führte, zu all jenen Dörfern und Wäldern, Seen und Bergen, in und an denen Peter und ich vor gefühlt hundert Jahren einen halben Sommer verbracht hatten, war von mir verschmäht geblieben.

Stattdessen lief ich nun durch eine Siedlung, die unserer ähnelte und in der ich dennoch niemanden kannte und noch nie gewesen war. In manchen Häusern waren die Rollläden heruntergelassen oder die Gardinen zugezogen, in andere wiederum konnte man hineinsehen. Vor einem, das sogar schon mit weihnachtlichen Fensterbildern geschmückt war, wie ich sie mit meiner Mutter früher auch gebastelt und angebracht hatte (allerdings niemals vor dem ersten Advent), blieb ich stehen.

Ein Junge, vielleicht acht, und ein Mädchen, höchstens zwölf, saßen mit Mutter und Vater am Tisch und aßen zu Mittag. Als der Junge, der dem Fenster zugewandt saß, aufsah und mich entdeckte, verzog sich mein Gesicht wie von selbst zu einer Grimasse. Ich ging schnell weiter, bevor ich sehen konnte, wie er reagierte.

Ich dachte an das Essen - ich glaubte, eine Hähnchenkeule in der Hand des Jungen erkannt zu haben – und mir fiel auf, wie hungrig ich war. Mir fielen die Spaghetti Bolognese wieder ein, die ich gerade verpasst hatte. Doch sobald ich daran dachte, mit wem ich sie hätte einnehmen müssen, verging mir augenblicklich der Appetit.

Dann versuchte ich, an überhaupt nichts mehr zu denken, doch das war unmöglich. Egal, wie sehr ich mich auch bemühte, ich landete stets bei all den Dingen, die ich eigentlich gerade hinter mir lassen wollte, was mir bislang höchstens räumlich gelungen war.

Ich wünschte, ich wäre der Junge am Tisch dieser Familie gewesen. Oder, besser noch, das Mädchen. Ich könnte mich in Jungs verlieben, ohne dass irgendjemand mich deswegen für unnormal halten müsste. Ich wäre nicht auf Peter angewiesen, ihm vermutlich nie begegnet.

Und mein Vater läge nicht im Koma, sondern würde mit mir Hähnchen essen.

Wenn ich schon kein Mädchen sein konnte (eigentlich wollte ich das ja auch gar nicht), wünschte ich mir wenigstens, eines an meiner Seite zu haben. Eine von diesen besten Freundinnen, wie sie Jungs wie Manuel hatten und die einem immer beistanden. Oder wenigstens eine große Schwester, auf die man sich verlassen konnte. Anders als meine, die mal wieder spurlos verschwunden war, wahrscheinlich zu irgendeinem Kerl abgehauen.

Ich war froh, als ich schließlich aus der endlos erscheinenden, monotonen Siedlung heraus auf eine große Straße gelangte, die mich ablenkte. Vergeblich versuchte ich, mich daran zu erinnern, ob ich hier schon einmal gewesen war. Vielleicht auf einer Auswärtsfahrt mit der Mannschaft?

Die Straße war sehr breit, fünf- bis sechsspurig mit einem Grünstreifen in der Mitte, und stark befahren. Links und rechts lagen Möbelhäuser, Tankstellen, Baumärkte. Die sehr hoch angebrachten Werbetafeln und Leuchtreklamen erinnerten mich an Aufnahmen von Highways aus amerikanischen Filmen.

Wenn mich irgendjemand mit dem Auto irgendwohin fuhr, achtete ich niemals so genau wie jetzt auf meine Umgebung. Selbst auf dem Fahrrad zog alles schneller vorbei. Doch wenn man, so wie ich es gerade tat, zu Fuß und ohne Ziel durch die eigene Stadt marschierte wie ein Fremder, dann fühlte man sich plötzlich auch fremd. Ich sah die Welt mit den Augen eines Menschen, der nichts von der Welt kannte.

Gut, ich war ein paarmal auf Mallorca gewesen, ich kannte das Olympiastadion von innen und mein Viertel wie meine Westentasche, aber jetzt, nur ein paar Straßen weiter, war ich auf Neuland gestoßen.

Irgendwo auf dieser Welt musste es doch einen Platz für mich geben, sagte ich mir. Vielleicht ja sogar irgendwo hier, zwischen Baumärkten und Leuchtreklamen. Jeder Ort war besser als der, wo ich herkam. Alles, was hinter mir lag, war ein Trümmerfeld. Mein altes Leben, vorbei.

Die Bedrückung, die ich noch in der Reihenhaussiedlung verspürt hatte, wich einer seltsamen Euphorie, die mit jedem Meter wuchs, den ich an dieser breiten Straße zurücklegte, so als ob schon das Laufen allein eine Leistung, das Abhauen eine Tugend wäre und es vielleicht am Ende dieser Straße doch irgendwo ein Ziel für mich gäbe.

Der Bürgersteig wurde irgendwann immer schmaler, die Straße noch breiter. Wahrscheinlich lief ich stadtauswärts, aber sicher war ich mir nicht, die Orts- und Stadtteilnamen auf den Schildern waren mir unbekannt oder ich kannte sie höchstens vom Hörensagen.

Schließlich kündigte eines der Schilder die nahende Autobahn an. Offenbar ging die Straße nahtlos darin über. Ich dachte kurz darüber nach, ob es sich lohnen würde, zu einer dieser Meldungen im Radio zu werden („Bitte Vorsicht auf der A8, es befinden sich Personen auf der Fahrbahn!") entschied mich aber dagegen.

Etwas wehmütig bog ich in eine Nebenstraße ein, die zu meiner Erleichterung jedoch nicht zurück in eine Wohnsiedlung führte, sondern in ein weiteres, jedoch um ein vielfach schäbigeres Gewerbegebiet. Mein unerklärlicher Anflug von guter Laune, der mich auf der Hauptstraße überkommen hatte, ließ in gleichem Maße nach wie die Trostlosigkeit um mich herum wuchs. Die Lagerhallen waren in die Jahre gekommen, teils baufällig. Ich ging an einem Gebrauchtwagen- und an einem Schrotthändler vorbei, die offenbar zusammengehörten, denn neben noch halbwegs passabel aussehenden Autos standen Wracks, die höchstens noch als Ersatzteillager dienten. Dann kam eine Import-Export-Firma mit ausländischem Namen und Stacheldrahtzaun um ihre Halle und schließlich sogar eine stillgelegte Fabrik mit zersplitterten Fenstern, in der aber erstaunlicherweise Licht brannte (es begann bereits zu dämmern) und vor der einige Autos parkten, in keinem viel besseren Zustand als die beim Gebrauchtwagen-Schrotthändler. Ein handbemaltes Schild wies auf ein nicht näher benanntes Atelier und die Hausnummer (53) hin.

Kurz überlegte ich, hineinzugehen, aber ich erinnerte mich daran, wie schlecht ich in Kunst war (sogar meine Fensterbilder hatten immer viel schlechter ausgesehen als die meiner Mutter) und beschloss, dass das Atelier doch nicht als Asyl taugte.

Nachdem ich noch eine ganze Weile durch das Industriegebiet geirrt war, vorbei sogar an einigen sich noch im Betrieb befindlichen Fabriken, aus deren Schornsteinen säuerlich stinkender Rauch trat und deren Maschinen und Kessel bis auf die Straße hörbare Dampf- und Zischgeräusche abgaben, wurde die Straße von einem Gleis gekreuzt. Es gab nicht einmal eine Schranke und die Schienen waren in beide Richtungen überwuchert von Unkraut. Hier fuhr offensichtlich seit Langem schon kein Zug mehr. Dennoch beschloss ich, der Bahnlinie zu folgen.

Höchstwahrscheinlich würde ich dadurch früher oder später zu einem Güterbahnhof gelangen. In irgendeinem Hollywood-Streifen – es war doch erstaunlich, welch großen Teil meines noch recht bescheidenen Bildes der Welt ich allein aus US-Filmen bezog – hatte ich mal gesehen, wie junge Menschen sich in Güterwägen versteckten und damit quer durch die Staaten gefahren waren. Vielleicht ging so etwas ja auch in Europa.

Jetzt musste ich mich nur noch für eine Richtung entscheiden. Links wirkte der Weg nicht ganz so struppig, also wählte ich diese Seite. Der Himmel hatte sich wieder stärker zugezogen, womöglich würde es abermals an diesem Tag regnen, doch vor allem wurde es, wie zu dieser Jahreszeit üblich, rapide und viel zu früh dunkel. Und die alte Industriebahnlinie war natürlich nicht beleuchtet. Ab und zu kam ich an taghell erleuchteten Parkplätzen von Discountern oder von außen bestrahlten Hallen vorbei, doch danach, wenn die Strecke wieder an unscheinbaren, grauen und fensterlosen Rückwänden irgendwelcher schmucklosen Gewerbeimmobilien entlanglief, wirkte alles gleich umso finsterer.

Mir schmerzten die Füße, vom Schotter, auf dem ich lief, genauso wie durch die zwangsläufig langsam eintretende Ermüdung, doch ich erlaubte mir keine Rast. Wo hätte ich mich auch hinsetzen sollen? Wenn ich erst einmal den Güterbahnhof erreicht und einen geeigneten Wagen gefunden hatte, dachte ich mir, würde ich lang genug sitzen können. In diesem Augenblick gab es für mich trotz meiner Schmerzen und meiner Müdigkeit keinen besseren Ort als dieses Gleis. Mein Körper war jetzt nicht mehr der eines verlorenen Teenagers ohne Orientierung, sondern ein Zug, der sich durch nichts und niemanden aufhalten ließ. Und bekanntlich hatte jeder Zug auch ein Ziel.

Wäre doch da bloß nicht mein Hunger gewesen, das Einzige, was den Antrieb meiner unermüdlich voranschreitenden Lokomotive möglicherweise noch hätte stoppen können. Ich malte mir aus, auf einen Wagen voller Schokoladenkisten oder zumindest Bananen oder etwas dergleichen aufspringen zu können, aber das erschien mir dann selbst in meinem jetzigen, kaum noch durch Logik und Vernunft geprägten Zustand wenig realistisch.

Kurze Zeit später, nachdem ich bereits zum wiederholten Male auf ‚meinem‘ Gleis erfolgreich weitere Straßen gekreuzt hatte, musste ich tatsächlich feststellen, wie absurd meine Hoffnungen doch gewesen waren.

Ich war noch nicht einmal auf dem Abstellgleis gelandet, an irgendeinem Geisterbahnhof, einer verlassenen Fabrikruine oder dergleichen. Das wäre ja wenigstens irgendetwas, ein Ort, an dem ich mich in meiner Trauer und meinem Selbstmitleid hätte suhlen können. Nein, mein Gleis, zu dem ich während der letzten paar Kilometer ein geradezu emotionales Verhältnis aufgebracht hatte, weil ich dachte, es würde mich auf die Spur eines großen Abenteuers, eines neuen Lebens bringen – es war zu Ende. Einfach so. Völlig abrupt war es von einer offensichtlich noch recht neu angelegten oder zumindest in Stand gesetzten Straße überbaut, verdrängt, ausgelöscht und fand auch auf der anderen Seite keine Fortsetzung mehr.

Jetzt war ich doch wieder bloß ein orientierungsloser Ausreißerjunge ohne Plan, ohne Proviant und ohne Portmonee (mein einziges Geld waren ein paar Münzen in der Hosentasche, Pfennige, Wechselgeld von meinem letzten Kioskbesuch, irgendwann vor hundert Jahren oder zwei Tagen in meinem alten Leben).

Frustriert setzte ich meinen Marsch nun wieder auf dem Bürgersteig fort. Mein Gleis hatte mich in eine Gegend geführt, in der sowohl einzelne Wohnhäuser, als auch Gewerbebauten standen, so etwas gab es also auch. Ich kam an einer Kneipe vorbei, aus der gedämpft Musik drang, irgendein Schlager. Kurz überlegte ich, ob ich hineingehen und einfach etwas zu essen bestellen sollte – ein Königreich für eine Brezel oder gar eine Leberkässemmel. Ich verwarf den Gedanken aber spätestens dann wieder, als ich durch die schmutzige Scheibe in den verrauchten Gastraum blickte und die traurigen Gestalten sah, ausschließlich Männer, die am Tresen saßen und selbst zu dieser frühen Zeit offenkundig schon viel zu tief ins Glas geblickt hatten. Natürlich musste ich sofort an meinen Vater denken.

Auf einmal verschwand die Bebauung links und rechts und wurde durch Bäume und Sträucher ersetzt. Ich dachte bereits, ich würde die Stadt nun verlassen, obwohl keinerlei Schild darauf hindeutete. Doch dann sah ich, dass hinter den Bäumen Schrebergärten waren, die zu dieser Jahres- und Tageszeit äußerst verlassen wirkten.

Vielleicht war das ja meine Rettung, zumindest vorläufig. Eine Laube, in der es warm und trocken war und noch ein paar Vorräte lagen, Dosenravioli zum Beispiel, die ich mir auf einem Gaskocher erwärmen könnte.

Ich stieg durch das Gebüsch und blieb an den Dornen irgendeines Strauchs hängen, was mir einen unschönen Riss in meiner Jacke bescherte. Sofort erinnerte ich mich an das letzte Mal, dass mir so etwas passiert war: Im letzten Sommer, mit Manuel am Ufer des Sees. Noch so ein Tag, den ich am liebsten für immer vergessen hätte.

Die Anlage war wie ausgestorben und nur spärlich durch hin und wieder an Strommasten angebrachte, gelblich schimmernde Laternen beleuchtet. Auf keiner der Parzellen sah ich ansonsten noch irgendwo Licht, was ja eigentlich gut war für mein Vorhaben, aber wie zu erwarten war, hatte ich viel zu viel Angst, irgendwo einzubrechen. Stattdessen lief ich auf einen Wohnwagen zu, der auf dem ansonsten völlig leeren Parkplatz der Kleingartensiedlung stand, direkt vor dem Vereinsheim.

Vielleicht hatte der Eigentümer ja vergessen, die Tür abzuschließen. Unterschlumpf in einem leeren Wohnwagen zu finden wäre wohl bei Weitem nicht so kriminell wie über einen Zaun zu klettern und in eine Laube einzusteigen.

Kurz bevor ich die Tür des Wagens berührte, riss mich ein schrilles Bellen aus meinen Gedanken. Sofort machte ich ein paar Schritte zurück, doch es war zu spät. Licht ging an, die Tür flog auf und der Hund sprang nach draußen, direkt auf mich zu. Ehe ich mich versah, hing er an meinem Hosenbund.

„Waldi, was ist los?", drang eine Stimme aus dem Wohnwagen. „Hallo, ist da wer?"

Ich sah die Umrisse des Mannes klar und deutlich, aber der Lichtkegel, der aus dem Wagen drang, war so schwach, dass er mich offenbar noch nicht entdeckt hatte.

Irgendwie gelang es mir, den Kläffer abzuschütteln und loszurennen, in der Hoffnung, weder Hund noch Herrchen würden mir folgen. Ich wagte es nicht, mich umzublicken. Erst, als das Bellen sich hörbar entfernt hatte und bald darauf ganz verstummt war, blieb ich stehen, völlig außer Atem.

Im fahlen Licht einer der Laternen betrachtete ich meine Jeans. Das linke Hosenbein war völlig zerfetzt und machte einen ebenso prekären Eindruck wie der lange Riss in meiner Jacke. Nun sah ich wenigstens auch so aus wie ich mich fühlte.

Ich schob die Jeans ein wenig nach oben und stellte erschrocken fest, dass der Köter sich nicht nur an meiner Kleidung festgebissen hatte. An meiner Wade klaffte eine nicht gerade kleine Wunde. Überraschenderweise tat sie erst jetzt weh, nachdem ich sie bemerkt hatte. Beim Davonrennen hatte ich sie vor lauter Adrenalin gar nicht gespürt, doch nun flennte ich vor Schreck und Schmerzen wie ein kleines Kind.

Trotzdem erlaubte ich mir nicht, eine Pause einzulegen. Das Gesicht nass vom Regen und nun auch von Tränen stampfte ich humpelnd den mit Pfützen durchzogenen Schotterweg entlang, bis ich endlich wieder aus der Kleingartenkolonie herauskam.

Ich blickte auf meine Armbanduhr, eine Casio, die ich letztes Jahr von meinen Eltern zum Geburtstag bekommen hatte (als es so etwas noch gab, Geschenke von *meinen Eltern* - und nicht Geschenke von Mama *und* Geschenke von Papa). Es war noch nicht einmal fünf und ich zweifelte ernsthaft daran, ob ich die Nacht noch erleben würde.

Irgendwie gelang es mir, mit dem Heulen aufzuhören, obwohl mir noch immer nach nichts anderem zu Mute war. Ich säuberte die Wunde mit Spucke und Regenwasser, riss einen Teil meiner ohnehin ruinierten Jeans ab und bastelte mir daraus einen äußerst provisorischen Verband. Schmerzen hatte ich noch immer, aber sie kamen nicht bloß vom Bein. Alles tat mir weh.

Zum ersten Mal dachte ich ans Aufgeben. Ich hätte an irgendeiner Tür klingeln und jemanden darum bitten können, meine Mutter anzurufen. Doch schon beim Gedanken daran, wer dann möglicherweise ans Telefon gehen würde, vergrößerten sich meine Schmerzen derart, dass ich es vorzog, trotzig weiterzumarschieren. Der Gedanke einen einsamen, qualvollen Tod durch Tollwut (der Hund hatte ziemlich manisch gewirkt!) zu sterben oder mindestens zu verhungern war geradezu tröstlich im Vergleich zu der Aussicht, Reiner Müller und selbst meine Verräterin von Mutter wiedersehen zu müssen.

Ich war in einer gepflegten Wohnstraße mit Einfamilienhäusern angelangt. Eine junge Frau kam mir entgegen, vollbepackt mit Einkaufstüten, doch als sie näher kam und mich sah, wechselte sie auf einmal die Straßenseite. Erst da wurde mir bewusst, dass mich vermutlich ohnehin niemand in sein Haus lassen würde. Allerhöchstens würde ich den Rückweg in einem Streifenwagen antreten, womöglich sogar in Handschellen. So lief es zumindest in den Filmen, wenn Teenager flohen und wieder eingefangen wurden. Aber die hatten dann wenigstens vorher Autos geknackt, Drogen genommen und Spaß gehabt.

Zum Autoknacken war ich vermutlich noch weniger in der Lage als zum Einbrechen in Schrebergärten und ich bezweifelte, jemals in meinem Leben noch einmal Spaß haben zu können, aber wäre an der nächsten Ecke ein Dealer aufgetaucht und hätte mir irgendwelche Drogen angeboten (und ich Geld gehabt, ihn dafür zu bezahlen) – ich hätte wohl zugegriffen. Nichts wünschte ich mir sehnlicher, als den Schmerz zu betäuben, egal womit.

Stattdessen tauchte hinter der nächsten Ecke etwas ganz Anderes auf: Eine große Halle mit einem gelb-schwarzen Schriftzug, der das Gebäude als Filiale des Elektromarktes Promarkt auswies.

Ich hätte nicht erwartet, einen solchen Konsumtempel hier in dieser beschaulichen Wohngegend hinter Kleingartenkolonien und Einfamilienhäusern vorzufinden. Falls sie mich in meinem Aufzug nicht gleich wieder rausschmissen, würde ich mich dort endlich etwas aufwärmen können und an einem der Nintendo- oder Playstation-Geräte, die in solchen Märkten immer herumstanden, eine Runde zocken. Videospiele waren ja schließlich auch eine Form von Drogen, zumindest wenn man den Mahnungen meiner Mutter Glauben schenkte.

Jetzt musste ich nur noch den Eingang finden. Offenbar befand ich mich an der Rückseite des Marktes. Das lauter werdende Brummen deutete darauf hin, dass ich mich ganz in der Nähe einer größeren Straße befand.

Als ich abermals um die Ecke bog und tatsächlich auf die Hauptstraße stieß, erlebte ich wieder so einen Moment wie wenige Stunden zuvor, als mein Gleis abrupt verendet war. Nur noch viel schlimmer.

Das war nicht irgendein Elektromarkt an irgendeiner Straße. Das war der Promarkt in unserem Stadtteil! Ich befand mich im Gewerbepark hinter dem S-Bahnhof, dem ich mich zum ersten Mal in meinem Leben von der anderen Seite genähert hatte. Ganz offenkundig hatten sich nicht bloß meine Gedanken, sondern auch ich mich im Kreis bewegt.

Was war ich doch für ein Versager. Ich schaffte es noch nicht einmal, für einen halben Tag von zu Hause abzuhauen.

Mit letzter Kraft schleppte ich mich zu der mir wohlbekannten Telefonzelle vor dem Haupteingang. Mein Handy lag in meinem Zimmer, zwischen meinen Socken unten im Kleiderschrank (falls Reiner Müller es nicht bereits entdeckt und genauso wie meinen PC beschlagnahmt hatte), doch die Nummer, die ich anrufen wollte, wusste ich auswendig, obwohl es nicht die von zu Hause war.

Ich steckte mein letztes Geld in den Schlitz und wählte. Nach nur einem Klingeln ging er ans Telefon, so als hätte er auf meinen Anruf gewartet. Keine zehn Minuten später holte er mich mit seinem Wagen ab.

Ja, ich war mir eigentlich sicher gewesen, ihn nie mehr sehen zu wollen und ja, er hatte mich ungefragt in den Arsch gefickt. Aber das hatte das Leben schließlich auch. Ich hatte keine andere Wahl.

Das redete ich mir zumindest ein.

38.

Obwohl ich diesmal nicht wie üblich in den Kofferraum kroch, sondern mich im Schutz der Dunkelheit lediglich auf den Boden vor die Rückbank legte, sprachen wir im Auto kein einziges Wort miteinander.

Als wir bei ihm waren, zog Peter zunächst die Vorhänge zu und machte erst dann das Licht an. Er reichte mir ein Handtuch für meine regennassen Haare und eine Decke, die ich anstelle der mit Feuchtigkeit vollgesogenen Jacke um meinen Oberkörper wickelte.

„Setz dich", sagte er, deutete auf den Sessel und ging in die Küche. „Ich mach uns Kakao."

„Kann ich auch was zu essen haben?", sprach ich meinen ersten ganzen Satz, seitdem er mich abgeholt hatte.

Als Peter in der Küche fertig war, setzte er sich aufs Sofa, nippte hin und wieder an seiner Tasse und beobachtete mich verstohlen aus den Augenwinkeln, wie ich die noch dampfende Pizza gierig in mich hineinstopfte.

Das Essen war im gleichen Maße heiß wie die Stimmung zwischen uns abgekühlt. Man könnte meinen, ich wäre nicht vor Reiner Müller und meiner Mutter davongelaufen, sondern vor ihm. Und ein bisschen war es ja auch so.

Früher hatte er das Schweigen längst durch seine wissenden Fragen gebrochen, doch bislang stellte er an diesem Abend keine, nicht einmal harmlose. Er räumte den Teller ab, brachte mir ungefragt eine Schale mit Viennetta-Eiscreme und goss mir Cola ein.

Erst als ihm mein Bein auffiel, gab er seine Zurückhaltung auf: „Was hast du da, was ist mit deiner Jeans passiert?"

Ich hatte die Wunde schon beinahe vergessen. Seitdem ich im Warmen und Trocknen weilte und zu essen bekommen hatte, war der Schmerz kaum noch spürbar.

Ich entblößte meine Wade und zeigte ihm die Verletzung. „Da hat mich irgend so ein blöder Hund gebissen."

„Und ich dachte, wenn dich jemals einer beißt, dann die doofe Töle von der Nachbarin."

Es sollte wohl witzig gemeint sein, aber keiner von uns lachte. Stattdessen holte er einen Erste-Hilfe-Koffer, desinfizierte die Wunde und legte mir einen ordentlichen Verband um. Anders als beim Verarzten früherer Verletzungen berührte er mich nur, wenn es unbedingt nötig war und das weder zärtlich, geschweige denn unzüchtig.

Wenn ich in Peters Haus so etwas wie ein eigenes Zimmer gehabt hätte, dann wäre an dieser Stelle der Moment gekommen, an dem ich gesagt hätte: „Ich geh zu mir." Kurz überlegte ich, was besser wäre: Tatsächlich ein eigenes Zimmer bei Peter zu haben oder einfach in mein altes zurückkehren zu können. Beides erschien mir undenkbar, also blieb ich wo ich war – auf dem antiken Sessel von Peters verstorbenem Vater.

Jetzt wo meine wichtigsten Grundbedürfnisse gestillt waren, kehrte wieder Stille zwischen uns ein. Ich griff nach der Fernbedienung, die auf dem Couchtisch lag, und wollte den schicken Design-Fernseher einstellen, doch zu meiner Überraschung hinderte mich Peter daran. Er, der mir sonst keinen Wunsch abschlug, nahm sie mir einfach wieder aus der Hand.

„Warte noch, bitte. Wir können gleich Fernsehen gucken, aber vorher möchte ich dir sagen, dass es mir leid tut."

„*Was* tut dir leid?" Sofort bereute ich, nachgefragt zu haben, denn eigentlich hatte ich überhaupt gar keine Lust auf Entschuldigungen, Liebesschwüre und Lobpreisungen – und schon gar nicht wollte ich über das sprechen, was gestern passiert war. Doch danach schien Peter der Sinn zum Glück auch nicht stehen. Er sagte bloß: „Ich denke, du weißt was ich meine, oder?"

Ich hielt es nicht für nötig, auf seine ganz offenbar rhetorische Frage einzugehen und hoffte, das Gespräch sei damit beendet.

Doch nach kurzer Pause redete er einfach weiter: „Ich habe einen schlimmen Fehler gemacht. Ich verspreche dir, es wird nie wieder vorkommen, doch ich verstehe, wenn du mir nicht verzeihen kannst. Ich verstehe auch, dass du abgehauen bist und ich..."

Mir entfuhr ein verächtliches Schnaufen, das ihn sofort zum Verstummen brachte.

„Ich bin doch nicht *deswegen* abgehauen", sagte ich.

„Okay. Dann hat es mit deinem Vater zu tun, nicht wahr? Willst du mir erzählen, was passiert ist?"

„Mein Vater liegt im Koma. Aber das ist auch nicht der Grund, warum ich weggelaufen bin."

Obwohl nichts mehr zwischen uns so war wie noch vor ein paar Tagen, entwickelte sich das Gespräch nun doch noch in eine vertraute Richtung: Peter - aufrichtig bestürzt und besorgt über das, was ich da gerade offenbart hatte - fragte, ich redete. Und erzählte ihm alles, in Kurzform und ohne Ausschmücken zwar, aber auch ohne Auslassungen. Vom Unfall, von Danni, von Manuel, von Halina und Mike und natürlich von Reiner Müller.

Hin und wieder nickte er oder bekräftigte mich anderweitig, meine Erzählung fortzusetzen, aber er unterbrach mich nicht, gab keine Kommentare ab. Er hörte einfach nur zu, bis ich fertig war.

„Es ist ganz bestimmt nicht deine Schuld", sagte er schließlich, als er alles gehört hatte.

„Aber wenn ich mich mit ihm getroffen hätte, dann wäre er nüchtern geblieben und hätte den Unfall nicht gebaut."

„Du weißt doch noch gar nicht, ob sein Alkoholkonsum wirklich den Unfall verursacht hat. Es war immerhin regnerisch und glatt gestern. Und selbst wenn, es hätte an jedem anderen Tag auch passieren können."

„Es ist aber nun mal gestern passiert."

„Ja, und warum warst du nicht bei ihm? Meinetwegen! Also ist es, wenn überhaupt, meine und nicht deine Schuld."

„Das ist doch absurd."

„Genauso absurd wie deine Schuldgefühle. Der Einzige, der wirklich welche haben sollte, ist der Freund deiner Mutter. Echt unmöglich, was er zu dir gesagt hat!"

Ich ließ es mir nicht anmerken, aber es tat verdammt gut, jemanden das sagen zu hören.

„Und Danni hat sich auch furchtbar verhalten. Klar war es nicht nett, was du zu ihm gesagt hast und ich verstehe, dass er eifersüchtig ist, aber er hätte dich niemals vor diesen ganzen Leuten so bloßstellen dürfen. Genauso wenig wie dieser andere Junge, Manuel. Ich befürchte, da wären mir auch die Sicherungen durchgebrannt."

Peter hatte es mal wieder geschafft: Ich fühlte mich besser, obwohl ich doch eigentlich beschlossen hatte, mich miserabel zu fühlen. Ich war ihm dankbar, obwohl ich sauer hätte sein müssen.

„Ich kann auch total verstehen, dass du weggelaufen bist. Aber…" – nun kam es also doch, das Aber – „deine Mutter macht sich bestimmt riesige Sorgen."

„Soll sie ruhig."

„Wenn du heute Nacht nicht wiederkommst und sie kein Lebenszeichen von dir erhält, wird sie zur Polizei gehen und dich als vermisst melden."

„Mir doch egal", sagte ich, obwohl das natürlich nicht stimmte.

„Ich weiß, du hattest einen furchtbaren Tag. Doch wenn der morgige und viele danach nicht noch viel schlimmer werden sollen, dann musst du bald zurück oder dich zumindest bei ihr melden."

„Ich werde nie wieder mit ihr reden! Und erst recht nicht mehr nach Hause gehen!" Auch das war eine gewagte Prognose, aber in diesem Moment fühlte es sich tatsächlich so an.

„Sie liebt dich."

„Aber Reiner Müller mehr."

„Das glaube ich nicht. Auch wenn es sich für dich in der Tat so angefühlt haben muss. Du wirst ihr verzeihen und sie dir sowieso."

„Sie wird ihn trotzdem nicht verlassen und mich zwingen, zu ihm zu ziehen."

Ich vergoss ein paar Verzweiflungstränen und schämte mich vor Peter erstaunlicherweise nicht einmal dafür. Obwohl wir schonungslos über mein verkorkstes Leben und meine düsteren

Zukunftsaussichten sprachen, fühlte ich mich wohler als in den Stunden des Verdrängens, Davonlaufens und Schweigens davor.

„Du wirst dich irgendwie damit arrangieren. Es wird dir gar nichts anderes übrig bleiben."

„Nein, das werde ich nicht, niemals!" Mit den Tränen, die mir die Wange herunterliefen und meinem bockigen Gesichtsausdruck sah ich vermutlich aus wie ein trotziger Dreijähriger, aber Peter schien es mir nicht im Mindesten übel zu nehmen. Im Gegenteil, er wirkte mindestens genauso erleichtert wie ich, dass ich mich ihm anvertraut hatte.

„Es geht vorüber, glaub mir. Die Pubertät stirbt im vierten Jahr. Du wirst achtzig."

Er beugte sich zu mir rüber und strich flüchtig mit seiner Hand über meine Schulter.

„Vier Jahre noch bis ich erwachsen und frei bin! Das ist eine Ewigkeit!", sagte ich, ohne jede Spur von Ironie.

„Oh, nein, glaub mir, vier Jahre sind leider keine Ewigkeit", sagte Peter, mit einem Anflug von Melancholie, der mich irritierte.

„Wieso *leider*?"

„Ach nichts, egal. Ich glaube, ich fahr dich jetzt besser nach Hause."

„Wenn du *das* machst, hau ich sofort wieder ab."

Schweigen. Peter blickte an mir vorbei, als dachte er über etwas nach, das mit dem Hier und Jetzt rein gar nichts zu tun hatte.

„Na gut, dann bleibst du noch hier."

Obwohl Peter gerade noch so viel Verständnis für meine Situation und mein Handeln gezeigt hatte, gab er mir nun eindeutig das Gefühl, dass ich unerwünscht war und das beunruhigte und verunsicherte mich. War ich für ihn uninteressant geworden, weil ich ‚schon' in vier Jahren erwachsen sein würde? Oder hatte vielleicht nicht bloß er, sondern wir beide gestern einen Fehler gemacht?

War er der Nächste, der aufgehört hatte, mich zu lieben?

Es war idiotisch, aber ich wollte es wissen. Ich wollte ihn herausfordern, ihn zwingen, sich zu positionieren.

„Wir könnten zusammen abhauen", sagte ich.

„Meinst du das ernst?"

„Na klar."

„Und wie stellst du dir das vor?"

Zumindest fragte er nach und wollte es mir nicht gleich ausreden, also spann ich weiter.

„Keine Ahnung, du arbeitest doch bei einer Versicherung, das kann man doch von überall, so als Vertreter von Tür zu Tür gehen."

„Egal wo wir hingehen, sie würden dich suchen. Dein Foto wäre in jeder Zeitung."

„Wir könnten in einem Wohnwagen leben und quer durchs Land fahren. Nachts stellen wir ihn irgendwo im Wald ab. Und bevor uns jemand findet, sind wir schon in der nächsten Stadt."

Jetzt war es Peter, der ein nicht ganz so verächtliches, aber doch gut hörbares Schnaufen von sich gab.

„Warum sagst du sowas? Willst du das wirklich? Oder bin ich nur das geringere Übel - im Vergleich zu deinem neuen Stiefvater?"

„Ich will das wirklich", sagte ich, selbst erstaunt darüber, wie schnell und einfach mir diese Worte über die Lippen gingen.

Peter lachte.

„Was ist daran lustig?"

„Nichts."

„Warum hast du dann gelacht?"

Er war sonst nicht der Typ, dem man alles aus der Nase ziehen musste (wenn überhaupt, dann kam mir diese Rolle zu). Es sei denn, es ging um ein ganz spezielles Kapitel seiner Vergangenheit, weswegen ich auch nur wenig überrascht war, als er mir dann doch noch den Grund für seine Reaktion verriet: „Das erinnert mich alles nur an etwas. Es gab schon einmal jemanden, der mit mir abhauen wollte."

„Und, hast du es gemacht, bist du abgehauen?"

„*Ich* ja. Sonst wäre ich nicht hier, sondern nach wie vor in Hamburg. Aber wie du siehst, bin ich alleine."

„Also willst du auch mit mir nicht abhauen." Jetzt wünschte ich es mir auf einmal doch, das volle Programm: entschiedenes Dementi, glasklares Bekenntnis, verrückte Liebesbeweise.

„Das habe ich nicht gesagt. Es geht nicht ums Wollen. Es geht darum, dass es Wahnsinn ist, Selbstmord. Es wäre furchtbar unvernünftig, es auch nur in Erwägung zu ziehen."

Sein Gesichtsausdruck stand in krassem Widerspruch zur scheinbaren Entschlossenheit seiner Worte. Da kapierte ich es endlich. Ich sah, wie es ihn förmlich zerriss. Wie sehr er es sich wünschte, mit mir durchzubrennen. Aber dass er es nicht konnte, weil er zu korrekt war, zu viel Angst hatte, vermutlich am meisten um mich. Wegen der verflixten vier Jahre, die mich von einem Leben im Freiheit, ein Leben mit ihm trennten.

„Manchmal muss man eben unvernünftig sein", sagte ich und kam mir nun doch trotz allem ziemlich erwachsen vor. Ich erhob mich aus meinem Sessel, setzte mich dicht neben ihn auf die Ledercouch, legte den Arm um ihn und meinen Kopf an seine Schulter.

Endlich bewegte er sich auch, zögerlich und wie in Zeitlupe legte er mir ebenfalls den Arm um. Ich umklammerte ihn umso entschlossener, drehte mich zu ihm, versuchte, ihm ins Gesicht zu sehen, doch er starrte noch immer geradeaus ins Leere mit diesem furchtbar zerrissenen Blick. Auf einmal kam es mir so vor, als wäre ich derjenige, der ihn trösten müsste.

„Schau mich an", sagte ich, und als unsere Blicke sich trafen, da sorgte ich dafür, dass Selbiges auch mit unseren Mündern geschah.

Es war der erste Kuss, der einzig und allein von mir ausgegangen war und gleichzeitig einer der schönsten und innigsten und längsten, die wir jemals hatten.

Während sich unsere Zungen akrobatisch ineinander zu verknoten schienen, wanderten meine Hände über Peters Rücken und Beine, bis ich in seinem Schritt anlangte. Das, was ich fühlte, hatte sich bereits erhärtet. Doch kaum dass ich ihn dort berührte, wich er zurück. Der Kuss war genauso abrupt zu Ende wie er angefangen hatte, nur dass ich die Regie wieder an ihn abgegeben hatte.

„Nicht jetzt", sagte Peter. „Nicht heute."

„Warum nicht?"

„Wir würden es bereuen."
„*Ich* nicht."
„Wenn wir jetzt weitermachen, dann gibt es kein Zurück mehr."
„Klingt doch gut."
„Weißt du, ich hab mir die ganze Zeit eingeredet, der Altersunterschied ist nur für dich ein Problem. Aber das stimmt nicht. Es ist auch *mein* Problem. Ich habe mir geschworen, denselben Fehler nicht zweimal zu machen. Und ich will frei sein, so wie du. Ich will nicht verurteilt werden. Nicht noch einmal."

Ich begriff nichts von dem, was er da erzählte. Alles, was ich wusste war, dass meine Erektion abgeklungen, meine Erregung dahin, die Ekstase vorüber war. Und Peter mit seinem schrecklichen Erwachsenen-Gelaber daran Schuld hatte.

Er löste sich von mir und stand auf. „Ich bezieh dir das Bett in meinem alten Kinderzimmer und dann solltest du dich etwas hinlegen, du siehst hundemüde aus."

„Ich will aber noch nicht schlafen gehen", sagte ich, doch Peter überhörte es.

„Ich werde auch bald ins Bett gehen und mir etwas einfallen lassen. Morgen sehen wir dann weiter. Und hoffentlich wieder klarer."

„*Was* wirst du dir einfallen lassen?"

„Ich weiß es nicht. Das ist ja das Problem."

Widerwillig begleitete ich ihn nach oben, wo er das Bett bezog und sich anschließend mit einem flüchtigen Gutenachtkuss von mir verabschiedete, nicht ohne mich zuvor mehrfach zu ermahnen, die Vorhänge stets zugezogen zu lassen.

Schicksalsergeben ließ ich mich auf die schmale, durchgelegene Matratze fallen. Ich war hundemüde, aber ich bekam kein Auge zu. Gründe dafür gab es genug, aber der Gedanke, der mir vor allen anderen den Schlaf raubte, war ausgerechnet der an die vielen Male und insbesondere das letzte Mal, an dem wir hier miteinander geschlafen hatten. Erinnerungen, die mich erregten und doch abstießen, falls so etwas überhaupt möglich war.

Um mich abzulenken, stand ich auf, setzte mich an den Schreibtisch und startete den C64. Doch ohne den Wettbewerb mit Peter und seinen Ermutigungen waren die Uraltspiele wirklich todlangweilig. Außerdem war ich dermaßen müde, dass ich ohnehin Runde um Runde schlechter wurde, so dass ich mich wieder hinlegte.

Krampfhaft versuchte ich zum wiederholten Male an diesem furchtbaren, nicht endenden wollenden Tag, an nichts zu denken, was selbstverständlich auch jetzt nicht gelang.

Irgendwann sah ich ein, dass ich an diesem Ort einfach keinen Schlaf finden würde. Ich beschloss, mich zu Peter ins Bett zu schleichen und verließ das kleine Kinderzimmer. Doch zu meinem Entsetzen war die Schlafzimmertür abgeschlossen!

Kurz überlegte ich, ob ich klopfen und rütteln und ihm eine Szene machen sollte, doch obwohl ich gekränkt war und er es verdient hatte, ließ ich davon ab. Es würde keinen Zweck haben. Ich konnte mir denken, warum er sich meiner Nähe entzog. Aus irgendeinem Grund hatte er beschlossen, dass es ein großer Fehler wäre, wenn wir in dieser Nacht miteinander schliefen, obwohl er sich doch eigentlich kaum etwas mehr wünschte.

Da ich keine Lust hatte, in mein Zimmer zurückzukehren, irrte ich durch die Wohnung. Neben dem Schlafzimmer lag Peters winziges Arbeitszimmer, es war nicht abgeschlossen, doch es gab darin absolut überhaupt nichts Spannendes. Nur Aktenordner, Papierstapel und Fachliteratur zu Versicherungs- und Finanzthemen. Offenbar hatte er hier zu Hause bis auf die alte Kiste im Kinderzimmer nicht einmal einen PC.

Das einzig einigermaßen Interessante, das ich fand, war eine Schachtel Zigaretten, die ganz hinten in einer Schublade lag. Ich hatte also recht, er rauchte noch immer. Ich nahm mir eine, ging hinunter in die Küche, wo neben dem Gasherd immer Streichhölzer lagen und wollte mir sie schon einstecken, besann mich aber gerade noch rechtzeitig darauf, wie wichtig es Peter immer gewesen war, nicht in der Wohnung zu rauchen.

Ich schob die Vorhänge zur Terrassentür beiseite. Gegenüber bei der Alten war alles dunkel, so dass ich mich hinaus traute. Ich nahm ein paar Züge, hustete nicht und kam mir sehr cool vor, doch schon bald war mir in meiner spärlichen Kleidung wirklich viel zu kalt, so dass ich die nicht einmal zur Hälfte aufgerauchte Zigarette ausdrückte und wieder hineinging.

Das durchgestylte Erdgeschoss mit der offenen Küche und dem Ledersofa-Salon kannte ich genauso in- und auswendig wie das Kinderzimmer, also entschied ich mich dazu, erstmalig einen Abstecher in den Keller zu wagen. Hier war ich wirklich noch nie gewesen.

Ich dachte an meine absurden Fantasien, bevor ich Peter richtig gekannt hatte und obwohl mir klar war, dass mich dort unten kein ‚Knabenkerker' erwarten würde, war mir etwas mulmig, als ich die Treppen in den feucht riechenden und durch von der Decke hängende Glühbirnen nur spärlich beleuchteten Keller hinabstieg.

Der erste Raum war vollgestellt mit alten Möbeln. Die Einrichtung seines einstigen Kinderzimmers war also doch noch nicht alles gewesen, von dem er sich trotz vollständiger Renovierung und Neumöblierung nicht hatte trennen können. In einer von Holzwurmlöchern durchfressenen, mutmaßlich antiken Kommode fand ich dicke Fotoalben mit vergilbten Fotos. Peter war zweifelsohne ein süßes Kind gewesen, aber diese ganz alten Babybilder interessierten mich nicht, sie riefen sogar Unbehagen in mir hervor, da ich wusste, dass seine darauf oftmals mit abgebildeten, fröhlich in die Kamera guckenden Eltern nicht mehr lebten und mich das an meinen wohl nach wie vor in Lebensgefahr schwebenden Vater erinnerte.

In einem weiteren Album fand ich Fotos von Peter etwa in meinem Alter, sogar eins mit Torwarttrikot. Ich suchte weiter nach Aufnahmen, die ihn als Jugendlichen oder jungen Erwachsenen zeigten, doch ich fand nichts dergleichen. Lagerte er sie woanders? Gab es keine? Hatte er sie gar vernichtet? Sogar das hielt ich nicht für ausgeschlossen, bei dem großen Geheimnis, das er etwa um seine Hamburger Zeit immer machte.

Obwohl die Vorstellung, dass es noch einem Vorgänger gegeben hatte, mir überhaupt nicht gefiel, war ich natürlich neugierig und hielt auch im Nebenraum, in dem statt Möbeln Umzugskisten standen, Ausschau nach Fotos. Doch stattdessen entdeckte ich etwas ganz Anderes, fast noch Spannenderes: Hinter einem hohen Stapel aus Kartons und einem mit Werkzeugkästen und Gerümpel vollgestelltem Billy-Regal stand ein kleiner Schreibtisch – mit einem PC!

Ich nahm auf dem durchgesessenen Drehstuhl davor Platz und wartete, bis der Rechner hochfuhr. Wie kam er bloß auf die Idee, ausgerechnet hier unten, in dunkelsten und ungemütlichsten Teil der Wohnung, einen solchen Arbeitsplatz einzurichten? So lange hier wenigstens ein paar andere Spiele oder vielleicht sogar ein Internetzugang vorhanden war, sollte es mir egal sein.

Anders als ich bei meinem Computer hatte Peter seinem ein Passwort vorgeschaltet. Ich versuchte es zunächst mit den naheliegenden Dingen: Peters Name, mein Name, Peters Geburtsdatum, mein Geburtsdatum – alles Fehlanzeige. Schließlich probierte ich alles noch mal rückwärts und dann 12345 und 123456 (ich hatte irgendwo gelesen, dass diese originellen Kombinationen die gängigsten Passwörter der Welt seien).

Als auch das nicht funktionierte, fuhr ich den Rechner wieder herunter. Er brauchte ewig, es schien sich um ein älteres Modell zu handeln, wahrscheinlich wäre darauf ohnehin bloß irgendwelche Bürosoftware gewesen.

Da kam mir doch noch eine Idee. Dieser Rechner war mit Sicherheit älter als unsere Beziehung, er lief noch mit Windows 95 statt dem aktuell gebräuchlichen 98, also wenn er sein Kennwort nicht alle Nase lang änderte, dann konnte es gar nicht mein Name sein. Ich fuhr den Rechner wieder hoch. Vielleicht hörte er auf den Namen meines Vorgängers. Er hatte ihn nur einmal beiläufig fallen lassen, aber aus naheliegenden Gründen wusste ich ihn noch.

Und tatsächlich: Daniel war die Parole! Triumphierend und erfreut über meinen detektivischen Spürsinn durchsuchte ich den Rechner. Ich hoffte auf Spiele, vielleicht etwas Ablenkung im Netz und insgeheim sicherlich auch auf persönliche Dinge, zum Beispiel doch noch Fotos meines Vorgängers, aber was ich schließlich in den zahlreichen, akribisch nach Datum benannten Ordnern fand, lag meilenweit jenseits von meiner Vorstellungskraft.

So etwas hatte ich noch nie gesehen. Etwas in mir wusste sofort, dass es falsch war, sich das anzusehen und dass es besser wäre, den Rechner sofort wieder herunterzufahren, doch die Neugier siegte. Ich konnte nicht anders als mir ein Bild nach dem nächsten anzusehen, obwohl es noch viel abstoßender war als alles, was Peter und ich jemals getan hatten.

Auf kaum einen Bild waren die Hauptdarsteller älter als ich. Das, was sie taten, hatte nichts zu tun mit den Fotos, die mir sich als Jungs ausgebende Männer im Chat oftmals geschickt hatten – Unterwäschemodels und FKK-Strandaufnahmen oder dergleichen, scheinbar harmloses Posieren. Nein, hier ging es wirklich zur Sache: Jungs, die an sich herumspielten, Jungs, die Männer oral befriedigten, Männer, die Jungs anal penetrierten, Jungs, die selbiges mit anderen Jungs taten...

Es war schrecklich, vor allem, weil ich einfach nicht vermeiden konnte, dass es mich erregte. Auch wenn ich Peter niemals bei einem unser Schäferstündchen hatte fotografieren sehen, erwartete ich jeden Moment, ihn oder gar mich auf einem der Bilder wiederzuerkennen. Und obwohl das nicht geschah, war mir klar: Jeder dieser Jungs hätte ich sein können!

Der Schock war so groß und ich dermaßen im Bann dieser perversen Bilderflut, dass ich es erst bemerkte, als es schon zu spät war.

„Hallo? Bist du da hinten?"

Peter hatte den Keller betreten. In wenigen Sekunden würde er mich entdeckt haben. Panisch versuchte ich, alle Fenster zu schließen und den Rechner herunterzufahren, doch je schneller ich klickte, umso langsamer reagierte er.

Ich hatte Peter gerade einer schweren Straftat überführt, aber komischerweise fühlte es sich genau andersrum an.

39.

„Es tut mir leid, ich wollte… Ich hab nur…" Mehr als Gestammel brachte ich nicht hervor.

„Wie oft hab ich mir vorgenommen, das alles zu löschen. Oder zumindest das Passwort zu ändern. Aber ich bin zu schwach dafür."

Ich glaubte, trotz der schlechten Beleuchtung Tränen auf Peters Gesicht zu erkennen. Ein Novum.

„Ich bin schwach", wiederholte er, so leise, dass ich es kaum hören konnte. „Lass uns nach oben gehen", sagte er, etwas lauter, aber hörbar um Fassung ringend, als der Computer endlich heruntergefahren war. „Wenn du möchtest", fügte er noch hinzu, wieder leiser.

Als wir im Erdgeschoss waren, deutete er an, ich solle mich setzen, doch ich blieb stehen und er auch. „Ich schäme mich so vor dir. Ich weiß, was du jetzt von mir denkst."

Da hatte er mir etwas voraus. Denn ich hatte keine Ahnung, was ich von ihm und all diesen verwirrenden Dingen halten sollte. Wie konnte ich ihn dafür verurteilen, wenn es mich doch selbst auch erregt hatte? Doch das sagte ich natürlich nicht.

„Ich bin eigentlich kein schlechter Mensch. Ich bin nicht so, so wie gestern, so wie die Männer auf diesen Bildern. Nur ab und zu, da kann ich nicht anders, da muss ich einfach in den Keller gehen."

„Aber du hast doch mich. Reiche ich dir nicht?"

Jetzt setzte er sich doch und hielt sich die Hände vors Gesicht, so dass ich nicht sehen konnte, ob er einfach nur verzweifelt oder gar abermals in Tränen ausgebrochen war.

„Doch! Du bist das Beste, was mir passieren konnte. Seitdem ich dich kenne, gehe ich so gut wie gar nicht mehr in den Keller. Aber ich habe so jemanden wie dich überhaupt nicht verdient. Ich kann verstehen, wenn du jetzt endgültig nichts mehr mit mir zu tun haben möchtest."

Ich fühlte mich seltsamerweise wieder so, als müsste ich ihn aufbauen.

„Warum? Ich schau mir schließlich auch manchmal Pornos an."

Er nahm die Hände vom Gesicht und sah zu mir auf. Zum Glück keine Spur mehr von Tränen.

„Aber doch nicht solche, oder?"

„Hab ich alles schon gesehen", log ich und versuchte, gleichgültig zu klingen.

„Oh Gott, die Welt ist schlecht." Er stellte sich wieder hin. „Weißt du was, ich lösche es jetzt sofort."

„Meinetwegen musst du das nicht tun. Mir ist's egal. Ich verpfeif dich schon nicht."

„Ich werde es trotzdem löschen", sagte er, setzte sich aber bereits erneut.

Die Situation war unerträglich. Ich wusste nicht, was ich machen, denken oder fühlen sollte und es lag nur zum Teil daran, dass es mitten in der Nacht war und ich völlig übermüdet.

Und plötzlich, wie aus einer verrückten Laune heraus, aber vielleicht auch aus Verzweiflung, begann ich, mich auszuziehen. Zuerst das T-Shirt, dann die Socken und schließlich das Einzige, was ich noch anhatte: Meine Boxershorts.

„Was machst du da?"

„Lass uns das tun, was die auf den Bildern machen", sagte ich. Binnen Sekunden war meine im Keller bereits vorhandene und nach unserem Zusammentreffen abrupt abgeklungene Erektion wieder da.

Wäre ich jetzt alleine, hätte ich mir nach diesen verstörend-erregenden Erlebnissen einfach einen runtergeholt und danach vielleicht ein schlechtes Gewissen gehabt, aber wenigstens wieder klar denken können. Aber nun stand Peter vor mir, sah wieder hin- und hergerissen aus, obwohl doch diesmal beiden klar sein musste, dass Widerstand zwecklos war.

Zuerst brachte er mich zum Höhepunkt und nur Augenblicke später entlud auch er sich über mir und dem Ledersofa, einen lauten Schrei nur mühsam unterdrückend - und das verschaffte mir eine fast noch größere Befriedigung, denn nun konnte ich mir wenigstens sicher sein, dass er mich noch liebte, mich noch begehrte, trotz verflossener Liebschaften und kleiner Jungs auf verbotenen Fotos.

Ohne Widerworte ließ er sich von mir bis in sein Schlafzimmer begleiten, wo wir uns trotz des vielen Platzes in seinem für eine Person viel zu breitem Bett eng aneinander schmiegten.

„Erzähl mir von Daniel, bitte."

„Willst du das wirklich?"

„Ja", sagte ich, doch das Einzige, was ich wirklich wollte, war die ultimative Versicherung, dass alles in dieser Nacht und vor allem ich einzigartig für ihn war, dass er mich nicht im Stich lassen würde in meiner Not und Verlassenheit.

Es fiel ihm schwer, aber er widersetzte sich meinem Wunsch nicht länger. „Er war dreizehn und ich neunzehn, als wir uns kennenlernten, zu Beginn meiner Lehre. Der Sohn eines älteren Kollegen, der mir so etwas wie ein väterlicher Freund in Hamburg wurde. Aber vor allem hab ich mich Hals über Kopf in seinen Jungen verliebt."

„Er sich auch in dich?"

„Ich weiß bis heute nicht genau, was er wirklich für mich fühlte."

„Aber er wollte doch mit dir abhauen?"

„Vor allem wollte er abhauen. So wie du auch. So wie wir alle irgendwann mal, wenn wir noch klein sind und es gar nicht abwarten können, groß zu werden. Und wenn sich scheinbar die ganze Welt gegen uns verschworen hat."

Ich konnte meine drängendste Frage nicht länger zurückhalten, nicht weiter in Watte verpacken. „Hast du ihn mehr als mich geliebt?"

Peter schien nicht überrascht von der Frage, er zögerte auch nicht mit der Antwort, was die Sache nicht besser machte.

„Anders", sagte er, ebenso entschlossen wie ausweichend. „Ich habe ihn anders geliebt. Ich war natürlich unreifer, aber vor allem war auch er viel unreifer als du für dein Alter."

„Was soll das denn bitte heißen, *anders* geliebt?" Ich konnte nicht verhindern, dass meine Stimme dabei aufgeregt, zu hoch und schrill klang wie die eines eifersüchtigen Teenagers.

„Ich will dich nicht anlügen. Ich war damals vermutlich genauso hoffnungslos in ihn verliebt wie ich es jetzt in dich bin, aber natürlich ist das längst vorbei. Alles was heute für mich zählt, bist du."

„Das heißt, mit mir *wirst* du abhauen?"

Wie ich befürchtet hatte, wich er wieder aus. „Der größte Unterschied ist vielleicht gar nicht so sehr meine Liebe - sondern deine. Zum ersten Mal in meinem Leben fühlt es sich so an, als käme etwas zurück. Etwas, das dem gleicht, das ich selbst empfinde. Und das, obwohl ich die Hoffnung bereits aufgegeben hatte. Ich dachte, es wäre unmöglich, dass ein Junge je meine Gefühle erwidert. Bis du kamst und mir das Kostbarste geschenkt hast, was man einem Menschen schenken kann: Liebe."

Es war erstaunlich, wie sehr es Peter doch stets gelang, mich mit seiner wortgewandten, verschwurbelten Liebesbekenntnissen zu überfordern und dennoch um den Finger zu wickeln. Ohne dass ich genau bestimmen konnte, von wem es diesmal ausgegangen war, küssten wir uns abermals in dieser Nacht, fast genauso ausgiebig wie beim ersten Mal.

Doch obwohl ich damit mein vordringlichstes Ziel, nämlich mich seiner aufrichtigen, konkurrenzlosen Zuneigung zu vergewissern, schon erreicht hatte, ließ ich nicht locker und stellte meine Frage erneut. Weniger als Frage denn als Befehl flüsterte ich sie ihm ins Ohr, kaum dass sich unsere Münder voneinander getrennt hatten.

„Wenn's schief läuft, lande bestenfalls nur ich im Gefängnis und schlimmstenfalls stecken sie dich ins Heim."

Immer noch besser als zu Reiner Müller zu ziehen, hätte ich beinahe gesagt, doch ich verkniff es mir.

„Dann darf es eben nicht schief gehen."

„Wir müssten ins Ausland!"

„Klingt doch gut! Karibik? Südamerika?" In meinem Kopf begann sich ein Film abzuspielen, der noch tausendmal spannender war als das Roadmovie, das ich am Nachmittag auf den Straßen und Schienen unserer Stadt erlebt hatte.

„Erst einmal eher so etwas wie Österreich. Mein Vater hatte da eine Hütte, da ist er früher oft zum Jagen hingefahren. Sehr abgelegen, in einem Waldgebiet. Ich hab es immer gehasst. Er hingegen schien unsere gemeinsamen Zeiten dort in guter Erinnerung gehabt zu haben… Jedenfalls hat er sie mir allein vererbt. Ich wollte sie verkaufen, doch als ich damals hinfuhr, hab ich's irgendwie nicht fertiggebracht. Genauso wenig wie ich seinen alten Sessel wegwerfen konnte. Also vermiete ich sie bloß manchmal an Urlauber. Allerdings nur im Sommer, zurzeit steht sie leer."

Eine Jagdhütte im Wald - das war zwar nicht ganz so aufregend, aber die eigentliche Sensation war natürlich, dass Peter endlich auch begonnen hatte, Pläne zu schmieden.

„Das klingt doch super! Davon wusste ich ja noch gar nichts. Warum sind wir da noch nicht schon früher mal hingefahren?"

„Es ist weit weg. Und kein besonders schöner Ort. Oder stehst du auf Hirschgeweihe und ausgestopfte Wildschweine? Außerdem hängen da eine Menge Erinnerungen dran, nicht nur gute."

„Wir müssen ja nicht für immer da bleiben."

„Können wir auch gar nicht, denn früher oder später würden sie uns auf die Spur kommen."

„Bis dahin sind wir längst schon wieder woanders."

„Und wo sollen wir dann hin? Wie stellst du dir das vor?"

„Da wird uns schon was einfallen." Ich hatte zwar nicht die leiseste Ahnung, doch obwohl ich *uns* gesagt hatte, sah ich das auch gar nicht so sehr als meine Sorge an. Peter war schließlich der Erwachsene und irgendeinen Vorteil musste das ja auch mal haben. Trotz der immer neuen Abgründe, die mein großer Liebhaber mir offenbart hatte, vertraute ich ihm. Gerade was seine Fähigkeit anbelangte, Dinge geregelt zu bekommen.

Tatsächlich schien er sogar schon über die nächsten Schritte nachgedacht zu haben. „Wir müssten wirklich weit weg. Und du offiziell mein Sohn werden. Wenn ich mich als ein bisschen älter ausgebe, käme es gerade so hin. Als Teenager Vater geworden, die Mutter überfordert, abgehauen, Autounfall - was weiß ich. Mit so einer Geschichte könnte man vielleicht sogar durchkommen. Das Problem ist nur, wir brauchen Papiere."

„Für Geld kann man alles kaufen."

„Das wäre schon das nächste Problem. Ich habe vielleicht hundert Mark im Haus. Das reicht gerade mal bis zur nächsten Tankfüllung. Selbst wenn wir morgen, am Samstag, eine offene Bankfiliale finden oder sämtliche Automaten abklappern – es wird nicht ewig reichen. Wenn ich Montag nicht zur Arbeit gehe, bin ich ziemlich schnell meinen Job los und sobald die Polizei erst einmal auf meine Spur gekommen ist, kann ich nicht einmal mehr meine Lebensversicherung kündigen oder gar dieses Haus verkaufen, um an Geld für unsere Flucht zu kommen."

„Wieso sollte die Polizei überhaupt auf deine Spur kommen? Wenn überhaupt, dann werden sie doch nach mir suchen", sagte ich, in meiner grenzenlosen Naivität, die nur zum Teil der späten Uhrzeit geschuldet war.

„Erinnere dich doch, wir wurden zusammen gesehen. Von mindestens drei Leuten, die auch dich kennen."

Ich brauchte einen Augenblick, bis mir die dritte Person neben dem dicken Martin und derjenigen, von der wir uns dank zugezogener Vorhänge und dezenter Beleuchtung zu verstecken versuchten, wieder einfiel.

Die Erinnerung war so angenehm wie Zahnschmerzen. Der andere Daniel. *Mein* Daniel. Der Verräter. Und, noch frappierender: der Eifersüchtige.

Mal wieder schien Peter meine Gedanken gelesen zu haben. „Würdest du, trotz allem, nicht zumindest ihn vermissen? Deinen besten, deinen einzigen Freund?"

„Ich glaube kaum, dass man nach dem, was heute passiert ist, noch von Freundschaft sprechen kann", sagte ich.

„Nein, wohl eher von unerwiderter Liebe." Peters schelmisches Grinsen dazu ärgerte mich, da es mich an Joschua und Konsorten erinnerte.

„Fang bloß du nicht auch noch damit an! Ich weiß mit Sicherheit, dass er *nicht* schwul ist. Er ist bloß eifersüchtig, weil ich ihn angelogen hab und weniger Zeit mit ihm verbringe."

„Du bist aber auch wirklich naiv heute", sagte er, was mich noch wütender machte. „Ich meine, ich kenn ihn zwar nicht, aber nach der Nummer ist doch wohl klar, dass er auf dich steht."

Vermutlich hatte Peter das scheinbar weniger heikle Thema Daniel bloß angesprochen, um von den ihm unvernünftig bis unmöglich erscheinenden Fluchtplänen abzulenken, doch ausgerechnet daran entfachte sich nun ein Streit.

„Du hast doch gar keine Ahnung!", fuhr ich ihn an.

„Warum regst du dich denn darüber so auf? Das ist doch gar nicht schlimm! Es wundert mich bloß ein bisschen."

„Mich wundert, dass du so einen Quatsch erzählst."

Ich wusste nicht, woher die Wut und diese starke Ablehnung auf einmal kamen. Was er mit seinem Daniel nicht geschafft hatte, das war ihm nun mit meinem gelungen – ich dachte wieder an meine ganze Misere.

So ging es noch eine Weile hin und her, bis Peter mir schließlich sogar - entgegen kurz zuvor geäußerten Verlautbarungen - vorwarf, ich würde mich *unreif* verhalten.

„Unreif? Da müsstest du doch voll drauf abfahren."

„Ich will mich nicht mit dir streiten. Lass uns jetzt schlafen gehen. Ich mach jetzt das Licht aus, okay?"

Er gab mir einen Kuss auf die Wange und löschte das Licht, ohne eine Antwort abzuwarten.

„Versprichst du mir, dass du mit mir abhaust?"

„Wir sehen morgen weiter."

„Versprich es mir!"

„Ich verspreche dir, dass ich dich nicht im Stich lassen werde und dass wir eine Lösung finden werden."

So einfach ließ ich mich nicht abspeisen.

„Du musst mir versprechen, dass wir abhauen! Am besten jetzt gleich!"

„In diesem Zustand setze ich mich auf keinen Fall hinters Steuer. Wir sind beide todmüde!"

„Dann gleich morgen früh."

„Ja, da sehen wir dann weiter."

„Nein, da fahren wir los! Versprich es!"

Es ging noch ein paar Mal in diesem Stil hin und her und vermutlich hätte ich die ganze Nacht so weitergemacht, aber irgendwann gab er dann doch endlich nach.

„Gut, ich haue mit dir ab", sagte er.

„Schwörst du es mir?"

„Ja, ich schwöre."

Da es dunkel war, konnte ich nicht sehen, ob er die Finger dabei kreuzte, aber ich bestand nicht mehr darauf, die Prozedur im Hellen zu wiederholen, sondern gab mich zufrieden. Obwohl sich in meinem Kopf nach wie vor alles drehte, schlief ich binnen Minuten in Peters Armen ein.

Als ich wieder aufwachte, fand ich mich an anderem Ende des Bettes wieder, ohne Decke. Offenbar hatte ich mich im Schlaf aus seinem Griff befreit. Ich hörte Peter gleichmäßig atmen und im bereits einsetzenden Dämmerlicht, das am Rande und unter den Vorhängen in den Raum drang und ihn schwach beleuchtete, erkannte ich seine Umrisse unter der Decke neben mir.

Ich brauchte ein paar Augenblicke, um zu begreifen, dass ich nicht geträumt hatte, dass alles, was mir schon während des Aufwachens wieder ins Bewusstsein schoss, wirklich passiert war, auch wenn es mir jetzt, nur wenige Stunden später, völlig surreal erschien.

Meine Wunde juckte unter dem Verband. Außerdem fror ich, da ich nichts als eine Unterhose anhatte. Doch keinesfalls wollte ich zu Peter unter die Decke kriechen und damit riskieren, ihn zu wecken. Ich dachte an das, was er mir versprochen, ja sogar geschworen hatte und auf einmal wurde mir klar, dass er doch recht gehabt hatte: Es war verrückt. Es würde übel enden.

Es war schon nicht ganz einfach, sich das selbst einzugestehen, aber nahezu unvorstellbar erschien es mir, Peter gegenüber einzuknicken, ihn von seinem nahezu erzwungenen Versprechen zu befreien.

Darüber hinaus konnte ich nicht leugnen, dass ich meine Mutter vermisste. Und dass ich wissen wollte, wie es meinem Vater ging, ob er vielleicht doch wieder aufgewacht war.

Also schlich ich mich aus dem Schlafzimmer, ging hinab in den Wohnraum, wo mein T-Shirt und meine Socken noch auf dem Boden lagen. Ich nahm meine mittlerweile wieder trocknen Klamotten von der Heizung, zog mich an, auch die zerrissene Jeans, und überlegte kurz, ob ich mir noch ein Glas Milch einschenken sollte, sah dann aber davon ab.

Ich war schon im Flur, da klingelte es, laut und anhaltend. Erschrocken blieb ich stehen, doch noch bevor ich überlegen konnte, was ich jetzt tun sollte, läutete es erneut und noch länger. Ähnlich reflexhaft wie man morgens auf den Wecker haut, damit er endlich zu klingeln aufhört, machte ich noch einen halben Schritt nach vorn und öffnete die Tür.

Der Anblick, der sich mir nun bot, ließ mich abermals wie versteinert erstarren: Vor der Tür standen zwei Polizeibeamte in Uniform.

40.

Das Gespräch kam nur äußerst stockend in die Gänge und ich fragte mich ernsthaft, warum ich mich auf dieses Treffen eingelassen hatte. Ich nippte ununterbrochen an meinem Colaglas, um meine Nervosität zu kaschieren. Es war nicht so, dass wir aufeinander noch irgendwie böse gewesen wären. Es war viel schlimmer: Wir waren uns fremd geworden. Nach nicht einmal zwei Monaten schien alles weg zu sein, was uns jemals verbunden hatte.

„Und wie war Weihnachten bei dir?"

„Furchtbar. Wir waren wieder bei meinem Onkel und meiner Tante. Die Zwillinge haben Lucy eine von ihren grausamen CDs abgequetscht und mich mit Heavy Metal gefoltert, nachdem meine Mutter mich gezwungen hatte, mit ihnen aufs Zimmer zu gehen."

„Wie haben sie das denn gemacht?"

„Sie haben mich festgehalten, eine an jeder Seite, mir die Kopfhörer aufgesetzt und voll aufgedreht. Ich hab noch tagelang so ein Rauschen in den Ohren gehabt."

Zum ersten Mal seit unserem Wiedersehen lachte er. Es war aber auch der erste Anlass dazu, schließlich hatte seine erste Frage meinem Vater gegolten und ich ihm berichten müssen, was er alles nicht mehr konnte und wohl auch nie mehr richtig können würde, zum Beispiel ohne fremde Hilfe aufs Klo gehen. Und dann hatte er diesen furchtbaren Erwachsenensatz gesagt, den ich derzeit ständig zu hören bekam: „Das Wichtigste ist, dass er es überlebt hat!"

„Was passiert eigentlich jetzt mit eurem Haus?"

„Wird demnächst wohl verkauft. Meine Mutter will angeblich nie wieder weg aus Reiner Müllers tollem Landhaus und mein Vater kann da auch nicht mehr wohnen, wegen der ganzen Treppen. Wenn er überhaupt je wieder allein leben kann."

Er versuchte sich an einem verständnisvollen Nicken und setzte dann seine Fragestunde fort. „Wie ist die neue Schule so?"

„Schrecklich. Überwiegend primitive Bauerndeppen. Sogar die Lehrer sprechen dermaßen starken Dialekt, dass ich sie manchmal kaum verstehe. Aber wenigstens ist der Stoff babyleicht, das meiste davon hatten wir in anderer Form am Gymi schon letztes Jahr. Realschule halt."

Dass ich die erste Klassenarbeit, ausgerechnet auch noch in Deutsch, mangels Lernen und Motivation trotzdem verbockt hatte, erwähnte ich lieber nicht. Ich war mir ziemlich sicher, dass ich mit minimaler Steigerung meines Aufwands am Ende das Klassenziel souverän erreichen würde. Vor allem aber war ich unfassbar erleichtert, dass bislang kein einziger meiner Mitschüler, so wenig herzlich sie mit dem Neuen aus der Stadt auch umspringen mochten, mir seit meiner Ankunft auch nur einmal das böse Sch-Wort an den Kopf geworfen hatte.

„Und wie läuft es bei dir?", stellte ich meine erste, möglichst vorsichtig-neutrale Gegenfrage. Eigentlich wollte ich nämlich so wenig wie möglich wissen und schon gar nicht an irgendetwas erinnert werden.

„Geht so. Seitdem du nicht mehr da bist, ist alles irgendwie doof."

„Ehrlich gesagt, war es das nicht vorher auch schon?"

Nun war mir, entgegen meiner festen Vorsätze, also doch eine rückwärtsgewandte Frage rausgerutscht. Bevor mein ehemaliger Freund darauf antworten konnte, wechselte ich abrupt das Thema.

„Meine Schwester hat jetzt übrigens eine eigene Wohnung, irgendwo mitten in der Stadt. Also, ein Zimmer, besser gesagt. In einer WG. Mit lauter langhaarigen Typen. Sie ist das einzige Mädchen!"

„Hast du sie da schon mal besucht?"

„Nein, sie hat mir Fotos von ihren Mitbewohnern gezeigt, das hat mir gereicht."

Erneut huschte ein Lächeln über sein Gesicht, das jedoch sofort wieder verschwand, als er seine nächste Frage stellte.

„Wie war das eigentlich, als das SEK das Haus gestürmt hat, damals?"

Jetzt war ich es, der unweigerlich lachen musste.

„Wer hat dir denn so einen Quatsch erzählt?"

„Weiß nicht, das sagen alle in der Schule. Kam mir aber in der Tat schon komisch vor."

Eigentlich wollte ich genau über diesen Tag möglichst nicht reden, doch es war ja klar, dass früher oder später die Sprache darauf kommen würde. Wahrscheinlich führte meine Mutter mit seiner Mutter eine Etage tiefer und zu einer Tasse Kaffee statt einem Glas Cola im selben Augenblick ein ganz ähnliches Gespräch; versuchte auf vorsichtige Fragen noch vorsichtigere Antworten zu geben und hatte sich ebenso wie ich eine für den ohnehin ramponierten Ruf unserer Familie möglichst vorteilhafte Version zurechtgelegt.

„Das waren bloß zwei stinknormale Bullen. Die haben an der Tür geklingelt und ich war so blöd und hab ihnen auch noch aufgemacht, statt einfach über die Terrassentür abzuhauen und wieder nach Hause zu gehen, wie ich es ohnehin vorhatte", sagte ich wahrheitsgemäß. „Doch stattdessen haben sie mich aufs Präsidium mitgenommen - ohne Handschellen oder so, sondern einfach nur mitgenommen - und erst kamen meine Mutter und Reiner und irgendwann noch so eine Psychologin, die mir irgendwelche dämlichen Fragen gestellt hat und dann durfte ich wieder nach Hause."

„Was waren das für Fragen?"

„Na ja, warum ich abgehauen bin, was ich in dem Haus zu suchen hatte und so." Und immer wieder die Frage danach, ob er mich ‚berührt' habe, aber das behielt ich selbstverständlich für mich.

„Wie sind die überhaupt drauf gekommen, dass du da warst?"

„Das hat man mir nicht gesagt. Ich nehm an, so eine paranoide Alte von gegenüber hat mich in der Nacht gesehen und die Polizei gerufen", sagte ich, und fügte sicherheitshalber noch hinzu: „Und danach hat sie vermutlich so ziemlich jedem hier im Stadtteil auch noch irgendwelche ausgedachten Horrorgeschichten über ihren Nachbarn und mich erzählt."

„Krass", sagte er. Dieses so gar nicht zu Dannis ansonsten sehr gewähltem Wortschatz passende Adjektiv nahm er sonst eigentlich nur in den Mund, wenn wir uns sexuellem Terrain näherten. Zum Beispiel, als wir uns gemeinsam Pornos angeschaut hatten – vor einer halben Ewigkeit.

„Wie hast du diesen Typen eigentlich kennen gelernt?"

„Durch Zufall", sagte ich, im Bemühen, möglichst beiläufig zu klingen. „Er wohnt in der Nähe vom Sportplatz. War auch mal Fußballer im Verein. Wir haben ein bisschen gekickt in der Sommerpause."

„Gekickt? Oder gefickt?", sagte Danni, und abermals lächelte er, verschlagen, wie es sonst eigentlich gar nicht seine Art war. Doch als er meine entgeisterte Miene bemerkte, schob er schnell hinterher: „Beruhig' dich, war nur Spaß. Geht mich ja auch gar nichts an."

Doch dabei konnte ich es natürlich nicht belassen, jetzt zu schweigen wäre ja beinahe ein halbes Geständnis gewesen, und wenn schon eine ausgebildete Polizeipsychologin mir nichts hatte entlocken können, dann durfte ich mir vor meinem vormals besten und noch dazu aus irgendwelchen Gründen eifersüchtigen Freund erst recht keine Blöße geben.

„Spinnst du? Wir waren bloß Kumpel. Fang bloß nicht wieder damit an."

Zum Glück schien Danni der Sinn ebenso wenig nach Streit zu stehen wie mir, denn er ignorierte meine Spitze und sprach in ganz normalem Ton weiter.

„Habt ihr euch seitdem nochmal gesehen?"

„Nein", antworte ich, was zur Abwechslung mal wieder der Wahrheit entsprach.

„Vermisst du ihn?"

Ich zuckte scheinbar gleichgültig mit den Achseln, obwohl ich mir genau diese Frage auch schon oft gestellt hatte und zu keiner eindeutigen Antwort gelangt war. Wie kam Danni bloß auf solche Dinge? Es wurde abermals höchste Zeit, das Thema zu wechseln.

„Erzähl mal lieber von deinem Weihnachten. Was hast du bekommen?"

Er zeigte mir bereitwillig seine Geschenke: zwei in meinen Augen stinklangweilig anmutende Bücher über irgendwelche vermeintlich spektakulären Naturphänomene und einen hingegen ganz passablen Adidas-Jogginganzug, so einer mit ausknöpfbarer Hose und natürlich den durchgehenden drei Streifen. Das war in der Tat ein überfälliges Geschenk, da er sich – zumindest bis zu meinem überstürzten Umzug und Schulwechsel – im Sportunterricht stets mit seiner No-Name-Hochwasserturnhose zum Gespött gemacht hatte.

„Aber das Beste ist das hier", sagte er und holte ein prall mit Scheinen gefülltes Kuvert aus seiner Schreibtischschublade. „Hundert Mark zur freien Verfügung!"

„Wow! Weißt du schon, was du dir dafür holst?"

„Ich denke mal, was vom Promarkt"

„Aber kein Handy, oder?"

Zum ersten Mal an diesem Nachmittag mussten wir beide gleichzeitig lachen, obwohl auch das kein rühmliches Kapitel unserer Geschichte war (das mit Peters Geld freigekaufte, einstige Gemeinschaftshandy hatte Reiner Müller mittlerweile wie erwartet entdeckt und auf unbestimmte Zeit konfisziert).

„Nein, mit Sicherheit nicht. Hatte eher an Fifa 2000 gedacht."

„Cool. Das hätte ich auch gern. Aber mein Taschengeld ist bis mindestens 2010 gestrichen."

„Lass uns unsere Mütter doch fragen, ob wir es uns holen können."

Ein Funkeln blitzte in Daniels Augen auf und ich hatte den Verdacht, dass es nicht bloß an der Aussicht auf die neueste Version eines Videospiels lag, das er sich dank seines Vermögens schon längst hätte holen können, sondern auch an der Hoffnung auf so etwas wie ein Update für unsere doch eigentlich jeder Fortsetzung beraubter Freundschaft.

„Jetzt gleich?"

„Ja, klar."

„Weiß nicht. Wir müssen bestimmt bald fahren. Reiner hat Spätdienst und dreht durch, wenn meine Mama nicht pünktlich das Abendessen auf dem Tisch stehen hat."

„Das schafft ihr doch auch so. Es ist doch gerade mal dreiviertel vier! Du wohnst ja nun auch nicht am anderen Ende der Welt."

Ich willigte ein und tatsächlich hatten auch unsere Mütter nichts dagegen, schienen vielleicht sogar Daniels Hoffnung zu teilen.

„Lass uns den Bus nehmen", schlug ich vor, als wir schon auf der Straße waren.

„Hast du Geld dabei?"

Ich durchsuchte meine Taschen – vergebens. „Aber du doch, oder? Kriegst es auch zurück."

„Glaub kaum, dass der Fahrer mir einen von den beiden Zwanzigern wechselt."

Ich machte Anstalten umzukehren, doch Daniel hielt mich zurück. „Warte, bleib doch hier. Wir gehen einfach zu Fuß. Ist doch nicht so weit."

Er hatte recht und ich wusste nicht, was ich entgegnen sollte. Es regnete schließlich nicht einmal mehr. Also ließ ich mich darauf ein. In der Hoffnung, dass Danni die Abkürzung Richtung Gewerbegebiet nicht kannte.

Dem war natürlich nicht so.

„Äh, wollen wir nicht lieber an der Straße lang gehen?"

„Warum das denn? So rum ist es doch schneller!"

Auch hier war es schwer, etwas Sinnvolles einzuwenden, ohne die Wahrheit zu verraten. Oder kannte er sie vielleicht schon? Immerhin hatte ich gerade ganz schön viel erzählt und wer weiß, was neben der Polizei-Geschichte noch so alles an Informationen über mich und Peter die Runde gemacht hatte.

Wenn er also Bescheid wusste, tat er das etwa mit Absicht? Und wenn ja, mit welcher?

Ich war dermaßen vertieft in diese verwirrenden Gedanken, dass ich gar nichts sagte und Danni einfach in den schmalen Weg hinter den Häusern einbiegen ließ. Wenn ich mich nicht lächerlich machen wollte, blieb mir nichts anderes übrig, als ihm zu folgen. Mein Herzschlag wurde schneller.

„Hier bist du immer zum Training gegangen, oder?", fragte Danni.

„Ja."

„Aber heute ist doch keins, oder?"

Es dauerte ein Moment, bis ich erleichtert realisierte, dass er recht hatte. Es war zwar Freitag, aber noch Winterpasue. „Nein, warum?"

„Nichts, nur so."

Machte ihm das Spaß? War das seine Rache? Vielleicht sogar eine Falle? So verunsichert wie ich war, hätte es mich nicht überrascht, wenn Joshua und der Rest der Mannschaft mir hinter der nächsten Hecke aufgelauert hätten.

Je näher wir Peters Haus kamen, umso angespannter wurde ich.

Das wievielte Mal war es jetzt, dass ich mir sicher gewesen war, nie wieder dorthin zurückzukehren – und doch genau das geschah? Ich wusste es nicht mehr.

Ich war so sehr darauf konzentriert, nicht vom Weg hinauf in die Gärten und Häuser zu blicken, dass ich völlig übersah, wer uns entgegenkam. Erst als ich das elendige Kläffen hörte, schreckte ich auf.

Während sie die Leine ihres Hundes verkürzte, um ihn von uns fern zu halten, sah sie mich aus böse funkelnden Augen an.

Ich wollte ihrem Blick ausweichen, doch es gelang mir nicht. Zum Glück sagte sie nichts, sondern ging einfach weiter.

„Das war die Nachbarin, die dich verpfiffen hat, oder?"

„Woher weißt du das?"

„Na, so wie die dich angeguckt hat!"

Es fehlten nur noch wenige Meter, bis wir Peters Grundstück passieren würden. Was, wenn er ausgerechnet jetzt auf der Terrasse stand, eine jener Zigaretten rauchend, denen er doch eigentlich abgeschworen hatte?

War es denkbar, dass Danni ihn wiedererkennen würde? Immerhin hatte er mich mindestens einmal beobachtet, wie ich in Peters Auto eingestiegen war.

Kannte er ihn womöglich sogar näher? Steckten die beiden am Ende etwa unter einer Decke? Hatte Peter ihm den Auftrag gegeben, mich hierher zu lotsen? Oder war Danni so etwas wie mein Nachfolger?

Ich wusste, wie absurd all diese Gedanken waren, und doch ließen sie mich nicht los. Wahrscheinlich würde gar nichts passieren. Wir würden einfach weitergehen, vorbei am Sportplatz und am S-Bahnhof zum Promarkt, und nachher mit dem Wechselgeld eine Busfahrkarte holen. Wir würden eine Weile schweigend zocken und auf der Rückfahrt würde ich meiner Mutter sagen, dass ich Danni doch nicht mehr besuchen wollte. Und Peter nie wiedersehen.

Als es soweit war, starrte ich erneut nur auf den Boden und wagte es nicht, den Blick zu heben, doch auch so, aus dem Augenwinkel, bildete ich mir ein, zu erkennen, dass niemand auf der Terrasse stand, ja sogar, dass die Vorhänge zugezogen waren.

Wir waren schon beinahe vorbei, da blieb Danni plötzlich stehen.

„War es dieses Haus hier?"

„Können wir bitte weitergehen?", presste ich hervor.

„Also ja", sagte Danni. Weil der Weg zwischen den Hecken der Gärten an dieser Stelle besonders schmal war, gingen wir hintereinander. Er stand nun direkt vor mir, hatte sich zu mir umgedreht und versperrte mir mehr oder weniger den Weg.

„Warum bist du so nervös? Ich dachte, ihr wart nur Freunde?"
„Waren wir auch."
„Und jetzt seid ihr's nicht mehr, oder was?"
„Könnten wir vielleicht *bitte* weitergehen!?", sagte ich, lauter, verzweifelt.

Endlich wandte Danni sich ab und setzte seinen Marsch fort. Ich atmete auf. Doch wir waren keine zwei Meter gegangen, da blieb er wieder stehen, drehte sich abermals abrupt um.

„Hör mal, ich bin auch dein Freund. Also hör bitte auf, mich für blöd zu verkaufen, ja? Wir beide wissen, dass es nie eine Yanissa gegeben hat. Und dass du stattdessen was mit diesem Typen hattest."

Ich wünschte, der vom Regen der letzten Tage noch aufgeweichte Boden unter mir würde sich auftun und mich auf der Stelle und für alle Zeiten verschlucken.

„Jetzt guck doch nicht so! Ich bin gar nicht mehr sauer. War schließlich auch nicht ganz ehrlich zu dir. Ich bin drüber hinweg, okay?"

Auf einmal hörte ich hinter mir jemanden meinen Namen rufen und war fast dankbar, dass ich einen Grund hatte, mich von Danni abzuwenden.

Es war Peter, wer sonst. Er war doch zu Hause, hatte mich gesehen.

„Ich hol dich auf dem Rückweg wieder ab. Ihr habt eine halbe Stunde. Habt euch sicherlich viel zu erzählen."

Ich blieb wie angewurzelt stehen. Auch dann noch, als Danni weiterging und Peter erneut nach mir rief.

„Nun geh schon zu ihm", sagte er, sich ein letztes Mal zu mir umdrehend. „Sonst kommt die Nachbarin noch von ihrer Runde zurück." Wieder setzte er dieses neue, wissende, schelmische Lächeln auf, das ich zuvor noch nie bei ihm bemerkt hatte.

Mein Kopf befahl meinen butterweichen Beinen, Danni zu folgen, doch sie gehorchten nicht. Erst befürchtete ich, mich überhaupt nicht mehr bewegen zu können, doch dann lief ich wie ferngesteuert zurück zu Peters Grundstück, durch die kleine Lücke in der Hecke auf die Terrasse.

Verstohlen und ungläubig blickte er mich aus der nur einen Spalt breit geöffneten Terrassentür heraus an und deutete mir mit einer Geste an, mich zu beeilen.

..., im Januar 2000

Mein lieber ...,

wenn Du das hier liest, habe ich es tatsächlich geschafft, einen sicheren Weg zu finden, Dir diese Zeilen zukommen zu lassen. Überflüßig zu erwähnen, daß Du den Brief nach dem Lesen am besten sofort vernichtest. Nichts stünde mir ferner als Dich ein weiteres Mal in Schwierigkeiten bringen zu wollen.

Dennoch mußte ich Dir einfach schreiben. Es vergeht kaum eine Sekunde, in der ich nicht an Dich denke. Und das nicht erst seit unserem völlig überraschenden Wiedersehen vergangene Woche.

Ich weiß, Du bist kein Freund großer Worte, deshalb will ich mich kurz fassen: Ich liebe Dich über alles. Und bin Dir unglaublich dankbar, daß Du mir verzeihen konntest. Ich habe furchtbare Fehler gemacht. Doch ich verspreche Dir, ich werde sie nicht wiederholen.

Bitte geh gut mit Deinem lieben Freund Daniel um. Das schreibe ich Dir nicht nur aus Eigennutz, damit wir uns möglichst bald wieder auf gleichem Wege sehen können wie zuletzt, sondern auch, weil ich glaube, daß er wirklich ein feiner Kerl ist. Ich werde jedenfalls niemals vergessen, was er für uns getan hat, auch wenn ich natürlich ebenso wenig vergessen habe, in welch schwierige Situation er Dich (und letztlich auch mich) gebracht hat.

Jetzt aber zum wichtigsten Anliegen meines heutigen Schreibens an Dich: Ich habe bei unserem letzten Treffen vergessen, Dir etwas zu sagen. Dabei habe ich noch so oft nach jener Nacht daran gedacht. Ich möchte, daß Du weißt, daß ich es wirklich getan hätte. Ich wäre mit Dir an diesem Morgen abgehauen. Wenn Du es immer noch gewollt hättest, wäre ich bereit dazu gewesen. Ich will Dir aber nicht verheimlichen, wie erleichtert ich trotz allem bin, daß es nicht dazu gekommen ist. Aber ich hätte es wirklich getan.

Und wenn es hart auf hart kommt und wir keinen anderen Weg mehr finden, uns zu sehen, dann würde ich es immer noch tun. Ein Leben ohne Dich kann ich mir nämlich nicht mehr vorstellen und ich hoffe und ahne, daß es Dir ganz ähnlich geht.

Da Du ein so überaus intelligenter und sensibler Junge bist, wirst Du Dich mit Sicherheit fragen, wie ernst ich das meine, wenn ich es doch schon einmal nicht gekonnt habe. Und auch da verdienst Du eine ehrliche Antwort. Ich habe Dir nämlich nicht die ganze Wahrheit gesagt und ich bitte Dich auch diesmal, mir zu verzeihen. Denn diese Wahrheit ist so unglaublich schmerzhaft, daß es mir auch jetzt noch, nach all den Jahren, schwer fällt, sie mir einzugestehen, geschweige denn Sie jemand anderem zu offenbaren.

Der wahre Grund, weswegen ich ‚meinem' Daniel damals in seiner höchsten Not sitzen ließ, ist so trivial wie furchtbar: Er war mir zu alt geworden. Als er auf dem Weg war, ein Mann zu werden, konnte ich ihn nicht mehr lieben.

Ich weiß, das ist schrecklich. Aber es ist die Wahrheit und Du verdienst es, sie zu erfahren.

Ich würde Dir gern versprechen, daß es mit uns anders wird, aber das kann ich nicht. Ich kann Dir nur versprechen, falls Du nach diesem Geständnis überhaupt noch weiterhin mit mir zu tun haben möchtest, dann werde ich es versuchen.

Denn nichts wünsche ich mir mehr, als den Fesseln meiner Neigung endlich zu entkommen. Wenn mich jemand daraus befreien kann, dann Du. Vielleicht werde ich Dich in zwei, drei Jahren körperlich nicht mehr so begehren können wie ich es jetzt tue. Aber dafür spüre ich, daß wir – ganz anders als bei Daniel – auch noch auf einer viel tieferen Ebene miteinander verbunden sind, bei der Kategorien wie Alter oder Aussehen nebensächlich sind.

Ich durfte Dich in einer schweren Zeit des Umbruchs begleiten, ich dufte Deine Sorgen und Nöte kennenlernen, ihnen mal besser, mal schlechter begegnen, sie Dir vielleicht manchmal sogar ein bisschen nehmen. Ich durfte mich nicht nur an Deiner Schönheit, Deiner Neugierde, Deinem sexuellen Erwachen berauschen, sondern auch an Deinem hellwachen Geist, Deiner zutiefst reinen und guten Seele und Deinem ebenso zerbrechlichen wie riesengroßen Herz.

Und auch Du hast mir zugehört, hast es geschafft, mir Dinge zu entlocken, die ich vor Dir noch niemandem je erzählt habe und obwohl Du noch so wenig vom Leben kennst hast Du doch bereits so vieles schon verstanden.

Ich weiß, wie verrückt das klingen mag, gerade in Anbetracht des Geständnisses, das ich Dir soeben gemacht habe, aber es ist wirklich so: Zum ersten Mal in meinem Leben habe ich das Gefühl, einen Menschen gefunden zu haben, mit dem ich alt werden möchte.

Nun aber wirklich genug der Worte. Wenn Du möchtest, lass' es uns einfach probieren.

In Liebe,
Dein Peter

Dritter Teil: *Danach(wort)*

Natürlich habe ich mich nicht daran gehalten und den Brief aufbewahrt. Mag sein, dass er vor Selbstgefälligkeit und Selbstmitleid nur so strotzt, aber ich bekomme es nach wie vor nicht übers Herz, ihn wegzuschmeißen.

Er liegt irgendwo in dieser blauen, immer dicker werdenden Mappe voller Zeitungsausschnitte, die ich mit der Aufschrift „Abrechnungen 2010-" wie ich finde recht treffend kaschiert und möglichst unauffällig hinter meine Steuer-Ordner gestellt habe - als enthielten all die Enthüllungen und Offenbarungen doch noch irgendetwas, das es zu verbergen gilt.

Angefangen hat vor mehr als fünf Jahren alles mit dem Bekanntwerden der Missbrauchsfälle am Berliner Canisius-Kolleg. Daraufhin folgten beinahe wöchentlich weitere Enthüllungen ähnlich gelagerter Fälle in kirchlichen Einrichtungen und schließlich auch in weltlichen, wie etwa der sagenumwobenen (und mittlerweile geschlossenen) Odenwald-Schule. Eine wahre Lawine der Enthüllungen, der verspäteten Aufarbeitung von lange Verschwiegenem ist über das Land genauso wie über mein Leben hinein gebrochen.

Auch wenn die Anzahl der Veröffentlichungen seit einiger Zeit wieder stark rückläufig ist, wenn die diversen Skandale langsam wieder in Vergessenheit geraten, so habe ich dennoch nicht aufgehört, jedes Zeit-Dossier, jedes Spiegel-Stück und jeden FAZ-Leitartikel zu diesem Thema nicht nur gierig zu verschlingen, sondern anschließend auch noch auszuschneiden oder auszudrucken und fein säuberlich mit Datum beschriftet aufzubewahren.

Die Lektüre dieser Artikel deprimiert mich in gleichem Maße wie sie mir Trost spendet. Ein wohliges Schaudern überkommt mich, schlechtes Gewissen gepaart mit dem guten Gefühl, dass ich wieder einen entlastenden Beweis gefunden habe: Ich war nicht der Einzige. Meine Kindheit und mein damaliges Handeln waren vielleicht doch nicht so falsch, unbegreiflich und unerklärlich wie ich jahrelang angenommen hatte.

Außerdem machen mir die Schicksale der anderen bewusst, wie glimpflich ich doch davongekommen bin. Wie viel schlimmer doch alles hätte enden können, wie erstaunlich normal ich heute nach innen und außen leben kann, trotz so viel erlebter und gelebter Anomalität.

Vielleicht liegt es ja auch daran, dass ich kein Internat besucht habe, niemals Messdiener und von klein auf schwul war. Peter hat nie den Versuch unternommen, mir so etwas Korrumpiertes wie pädagogischen Eros aufzudrängen. Er hat die Pädagogik einfach weggelassen und ist gleich zum Eros übergegangen.

„Missbrauch - ohne physische Gewalt wohlgemerkt, also der häufigere Fall - ist nicht nur ein Delikt, sondern spielt sich auch auf dem weiten Feld der Liebe ab. Und dort ist es, aus meiner Sicht (um nicht Opfersicht zu sagen), ein viel zu frühes Begehrtwerden, eine Körpererweckung, ohne die Sprache mitzuziehen", schrieb der Schriftsteller Bodo Kirchhoff 2010 in einem Spiegel-Essay. Wie recht er doch hat.

Missbrauchsopfer ist ein Wort, für das es bis heute keinen Platz in meiner Sprache gibt, obwohl es mir doch immerzu irgendwie unausgesprochen im Kopf herumschwirrt.

Natürlich ist dieses Buch demzufolge bloß ein weiterer, leicht durchschaubarer Versuch, eine Sprache für das Unaussprechliche zu finden, die aus mehr als aus Klischee und Stigma besteht.

Vielleicht sollte ich es, jetzt wo alles Wichtige und auch das weniger Wichtige aufgeschrieben (um nicht zu sagen, ausgeplappert) ist, zusammen mit der komischen Mappe und dem ollen Brief einfach entsorgen, löschen, vergessen.

Vielleicht sollte ich es doch veröffentlichen, natürlich unter falschem Namen.

Aber vor allem sollte ich endlich aufhören, nach den richtigen Worten zu suchen – und einfach sprechen. Und zwar mit dem Menschen, den ich liebe und der mich liebt und der zwar glaubt, alles zu wissen, sogar zu verstehen, und der doch von den zurückgekehrten Gespenstern meiner Vergangenheit nicht das Geringste ahnt.

Doch dazu müsste ich erst einmal die so hart erarbeitete Normalität negieren, den Gedanken zulassen, dass ich so glimpflich dann doch wieder nicht davongekommen bin. Dass es noch immer Gesprächsbedarf gibt.

Ich weiß nicht, ob ich dazu wirklich bereit bin.

Ich weiß nur, dass es spät geworden ist. Morgen steht endlich der von mir immer wieder herausgeschobene, gemeinsame Termin beim Bankberater an - Stichwort Altersvorsorge - und ich muss noch ein paar Unterlagen heraussuchen. Außerdem meldet sich langsam mein Magen, seit heute Mittag habe ich das Zimmer nicht verlassen und über das Schreiben wie sooft mal wieder die grundlegendsten Dinge vernachlässigt.

„Schatz, wollen wir noch was essen? Magst du schon mal den Tisch decken?", rufe ich hinüber, doch es kommt keine Antwort.

„Bist du da?", rufe ich noch einmal lauter.

Soll ich aufstehen und nachsehen? Eigentlich nicht nötig, ich kann mir denken, wo er mal wieder ist. Es wäre nicht das erste Mal an solchen sich ziehenden Nachmittagen und Abenden, an denen ich mich für lange Zeit in mein Arbeitszimmer zurückziehe.

„Hast du mich gerufen?", tönt es von drüben, endlich.

Ich höre, wie die Kellertür langsam ins Schloss fällt.